ULLSTEIN

Das Buch

Kurz nachdem der Leiter des Finanzamtes von Baltimore ermordet worden ist, erhält seine engste Mitarbeiterin, Jesse Hayes, eine zeitversetzt abgeschickte E-Mail. Darin unterrichtet ihr Chef sie über dubiose Machenschaften des Senatskandidaten Elbridge Coleman und fordert sie auf, das von ihm gesammelte Material an sich zu nehmen. Jesse macht sich ans Werk – ohne zu ahnen, worauf sie sich einläßt. Denn kaum hat sie die Akte gefunden, heftet sich auch schon ein Killer an ihre Fersen. Und als Jesses Freundin Sara umgebracht wird, ahnt sie, daß der Anschlag eigentlich ihr galt. Plötzlich scheinen Jesse überall Feinde aufzulauern, auch dort, wo sie sie am wenigsten erwartet – unter ihren Freunden ...

Der Autor

Stephen W. Frey ist Vizepräsident einer der größten Investmentbanken in Manhattan und lebt in Princeton, New Jersey.

Von Stephen W. Frey sind in unserem Hause
bereits erschienen:

Die Haie
Die Spekulanten

Stephen W. Frey

Das Allerheiligste

Roman

Aus dem Amerikanischen
von Peter Klumbach

Ullstein

Ullstein Taschenbuchverlag 2000
Der Ullstein Taschenbuchverlag ist ein Unternehmen der Econ Ullstein List Verlag GmbH & Co. KG, München
Deutsche Erstausgabe

Titel der amerikanischen Originalausgabe:
The Inner Sanctum (Dutton, New York)
Übersetzung: Peter Klumbach
Redaktion: Lothar Strüh
Umschlagkonzept: Lohmüller Werbeagentur GmbH & Co. KG, Berlin
Umschlaggestaltung: DYADEsign, Düsseldorf
Titelabbildung: Mauritius, Mittenwald
Gesetzt aus der Sabon, Linotype
Satz: Josefine Urban – KompetenzCenter, Düsseldorf
Druck und Bindearbeiten: Elsnerdruck, Berlin
Printed in Germany
ISBN 3-548-24783-0

Für Lil

Danksagung

Speziellen Dank an:

Elaine Koster, die Verlegerin von Dutton Books, für ihre anhaltende Unterstützung.

Lori Lipsky, meine Lektorin, für ihre hervorragenden Beiträge.

Michael Pocalyko für seine unermüdliche Hilfe bei diesem Projekt.

Cynthia Mason, meine literarische Agentin, für ihre gesamte Arbeit.

Stephen Watson für seine Ratschläge.

Andere, denen ich danken möchte:
Gordon Eadon, Russel DaSilva, Jim Wilson, Kathy Thornton, Tom Lynch, Barbara Pocalyko, Arnold Dolin, Laurie Parkin, Mary Ann Palumbo, Leigh Butler, Kevin Haas, Denise Cronin, Aline Akelis, Lisa Johnson, Tracey Guest, Alicia Brooks, Robert Wieczorek Jr., Barbara Fertig, Betty Saif, Jim und Anmarie Golowski, Brooke McDonald, Chris Tesoriero, Jim McPartlan, Pat und Terry Lynch, Mike Lynch, John Paul Garber, Rick Slocum, Rick Stoddard,

Walter Frey, Kathleen Halligan, Dileep Bhattacharya und Nita Mathur, Howard Sanders, Richard Green, Kevin Erdman, Gerry Barton, Liz Eodice, Marie Patton, Julie Plaza, Brian LaLonde, Jim O'Connor, Kevin Kops, Louis Frey, Georgette Gruen, Kiran Sondhi, Mark Rothleitner, Bob Carpenter, Dennis Hedgepeth und Tom Gates.

Prolog

April 1977

Der Mann saß gelassen in einem großen Ledersessel am Rande des schwachen Lichtkegels der Lampe. Er inhalierte tief, hielt ein paar Sekunden lang die Luft an, neigte dann langsam den Kopf zurück und blies dichten, beißend riechenden Rauch zur Decke. Er hatte keine Eile. Er hatte schon viele Male zuvor verhandelt und war sich genau bewußt, wieviel es einbrachte, in derartigen Situationen Gleichgültigkeit auszustrahlen.

David Mitchell starrte durch das Halbdunkel auf die Gestalt in dem Ledersessel, konnte aber bis auf die undeutlichen Umrisse des Mannes und die Glut einer sich bewegenden Zigarre kaum etwas erkennen. David wollte das Treffen voranbringen, sagte aber nichts, weil er Angst hatte, damit seine Ungeduld zu verraten – und so den ganzen Deal zu verschenken.

»Also, was haben Sie mir zu bieten?« fragte der Mann schließlich mir rauher Stimme, die durch die rauchgeschwängerte Luft drang wie durch einen Filter.

»Zwei Millionen Dollar«, antwortete David. »Eine Million, wenn der Vertrag unterzeichnet ist, und eine zweite, wenn die volle Produktion anläuft.«

»Zwei Millionen Dollar.« Der Mann kaute einen Moment lang auf den Wörtern herum, spuckte sie dann aus. »Sie haben eine ganze Menge von mir verlangt. Ich finde nicht, daß zwei Millionen genug sind.« Er klopfte die Zigarre ganz sachte am Rand einer Schale aus Kristallglas ab, und ein perfekt symmetrisch geformter zentimeterlanger Aschenkegel löste sich und fiel hinein.

»Wieviel *ist* denn genug?«

»Mehr als zwei Millionen.«

David holte tief Atem. Er war verärgert über den Mangel an Fortschritt, versuchte aber, sich nichts anmerken zu lassen. »Können Sie wirklich liefern?« Es war eine unverschämte Frage, und trotz des schwachen Lichtes bemerkte er, wie die entspannte Haltung des Mannes sich plötzlich versteifte.

»Natürlich kann ich das.« Die Stimme war immer noch ruhig, verriet nun aber eine unterdrückte Wut über die Dreistigkeit des jüngeren Mannes.

»Wie kann ich mir da sicher sein?« fragte David rasch, als er merkte, daß er einen Nerv getroffen hatte.

»Sie können sich nicht sicher sein. Sie müssen mir eben trauen.«

»Ich gebe Ihnen zwei Millionen Dollar. Ich brauche mehr als Vertrauen, ich brauche Garantien.«

»Unmöglich. Es kann keine Garantien geben.«

Ein paar Sekunden lang herrschte unbehagliches Schweigen.

»Vielleicht war es ja ein Fehler von mir, hierherzukommen.« Im nächsten Moment wünschte sich David, daß er die Worte hätte zurücknehmen können.

Der Mann lehnte sich im Sessel zurück. »Na schön«, sagte er selbstsicher. »Dann gehen Sie doch.«

David spürte, wie ihm vom äußeren Ende der rechten Augenbraue ein Schweißtropfen langsam das Gesicht hinunterrann. Zu derart fragilen Bedingungen konnte er sich auf keine Transaktion einlassen. Aber er konnte auch keinen Rückzieher machen.

Der Mann sah Davids Unentschlossenheit und machte seinen Zug. »Was Sie für Ihr Geld bekommen, Mr. Mitchell, ist meine Fähigkeit, alleine zu agieren. Unterschätzen Sie die Bedeutung nicht. Genau diesen Umstand macht die Sache für Sie attraktiv. Es wird keine mit Recherchen und Erkundigungen vertane Zeit geben und keine Ausschüsse, die dem Prozeß noch Jahre hinzufügen.« Sein Tonfall wurde dringlicher. »Glauben Sie keine Minute, ich sei gierig, wenn ich für meine Beteiligung mehr als zwei Millionen Dollar fordere. Falls ich mich entscheide, Ihren Vorschlag anzunehmen, dann wird das, was Sie mir bezahlen, nicht mehr als einen Rundungsfehler in Ihrer Gewinnrechnung darstellen.«

Durch David schoß ein Sturm freudiger Erwartung. Der Mann hatte recht: Der Profit würde immens sein. »Wieviel fordern Sie denn nun wirklich?« stellte er die entscheidende Frage noch einmal.

Der Mann schüttelte den Kopf. »Überarbeiten Sie Ihren Vorschlag, und dann Sie kommen noch mal wieder. Nehmen Sie den Kontakt über unseren gemeinsamen Bekannten auf.«

»Aber Zeit ist ein entscheidender Faktor. Ich möchte *jetzt* wissen, wieviel Sie verlangen.« David fühlte den Schutzwall rund um seine Emotionen bröckeln, und sein linkes Augenlid zuckte unwillkürlich – ein einziges Mal.

Wäre das Gesicht nicht von Schatten verhüllt gewesen, hätte David sehen können, wie der Anflug eines Lächelns die Mundwinkel des Mannes kräuselte. Das unfreiwillige Augenzwinkern – der Riß in Mitchells Haltung – war nicht unbemerkt geblieben. »Ich werde keinen genauen Betrag vorschlagen. Das mache ich nie.« Er deutete mit der glimmenden Zigarrenspitze in Davids Richtung. »Aber ich werde ungeduldig. Sorgen Sie dafür, daß Ihr nächstes Angebot Ihr bestes Angebot ist.«

David nickte, als ihm aufging, daß es an diesem Abend kein Ende der Verhandlung geben würde. »In Ordnung, wird gemacht.«

Mitchell hatte beim Psychotest besser abgeschnitten als irgend jemand in der ganzen Geschichte der Firma. Jetzt sah der Mann, warum. Trotz des entsetzlichen Drucks bewahrte Mitchell in bewundernswürdiger Weise die Haltung. Da waren allein dieser Schweißtropfen und das zuckende Auge gewesen. Die meisten seiner Vorgänger wären längst zu Boden gegangen.

»Sie tun das Richtige, Mr. Mitchell«, sagte der Mann leise. Mitchell interessierte ihn einen feuchten Dreck, aber er sprach die Worte in mitfühlendem Ton, um die Emotionen des jüngeren Mannes zu manipulieren. Es ging ums Geschäft, sonst nichts. Sie wollten Mitchell auf lange Sicht. Sie wollten ihn *jetzt* festnageln und verhindern, daß er später kalte Füße bekam und sich durch irgendeinen Zufall rettete. »Sie tun definitiv das Richtige.«

»Ich weiß«, sagte David und versuchte, Selbstvertrauen auszustrahlen.

»Ohne einen großen Coup wie diesen würden die Sie ans Kreuz schlagen. Sie würden Sie da oben am Kreuz bluten lassen, bis Sie den Geist aufgeben, und dann würden sie Sie verbrennen. Und glauben Sie mir, Sie würden sich nicht mehr aus der Asche erheben. Es gäbe keinen neuen Phoenix.«

»Ich weiß«, sagte David noch einmal, dieses Mal durch zusammengebissene Zähne. Der Mann hatte absolut recht. Der Druck war gewaltig. Ohne starke Leistungen, weit stärker, als er sie bislang gezeigt hatte, würde er erledigt sein, und es gäbe keinen zweiten Job mehr – jedenfalls keinen wie diesen.

Der Mann zog an seiner Zigarre. Eines Tages, falls Mitchell sich als würdig erwies, würden sie ihm vielleicht Einblick in die größeren Zusammenhänge gewähren. Sie würden ihn eventuell sehen lassen, warum der eine gewinnen mußte und der andere verlieren. Und sie würden ihn möglicherweise verstehen lassen, wie sie das zuwege bringen konnten.

David erhob sich von seinem Stuhl. Es schien offenkundig, daß das Treffen beendet war.

»Mr. Mitchell?«

David drehte sich an der Tür um. »Ja?«

»Ich möchte, daß Sie zwei Dinge begreifen, bevor sie gehen.«

»Und die wären?«

»Erstens: Ich habe meine Position noch nie zuvor auf diese Art ausgenutzt. Ich bin ein absolut moralischer Mensch. Ich bin nicht korrupt.«

Davids Schweigen sprach Bände.

Die Augen des Mannes verengten sich, als er die Skepsis spürte. »Zweitens: Ich ziehe Ihren Vorschlag in Betracht, weil ich glaube, daß er zum Besten dieses Landes ist. Geld ist in dieser Situation nicht der Antrieb, nicht mein primäre Motivation.«

Für einen flüchtigen Augenblick glaubte David das Gesicht zu sehen, doch dann verschwand es wieder im Dunkel. »Worüber reden Sie da?«

»Mein vorrangigstes Anliegen ist die nationale Sicherheit. Und ich bin bereit, jedes nur notwendige Mittel einzusetzen, um dieses Ziel zu erreichen. Deswegen bin ich bereit, Ihren Vorschlag zu erwägen. Das Geld ist sekundär. Verstehen Sie?«

»Ja.« David schaute auf die dunkle Gestalt und staunte über das Rationalisierungsvermögen des Mannes. Über sein

Vermögen, im Brustton der Aufrichtigkeit zu erklären, daß zwei Millionen Dollar – oder wie hoch die Summe am Ende auch immer sein würde – nicht das waren, worum es wirklich ging. »Ich setze mich dann morgen über unseren gemeinsamen Bekannten mit Ihnen in Verbindung.«

»Gut.«

David trat hinaus auf den verlassenen Korridor und schloß die Tür. Kühle, frische Luft strömte ihm ins Gesicht, und ein paar Sekunden lang stand er da und reinigte seine Lungen vom Zigarrenqualm und erlaubte seinem Herzschlag, sich zu verlangsamen. Es hatte immensen Mut gebraucht, mit diesem Treffen fortzufahren. Lieber Himmel, das Ganze hätte eine Falle sein können.

Schließlich setzte er sich wieder in Bewegung, und das Geräusch seiner harten Schuhsohlen auf dem Marmor hallte bis in die entferntesten Nischen des Korridors wider. Aber es war keine Falle gewesen, und nun war das letzte Mosaiksteinchen nahezu an seinem Platz. Noch einen Abend, und dann würden all die harte Arbeit, die Planung und die Schmiergelder beginnen, Dividenden abzuwerfen.

Kapitel 1

September 1999

»Das ist ja ein ganzer Stapel von Fällen, den du heute abend mit nach Hause schleppst, Jesse.« Neil Robinson, der Leiter des örtlichen Büros der Bundes-Steuerbehörde IRS, deutete mit dem Kinn auf die bis zum Bersten vollgestopfte Tasche der jungen Frau, während die beiden sich durch die feierabendliche Menschenmenge schlängelten, die hinaus auf die Bürgersteige der Innenstadt von Baltimore strömte.

»Ach, ich hab' da vor dem Weggehen bloß ein paar alte Akten reingeworfen, um dich zu beeindrucken«, lachte Jesse, während sie einer um die Ecke kommenden Gruppe von Männern in Geschäftsanzügen auswichen. »Ich möchte dich glauben machen, daß ich hart arbeite, damit du mich beförderst und ich eine Gehaltserhöhung kriege.«

»Du machst wohl Witze. Ich hab' dich gerade erst vor zwei Monaten befördert. Gehaltserhöhung inklusive.« Robinson versuchte, vergrätzt zu klingen, aber er drehte den Kopf weg, damit sie ihn nicht lächeln sah. Er wußte sehr gut, daß die Akten in ihrer Tasche aktuell waren. Jesse Hayes und ihre Freundin Sara Adams waren die beiden fleißigsten Steuerfahnderinnen im ganzen Amt. Aber irgendwie verband Jesse ihre erstaunliche Effizienz duchgängig mit einem ansteckenden Lächeln und einer positiven Einstellung – etwas, das Sarah nicht immer fertigbrachte.

»Zieh ein paar Fäden für mich, Neil«, sagte Sarah und schob den Trageriemen der Tasche mit einem Ruck höher auf die Schulter. »Bin ich das vielleicht nicht wert?«

»Natürlich bist du das, aber so läuft's bei der Regierung nun mal nicht. Die interessiert nicht, was du wert bist, sondern bloß wie lange du schon dabei bist.«

»Das hört sich nicht sehr ermutigend an.« Jesse grinste. »Wie soll ich denn meine vier Kinder ernähren?«

Robinson zog eine Augenbraue hoch. »Seit wann hast du denn Kinder, Jesse?«

»Seit ich entschieden habe, daß das ein guter Moment dafür wäre, um eine weitere Gehaltserhöhung zu ersuchen.«

Robinson schüttelte den Kopf und lachte, sah dann auf die Uhr. Fünf nach sechs. Er war für sein Treffen mit Gordon Roth fünf Minuten zu spät dran. Robinson hielt sich viel auf seine Pünktlichkeit zugute, aber an diesem Abend trödelte er ganz bewußt. Hoffentlich würde Roth nicht auf ihn warten. »Wo willst du hin, Jesse?«

»Schule.«

»Ach, richtig, die Abendakademie«, erinnerte sich Robinson. Sie blieben an einer Ecke stehen und warteten darauf, daß die Ampel umsprang. »Ein Magistertitel in Betriebswirtschaft.« Er betrachtete sie stolz. »Hört sich ziemlich gut an, stimmt's?«

»Es wird sich noch viel besser anhören, wenn ich erst mal fertig bin.«

Die Ampel wechselte, und sie bewegten sich mit der Menge weiter.

»Wie läuft's denn so mit der Schule?« Robinson spürte ihre Frustration.

»Prima, denk' ich. Ich sollte mich nicht beklagen, aber manchmal ist es nicht einfach, nach einem Tag im Büro noch drei Stunden in einem Seminar zu sitzen.« Sie seufzte. »Ich hoffe, einen Magistertitel zu haben wird das alles wert sein.«

»Nur Geduld«, sagte er väterlich. »Auf lange Sicht wird es das.«

Jesse entging der sanfte Tadel nicht. »Ich weiß, ich sollte mich nicht so frustriert anhören, Neil. Es ist einfach eine Menge Druck.«

»Klar, aber du hast es schließlich drauf, Dinge, die du angefangen hast, auch zu Ende zu bringen. Und nichts, was im Leben irgendwas wert ist, bekommt man geschenkt.« Er zog ein Taschentuch aus der Jackentasche und wischte sich rund um den Mund den Schweiß ab. Vielleicht sollte er die Verabredung mit Roth ganz sausenlassen.

Jesse lächelte Robinson zu, während sie die Straße entlangeilten. Sie hatten nicht das typische Vorgesetzten-Untergebenen-Verhältnis. Er war ihr Boß, aber auch ein echter Freund. »Weißt du, Neil, ich werd' dir ewig dafür dankbar sein, daß du diesen Empfehlungsbrief geschrieben hast. Ich glaube, er hat den Ausschlag dafür gegeben, daß die Maryland Business School mich genommen hat.«

»Nein, das hast du ganz alleine dir selbst zu verdanken.«

»Na ja, er war wirklich wichtig. Eine Frau in der Verwaltung hat mir erzählt, daß die Empfehlung erheblichen Einfluß hatte.« Jesse schwieg einen Moment. »Und es ist nett von dir, daß du mich an einem Tag in der Woche früher gehen läßt, damit ich den Kurs in kommunalem Finanzwesen besuchen kann.«

Robinson hob eine Hand. »Überhaupt kein Problem. Herrgott noch mal, du tust bis zur Mittagspause schon mehr als die meisten anderen an einem ganzen Tag. Und das soll keine Kritik an ihnen sein. Die arbeiten auch hart.« Als sie sich ihren Weg durch eine große Reisegruppe bahnten, die vor einem Hoteleingang herumwuselte, wurden Robinson und Jesse für einen Moment voneinander getrennt. »Wann machst du deinen Abschluß?« fragte er, als sie wieder zusammenkamen.

»Nächsten Juni.«

»Und dann geht's ab nach New York, richtig? Um für eine der Investmentbanken da oben zu arbeiten.«

Jesse zögerte. Nach New York zu gehen würde bedeuten, daß sie den Internal Revenue Service verließ, und es war ihr nicht sehr wohl dabei, daß ihr Boß von ihren langfristigen Abschiedsplänen wußte. Aber sie hatten über die Angelegenheit schon mehrmals gesprochen, und er hatte sie beharrlich dazu ermutigt, der neuen Karriere nachzugehen. »Das hoffe ich jedenfalls. Aber für diese Jobs gibt es viele Mitbewerber.«

»Mach dir mal keine Sorgen. Ich kenne Leute in New York, die helfen können. Ich werde im passenden Moment ein paar Telefongespräche führen. Es ist schon erstaunlich, wie viele Freunde in Finanzkreisen ich gewonnen habe, seit ich leitender Beamter beim IRS bin.«

Sie wechselten wissende Blicke. Jedermann wollte einen Freund bei der Steuerbehörde.

»Ich könnte dich nicht noch mal bitten, mir zu helfen, Neil«, sagte sie laut, während ein Bus voller Pendler vorbeidonnerte. »Du hast schon soviel getan.«

»Nun hör schon auf. Ich freue mich, wenn ich dir helfen kann. Ich respektiere, wie hart du arbeiten mußtest, um dort hinzukommen, wo du bist. Mir ging es nicht anders damals. Ich hatte Leute, die mir geholfen haben, und ich hab' mir geschworen, das gleiche für andere Leute zu tun, wenn ich erst einmal in dieser Position bin, jedenfalls für Leute, die es verdient haben.«

»Ich weiß das wirklich zu schätzen, Neil.«

Robinson verlangsamte seinen Schritt, als sie zur nächsten Ecke kamen. »Light Street.« Er deutete mit dem Kinn auf das Straßenschild, während er sich erneut mit seinem Taschentuch den Mund abwischte. »Hier muß ich weg. Ich hab' in ein paar Minuten eine Verabredung im Hyatt-Hotel.«

»Alles in Ordnung, Neil?« Jesse hatte die Schweißperlen über seiner Oberlippe schon bemerkt, als sie das Büro verlassen hatten. Sie waren ein sicheres Zeichen, daß er wegen irgend etwas nervös war.

»Was meinst du damit?«

Wie sie jetzt so darüber nachdachte, hatte Robinson schon den ganzen Tag lang beunruhigt gewirkt. »Macht dir irgendwas Sorgen?«

»Nein, alles bestens.« Er berührte sanft ihren Ellbogen, als ob er sie beruhigen wolle. »Ich hoffe, das Seminar läuft gut. Und halt die Ohren steif. Wird schon alles werden.«

Jesse lächelte. »Danke.« Neil Robinson war ein wundervoller Mensch. Sie würde ihm all seine Güte und Freundlichkeit nie zurückzahlen können. »Bis morgen dann.« Sie wandte sich zum Gehen.

»Oh, Jesse!«

Sie blieb stehen und drehte sich um. »Ja?«

Er begann in eine Innentasche seines Jacketts zu fassen, ließ die Hand dann langsam zur Seite sinken. Ein paar Sekunden lang schaute er Jesse eindringlich an, während Passanten zwischen ihnen durchhuschten.

»Was ist denn, Neil?« fragte sie.

»Nichts«, sagte er schließlich. »Ich seh' dich dann morgen im Büro.« Dann winkte er und ging weg.

Jesse zuckte die Achseln, hängte die Umhängetasche über die andere Schulter und machte sich auf zu ihrem Wagen.

Fünf Minuten stand Robinson in der Hotelhalle im zweiten Stock des Hyatt und musterte die Menge.

»Mr. Robinson?«

Robinson spürte, daß ihm jemand auf die Schulter tippte. »Ja?«

»Ich bin Gordon Roth.«

»Oh, hallo.« Während sie einander die Hand schüttelten, überkam Robinson Enttäuschung. Er war so nahe daran gewesen, wieder zu gehen. »Bitte nennen Sie mich Neil.« Roth war nicht das, was Robinson erwartet hatte. Sein rotblondes Haar fiel im Nacken bis über den Kragen der Anzugjacke, und er trug einen säuberlich gestutzten Bart und Schnäuzer. »Sie sind nicht gerade das, was ich mir vorgestellt habe. Ich dachte, ihr Heinis hättet allesamt einen Bürstenschnitt und keine Haare im Gesicht.«

Ein dünnes Lächeln huschte über Roths Gesicht, als entdecke er in Robinsons Bemerkung einen verborgenen Witz. »Warum suchen wir uns nicht einen Platz, wo wir einigermaßen ungestört sind?« Roth deutete auf einen kleinen Tisch in einer abgelegenen Ecke der Halle. »Wie wär's mit da drüben?«

»Okay.«

Die beiden Männer schlängelten sich zwischen den Sofas, Tischen und Sesseln der Hotelhalle durch, in der es jetzt von Geschäftsleuten nur so wimmelte. Schließlich erreichten sie den Tisch in der Ecke, wo das Gemurmel der Konversation nicht so laut war.

»Ist der in Ordnung?« fragte Roth.

»Klar.«

Von hier aus genossen sie einen Panoramablick auf den Innenhafen von Baltimore. Es hätte eigentlich ein beliebter Platz sein müssen, und während Robinson sich setzte, fragte er sich, wie dieser Tisch in einem derart überfüllten Raum noch frei sein konnte. »Hier haben wir einen schönen Blick auf die *USS Constellation*«, bemerkte Robinson und deutete hinunter auf das Schiff aus dem Unabhängigkeitskrieg – jetzt ein Marinemuseum –, das im Hafen vertäut war.

»Mmmm.« Roth hatte kein Interesse an dem Stück Geschichte, das da unter ihm schwamm. »Bedienung?« Er machte einer jungen Frau ein Zeichen.

Die Frau nahm die restlichen Bestellungen eines anderen Tisches auf und kam auf Roth zu. »Was darf ich Ihnen bringen, Sir?«

»Für mich einen Scotch mit Wasser. Glenlivet, wenn Sie welchen haben.« Roth nickte Robinson zu. »Was möchten Sie?«

»Ein Bier. Eine schöne schlanke Flasche National Premium wäre perfekt. Nichts schmeckt besser als ein kaltes Bier am Ende eines heißen, schwülen Tages in Baltimore, Gordon.«

»Genau.« Roth lächelte unaufrichtig, als er sich der Kellnerin zuwandte. »Sie werden meinem Freund ein schönes, eisgekühltes Glas bringen, ja?«

»Selbstverständlich.« Die Kellnerin kritzelte etwas auf ihr Notizblöckchen und ging rasch zur Bar.

Robinson bewunderte erneut die *Constellation* und schüttelte dann den Kopf. Er sollte nicht hiersein. Er hatte Stapel von Papierkram zu erledigen. Amtschef zu sein war kein Zuckerschlecken – nicht einmal im September, fünf Monate nach dem Hochbetrieb im April, wenn die jährlichen Steuererklärungen eingingen. Aber Gordon Roth war die letzten Tage über am Telefon extrem beharrlich gewesen, und Robinson wollte diese Angelegenheit unter dem Teppich halten.

Roth schlug die Beine übereinander und lehnte sich bequem im Sessel zurück. »Nun erzählen Sie mal, Mr. Robinson, warum sind Sie so interessiert an Elbridge Coleman?«

Robinson spürte, wie sich augenblicklich sein Puls beschleunigte. Roth machte genau dort weiter, wo er am Telefon aufgehört hatte.

»Warum haben Sie sich sämtliche privaten Steuererklärungen kommen lassen, die Coleman in den vergangenen sieben Jahren abgegeben hat? Warum haben Sie sich die Unternehmens-Steuererklärungen von Coleman Technology kommen lassen?« Roth schoß die Fragen ab wie aus einem Maschinengewehr.

Tief in Robinsons Kopf heulte eine seltsame, nahezu unhörbare Alarmsirene los. Roth ging zu forsch vor, zu rasch. »Ich muß Ihren Dienstausweis sehen«, sagte Robinson bestimmt.

Roth faßte in sein Jackett, zog eine große, schwarzlederne Brieftasche hervor und klappte sie auf, damit sein Gegenüber das schwere goldene Abzeichen und das Foto darin sehen konnte. »Wie ich schon am Telefon sagte, bin ich Sonderermittler des stellvertretenden Justizministers.« Roth klappte die Brieftasche zu und steckte sie wieder ein.

Einen Moment lang erwog Robinson, ob er ihn bitten sollte, einen zweiten Blick auf den Ausweis werfen zu können. Er war mißtrauisch, weil Roth die Brieftasche so rasch geschlossen hatte. Aber die Dienstmarke hatte offiziell genug gewirkt, und wie zum Teufel sollte er wissen, ob sie echt war, selbst wenn er sie noch mal anschaute? Die zweite Bitte würde Roth bloß irritieren, und das wollte Robinson nun ganz bestimmt nicht. Innerhalb der Bundesbehörden stand das Justizministerium in dem Ruf, stur und nachtragend zu sein.

»Lassen Sie mich *Ihnen* eine Frage stellen, Gordon«, sagte er. »Warum sind Sie so interessiert daran, daß ich mir ein paar Steuererklärungen angesehen habe?«

Roth nickte. »Das ist eine berechtigte Frage.« Bevor er anwortete, trommelte er mit den Fingern auf der Armlehne seines Sessels herum, als überlege er sorgfältig, wieviel er enthüllen durfte. »Wie Sie wissen, tritt Elbridge Coleman bei der bevorstehenden Wahl im November als republikanischer

Senatskandidat gegen den amtierenden Demokraten Malcom Walker an.« Roth senkte automatisch die Stimme, als er die Kellnerin mit ihren Drinks zurückkommen sah. »Wir glauben, daß wir möglicherweise einige Unregelmäßigkeiten im Zusammenhang mit Colemans Wahlkampf aufgedeckt haben. Deswegen möchten wir wissen, was Sie in der Hand haben, wenn überhaupt. Wir gehen davon aus, daß Sie sich diese Steuererklärungen nicht bloß besorgt haben, damit Sie was zu tun hatten.«

Robinson richtete sich in seinem Sessel auf. »Unregelmäßigkeiten?« Das klang interessant. Vielleicht würde es ja bestätigen, was er entdeckt hatte.

Die Kellnerin goß den letzten Rest Bier in Robinsons eisgekühltes Glas und entfernte sich, um die Bestellungen eines anderen Tisches aufzunehmen.

»Ja, Unregelmäßigkeiten«, sagte Roth, nachdem die Frau weg war.

»Ich muß zugeben, daß mich die Art Ihres Verdachts interessiert.« Robinson versuchte, seinen Enthusiasmus im Zaum zu halten. »Was haben Sie in der Hand?«

Roth wich der Frage für einen Moment aus, indem er sein Glas erhob. »Auf die Zusammenarbeit zwischen unterschiedlichen Regierungsstellen.« Er trank einen großen Schluck Scotch.

»Genau.« Robinson nippte ebenfalls an seinem Bier. »Aber was haben Sie nun über Elbridge Coleman?« Er wurde langsam ungeduldig.

»Nein.« Roth schüttelte den Kopf. »Erst will ich wissen, warum Sie Colemans Steuererklärungen überprüfen.«

Das Alarmsignal wurde lauter. Hör darauf, ignoriere es nicht, sagte sich Robinson. »Soviel denn zur Zusammenarbeit innerhalb der Regierung, nehme ich an.« Er schnitt eine Grimasse und trank einen weiteren Schluck Bier.

Einen Moment lang sagte Roth gar nichts, strich sich nur den Bart. Schließlich deutete er mit dem Finger auf Robinson. »Sie haben es sehr weit gebracht. Örtlicher Amtsleiter beim IRS – das ist eine hübsche Position für einen Mann, der im Sozialbau-Viertel von Jefferson Heights aufgewachsen ist.«

Robinson nickte argwöhnisch. Er hatte den Sprung aus dem größtenteils schwarzen Ghetto durch eine Menge harter Arbeit geschafft. Aber wieso wußte Roth soviel?

»Und nach dem, was mein Vorgesetzter mir erzählt, hat man größere und bessere Dinge mit ihnen vor. Ich kann mir nicht vorstellen, daß Sie das alles aufs Spiel setzen möchten.«

»Wieso setze ich irgendwas aufs Spiel?« Robinson war verärgert über die Arroganz des anderen Mannes.

Roth verdrehte die Augen, als müsse das Risiko eigentlich klar sein. »Mr. Robinson, ich wußte gar nicht, daß es für einen örtlichen Dienststellenleiter beim IRS eine Standardprozedur darstellt, eine Steuerprüfung ganz alleine durchzuführen, speziell die Überprüfung eines Mannes, der für den Senat der Vereinigten Staaten kandidiert. Ich dachte, das gehöre zu den Pflichten der Steuerfahnder. Soweit wir wissen, haben Sie diese Überprüfung keinem der ihnen unterstehenden Beamten übertragen. Sie haben die Steuererklärungen in aller Stille angefordert. Sie haben niemandem sonst auch nur das Geringste davon erzählt.«

Robinson spürte, wie ihm die Galle hochkam. Roth hatte vermutlich das Büro verwanzen und das Telefon abhören lassen – wie sonst konnte er so gut informiert sein? Für das Justizministerium war es ein leichtes, diese Dinger zu installieren. »Das ist korrekt. Ich habe niemandem davon erzählt.« Robinson war wütend, aber es war ihm auch nicht wohl in seiner Haut. Daß sich ein Amtschef auf eigene Faust

Steuerunterlagen kommen ließ, war tatsächlich alles andere als üblich. Überprüfungen sollten eigentlich von den Steuerfahndern eingeleitet werden, und das nur aus vertretbaren Gründen – es sei denn, die Steuerprüfung war Teil eines autorisierten Zufallsprogramms. In den oberen Rängen machte man sich permanent Sorgen, daß Bürgerrechtsorganisationen wie die *American Civil Liberties Union* das Beispiel eines IRS-Mitarbeiters aufdecken könnten, der die Steuergesetze als Instrument einer persönlichen Rache mißbrauchte.

»Ich bezweifle, daß es Ihnen lieb wäre, wenn Ihre Vorgesetzten in Washington wüßten, daß Sie Überprüfungen von Senatskandidaten ohne ihre vorherige Zustimmung eingeleitet haben«, schoß Roth die nächste Rakete ab. »Wenn das irgendwer rein zufällig rausfinden sollte, könnte es sich für Sie zum politischen Alptraum entwickeln.« Die versteckte Andeutung war nicht mißzuverstehen.

Robinson hatte erst ein paar Leute aus dem Justizministerium kennengelernt, aber sie waren alle gleich – arrogant und überaus wohlinformiert. Unglücklicherweise waren in diesem Fall die Informationen absolut zutreffend. Falls seine Vorgesetzten in Washington herausfinden sollten, was er getan hatte, mußte er um seinen soliden Ruf fürchten, den er sich über so viele Jahre hart erarbeitet hatte.

Die Rakete hatte ihr Ziel gefunden, und die Wirkung stand Robinson ins Gesicht geschrieben. »Warum also haben Sie sich die Steuererklärungen kommen lassen?« fragte Roth triumphierend, als könne es keinen Zweifel geben, daß die Frage nun endlich beantwortet werden würde.

Die Alarmsirene war jetzt ohrenbetäubend laut. Erzähl Roth überhaupt nichts. »Ich hatte halt so ein instinktives Gefühl.«

»Was meinen Sie damit?«

»Elbridge Coleman kam aus dem Nichts. Er tauchte dieses

Frühjahr auf, fing an, ein Heidengeld für Anzeigen auszugeben, und hängte bei der Vorwahl alle anderen republikanischen Kandidaten um Längen ab. Einige von ihnen waren erfahrene Politiker mit bekannten Namen, und er hat sie einfach plattgemacht. Jetzt hat Coleman bei der Parlamentswahl starke Chancen, gegen Malcolm Walker zu gewinnen, weil er weiterhin Anzeigenraum kauft und meiner Meinung nach auch Stimmen. Malcolm Walker ist in Maryland ein populärer Mann. Coleman muß eine Menge Dollars dafür ausgeben, in den Meinungsumfragen so gut abzuschneiden. Vielleicht geht da ja noch was anderes vor sich.«

»Es ist nichts dagegen einzuwenden, daß jemand seine Kohle ausgibt, Mr. Robinson. Coleman hat einen ganzen Haufen Geld verdient, als er mit seiner Softwarefirma an die Börse gegangen ist. Wenn er es für eine Wahlkampagne ausgeben möchte, die ihn in den Senat bringen soll, dann darf er das meiner Meinung nach. Wenn ich mich recht erinnere, leben wir in einem freien Land.«

»Coleman hat diese Firma vor weniger als vier Jahren gegründet, obwohl er nicht die geringste Ahnung von Software hatte. Nun hat er sechzig Prozent davon für fünfzig Millionen Dollar an die Aktionäre verkauft, und mit einem Mal möchte er Malcolm Walker aus dem Senat hebeln. Walker ist ein harscher Kritiker des Verteidigungsministeriums, und ich habe festgestellt, daß Coleman Technology in aller Stille eine ganze Menge Geschäfte mit diversen großen Rüstungslieferanten macht. Man braucht kein zweiter Einstein zu sein, um sich auszurechnen, daß die hohen Tiere im Pentagon und die Topmanager bei den bedeutenden Rüstungsfirmen nichts dagegen hätten, wenn Walker geschlagen würde und Coleman seinen Platz einnähme.« Robinson legte seine Karten auf den Tisch. Die Alarmsirene wurde gespenstisch leise.

Roth beugte sich vor. »Sie glauben also, Coleman ist die Spitze irgendeiner Verschwörung.«

»Schon möglich.« Robinson schwieg einen Moment. »Und ich beabsichtige, das herauszufinden.«

»Klar ist es möglich.« Roth lachte sarkastisch. »Jetzt mal im Ernst, wenn sich irgendwelche Leute derartige Mühe geben würden, Walker aus dem Senat zu bekommen, warum sollten sie ihn dann nicht einfach umbringen? Das wäre erheblich einfacher und würde viel weniger Geld kosten.«

»Vielleicht werden sie das ja.«

»Das haben Sie sich selbst ausgedacht, nicht wahr?«

»Ja.« Robinson schaute sich unbehaglich um.

Roth senkte die Stimme. »Hat Ihr Interesse an Coleman irgendwas mit der Tatsache zu tun, daß Sie Schwarzer sind und Malcolm Walker auch? Daß Sie sicherstellen möchten, daß Walker einen Mann wie Elbridge Coleman schlägt, der das Establishment repräsentiert?«

»Was?« Robinson hätte ums Haar sein Bier verschüttet.

»Malcolm Walker ist in Maryland ein geachteter Mann, ein Mann, den die Schwarzen als Rollenmodell hinstellen. Vielleicht möchten Sie ja einfach Ihr Teil dazu beitragen, daß er im Senat bleibt. Daß er für Ihre Leute auch weiterhin ein Rollenmodell bleibt.« Roth zögerte. »Oder vielleicht geht es ja sogar noch tiefer.«

»Hören Sie mal, allmählich reicht's mir nun aber ...«

Robinson wurde von einem Aufschrei an der Bar unterbrochen. Er drehte sich rasch in seinem Sessel um, damit er sehen konnte, was geschehen war.

»Du Arschloch!« giftete eine junge Frau an der Bar einen Mann im anthrazitfarbenen Anzug an, der einen roten Schlips trug. »So kannst du mit mir nicht reden, so nicht!«

Der Mann zuckte nervös die Achseln, als es still in der Halle wurde und er sich im Brennpunkt der allgemeinen Aufmerksamkeit wiederfand. Mit einem Mal faßte die Frau auf die Theke, ergriff ihr Glas, schüttete ihm den Inhalt ins Gesicht und rannte dann zum Ausgang.

Robinson schaute dem Tumult noch einen Moment lang zu und wandte sich dann wieder zu Roth um, der den Zwischenfall anscheinend amüsant gefunden hatte. Robinson griff nach seinem Glas. Er war irritiert und trank einen langen Schluck. »Gordon, mir paßt Ihre Anschuldigung nicht, daß ich meine Position beim IRS dazu benutzen würde, gegen Elbridge Coleman zu ermitteln, weil er weiß ist und Malcolm Walker schwarz.« Justizministerium oder nicht, einen derartigen Kommentar würde Robinson sich nicht bieten lassen.

Roth winkte ab. »Tut mir leid. Das war eine unpassende Bemerkung. Sie haben jedes Recht, wütend zu sein. Sehen Sie, die Wahrheit ist, daß wir den Verdacht haben, daß in Colemans Wahlkampagne möglichwerweise etwas Seltsames vor sich geht. Ich glaube nicht, daß wir im Justizministerium so weit gehen würden, eine Verschwörung zu vermuten, aber wir möchten noch ein bißchen weiterbohren.« Roth setzte sein Glas auf dem Tisch ab. »Alles in Ordnung mit Ihnen, Mr. Robinson?«

Robinson spürte, wie sein Puls plötzlich unkontrolliert losraste, sein Herz schlug, als wolle es zerbersten. »Ich weiß nicht. Ich fühl' mich ein bißchen benommen.« Er lockerte seine Krawatte und machte den Kragenknopf seines Hemdes auf. »O Gott, meine Zunge!«

»Was ist denn damit?«

»Sie ist so trocken, daß ich sie kaum spüren kann.« Seine Worte kamen nur undeutlich heraus, weil ihm die Zunge am Gaumen klebte.

»Vielleicht sollte ich einen Arzt holen.«

»Nein, ich ... O Gott!«

Roth stand auf und warf dabei absichtlich Robinsons Bierglas um. »Was ist denn bloß?«

Robinson griff sich an die Brust. »Mein Herz«, keuchte er. »Lieber Himmel, das fühlt sich an, als würde jemand mit einem Messer auf mich einstechen.« Er stand auf, schwankte einen Moment, stolperte dann vorwärts und stürzte auf den Teppich.

Roth drehte sich zu den anderen im Raum um. »Wir brauchen hier Hilfe!« rief er. »Ist irgend jemand Arzt?«

Ein Mann an einem nahe gelegenen Tisch sprang auf und rannte zu ihnen herüber, ließ sich auf die Knie fallen, als er den halb ohnmächtigen Robinson erreichte. Eine Kellnerin spurtete los, um nach dem Notarzt zu telefonieren. Leute standen auf und drängten sich nach vorne, um zu sehen, was los war. Und ohne Aufmerksamkeit zu erregen, schlängelte sich Gordon Roth zur Peripherie der Zuschauermenge durch und ging dann ganz gelassen zu den Fahrstühlen.

Robinson blickte auf zu dem jungen Mann, der im Begriff war, Wiederbelebungsmaßnahmen einzuleiten. Der Ecktisch in der Hotelhalle war frei gewesen, weil Roth für sein Vorgehen einen abgelegenen Platz brauchte. Roth hatte sich vergewissert, daß die Kellnerin für Robinsons Bier ein Glas brachte, weil es einfacher war, Gift in ein weitrandiges Glas zu werfen als in einen engen Flaschenhals. Und die Frau, die dem Mann einen Drink ins Gesicht geschüttet hatte, hatte damit nur für die nötige Ablenkung gesorgt. Mit einem Mal machte alles Sinn. Hätte Robinson doch nur auf seinen Instinkt gehört, auf dieses Alarmsignal in seinem Inneren.

Der junge Mann beugte sich vor, um Sauerstoff in Robinsons Lungen zu blasen. Es würde keinerlei Unterschied machen, wußte Robinson. Sie waren zu effizient, zu vorsichtig. Es würde keine zweite Chance mehr geben. Dann schlossen sich zuckend seine Augenlider, und er war tot.

Kurz darauf stieg Gordon Roth auf der Beifahrerseite in den weißen Explorer, der unweit des Hotels in einer Nebenstraße geparkt war.

»Und, wie war ich?« Die junge Frau, die in der Bar den Drink verschüttet hatte, lächelte Roth vom Fahrersitz aus an.

»Eine sagenhafte Vorstellung.« Er lehnte sich zu ihr hinüber und küßte sie, hielt inne, um die Perlenkette zu streicheln, die er früher am Tag für sie gekauft hatte. »Oscarreif.«

»Echt?«

»Echt.«

Die junge Frau kicherte. »Und nun?«

»Laß uns was essen gehen.«

Der Polizeibeamte ging langsam auf den Explorer zu, der nahe der Laderampe eines verlassenen Lagerhauses unter einer Straßenlampe geparkt war. Seine Sinne waren angespannt, aber er fühlte sich nicht allzu beunruhigt. Wahrscheinlich nicht mehr als ein betrunkenes Pärchen, das miteinander rummachte. Das passierte hier in der Gegend von Fell's Point alle Tage. Wahrscheinlich bloß ein Mann und eine Frau die sich in einer nahe gelegenen Bar kennengelernt hatten und nicht nach Hause gehen konnten, weil sie beide verheiratet waren und zu knauserig, um sich ein Hotelzimmer zu nehmen. Der Polizist schüttelte den Kopf. Was für eine wundervolle Welt.

Er leuchtete mit seiner Taschenlampe in den Lieferwagen, und auf der Stelle wurde ihm klar, daß die Situation weit ernster war, als er erwartet hatte. Hinter dem Steuer saß eine junge Frau, Hände an den Seiten, den Kopf zurückgeneigt, die Augen weit offen, aber blicklos, die Kehle von Ohr zu Ohr aufgeschlitzt.

Gordon Roth beobachtete den Polizisten durch das dunkle Fenster eines Abbruchhauses, von dem aus man die Laderampe überblicken konnte. Als der Beamte zu seinem Streifenwagen zurücktrabte, um über Funk Unterstützung anzufordern, nahm Roth die Perücke, den Bart und den Schnäuzer ab, stopfte sie in eine Reisetasche, die bereits die blutbespritzten Kleidungsstücke enthielt, die er bei dem Mord an der jungen Frau getragen hatte, und ging zur Treppe.

Kapitel 2

Für eine Finanzbeamtin der IRS war ein Tag so ziemlich wie der andere. Heute lagen Steuererklärungen, Betriebsprüfungen und bürokratischer Papierkram an, genau wie gestern, genau, wie es morgen sein würde. Jesse seufzte, als sie das Durcheinander musterte, das ihren Schreibtisch bedeckte. Es wurde nie besser. Ganz egal, wie hart sie arbeitete, es blieb stets noch mehr zu tun.

Sie lehnte sich in ihrem Sessel zurück und überflog die Titelseite des *Wall Street Journal*. Ein kurzer Artikel über den Börsengang eines High-Tech-Unternehmens erweckte ihre Aufmerksamkeit. Die Firma hatte gestern 400 Millionen Dollar eingenommen, indem sie 40 Prozent ihres Aktienkapitals an private Anleger verkauft hatte. Die Unternehmerin, die die Firma vor zehn Jahren gegründet hatte, konnte sich für alle Zeit aufs Altenteil zurückziehen, falls ihr danach war. Und die Investmentfirmen, die die Transaktion gemanagt hatten – Goldman Sachs und Merril Lynch – hatten fast 25 Millionen an Gebühren und Provisionen verdient.

Jesse schüttelte den Kopf, während sie ihr kleines, tristes Büro betrachtete. Investmentbanking in New York. Also, das mußte aufregend sein. Für diese Leute würde ihr jährliches Regierungsgehalt von 28 000 Dollar nichts als Peanuts darstellen.

Nicht daß sie geldgierig gewesen wäre. Sie wußte nur einfach, was es bedeutete, verzichten zu müssen, und daß es keinen Spaß machte. Sie war mit ihren neun Brüdern und Schwestern in Glyndon aufgewachsen, einer ländlichen Gemeinde nördlich von Boston. Während ihre Klassenkameraden die Wochenenden damit zugebracht hatten, sich Klamotten, Schallplatten und Musikkassetten zu kaufen, hatte sie in einem örtlichen Reitstall gejobbt, um zum Lebensunterhalt der Familie beizutragen. Ihr Vater – ein Monteur bei der Telefongesellschaft – arbeitete hart, aber wenn es galt, so viele hungrige Mäuler zu stopfen, reichte ein Monteursgehalt nicht aus, selbst bei all den Überstunden. Und ihre Mutter blieb zu Hause, um für die Kinder zu sorgen und sich ihrem lebenslangen Engagement für die katholische Kirche zu widmen.

Jesse las den Artikel noch einmal. Wie wäre das wohl, einige hunderttausend Dollar im Jahr zu verdienen? Und war es denn so schlimm, sich das zu wünschen?

»Jesse?« Sara Adams streckte den Kopf ins Büro und klopfte an die offene Tür.

»Hi, Sara. Komm rein.« Jesse legte die Zeitung weg. Sie mochte es nicht, bei ihrer morgendlichen Lektüre des *Journal* gestört zu werden, aber ihr Gesichtsausdruck ließ keine Spur von Verärgerung erkennen. Sie machte es sich zur Devise, so höflich zu sein wie nur möglich. Behandle andere so, wie du möchtest, daß sie dich behandeln, hatte ihre Mutter immer gesagt. Jesse hatte diesen Ratschlag stets befolgt.

»Liest du mal wieder eine Geschichte über Investmentbanker?« Sara deutete auf das *Journal*, während sie sich in einen Lehnstuhl vor dem Schreibtisch setzte.

»Wie kommst du darauf?«

»Ich hab den Artikel gesehen, wie Goldman und Merill diese High-Tech-Firma an die Börse gebracht haben. Ich weiß doch, wie sehr du das tun möchtest.« Saras Tonfall klang leicht angewidert.

»Ist das denn so übel?« Jesse spürte das Ressentiment.

»Nach allem, was ich so höre, haben die Leute, die bei diesen New Yorker Investmentfirmen arbeiten, nichts als Geld im Kopf. Das ist eine Welt von gnadenlosen Egoisten in einer Stadt voller gnadenloser Egoisten.«

»Du meinst also, ich würde da nicht überleben?«

»Vergiß das Überleben, ich rede von Lebensqualität. Die tun nie was anderes, als zu arbeiten. Vierzehn Stunden am Tag, sieben Tage die Woche. Sie sind todunglücklich, auch wenn ihnen das gar nicht bewußt ist. Genau wie du es sein würdest, wenn du da oben einen Job bekämst.« Sara rückte einen Ohrring zurecht. »Und du müßtest deine ganze Freizeit in diesem Betondschungel zubringen, diesem sogenannten Big Apple. Du bist auf dem Land groß geworden, um Himmels willen. In Glyndon, Maryland. Du würdest New York City hassen.«

»Ich könnte es schaffen«, sagte Jesse leise.

»Du bist einer der nettesten, aufrichtigsten Menschen, die ich je kennengerlernt habe. Warum solltest du Kompromisse eingehen? Bloß des Geldes wegen?«

»Ist es so schlimm, sich Komfort zu wünschen? Ein paar hübsche Dinge haben zu wollen? Ich wäre außerdem gerne in der Lage, meine Mutter zu unterstützen. Sie wird alt, und jetzt, wo sie allein ist, wird es für sie schwierig, im Haus zu bleiben. Sie gehört in ein Seniorenheim, aber dafür fehlt ihr das Geld. Von meinen achtundzwanzigtausend im Jahr kann ich ihr das nicht bieten und dabei auch noch für mich selbst sorgen.« Jesses Frustration wurde immer deutlicher.

»Wie bezahlst du denn die Schule?« Sara war unerbittlich. »Die muß doch einen Haufen Geld kosten.«

»Darlehen.«

»Also verdienst du vielleicht besser, wenn du deinen Abschluß machst, aber du wirst all diese Darlehen abzahlen müssen.«

»Auf lange Sicht wird es das wert sein.« Neils Worte vom gestrigen Abend.

»Sei dort, wo du bist, mit dem zufrieden, was du hast. Nimm dir die Zeit, ein bißchen zu leben.« Saras Miene hellte sich auf. »Wo wir gerade davon reden, ich möchte, daß du heute abend mit mir in die Mount Washington Tavern kommst. Dieser neue Typ, mit dem ich jetzt gehe, hat einen süßen Freund. Ich hab' ihm von dir erzählt, und er möchte dich kennenlernen. Er ist Banker, Jesse. Du weißt schon, solide mit Geld. Die Art von Mann, mit der du dich im Augenblick treffen solltest.« Ihr Tonfall wurde mütterlich.

»Tut mir leid, Sara. Ich würde gern mitkommen, aber es hat sich kurzfristig ergeben, daß wir morgen abend in einem meiner Seminare eine Gastdozentin haben. Die Frau ist in der Finanzwelt eine Legende, und ich muß mich vorbereiten. Ich möchte mich vor ihr nicht blamieren, wenn mir eine Frage gestellt wird.«

»Genau darüber rede ich. Du hast nie Zeit für dich selbst. Du hetzt dich permanent ab. Immer nur weiter, mach weiter. Du treibst dich noch selbst in den Wahnsinn, wenn du drei Abende die Woche die Wirtschaftsakademie besuchst, bloß um nach New York zu kommen. Das kann den ganzen Streß doch nicht wert sein.«

»Ich glaube schon.«

»Ach, das spielt eh keine Rolle. Du könntest das Amt nicht verlassen.«

»Was soll das denn heißen?«

»Du wärst nicht in der Lage, Neil Robinson zu erklären, daß du deinen Abschied nimmst. Du bist sein Goldstück.«

»Er schätzt deine Arbeit genausosehr wie meine, Sara.«

»Er würde nicht hören wollen, daß du uns verläßt«, sagte Sara bestimmt.

»Ich glaube, er würde sich für mich freuen.« Sie mochte Sara nicht erzählen, wie weit seine Unterstützung ging. Sara könnte auf falsche Gedanken kommen. »Er würde mich ermutigen, nach New York zu gehen.«

»Da wäre ich mir nicht so sicher.« Sara zögerte. »Sieh mal, ich weiß, daß ich mich negativ anhöre. Das tut mir leid. Ich weiß, daß du im Job und in der Schule echt hart arbeitest, und ich bewundere deinen Elan und deine Entschlossenheit.« Die harsche Note in ihrer Stimme verschwand. »Geh heute abend mit uns aus«, drängte Sara. »Es wird lustig werden. Abgesehen davon mußt du mal wieder unter Menschen kommen. Wir werden beide ziemlich bald dreißig, und danach ist es nicht so einfach, noch einen Mann zu finden. Schau dir die Statistiken an.«

Jesse knüllte eine Papierserviette zusammen und warf damit nach Sara. »Mein Gott, du bist die perfekte Finanzbeamtin, oder? Derart fixiert auf Statistiken und ihre Auswertung.«

»Guten Morgen, die Damen.« Helga Ketzers ausgeprägter deutscher Akzent schwebte ihr durch die Tür voraus. »Hier ist die Akte, die Sie haben wollten, Jesse«, sagte sie laut und kam ins Büro. Helga, die Sekretärin, die sich Jesse mit einigen anderen Steuerfahndern teilte, war klein, dick und rechthaberisch. Sie legte die schwere Akte auf den Tisch und wandte sich zum Gehen.

»Einen Moment, Helga«, rief Sara. »Wir brauchen Ihre Meinung zu etwas.«

»Laß das sein, Sara«, flehte Jesse. Sie haßte es, im Mittelpunkt der Aufmerksamkeit zu stehen, selbst unter Leuten, die sie gut kannte.

Sara ignorierte die Bitte. »Wir haben gerade über Jesses Liebesleben gesprochen, Helga.«

»Bitte nicht«, bestürmte sie Jesse.

»Und ich habe ihr gesagt, daß sie wieder anfangen muß, mit Männern auszugehen«, fuhr Sara fort. »Daß sie jemanden finden muß.«

Helga stemmte die Hände in die Hüften und schaute Sara an. »Ja, Kindchen, Sie müssen bald einen Mann finden. Es ist eine derartige Verschwendung, daß sie allein sind. Sie sind so nett und hübsch. Na ja, Sie könnten hübsch sein.« Die ältere Frau schlug die Hände vor den Mund und lachte. »Hab ich das wirklich gesagt?«

»Wie bitte?« Jesse schaffte es, sich trotz ihrer Verlegenheit ein Lächeln abzuringen.

Helga trat näher an sie heran. »Sie besitzen angeborene Schönheit. Blondes Haar, blaue Augen, hohe Wangenknochen und eine wunderbare Haut. Aber Sie müssen mehr aus sich machen.« Ihre Stimme wurde nachdrücklicher. »Sie tragen Ihr Haar immerzu in einem Knoten. Lassen Sie's dann und wann auch mal runter. Benutzen Sie ein bißchen Make-up. Und diese Sachen, die Sie tragen, die sind so weit und formlos. Lassen Sie die Männer sehen, was sie haben. Ein paar Kurven zu zeigen hat noch nie geschadet. Sie wissen doch, daß sie darauf als erstes achten. Eine Schande, aber so ist es nun mal.«

»Helga!« Jesse stieg die Röte in die Wangen.

Helga deutete auf Sara. »Jesse, Sie sollten es machen wie Sara. Tragen Sie Make-up und kümmern Sie sich um ihre Haare.« Über das Gesicht der älteren Frau huschte ein verschmitztes Lächeln. »Andererseits hätten Sie natürlich die ungeteilte Aufmerksamkeit der Männer, wenn Sie sich zurechtmachen würden, also wäre das Sara vielleicht gar nicht so lieb.«

»Was?« Jetzt war es an Sara, verlegen zu werden.

Jesse lachte leise. Helga war schon eine Nummer für sich.

»Sorry, Sara, ich sag's eben, wie ich es sehe.« Und weg war Helga; im Hinausgehen summte sie vor sich hin.

Sara stand auf, als wollte sie Helga folgen. »Manchmal macht mich diese Frau derart wütend.«

»Hey, du hast sie in unser Gespräch hineingezogen«, erinnerte Jesse sie. »Außerdem hört sie sich halt gern reden. Du weißt, daß das nicht das geringste zu bedeuten hat.«

»Das kannst du leicht behaupten. Sie hat gesagt, du würdest die ungeteilte Aufmerksamkeit der Männer haben.« Sara verzog das Gesicht, während sie zur Tür ging. »Hey, wie wär's mit einem kleinen Einkaufsbummel in der Mittagspause? Ich hab' da von einer tollen neuen Boutique in der Galleria gehört.«

»Klingt gut.« Sara ging immerzu einkaufen. Sie hatte letzten Winter von ihrer Großmutter 20 000 Dollar geerbt und gab das Geld mit beiden Händen aus.

»Tja, ich glaub', ich gehe besser mal wieder an die Arbeit.« Sara seufzte. »Wir reden dann in der Mittagspause noch mal über heute abend. Wir sind lange nicht mehr miteinander ausgegangen.« Sie schwieg einen Moment. »Das fehlt mir.«

»Ich werd's ver...« Jesses Computer unterbrach sie, indem er dreimal rasch hintereinander piepste, um anzuzeigen, daß sie eine neue E-mail hatte. Sie tippte auf die Tastatur und rief die Nachricht ab.

»Was steht denn drin?« Sara blieb an der Tür stehen. »Sind das Indizien für eine Büro-Romanze, von der ich nichts weiß? Wechselst du heimlich E-mails mit jemandem?«

»Nein, es geht um eine Besprechung, an der ich heute im Lauf des Tages teilnehmen muß.«

»Na ja, das ist ja nicht so interessant. Wir sehen uns dann in der Mittagspause«, rief Sara im Hinausgehen.

»Genau.« Jesse vergewisserte sich, daß sie weg war, und dann huschte ihr Blick zurück zum Bildschirm.

Wenn Du das liest, ist mir etwas zugestoßen. Du mußt da weitermachen, wo ich aufgehört habe.

Geh zum Greyhound-Bahnhof in der City von Baltimore. Such Schließfach 73. Die Kombination lautet 22–31–17. Darin liegt ein Schlüssel für mein Haus am Severn River in der Nähe von Annapolis. Die Adresse ist Gull Road 6. In der linken unteren Schublade des Schreibtischs im Arbeitszimmer findest du einen Ordner mit Informationen, die ein Rennen um einen Sitz im US-Senat betreffen. Auf dem Deckblatt sind gewisse Verdachtsmomente umrissen, die ich in bezug auf dieses Rennen hege: Es wird im Interesse Außenstehender manipuliert. Die ergänzende Dokumentation erklärt das näher.

Begib Dich dorthin, so schnell Du kannst. Ich habe nie jemandem von meinem Haus am Fluß erzählt, aber sie werden trotzdem rasch genug herausfinden, daß es existiert, weil sie alles über jeden beliebigen Menschen herausfinden können, so mächtig sind sie. Ich bin mir sicher, daß sie bereits meine Wohnung in Baltimore durchsucht haben. Sei vorsichtig. Trau keinem Menschen.

Neil

Ein paar Sekunden lang vergaß Jesse sogar zu blinzeln, während sie die Nachricht wieder und wieder las. Am Ende verschwammen die Wörter auf dem Bildschirm. Und dann lächelte sie. Natürlich. Übermorgen hatte sie Geburtstag. Ihre Kollegen spielten ihr einen Streich. Sie würden sich köstlich amüsieren, wenn sie sie hier rauslaufen sahen, und sie dann vor Neils Haus überraschen, oder vielleicht schon im Busbahnhof.

Plötzlich hörte Jesse vom Flur her einen schrillen Schrei, dann tauchte Helga in der Bürotür auf, die Hände vor den Mund gepreßt.

»Mein Gott.« Helgas Wangen waren tränenfeucht.

»Was ist denn?« Jesse schaltete den Monitor aus.

Helga schluchzte, unfähig zu sprechen.

Jesse erhob sich aus ihrem Sessel. »Was ist denn, Helga?« fragte sie noch einmal mit mehr Nachdruck und kam hinter dem Schreibtisch hervor, um die ältere Frau zu trösten.

Helga nahm die Hände vom Gesicht. »Ich habe schreckliche Nachrichten«, sagte sie mit heiserer Stimme. »Es geht um Neil Robinson. Er ist gestern abend in der Halle des Hyatt-Hotels an einem Herzinfarkt gestorben.«

Kapitel 3

Das Hughes Building – ein modernes, rundum verglastes Gebäude – erhob sich fünfzehn Stockwerke hoch über das Herz von Towson, einem Feine-Leute-Vorort unmittelbar nördlich der Stadtgrenze von Baltimore. An klaren Tagen konnte David Mitchell von seinem luxuriösen Büro im obersten Stock aus die Wolkenkratzer sehen, die aus der zwanzig Meilen entfernten Innenstadt gen Himmel ragten. Er konnte auch Glen Owens sehen – die ärmliche Reihenhaussiedlung im Osten Baltimores, in der er aufgewachsen war.

Als David vor vier Jahren seine Stelle bei der Sagamore Investment Management Group angetreten hatte, hatte er seine verwitwete Mutter mit in sein geschmackvoll ausgestattetes Büro genommen, damit sie die dunkle Holztäfelung, die Antiquitäten und den prachtvollen Orientteppich sehen konnte. Die reichen Snobs hatten die hausbackene Geste – und den Polyester-Hosenanzug seiner Mutter – amüsant gefunden, doch David ignorierte ihr Feixen, als seine Mutter sich zum Gehen wandte, nachdem sie ihnen die Hände geschüttelt hatte. Sie wollte sehen, was ihr jüngster Sohn aus sich gemacht hatte, und er wollte es ihr zeigen.

David hatte ihr nach ihrem kurzen Besuch im Foyer einen Abschiedskuß gegeben. Sie war so stolz gewesen. Er schloß fest die Augen. Was würde sie jetzt von ihm denken, wenn sie

Bescheid wüßte? Er mochte gar nicht darüber nachdenken.

Sagamore verwaltete beinahe 200 Milliarden Dollar und würde als einer der größten Investmentfonds des Landes gegolten haben, wenn die Firma diese Zahl nicht aus Öffentlichkeitsscheu geheimgehalten hätte. Bei ihrer endlosen Suche nach finanziellen Informationen setzten *Forbes* und *Fortune* jedes nur erdenkliche Mittel ein, um die Zahl herauszubekommen, doch nur ein paar Leute in der Firma kannten sie, und die gaben sie während der seltenen Interviews, die sie der Presse gewährten, nicht preis.

Sagamore nahm längst nicht von jedem Geld, und so mußten sie auch nicht ihre Bilanzen offenlegen, wie es von Fidelity, Vanguard und den anderen großen Anlagefirmen verlangt wurde. Sagamore akzeptierte Geld ausschließlich von reichen Privatleuten und betrieblichen Pensionsfonds, und auch das erst, nachdem der Vorstand den Investor für würdig befunden hatte. Die Liste der Anleger war ebenfalls ein streng gehütetes Geheimnis, das nur dieselbe kleine Gruppe von Leuten kannte, die auch wußte, welche Summe die Firma verwaltete.

Investoren mußten ein langwieriges Bewerbungsverfahren durchlaufen, bevor Sagamore ihr Geld akzeptierte, doch der außergewöhnliche Erfolg der Firma machte es wert, eine solch ungewöhnliche Behandlung über sich ergehen zu lassen. 1979 gegründet, hatte die Firma anfänglich zu kämpfen gehabt. Doch in den letzten fünfzehn Jahren hatte sie den laut *Dow Jones Industrial Average*, dem US-Industrieaktienindex, zu erwartenden Kapitalertrag alljährlich übertroffen, und das gewöhnlich um ein gutes Stück. Eine 1984, im ersten Jahr des kometenhaften Aufstiegs, bei Sagamore investierte Million wäre inzwischen fast 100 Millionen Dollar wert gewesen.

David war mit achtundzwanzig bei Sagamore eingetreten, nachdem er an der University of Virginia seinen Magister in Wirtschaftswissenschaften gemacht hatte. Nach zwei strapaziösen Jahren des Studiums berühmter Präzendenzfälle hatte er als Drittbester seines Semesters abgeschlossen. Nummer eins und zwei hatten es eilig gehabt, an die Wall Street zu kommen, aber Sagamore hatte David mit einer großzügigen Ausgleichszahlung, der attraktiven Aussicht, die Härten des New Yorker Lebens vermeiden zu können, und der unausgesprochenen Garantie, daß der Leistungsdruck bei Sagamore im Vergleich zur Wall Street nichts sein würde, heim nach Baltimore gelockt. Dieser Aspekt gefiel David ganz besonders. Nicht, daß er den Druck nicht auf sich nehmen konnte, er hatte nur einfach keine Lust, jede wache Stunde seinem Job zu widmen.

Wie bei Sagamore üblich, hatte er ein Jahr als Portfolio-Assistent zugebracht und war dann zu einem der fünfzehn vollwertigen Portfolio-Manager ernannt worden, was ihn anfänglich für fünf Milliarden Dollar des Firmenkapitals verantwortlich machte und sechs Monate später für zehn. Die Arbeit war stimulierend, aufregend und – obschon die Firmenleitung das während des Anwerbeprozesses anders dargestellt hatte – nicht weniger stressig als ein Job an der Wall Street.

Die Leistungen jedes Portfolio-Managers – egal wie gehoben seine Stellung war – wurden allmonatlich überprüft und auf einer absoluten Basis dem Dow-Jones-Index sowie auf einer relativen denen seiner Kollegen bei Sagamore gegenübergestellt. Am ersten Tag jedes Monats erhielten alle Angestellten von der Firma eine E-Mail, in der die Portfolio-Manager nach der Rangfolge ihrer Leistung im Vormonat aufgelistet waren. Zu viele Monate in der unteren Hälfte der Liste zu erscheinen, bedeutete, vom Vorstand gründlichst unter die Lupe genommen zu werden, und die sehr reale Möglichkeit, den hochbezahlten Job zu verlieren.

Dieser akute Druck hatte verschiedene Konsequenzen: Magengeschwüre waren an der Tagesordnung; zumindest fünf der Portfolio-Manager gingen regelmäßig zum Psychiater, und seit David bei Sagamore eingetreten war, hatten zwei Männer Anfang Fünfzig Selbstmord begangen – der eine mit laufendem Motor hinter einer geschlossenen Garagentür, der andere mit einem Sprung von der Brücke über die Chesapeake Bay.

Die untere Hälfte der monatlichen E-Mail-Liste war für einen Portfolio-Manager bei Sagamore ein häßlicher Platz. David hatte sich dort wiedergefunden, kurz nachdem er selbst Manager geworden war, und war seitdem nicht in der Lage gewesen, sich aus diesem Sumpf zu befreien. Er schaute auf die fernen Wolkenkratzer. Er würde bald aus dieser demütigenden Position heraus sein – solange nur morgen alles gutging.

»David?«

David starrte weiterhin gedankenverloren aus dem Fenster.

»Entschuldige, daß ich dich einfach so überfalle, kleiner Bruder, aber ich muß zurück in die Werkstatt.«

David wandte sich vom Fenster ab und setzte sich in den Schreibtischsessel. »Sorry, Will. Mir liegen bloß ein paar Sachen auf der Seele.«

»Kann ich verstehen. Du kriegst hier eine Menge Druck.« Will war der älteste der vier Mitchell-Brüder. Will hatte nie das College besucht und war jetzt Mechaniker, wie die beiden anderen Brüder auch. David war der einzige, der es aufs College geschafft hatte – und heraus aus Glen Owens. »Du weißt, daß es mir zuwider ist, dich darum zu bitten.«

»Ich weiß.« Dies war für sie beide nicht einfach. »Wieviel brauchst du?«

Will knispelte an dem öligen Schmutz unter seinen Fingernägeln herum. Schließlich blickte er zu seinem Bruder auf, schaute dann wieder weg. »Das ist einfach zu blöd. Ich hätt' die verdammte Karre versichern sollen. Aber ich versuche Geld zu sparen, mit den Zwillingen und so weiter, und ...«

»Wieviel brauchst du, um die Sache in Ordnung zu bringen, Will?« unterbrach ihn David. Für lange Erklärungen hatte er keine Zeit.

»Fünftausend Dollar.«

»Okay.« Permanent in Geldnöten zu sein konnte jemandem gründlicher das Rückgrat brechen als körperliche Gewalt. David hatte gesehen, wie es seinen Vater zerbrach. Jetzt geschah das gleiche mit seinem älteren Bruder.

»Hallo, Mr. Mitchell.«

David erkannte Art Mohlers verkniffene Oberklassenstimme auf Anhieb. Mohler war Sagamores oberster Portfolio-Manager und eines der drei Mitglieder des Führungsgremiums – des Komitees, das die Firma leitete und ihre wichtigen Geheimnisse hütete. Er war der Mann, dem David und die anderen Portfolio-Manager unterstanden. Das Damoklesschwert über ihren Köpfen.

Mohler verwaltete genaugenommen kein eigenes Portfolio, aber er hatte den Vorsitz über die aller anderen. Kein Portfolio-Manager konnte ohne Mohlers Einwilligung ein Aktienpaket im Wert von mehr als 20 Millionen Dollar ankaufen, was David ursprünglich für eine gute Idee gehalten hatte. Wenn eine Aktie an Wert verlor, hatte er sich gesagt, würde jemand anderer einen Teil der Verantwortung übernehmen. Aber so lief es nicht bei Sagamore. Brachte ein Papier gute Erträge, schrieb sich Mohler einen Großteil des Verdienstes selbst zu. Ging es in den Keller, machte er den anderen verantwortlich. Und die übrigen Mitglieder des Führungsausschusses erlaubten Mohler dieses Privileg.

»Guten Tag.« David zwang sich, höflich zu sein, auch wenn Mohler ihm fortwährend wegen seines schlechten Platzes in den monatlichen Ranglisten zusetzte.

»Es ist nur dann ein guter Tag, wenn wir Geld verdienen.« Mohler war Ende Fünfzig, wirkte aber jünger. Er war klein und hager, trug eine Halbbrille mit Schildpattgestell und zog sich an, als sollte er gleich in einem Werbespot für konservative Herrenmode auftreten.

»Art, das ist mein älterer Bruder Will«, sagte David im Aufstehen. »Will, das ist Art Mohler, einer unserer leitenden Herren.«

Will erhob sich rasch von der Bürocouch und streckte die Hand aus. »Geht's gut, Sir?«

Mohler verzog das Gesicht über Wills schmutzige Fingernägel. Als sie sich die Hände geschüttelt hatten, wischte er sich die Handfläche an seiner dunklen Anzugshose ab. Die subtile Beleidigung entging Will keineswegs – und David auch nicht.

»Ich geh' dann besser.« Will nahm seine Jacke von der Couch.

»Ich kümmere mich um das, worüber wir gerade gesprochen haben«, murmelte David.

»Danke, kleiner Bruder.« Will nickte Mohler respektvoll zu. »War schön, Sie kennenzulernen, Sir.«

»Mmmm.«

»Wir sehen uns dann, Will«, rief David seinem Bruder nach.

Mohler beobachtete, wie Will auf den Empfangsbereich zuging. Dann drehte er sich um und schaute David verdrießlich an. David Mitchell war groß und dunkelhaarig, eine definitive Ablenkung für die Frauen im Büro, und er kam aus der falschen Ecke von Baltimore – etwas, das Mohler entschieden zuwider war. Davids Anwesenheit durchbrach die Tradition alten Geldes, die in der Firma von Anfang an das Klima bestimmt hatte. Mohler hatte sich dagegen ausgesprochen, David einen Job anzubieten, aber die beiden anderen Komiteemitglieder hatten ihn überstimmt – etwas, das er David nie verziehen hatte. »David, ich finde, es ist keine gute Idee, Ihren Bruder weiterhin in unser Büro kommen zu lassen.«

»Wie bitte?« David hatte sich gerade wieder setzen wollen, hielt aber inne.

»Wir empfangen hier bei Sagamore des öfteren hochkarätige Klienten. Wir möchten, daß bei ihnen ein guter Eindruck zurückbleibt. Ich glaube, Sie verstehen, worauf ich hinauswill.«

»Er ist mein Bruder. Er ist ein guter Mensch«, sagte David ganz ruhig und ließ sich in seinen Schreibtischsessel sinken. »Das ist der einzige Eindruck, den er bei den Leuten hinterlassen würde.«

Mohler lächelte herablassend. »Bis zu Ihrem fünften Firmenjubiläum bei Sagamore ist es jetzt bloß noch ein Jahr hin. Ich würde meinen, daß Sie sich so umsichtig verhalten sollten wie nur möglich.« Mohler setzte sich auf die Couch. »Das würde auch einschließen, eine direkte Anweisung von einem Vorstandsmitglied zu befolgen.«

Bei der Erwähnung des fünfjährigen Jubiläums rutschte David unbehaglich auf seinem Sessel herum. Wenn man den größten Teil seiner Zeit bei Sagamore in der unteren Hälfte der Monatsliste zugebracht hatte, wurde man an seinem fünften Jahrestag in aller Stille vor das Führungsgremium gebeten und entlassen. Und David hatte in seinen vier Jahren bei der Firma fast durchgängig in der unteren Hälfte gestanden.

»Wird schon werden«, sagte David gelassen.

»Sie sollten sich da nicht so sicher sein.«

»Also, warum sind Sie in mein Büro gekommen, Art?« David ignorierte die Warnung.

»Ich möchte über General Engineering & Aerospace reden.« Mohler nahm seine Halbbrille ab, kaute einen Moment auf einem der Bügel herum und setzte sie dann wieder auf seine Patriziernase. »Vor zweieinhalb Jahren haben Sie mich gegen meine bessere Überzeugung dazu überredet, eine Milliarde Sagamore-Dollars in GEA-Stammaktien zu stekken. Eine *Milliarde*. In ein neu ausgegebenes Aktienpaket, das darauf hinauslief, fast dreißig Prozent des Unternehmens zu erwerben. Und es sieht so aus, als wäre das eine der übelsten Großinvestitionen gewesen, die diese Firma je getätigt hat.« Mohler öffnete ein Notizbuch auf seinem Schoß, nahm einige Papiere heraus und überflog sie noch einmal. »Als Sie die GEA-Aktien gekauft haben, wurden sie für fünfundzwanzig Dollar das Stück gehandelt. Heute stehen sie bei zweiundzwanzig. In zweieinhalb Jahren sind sie um drei Punkte gefallen. Falls Ihnen das noch nicht klargeworden sein sollte, das ist die falsche Richtung, mein Junge«, sagte er sarkastisch. »Denken Sie daran, wir möchten gern, daß die Aktien steigen.«

Durch David schoß eine Woge der Verärgerung, aber es gelang ihm, die Beherrschung zu wahren.

Mohler zog ein weiteres Blatt aus seinem Notizbuch. »Ich habe hier ein Diagramm, das Sie mir gaben, als Sie die Idee mit der GEA-Investition präsentierten. Es zeigt, daß sie geglaubt haben, GEA würde inzwischen bei fünfzig Dollar die Aktie stehen. Daß wir eine Milliarde *verdienen* und unser Geld verdoppeln würden. Statt dessen haben wir hundertzwanzig Millionen *verloren*. Zumindest auf dem Papier. Was ist da los?« Mohler wurde immer wütender.

Einmal im Monat führten sie genau dieses Gespräch über die GEA-Investition, und Mohlers Kritik wurde von Mal zu Mal schärfer. »Sehen Sie, Art, ich denke ...«

»GEA kommt nicht vom Fleck.« Mohler ließ David nicht zu Wort kommen. »Die Rüstungsindustrie schrumpft immer weiter, und das Unternehmen hat vom Pentagon seit drei Jahren keinen größeren Auftrag mehr bekommen. Es wird Zeit, daß wir dieses Paket loswerden. Rufen Sie die Investmentbanken an. Sprechen Sie mit unseren Leuten bei Alex Brown und Goldmann Sachs. Schauen Sie, was die für uns tun können. Es ist ein dicker Brocken, aber vielleicht können die ja ein paar Privatverkäufe arrangieren.«

»Was?« Es war das erste Mal, daß Mohler David angewiesen hatte, die Aktien tatsächlich zu verkaufen. Und der Befehl hätte zu keinem schlechteren Zeitpunkt kommen können. »Wir können jetzt nicht aussteigen.«

Mohler erhob sich von der Couch. »Und wenn der GEA-Kurs noch weiter fällt? Unser gesamter Jahresverdienst wäre beim Teufel. Glauben Sie vielleicht, das ist Monopoly-Geld, oder was? Dem ist nämlich nicht so. Das ist echtes Geld, was wir da verlieren«, brüllte er. »Dickes Geld.«

»Ich denke ganz und gar nicht, daß ich mit Spielgeld zu tun habe. Und ich kann mich sehr gut erinnern, was ich Ihnen vor zweieinhalb Jahren für GEA vorausgesagt habe und daß es noch nicht eingetroffen ist«, sagte David und stand auf. »Und ich verrate Ihnen noch etwas: Es gibt in dieser Firma niemanden, den das stärker beunruhigt als mich.« Er lehnte sich über den Schreibtisch. »Aber dazu brauche ich nicht Sie und daß Sie einmal im Monat hier reinschneien und mich daran erinnern, daß die Aktien weiter fallen. Ich wäre das Paket auch gerne los, aber wir würden uns die eigene Kehle durchschneiden, wenn wir an diesem Punkt aussteigen. Ich weiß ja nicht, wie's Ihnen geht, aber ich möchte mich mit keinem Hundertzwanzig-Millionen-Dollar-Verlust abfinden.«

»Tja, dann sollten Sie besser was unternehmen!« Mohler traten fast die Augen aus dem Kopf.

»Meine Herren, meine Herren.« Elizabeth Gilmans samtweiche Stimme schwebte ins Büro.

Instinktiv traten die beiden Männer einen Schritt zurück. Elizabeth war die Seniorpartnerin der Firma, die sie mit gegründet hatte, und ihre geschäftsführende Gesellschafterin. Unter den drei Angehörigen des Führungsgremiums zählte in wichtigen Angelegenheiten ihre Stimme weit mehr als die Mohlers oder des dritten Vorstandsmitglieds, Martin Broadbent. Sie mißbilligte hitzige Gespräche, wie sie das nannte, in den Firmenräumen. Das sei nicht die Art, wie sich privilegierte Menschen benehmen sollten, pflegte sie zu sagen.

»Hallo, Elizabeth.« Mohler gab sich plötzlich reserviert.

»Guten Tag, Ms. Gilman«, sagte David höflich.

Elizabeth lächelte. »Sie sind jetzt vier Jahre hier, David. Ich weiß Ihren Respekt zu schätzen, aber Sie müssen anfangen, mich beim Vornamen zu nennen. Andernfalls sorgen Sie dafür, daß ich Komplexe bekomme und beginne, mein Alter zu spüren. Und das wäre nicht gut.«

»In Ordnung ... Elizabeth.«

Sie lächelte wieder. »Na, wunderbar. Und jetzt lassen Sie uns allesamt versuchen, miteinander auszukommen. Es ist ein großer Sandkasten, und er bietet Platz genug, um darin zu spielen, ohne einander in die Quere zu kommen. Falls wir zufällig eine kleine Meinungsverschiedenheit haben, wollen wir sie doch bitte schön ein wenig zivilisierter regeln.«

Beide Männer nickten.

Elizabeth wandte sich zum Gehen, streckte dann noch einmal den Kopf ins Büro. »Wie geht's Ihrer Mutter, David?«

»Prima, danke, Elizabeth.«

»Bitte richten Sie ihr aus, daß ich sie grüßen lasse.«

»Werd ich.«

»Sehr gut.« Sie entfernte sich endgültig.

David sah ihr nach. Sie war eine reizende Dame. Die einzige Führungskraft bei Sagamore, die sich nicht vom Druck anstecken ließ und ihren Ärger an anderen ausließ.

Mohler vergewisserte sich, daß Elizabeth außer Hörweite war, zeigte dann mit dem Finger auf den jüngeren Mann. »Denken Sie an das, was ich Ihnen geraten habe, David. Schaffen Sie uns die GEA-Aktien vom Hals. Verhökern Sie sie an der Straßenecke, wenn's sein muß, aber sehen Sie zu, daß wir sie loswerden«, sagte er und stolzierte aus dem Büro.

David stützte die Hände auf den Schreibtisch und ließ langsam das Kinn sinken. Morgen mußte unbedingt alles gutgehen.

»Kopf hoch, Kleiner. Spielen Sie halt mit.«

David schaute auf. Nash Sollers, einer der älteren Portfolio-Manager stand in der Tür. »Was?«

»Ist alles Teil der Übung, mein Junge. Machen Sie einfach, was die wollen. Dann passiert Ihnen schon nichts.«

»Was meinen Sie damit?«

»Nichts Spezielles, nur so allgemein dahergeredet. Seien Sie clever, und alles wird gut.« Sollers ging weiter.

David war versucht, ihm zu folgen und ihn um eine Antwort zu bedrängen. Aber er würde keine erhalten. Man bekam nie eine.

Kapitel 4

Das Haus, eine malerische Backsteinkate, die von hohen Eichen umgeben war, stand auf einer sanften Anhöhe mit Blick auf den Severn River. Fünfzehn Meilen weiter südlich floß der Severn bei Annapolis, das die Marineakademie der Vereinigten Staaten beherbergte, in die Chesapeake Bay. Im Sommer, selbst zu dieser späten Stunde, herrschte dort noch reger Verkehr auf dem Fluß, wimmelte es nur so von Jollen und Jachten, Fischerbooten und Marinefahrzeugen. Aber hier war alles ruhig.

Über die glasige Oberfläche des Severn spielte Mondlicht. Fischadler hockten stumm in den Baumwipfeln und hielten Ausschau nach Beute. Die einzigen Geräusche waren das Geraschel von Blättern, wenn eine sanfte Brise flußaufwärts wehte, und gelegentlich der scharfe Knall von das Wasser durchbrechenden Klauen, wenn einer der Adler sein Opfer fand und sich dann mit einem schaurigen Schrei von der Oberfläche hochschwang, den Fisch so eisern im Griff wie ein Schraubstock.

Jesse stand auf der dunklen Veranda und zitterte trotz der sommernächtlichen Hitze. Alles war wie in der E-Mail beschrieben. Neil Robinson war tot. Die Kombination für das Schließfach Nummer 73 in der Greyhound-Station von Baltimore war 22–31–7 gewesen. In dem Fach hatte ein kleiner

Schlüssel gelegen. Und der Schlüssel hatte die Vordertür des Hauses in der Gull Road 6 geöffnet.

Neil war ein wunderbarer Vorgesetzter gewesen und ein guter Freund. Ein Mann, der ihr das Gefühl gegeben hatte, es selbst mit den Fähigsten aufnehmen zu können. Und jetzt war er nicht mehr da. Sie würde ihn schrecklich vermissen.

Er hatte ihr die Nachricht über das interne Netz geschickt, nahm Jesse an, und dabei die Option im Zentralcomputer der Dienststelle genutzt, die es Vorgesetzten erlaubte, elektronische Post zu einem vorausbestimmten Zeitpunkt zu versenden. Eine Botschaft aus dem Grabe, die um ihre Hilfe ersuchte. Er hatte ihr viele Male geholfen. Jetzt würde sie ihm helfen, sosehr es sie auch ängstigte, hier zu sein.

Jesse trat auf die Tür zu, zögerte dann. Sie schaute sich um. Die Lichter des nächstgelegenen Hauses, eine Viertelmeile entfernt, schimmerten gespenstisch durch die Bäume. Wieder lief ihr ein Schauer über den Rücken.

Reiß dich zusammen, dachte sie. Sie holte tief Luft, drückte die Tür auf, ging ins Haus und knipste die Taschenlampe an, die sie aus dem Wagen mitgenommen hatte. Als sie den Plastikknopf des Schalters drückte, spürte sie Feuchtigkeit zwischen den Fingern. Die pelzgefütterten Lederhandschuhe ließen ihre Hände heftig schwitzen.

Jesse trug die Handschuhe, um keine Fingerabdrücke zu hinterlassen, sie benutzte eine Taschenlampe, damit niemand merkte, daß sie im Haus war, und sie hatte in einem abgelegenen Kiefernwäldchen geparkt, das eine halbe Meile von Neils Haus entfernt an der Gull Road lag, damit niemand den Wagen sah – und seine Nummernschilder. All das nur für den Fall, daß der ominöse Ton von Robinsons Botschaft etwas zu bedeuten hatte.

Kaum hatte sie die Tür hinter sich zugemacht, empfing sie ein starker Zederndutf. Sie richtete die Taschenlampe geradeaus. Zedernholztäfelung. Sie ließ den Lichtkegel rasch durchs Zimmer wandern. Der Raum war gemütlich und geschmackvoll eingerichtet. Beim Gedanken an Neils Körper, der jetzt kalt und steif im Leichenschauhaus lag, wurde sie erneut von Kummer überwältigt. Hör auf, sagte sie sich. Trauern kannst du später. Beweg dich da rein und so schnell du kannst wieder raus.

Im Arbeitszimmer stand der Schreibtisch. Sie mußte so schnell wie möglich hier weg. Sie hatte das seltsame Gefühl, daß irgend etwas nicht stimmte. Daß Gefahr lauerte.

Die linke untere Schreibtischschublade ließ sich auf ihren Gleitrollen mühelos öffnen. Jesse richtete den schwachen Lichtstrahl ins Innere der Schublade. Wie die elektronische Botschaft angekündigt hatte, lag darin eine Akte. Eilig zog sie den Ordner heraus, öffnete ihn und warf einen Blick auf die beiden ersten Wörter. »Liebe Jesse.« Sie las nicht weiter. Das war eindeutig die richtige Akte, und sie würde sich den Rest später an einem sicheren Ort ansehen.

Gordon Roth bewegte sich durch die offene Vordertür des Hauses in der Gull Road 6, die gezogene .44er Magnum vor sich gestreckt. Seine Nachtsichtbrille machte es einfach, sich zurechtzufinden, und er ging sofort auf den rückwärtigen Teil des Häuschens zu. Dort hatte er durchs Fenster den schwachen Schein einer Taschenlampe entdeckt, als er dabei war, das Gründstück zu erkunden. Irgendwie war ihm jemand zuvorgekommen. Jemand, der seine oder ihre Anwesenheit zu verbergen suchte und deshalb auf der Suche nach demselben Objekt sein mußte, hinter dem er selbst her war. Aber das spielte keine Rolle. Die Person würde nicht mehr lange leben.

Adrenalin schoß durch Roths Körper, aber nicht bis zum Siedepunkt. Er hatte im Lauf der Jahre gelernt, den Fluß zu kontrollieren. Er konnte ihn regulieren, wie er es gerade brauchte, wie die Treibstoffzufuhr eines Motors. Er hatte das Überraschungselement auf seiner Seite, also mußte er nicht auf Angriffsmodus schalten. Er benötigte die Oktaneinspritzung nicht – jedenfalls noch nicht. Mit einem gemäßigten Fluß war er besser in der Lage, die Situation einzuschätzen und den Angriff zu planen. Seine volle Wut würde er erst im allerletzten Moment freisetzen.

Er leckte sich die Lippen, während er unmittelbar neben der Tür zum Arbeitszimmer den Rücken gegen die Wand preßte. Der Tod. Er faszinierte ihn. Er hatte es sich zur Gewohnheit gemacht, in die brechenden Augen der Opfer zu schauen. Er wollte verstehen, was sie erduldeten, während der letzte Atem aus ihren Lungen entwich und ihre Augen sich verdrehten. Roth tötete, weil man das von ihm verlangte – und weil er Freude daran hatte.

Er schloß die Augen und gestattete dem Adrenalin, ungehinderter zu fließen. Das Ziel war jetzt ganz in der Nähe. Wie ein Raubtier witterte er die nächtliche Beute, ohne sie wirklich zu sehen.

Gelassen hob Roth die Pistole vors Gesicht, beide Hände fest um den Griff geklammert, so daß der Lauf senkrecht zur Decke zeigte. Das Adrenalin begann zu pulsieren. Es war vorbei. Das Opfer war hilflos.

In einer einzigen Bewegung stieß er sich von der Wand ab, senkte die Magnum, trat um die Ecke und bewegte sich geschmeidig durch die Tür des Arbeitszimmers.

Kapitel 5

Carter Webb – Republikaner aus Georgia, langjähriges Mitglied im mächtigen Bewilligungsausschuß des Senats und Vorsitzender von dessen Unterausschuß für die Streitkräfte – erhob sich steif von dem unbequemen Holzstuhl. Ein neues Sozialhilfegesetz, das die Demokraten unterstützten, war mit einem Steuersenkungsplan der Republikaner kollidiert, und das politische Gerangel und die Mauscheleien im Hinterzimmer hatten gerade erst begonnen. Es würde eine lange Nacht werden.

Webb ging über den dicken Teppich auf die Tür zur Rechten des Podiums zu. Er hatte es nicht weit bis zum Ausgang, denn nach neunundzwanzig Jahren im Senat saß er in der ersten Reihe. Das war in diesen heiligen Hallen so Tradition. Je länger man im Amt war, desto näher saß man dem Vizepräsidenten und dem Vorsitzenden der Mehrheitsfraktion. In den letzten drei Jahrzehnten hatte es nur eine wichtige Ausnahme von dieser Regel gegeben. Ted Kennedy war trotz seiner Jahrzehnte als Senatsmitglied in der letzten Reihe geblieben. Als Tribut an seinen Bruder hatte er denselben Platz gewählt, den Jack 1953 als frischgebackener Senator aus Massachusetts eingenommen hatte, und für den Rest seiner Zeit behalten.

Webb wandte sich nach rechts, sobald er den Senatssaal

verlassen hatte, und ging langsam den kurzen Korridor entlang, der zu den großen Doppeltüren führte. Mit einem Schulterstoß öffnete er die rechte Tür und bewegte sich in einen großen Warteraum, ging dann unmittelbar nach rechts und in ein kleineres Zimmer. Dort lehnte er sich enstpannt gegen die polierte Holzvertäfelung und rieb sich den schmerzenden Nacken, genoß die Einsamkeit.

Es war ruhig hier, abseits des Schlachtgetümmels. Abseits der Kämpfe zwischen den verdammten Gutmenschen, die es den innerstädtischen Armen erleichtern wollten, Lebensmittelmarken zu kassieren, und seinen geldgierigen Amtsbrüdern, die den Armen mehr Steuern abknöpfen wollten. Vor zehn Jahren, selbst noch vor fünf, hätte er mitten im dicksten Handgemenge gesteckt und Krieg gegen die »Gib die Steuern so schnell aus, wie sie hereinkommen«-Wohltäter geführt. Aber jetzt, in der Abenddämmerung seiner Karriere, achtete er stärker darauf, keine Energie zu verschwenden, und suchte sich seine Schlachten sorgfältig aus.

»Guten Abend, Herr Senator.«

Webb schaute durch das gedämpfte Licht nach links. Der da gesprochen hatte, war Phil Rhodes, ein kleiner Mann, der Webb für seinen hochkarätigen Job immer zu ungehobelt vorgekommen war. Aber es ließ sich nicht bestreiten, daß Rhodes Erfolg hatte. Über die Jahre war er zu einem der bekanntesten Rüstungslobbyisten Washingtons geworden. General Dynamics, Lockheed Martin und McDonald Douglas versicherten sich regelmäßig seiner Dienste, wenn es darum ging, große Regierungsaufträge an Land zu ziehen.

»Wie, zum Teufel, sind Sie hier reingekommen?« fragte Webb. »Ich dachte, die Capitol Police hätte diesen Bereich für die Nacht geschlossen.«

Rhodes schüttelte dem Senator die Hand, so wie ein Unterführer der Mafia dem Paten die Hand geben würde – behutsam, mit leicht gebeugtem Kopf. Der Senator – seit sechsundzwanzig Jahren im Bewilligungsauschuß für die Streitkräfte und die letzten fünfzehn sein Vorsitzender – konnte über Gedeih und Verderb eines Rüstungslieferanten entscheiden. Ebendiese Rüstungslieferanten sorgten dafür, daß Rhodes sich seine Armani-Anzüge und Gucci-Schuhe leisten konnte, also würde er notfalls auch Webbs Ring küssen, wenn ihm das helfen würde, Aufträge zu ergattern.

»Ich glaube, das haben sie auch, aber mit den meisten von denen bin ich auf du und du. Ich werde einer ganzen Reihe von ihren Kindern das College finanzieren, also drücken sie bei mir schon mal ein Auge zu.« Rhodes sprach mit einem schrillen Brooklyn-Akzent.

Webb lächelte einen Moment. Das Traurige war, daß der Witz über die Studienbeihilfe wahrscheinlich ein Körnchen Wahrheit enthielt – nicht, daß Rhodes persönlich die Rechnungen bezahlen würde. Das würden die Rüstungsfirmen erledigen, für die er arbeitete.

»Wie läuft's denn da drin heute abend, Herr Senator?«

»Zum Kotzen, wie üblich.«

»Ich verstehe. Zu dumm, daß Sie nicht heim nach Georgia gehen und ein bißchen Wahlkampf führen können, um von all dem mal wegzukommen.« Rhodes deutete auf die Tür und den dahinterliegenden Senatssaal. »Aber ich glaube, die Wahlkämpferei ist nicht wirklich nötig.« Webbs Wiederwahl stand ohnehin fest. Er war im Senat eine Institution.

Webb lachte zynisch. »Ja, ich bezweifle, daß allzu viele meiner Kollegen glauben würden, daß ich mir tatsächlich eine Weile freinehmen muß, um Stimmen zu sammeln.«

Rhodes nickte, schwieg dann einen Moment, während er beobachtete, wie der Senator sich dehnte und reckte. Webb war groß und breitschultrig, hatte silbergraues Haar und ein markantes Kinn; eine eindrucksvolle Gestalt, von der die

Presse häufig schrieb, sie habe das Flair eines Präsidenten. Aber Webb würde nie Präsident werden. Da war Rhodes ganz sicher. Er hatte sich in beiden Parteien zu viele Feinde gemacht.

»Man erzählt sich momentan so allerhand«, sagte Rhodes schließlich.

Webb ließ sich keine äußerliche Reaktion auf diese Nachricht anmerken. Also war Rhodes heute abend hier, um Informationen zu *liefern*. Was natürlich einer der Gründe war, warum der kleine Mann so viel Erfolg hatte. Rhodes betrachtete seinen Job als ein Geben und Nehmen. Sein wichtigstes Anliegen war, seinen Klienten aus der Rüstungsindustrie zu Aufträgen zu verhelfen, aber wenn er über Informationen verfügte, von denen er wußte, daß sie für die andere Seite von Bedeutung waren, für jene, die das Geld aus dem Verteidigungshaushalt verteilen konnten, gab er sie so rasch wie möglich weiter. Die meisten anderen Lobbyisten verstanden nicht, wieviel Wohlwollen dieses Verhalten erzeugte.

»Und was genau erzählt man sich so?« fragte Webb gelassen.

»Daß in Nevada, draußen in der Area 51, ein hochwichtiges ultrageheimes Projekt im Gange ist. Und daß aus diesem Projekt, falls es das Teststadium übersteht, das wichtigste Programm werden könnte, das seit Jahren aus dem schwarzen Budget erwachsen ist.« Rhodes war sich sicher, daß Webb interessiert sein würde. »Ich weiß, daß es offiziell kein schwarzes Budget gibt, aber ich dachte, Sie würden die Gerüchte trotzdem hören wollen.«

Webb schwieg für einen Moment. Das war das erste Mal, daß die Information aus einer Quelle außerhalb des Kreises der Eingeweihten zu ihm zurückgekommen war. Mochte sein, daß einfach jemand richtig geraten hatte oder es ein Schuß ins Blaue war, den einer von Rhodes' Klienten abgefeuert hatte. Aber so arbeitete Rhodes nicht. Er betrachtete die Dinge aus einer weit langfristigeren, beziehungsorientierten Perspektive. Also war der einzige Schluß der, daß Rhodes die Wahrheit sagte. Und unglücklicherweise lag der kleine Mann mit dem Brooklyn-Akzent fast immer richtig, wenn er »die Gerüchteküche« als seine Quelle anführte.

»Wo haben Sie das gehört?« fragte Webb.

Die Frage war ein stillschweigendes Eingeständnis, daß die Informationen des Lobbyisten zumindest teilweise zutrafen, und Rhodes war hoch erfreut. Er hatte sich möglicherweise gerade einen Gefallen verdient, vielleicht gar einen Auftrag für einen seiner Klienten. »Das bleibt jetzt unter uns, Sir.«

»Selbstverständlich.«

»Ich habe einen Maulwurf in Senator Walkers Büro.«

»Sie verdammter Halunke.« Webb klopfte dem kleineren Mann auf den Rücken und lächelte beifällig. »Schön für Sie.« Dann verblaßte sein Lächeln. Hier war eine Gelegenheit, eine, die er sich nicht entgehen lassen würde.

»Ich finde, es ist immer eine gute Idee, seinen Feinden so nah zu sein wie möglich« bemerkte Rhodes voller Stolz, daß es ihm gelungen war, dem normalerweise reservierten Senator Webb eine derart starke Reaktion zu entlocken.

»Da könnte ich gar nicht laut genug zustimmen, Phil. Dieses Arschloch Malcolm Walker versucht die gesamte Verteidigungsindustrie aus dem Geschäft zu drängen.«

»Stimmt haargenau.« Rhodes schaute, ob sich irgend jemand aus den dunklen Korridoren in den Warteraum verirrt hatte. »Jedenfalls sagt mein Maulwurf, daß Senator Walker Area 51 infiltriert hat. Anscheinend hat er dort draußen einen Spitzel, der ihn mit Informationen über dieses große inoffizielle Projekt versorgt. Walker will das Projekt an die Öffentlichkeit bringen, sobald er von seinem Informanten genug Daten bekommen hat. Angeblich hat dieser Informant genügend Zugang, um sich zusammenzureimen, was da vor sich geht.«

»Tatsächlich?« Webb wirkte plötzlich hochinteressiert.

»Ja, Sir. Wenn die Informationen meines Maulwurfs zutreffen. Und bislang war sie sehr zuverlässig.« Er schielte kurz in Webbs Augen. Mit einem Mal wünschte er, er hätte sich nicht verplappert, was das Geschlecht seines Maulwurfs anging. Aber der Senator schien nichts bemerkt zu haben, und Rhodes stieß einen kleinen Seufzer der Erleichterung aus. Er wollte von Webb nicht allzu hart bedrängt werden. »Das sind nicht gerade gute Nachrichten, ich weiß«, fuhr er fort. »Aber ich dachte, Sie würden das alles so schnell wie möglich erfahren wollen.«

Webb schlug mit seiner großen Hand gegen die polierte Holztäfelung. »Ein paar von den Idioten in dieser Stadt kapieren einfach nicht, wie schwierig es ist, eine Nation zu verteidigen.« Er schäumte vor Wut. »Dieser Bastard Walker wird alles vermasseln.«

»Da stimme ich Ihnen zu, Sir.«

Webb wandte sich um und sah Rhodes an. »Haben Sie einen Namen, Phil? Den Namen von Walkers Informanten in Area 51?«

Rhodes schüttelte den Kopf. »Mein Maulwurf in Walkers Büro ist bereit, mir allgemeine Informationen zu geben, aber das ist auch alles. Keine Namen.«

»Was für ein Motiv hat Ihr Maulwurf?«

»Ich habe Geld bereitgestellt. Es bestand da Bedarf. Ich bin sicher, mein Maulwurf hat sich die Sache so zurechtgelegt, daß man Geld annehmen kann, solange dafür nichts Spezifisches geliefert wird. Wie etwa der Name von Walkers Informanten in Area 51.« Rhodes gefiel die Wendung nicht, die das Gespräch zu nehmen begann. »War nett mit Ihnen zu plaudern, Herr Senator, aber ich sollte jetzt wirklich weiter.«

»Phil.« Der Senator stellte sich dem Lobbyisten in den Weg.

»Ja?« fragte Rhodes zögernd.

»Ich würde Ihre Kontaktperson gelegentlich gerne mal treffen. Ihren Maulwurf in Walkers Büro, meine ich.« Webb zog die Daumenschrauben an.

»Äh, hmm...« Rhodes hüstelte unbehaglich. Das hatte er nicht vorausgesehen. »Ich würde Ihnen ja gerne entgegenkommen, Herr Senator, aber ich bin mir einfach nicht sicher, ob die Person einem Treffen zustimmen wird.«

»Dann sorgen Sie eben dafür, daß sie zustimmt«, entgegnete Webb energisch. Rhodes konnte ein extrem wertvoller Aktivposten sein, wenn man ihn sich auf die richtige Art warmhielt. »Sie haben mehr Macht, als Ihnen klar ist, Phil. Sie sind im Informationsgeschäft. Nutzen Sie ihren Zugang zu Leuten, die wissen, wer Dreck am Stecken hat, und die eine Leiche im Keller finden können, die es Ihnen gestattet, die fragliche Person zu manipulieren, wie immer Sie möchten.« Webb lächelte boshaft. »Ich könnte ja die Leiche in Ihrem Keller finden«, sagte er so beiläufig, als würde er das Ergebnis eines Baseballspiels verkünden oder jemanden zum erstenmal begrüßen.

Vor Rhodes' geistigem Auge tauchte der himmlische Körper seiner Freundin auf. Einer Freundin, von der seine pummlige Frau nichts wußte. »Ich werde das Treffen arrangieren«, sagte er leise. Mit einem Mal waren er und der wackere Senator aus Georgia wieder ein Herz und eine Seele.

»Gut. Und rufen Sie mich an, sobald Sie den Namen von Walkers Informanten in Area 51 haben. Das ist sehr wichtig.«

»Ja, Sir.« Rhodes schüttelte Webb die Hand und verschmolz dann mit dem Halbdunkel.

Noch lange, nachdem Rhodes verschwunden war, starrte Webb in die Dunkelheit. Er mußte ein Telefongespräch führen, ehe er in den Senat zurückkehrte.

Kapitel 6

Malcolm Walker hatte als einziges Kind eines Ärzteehepaars eine privilegierte Jugend gehabt. Seine Eltern hatten sich beide aus armseligen Innenstadtghettos hochgekämpft, einander als Medizinstudenten kennengelernt und dann geheiratet. Sie hatten mit Stipendien des United Negro College Fund, einer Stiftung, die begabte Schwarze förderte, die John-Hopkins-Universität besucht und sich schließlich in Homeland niedergelassen, einer gehobenen Wohngegend im Norden Baltimores. Walker hatte seinen Abschluß an der Macon Academy gemacht, einer exklusiven Privatschule in Massachussetts, wo er vom ersten Jahr an als Footballspieler und Leichtathlet zum Star geworden war. In nur fünf Jahren hatte er sein Jurastudium in Harvard summa cum laude abgeschlossen und danach eine Stelle bei der hochkarätigen Washingtoner Anwaltskanzlei Baker & Stroud angenommen, wo er Bürgerrechtsfälle bearbeitete.

Sechs Jahre nachdem er zu Baker & Stroud gekommen war, führte Walker einen Wahlkampf an der Basis und wurde in den Staatssenat von Maryland gewählt. Vier Jahre später, im zarten Alter von dreiunddreißig, wurde er US-Senator. In Wahlkampfreden zitierte er Lektionen, die er als Sohn zweier Eltern gelernt hatte, die durch harte Arbeit und Entschlossenheit das Ghetto hinter sich gelassen hatten. Er sprach von den Zeiten, als seine Eltern in ihrer Kindheit nichts zu essen gebracht hatten, weil kein Geld dagewesen war. Er sprach über die baufälligen Wohnungen, in denen sie aufgewachsen waren. Und er sprach von den Träumen, die sie verwirklicht hatten. Er war beredt, attraktiv und ein eingeschworener Gegner des Washingtoner Klüngels und klammheimlicher Finanzgeschäfte zwischen Politikern und der Großindustrie. Und trotz aller Privilegien seiner Jugend hegte er eine angeborene Sympathie für die Sorgen und Nöte der arbeitenden Klasse – und sie für ihn.

Gegner aus dem Establishment versuchten fortwährend, die Loyalität von Walkers Wählern zu untergraben, indem sie ihn als Scharlatan darstellten, der selbst der Elite angehörte, und sich dabei auf seine Zeugnisse privilegierter Schulen und seinen beachtlichen – und offengelegten – Anlagefonds konzentrierten. Walker hatte es jedoch geschafft, die Kritik abzuwehren und sich die Treue seiner Anhängerschaft zu bewahren – bis Elbridge Coleman am politischen Horizont erschienen war und begonnen hatte, Millionen für eine Werbekampagne auszugeben, die sich unterschwellig an weiße Wähler wandte, die Walker bei der letzten Wahl unterstützt hatten. Die Anzeigen stellten folgerichtig Walkers politische Karriere so dar, als habe er stets nur für Gesetze gestimmt, die den Schwarzen zugute kamen, und die anderen ignoriert, was de facto nicht zutraf. Seine Geschichte ließ keinerlei Voreingenommenheit erkennen, aber Walker fehlten die finanziellen Mittel, um sich gegen die Angriffe zur Wehr zu setzen, und die Meinungsmache zeigte bei seiner weißen Anhängerschaft eine deutliche Wirkung. Einer Anhängerschaft, die er auf seiner Seite haben *mußte*, um wiedergewählt zu werden.

Walker lächelte der Talk-Show-Moderatorin, die ihm im Studio gegenübersaß, freundlich zu.

»Und da sind wir wieder nach der Werbepause, hier bei Radio WBCC in Baltimore. Dies ist das *Nachtgespräch*, und ich bin Cynthia Jones.« Ihre cremige Stimme schwebte durch das Mikrofon und hinaus auf die Ätherwellen. »Unser heutiger Gast ist Malcolm Walker, Demokrat aus Maryland und in seiner ersten Legislaturperiode Mitglied des US-Senats.« Die Frau blieb mit den Lippen dicht am Mikro, während sie den Kopf ein wenig drehte, um Augenkontakt mit Walker aufzunehmen. »Ich möchte Ihnen herzlich danken, daß Sie sich die Zeit genommen haben, heute abend zu uns zu kommen. Ich weiß, daß Sie einen übervollen Terminkalender haben.«

»Nicht der Rede wert, Cynthia«, sagte Walker mit seiner tiefen Stimme. »Es ist mir ein Vergnügen.«

»Gut. Wir haben bloß noch ein paar Minuten übrig, also ist nur noch Zeit für einige weitere Fragen und einen einzigen, sehr wichtigen Telefonanruf.«

Walker warf der Moderatorin und dem Aufnahmeleiter einen neugierigen Blick zu, aber beide reagierten nicht auf seine stumme Frage nach dem angeblich so wichtigen Anruf, den während des Vorgesprächs unmittelbar vor der Sendung niemand erwähnt hatte.

»Herr Senator«, fuhr die Frau fort, »sagen Sie uns, warum Ihre Anziehungskraft und Ihre Wählerbasis so groß sind. Sie sind schwarz, aber bei der letzten Wahl haben Sie über fünfundfünzig Prozent der weißen Stimmen bekommen.«

Walker stürzte sich in seine wohlvorbereiteten Spontanbemerkungen. »Es liegt wohl daran, daß ich den gesunden Menschenverstand vertrete, Cynthia, und das wissen die Leute zu schätzen, ganz egal welcher Rasse sie sind.« Er hatte diese Dinge so oft gesagt, daß er sie im Schlaf herbeten konnte. Aber er war ein gewiefter Politiker und konnte Enthusiasmus ausstrahlen, ganz egal, wie oft er die gleiche Rede hielt.

»Wie wir heute abend schon besprochen haben, habe ich mir in meiner ersten Legislaturperiode alle Mühe gegeben, eine Kürzung des Verteidigungsetats zu erreichen, und das hat manche Leute in Washington entschieden irritiert. Aber es ist nur vernünftig, und die Wähler wissen das. Das Verteidigungsministerium gibt über dreihundert Milliarden Dollar im Jahr aus. *Dreihundert Milliarden.* Und eine Menge davon wird für Waffen bewilligt, die wir schlicht und einfach nicht brauchen. Nehmen Sie zum Beispiel die Flugzeugträger. Müssen wir wirklich weitere fünf Milliarden für eine schwimmende Zielscheibe – kein Witz beabsichtigt – verpulvern? Ich finde nicht. Viele dieser Aufträge werden nur deshalb vergeben, um das alteingesessene militärische Establishment zu bereichern. Ich glaube, daß der Verteidigungsetat die Hälfte der gegenwärtigen Summe betragen könnte und die Vereinigten Staaten trotzdem kein Problem hätten, die einzige militärische Supermacht der Welt zu bleiben.

Stellen Sie sich einmal vor, was wir alles mit zusätzlichen hundertfünfzig Milliarden Dollar anfangen könnten, wenn wir das Budget wirklich um die Hälfte kürzen würden, Cynthia. Wir könnten Jugendliche aus den innerstädtischen Ghettos zu Facharbeitern ausbilden. Wir könnten die Zahl und die Qualität der Polizeibeamten erhöhen. Wir könnten immense Verbesserungen an unseren Schulsystemen vornehmen. Verstehen Sie, die Rassenzugehörigkeit wird irrelevant, wenn man über diese Dinge spricht, weil jeder davon profitiert. Mir geht es ganz einfach darum, dieses Land zu einem besseren Platz für jedermann zu machen.«

»Senator Walker, glauben Sie wirklich, daß wir das Militärbudget um die Hälfte kürzen und trotzdem stark bleiben könnten?«

»Ich weiß, daß wir das könnten. Und die Herren, die im

Kongreß und im Pentagon die Macht haben, wissen es auch.«

»Warum geschieht dann nichts?«

»Weil von diesem üppigen Budget viele Leute reich werden. Es ist praktisch ein Selbstbedienungsladen.«

»Das ist eine heftige Anschuldigung.«

»Eine, die ich zu beweisen beabsichtige.«

»Harte Worte«, flötete die Moderatorin. »Eine letzte Frage, bevor wir den Telefonanruf entgegennehmen.«

»Aber sicher, Cynthia.«

»Ein heikles Thema, aber als Reporterin muß ich es Sie fragen. Warum ist die im November bevorstehende Wahl für Ihren Sitz im Senat plötzlich zum Kopf-an-Kopf-Rennen geworden? Warum konnte Elbridge Coleman, der republikanische Kandidat, kürzlich die Lücke in den Meinungsumfragen schließen, wenn Sie doch soviel gesunden Menschenverstand verbreiten?«

Walker hatte gehofft, das Interview zu überstehen, ohne diese Frage beantworten zu müssen. Er hätte der Moderatorin gern von den Machenschaften des Establishments erzählt, wie sicher er war, daß man dort alles nur Erdenkliche unternahm, um ihn zu schlagen. Aber er hatte keine Namen, keine finanziellen Spuren, nichts, das seine Verdächtigungen beweisen würde. Und wenn er für Colemans jüngste Erfolge irgendeine gesichtslose Gruppe verantwortlich machte, würde sich das wie das Gefasel eines Verlierers anhören. »Das ist nur eine kurzzeitige Stimmungsschwankung. Lassen Sie's erst mal November werden, dann sind wir nach wie vor in Washington.«

»Es freut mich, daß Sie so zuversichtlich sind.« Die Moderatorin hob eine Augenbraue, als zweifelte sie daran, daß sich Walker da so sicher sein konnte. »Und nun zu dem Telefongespräch.« Die Moderatorin schaute weg. Sie wußte, daß

Walker über diese Entwicklung keineswegs glücklich sein würde, aber das *Nachtgespräch* brauchte höhere Einschaltquoten, und diese Woche ging es ums Ganze. »Am Apparat haben wir Reverend Elijah Pitts, den Vorsitzenden der in Maryland ansässigen Liberation for African-Americans.«

Walker verdrehte die Augen und zog eine Grimasse. Innerhalb weniger Jahre war die Afro-Amerikanische Befreiungsbewegung LFA dadurch bekannt geworden, daß sie Initiativen anführte, bei denen es um Hilfe für wirtschaftlich benachteiligte Bereiche ging. Mehr Regierungsgeld in Armenviertel zu leiten, in ebendiesen Vierteln Arbeitsplätze zu schaffen und darauf zu achten, daß faire Einstellungsbedingungen herrschten, waren nur einige von Reverend Pitts' Lieblingsanliegen. Genaugenommen hatten er und die LFA Schwarzen *und* Weißen geholfen. Aber Walkers Recherchen zeigten, daß viele Weiße in den Vororten die LFA fälschlich als militant betrachteten. Also hatten er und sein Stab aus Angst, den weißen Block zu verlieren, den er so dringend benötigte, um Coleman zu schlagen und wiedergewählt zu werden, beschlossen, soviel Distanz zu Reverend Pitts zu halten wie nur möglich. Walker warf der Moderatorin einen eisigen Blick zu, den sie nur mit einem Lächeln erwiderte.

»Guten Abend, Reverend Pitts. Danke, daß Sie sich heute abend an unserer Sendung beteiligen.«

»Ist mir stets ein Vergnügen, Cynthia.« Der Reverend war bereits mehrfach beim *Nachtgespräch* zu Gast gewesen. Er schwieg einen Moment. »Hallo, Malcolm.«

»Hallo, Reverend.« Walker zwang sich, höflich zu sein. Sie kannten einander gut, weil sie zusammen an vielen öffentlichen Veranstaltungen und Empfängen teilgenommen hatten. Walker trommelte nervös auf seinem Stuhl herum. Pitt versuchte stets, Walker in die Ecke zu treiben, bis er sich öffentlich für die LFA aussprach. Aber das, hatten die Meinungsforscher ermittelt, würde eine Katastrophe bedeuten. »Wie geht's Ihnen heute abend?«

»Prima, Herr Senator« sagte Pitts in einem ebenso herzlichen und ebenso gekünstelten Ton. »Es hat mir Spaß gemacht, heute abend Ihren grandiosen Worten zu lauschen.« In Pitts' Stimme sickerte Sarkasmus.

»Mmm.«

Die Moderatorin lächelte. Die Sache begann interessant zu werden.

»Aber, Malcolm« – der Tonfall des Reverends wurde väterlich –, »Sie sollten Ihrer Kernwählerschaft mehr Beachtung schenken. Sie müssen eine Brücke zur LFA schlagen. Gemeinsam könnten wir ein wenig von Ihrem großen Plan verwirklichen.«

»Ich denke, daß Sie und die LFA einige sehr positive Dinge für Maryland getan haben.« Walker schaute auf die Uhr an der Wand. Nur noch eine Minute, und die Moderatorin würde Schluß machen müssen. Doch der Sekundenzeiger schien rückwärts zu laufen. »Einige sehr positive Dinge.«

»Sie gehen der Frage gewandt aus dem Weg. Natürlich, Sie sind ein gewandter Politiker, was soll ich da anders erwarten? Schließen Sie die LFA in die Arme, Senator Walker. Zusammen können wir sogar noch stärker sein. Jetzt gleich! Heute abend, vor laufendem Mikrofon!« donnerte Pitts.

Walker räusperte sich. Dreißig Sekunden.

»Malcolm.«

»Reverend, wir sollten uns treffen und unsere Ansichten diskutieren. Vielleicht sollten Sie nach Washington kommen.«

»Malcolm!«

»Ich fürchte, mehr Zeit haben wir nicht, meine Herren« unterbrach die Moderatorin. »Vielen Dank, daß Sie beim

Nachtgespräch unser Gast waren, Senator Malcolm Walker.«

Als die Frau das Mikrofon abschaltete, sackten Walkers Schultern nach vorne. In Zukunft würde er mit diesen Telefon-Talk-Shows vorsichtiger sein.

Kapitel 7

Roth musterte hastig das Zimmer, schwenkte dabei die Pistole von links nach rechts, sein linkes Auge geschlossen, das rechte den mattschimmernden Lauf entlang auf das kleine Visier gerichtet und dann weiter auf die klar umrissenen grauen und grünen Formen, die ihm seine Nachtsichtbrille zeigte.

Bücherregal zur Linken. In der Mitte ein Schreibtisch unter einem Erkerfenster, Stuhl zurückgezogen und niemand in dem freien Raum zwischen den Schubladen. In der Ecke neben dem Schreibtisch ein großer Ledersessel und zur Rechten ein Kleiderschrank, Tür geschlossen. Aber kein menschliches Wesen. Er sah erneut unter den Schreibtisch, bloß um sicherzugehen. Die Person konnte in der kurzen Zeit, die er gebraucht hatte, um ins Haus einzudringen, unmöglich hier rausgekommen sein.

Sein Blick wanderte zu dem Kleiderschrank. Todsicher war das die Antwort. Irgendwie hatte die Beute seine Anwesenheit gespürt und sich in einem kläglichen Versuch, dem Schicksal zu entkommen, an der offensichtlichsten Stelle versteckt. Als ob er die nicht als allererstes überprüfen würde. Aber es war das einzige Versteck, und der Überlebensdrang stellte den mächtigsten aller menschlichen Instinkte dar, wie Roth gut wußte.

Er richtete die Magnum auf die Schranktür, ließ den Türknopf nicht aus den Augen, während er sich lautlos zur Wand neben der Tür bewegte. Er war darauf gefaßt, daß das Opfer im Versuch, den Überraschungsvorteil zu nutzen, ins Freie stürzte.

Roth faßte nach dem Knopf, zog dann seine Hand von dem Messing zurück, als habe er einen elektrischen Schlag bekommen. Er wollte die Person lebendig fassen, sie dann an einer abgelegenen Stelle hinrichten und für die Untersuchung, die unweigerlich folgen würde, keine Spuren seiner Anwesenheit hinterlassen. Doch diese Mission war zu wichtig, um irgendeine Möglichkeit des Scheiterns zu riskieren. Wenn er versuchte, das Opfer lebend aus dem Haus zu bringen, bestand eine geringe Chance, daß es entkam. Er mußte es hier töten. Es gab keine Alternative.

Die linke Körperseite gegen die Wand neben dem Schrank gepreßt, streckte Roth lediglich die rechte Hand mit der Pistole aus – so daß nur sein Arm ein Ziel bot, falls das Opfer bewaffnet war – und richtete den Lauf auf die Tür, feuerte dann exakt in Hüfthöhe dreimal. Die Kugeln fauchten in rascher Folge durch das Holz und hinterließen dabei ein sauberes Muster aus nur Zentimeter voneinander entfernten Einschußlöchern.

Im nächsten Moment fiel etwas hinter der Tür mit einem dumpfen Schlag zu Boden. Roth faßte nach dem Knopf und riß die Tür abrupt auf. Auf dem Boden lag ein Wäschesack. Er war von einem Haken an der Rückseite der Tür gefallen, die Kordel sauber von einer der Kugeln durchtrennt. Roth fluchte leise. Das Opfer war doch nicht so dumm gewesen.

Er wirbelte herum, und sein Blick huschte durch den Raum. An der Basis seines Gehirns begann sich mit einem Mal ein kleines Samenkörnchen der Besorgnis einzunisten. Die Beute war dabei zu entkommen.

Das schrille Geräusch von Insektenlauten, die durch die Nacht schwirrten, füllte seine Ohren. Eine leichte, fast nicht wahrnehmbare Brise, die nach Salzwasser roch, strich über sein Gesicht. Die Insektengeräusche waren lauter, als sie hätten sein sollen. Eine salzige Brise. Sein Blick schoß zu dem Erkerfenster. Er ging rasch zum Schreibtisch, beugte sich darüber und legte die Hand gegen das Fenster. Es war unverschlossen und stand leicht offen.

Ein großer Porzellanbecher verstreute seinen Inhalt aus Schreibern und Bleistiften, als Roth auf die Schreibtischplatte sprang und einen Flügel des Fensters aufriß. Die gläserne Bibliothekslampe kippte um, als er einen Fuß auf die Fensterbank setzte, aber Roth nahm kaum Notiz davon, daß sie auf dem Boden zerschellte. Das Haus in Unordnung zu bringen bereitete ihm jetzt keine Sorgen mehr. Um die Einschußlöcher, den Becher und die Lampe konnte man sich später kümmern. Seine einzige Sorge mußte nun sein, das Opfer so rasch wie möglich aufzuspüren. Roth zwängte sich durch das Fenster und sprang auf den sechs Fuß tiefer gelegenen Boden.

Jesse sprintete durch das Dickicht aus Bäumen und Gestrüpp, nur vom Mondlicht geleitet und getrieben von den Schußgeräuschen aus dem Haus. Das Laub riß an ihrem Gesicht, ihren Armen und ihrer Kleidung, während sie durch das Dunkel stolperte und den scharfen Ästen auswich, so gut sie konnte. Sie hatte den Verfolger gewittert, als er durch das Fenster gespäht hatte. Allerdings konnte sie sich nicht erklären, wie eigentlich. Vielleicht hatten ihre Ohren ein seltsames Geräusch aufgenommen oder ihre Nase einen ungewohnten Geruch. Was immer es gewesen war, sie hatte sofort gewußt, daß sie wegmußte und die Vordertür nicht in Frage kam.

Ihre Schulter rammte plötzlich einen dünnen jungen Baumstamm, den die Dunkelheit verborgen hatte, und sie fiel schwer auf den laubbedeckten Boden. Der Aktenordner aus Robinsons Schreibtisch rutschte ihr aus der Hand und verstreute seinen Inhalt über den Grund. Von der Schulter her schoß ihr ein scharfer Schmerz bis in die Fingerspitzen, und sie biß sich auf die Lippen, um nicht aufzuschreien. Sie blieb einen Moment auf dem Boden liegen und rieb sich die Schulter, rappelte sich dann auf, zog die Handschuhe aus und stopfte sie in die Hosentasche, sammelte die über die trockenen Blätter verstreuten Papiere auf und lief weiter. Sie mußte weiterlaufen. Der Verfolger war da hinten in der Dunkelheit. Sie konnte ihn spüren.

Ihr Plan war, sich rasch durch den vierzig Yards von der Straße entfernten Wald zu bewegen und dabei die Bäume als Deckung zu benutzen, bis sie in die Nähe der Stelle kam, wo sie ihren Wagen geparkt hatte. Dann würde sie die Straße überqueren, in dem kleinen Fichtenhain nach dem Wagen suchen und entkommen. Es wäre viel einfacher gewesen, geradewegs die asphaltierte Straße hinunterzurennen, aber ihr Instinkt sagte ihr, daß sie dort zu auffällig war, zu verwundbar. Es war sehr gut möglich, daß ihr Verfolger allein arbeitete, und im Schutz des Waldes war sie sehr viel sicherer, auch wenn sie langsamer vorankam.

Sei vorsichtig. Lieber Gott, wenn sie doch nur kapiert hätte, wie ernst Robinsons Botschaft gewesen war. Und im nächsten Augenblick war der Boden unter ihren Füßen plötzlich verschwunden, und sie fiel in eine Schlucht, überschlug sich und schrie, während die Dunkelheit sie einhüllte.

Roth drehte ruckartig den Kopf nach rechts. Ein Schrei, ein entsetzter Schrei, menschlich, nicht von einem Tier. Weiblich, der Tonhöhe nach zu schließen, und ganz in der Nähe. Näher, als er hatte hoffen können. Erleichterung durchflutete seinen Körper, als er auf die Baumreihe am Rand des säuberlich gestutzten Rasens zuspurtete. Die Chancen waren mit einem Mal wieder auf seiner Seite.

Jesse erhob sich mit tropfnassen Kleidern und stieg aus dem Bach. Sie hob den Ordner auf, der ans Ufer gefallen war. Sie inspizierte ihn. Er war unbeschädigt. Dann hörte sie die Schritte, die über trockenes Eichenlaub knisterten.

Einen Moment lang stand Jesse bewegungslos da, unsicher, ob sie weglaufen oder sich verstecken sollte. Schließlich drehte sie sich um, watete durch den Bach und begann, mühselig die andere Seite der Schlucht hochzusteigen. Aber die feuchte Erde gab unter ihren Fingern nach, und kaum war sie ein, zwei Meter geklettert, rutschte sie wieder zurück auf den Boden.

Sie lehnte sich gegen die Uferböschung und hielt einen Moment inne, versuchte andere Geräusche als das Klopfen ihres eigenen Herzens auszumachen. Die Schritte kamen immer näher. Hastig schaute sie nach links und rechts und ging dann stromaufwärts in Richtung Gull Road.

Sie versuchte auf dem Ufer zu bleiben, heraus aus dem Wasser, doch der Bach machte einen plötzlichen Bogen, und in der Dunkelheit stolperte sie in einen flachen Teich und klatschte erneut in das eisige Quellwasser.

Roth hörte das Platschen und schwenkte darauf zu, während er Bäumen auswich. Die Beute war ganz nahe. Er umklammerte die Magnum mit festem Griff und lief weiter. Dann rutschte plötzlich auch er den steilen Abhang hinunter und überschlug sich wieder und wieder, bis er unten schließlich in den Bach fiel. Doch er war rasch wieder auf den Beinen, schüttelte sich und lauschte auf Geräusche, die ihn zu seinem Opfer führen konnten. Er hatte bei dem Sturz die Orientierung verloren und war sich nicht sicher, ob das Platschen, das er gehört hatte, von stromaufwärts oder stromabwärts gekommen war. Sekunden vergingen. Die Beute bewegte sich von ihm weg. Er mußte eine Entscheidung treffen.

Jesse hörte Roth fallen, und gegen jeden Instinkt rannte sie nicht einfach in wilder Flucht davon. Statt dessen bewegte sie sich langsamer als zuvor und achtete darauf, nicht wieder ins Wasser zu stürzen. Achtete darauf, so leise wie möglich zu sein. Achtete darauf, nicht ihre Position zu verraten, weil es jetzt keine Frage mehr war, daß der Verfolger sich ganz in ihrer Nähe befand.

Plötzlich überfielen sie Panik und das Bedürfnis loszuschreien, aber sie schaffte es, das Gefühl unter Kontrolle zu bekommen. Hier würde sie ohnehin niemand hören – ausgenommen der Verfolger. Sie blieb stehen, lehnte sich einen Augenblick gegen die Front eines großen Felsblocks, um warme, feuchte Luft einzusaugen, dann ging sie weiter.

Durch die Dunkelheit und eine Lücke in den Baumkronen erschien der Mond und dann eine Brücke im Mondlicht. Es war dieselbe Brücke, die sie vor zwanzig Minuten zu Fuß überquert hatte, um zum Haus zu gelangen, nachdem sie ihren Wagen versteckt hatte. Vor ganzen zwanzig Minuten, die ihr aber jetzt wie Stunden vorkamen. Sie schaute zu der Überführung hoch, sah jedoch nur einen dunklen Umriß vor einem dunklen Himmel. Der Wagen war ganz in der Nähe, nur ein paar hundert Fuß von der Brücke entfernt.

Sie hielt den Aktenordner eisern fest und trabte weiter. In der Nähe der Brücke war das Ufer frei von Laubwerk, und sie kam besser voran. Sie preßte eine Hand gegen ihre nasse Hose und spürte die Autoschlüssel. Den Motor anzulassen, würde ihre Position verraten, aber ehe der Verfolger sich das zunutze machen konnte, wäre sie über alle Berge. Und wenn sie erst einmal losgefahren war, könnten nicht einmal die Feuer der Hölle sie aufhalten.

Als sie unter die Brücke kam, wurde die Luft feuchter und ein wenig muffig. Das Mondlicht schimmerte auf der Wasseroberfläche und warf gespenstische, fahle Schatten auf den

Zement. Und selbst das minimale Geräusch ihrer Schritte auf den Felsen schien unter der Brücke lautstark widerzuhallen.

Sobald sie unter der Brücke durch war, durchwatete sie den Bach und kletterte die Böschung hoch, die auf dieser Seite der Gull Road nur sanft geneigt war, und binnen Sekunden war sie oben. Sie sprintete quer über ein Kleefeld, schlüpfte in das Kiefernwäldchen und machte rasch ihren Camaro ausfindig. Hektisch zog sie die Schlüssel aus der Tasche, steckte sie ins Schloß, öffnete die Tür und glitt hinter das Steuer. Sie gab dem Armaturenbrett einen sanften Klaps, als wäre es ein alter Freund, ehe sie die Schlüssel ins Zündschloß steckte.

Der Camaro erwachte röhrend zum Leben. Sie rammte den Schalthebel in den ersten Gang, ließ die Kupplung los und trat aufs Gas. Der Wagen machte einen Satz nach vorne, während sie noch die Scheinwerfer einschaltete. Als sie mit einem Ruck den zweiten Gang einlegte und den zerfurchten Feldweg entlang auf die Gull Road zuschoß, erfaßte sie ein Gefühl der Befriedigung. Mit einem PS-starken Wagen konnte sie weiß Gott umgehen. Dafür hatten ihre älteren Brüder schon gesorgt.

Während sie den Wagen durch die Fichtenreihen lenkte, griff sie nach den Lederhandschuhen, die sie sich in die Tasche gestopft hatte. Sie steckte die freie Hand tief in die Gesäßtasche, zog einen davon heraus und warf ihn auf den Sitz neben sich. Dann suchte sie nach dem zweiten, aber er war verschwunden. »Oh, verdammt!«

Die Einmündung des Feldwegs in die Gull Road kam rapide näher. Jesse riß mit beiden Händen das Steuer nach rechts, lenkte den Wagen weg von Robinsons Haus – und ihrem Verfolger. Der Camaro schwänzelte ein bißchen, als staubige Reifen auf Asphalt trafen, aber sie bekam das Schleudern mühelos unter Kontrolle.

Sie schaltete das Fernlicht ein und sah ihren Verfolger plötzlich direkt vor sich. Er stand mitten auf der Straße, den Mützenschirm tief in die Augen gezogen und zielte mit einer Pistole auf sie. Ohne zu zögern, rammte Jesse den Schalthebel nach vorne in den dritten Gang und trat das Gaspedal bis zum Boden durch. Doch der Mann bewegte sich nicht, und sie schrie auf, als der Camaro auf ihn zuschoß.

Zwanzig Meter, fünfzehn Meter, zehn. Roth wartete bis zum letzten Moment, ehe er die sechs Kugeln, die noch im Magazin steckten, in den Camaro pumpte. Die Geschosse fetzten durch die Windschutzscheibe, verstreuten Glassplitter im gesamten Wageninneren, zerschmetterten dann das Rückfenster.

Während er noch die letzte Patrone abfeuerte, hechtete Roth ins das Schilf neben der Straße, aber er war einen Sekundenbruchteil zu langsam, und das linke Ende der vorderen Stoßstange streifte seinen Unterschenkel. Der Zusammenprall wirbelte ihn durch die Luft und riß ihm den Schuh vom Fuß. Er landete auf dem Gesicht und einem Knie unsanft im losen Schotter am Rand des Asphalts. Trotz der Schmerzen, die durch seine Wange und sein Bein schossen, hob er den Kopf, um das Nummernschild zu mustern. Doch während der Camaro vorbeiraste, ging plötzlich die Beleuchtung aus.

Jesse richtete sich eilig vom Beifahrersitz auf, in den sie sich nur Augenblicke, bevor die Gestalt auf der Straße zu feuern begann, geduckt hatte. Sie war voller Glas, aber sie ignorierte die scharfen Splitter und die winzigen Schnittwunden an ihren Unterarmen. Sie hielt mit der linken Hand das Steuerrad fest, während der Wind ihr durchs Haar peitschte, und griff mit der Rechten nach unten, um die Scheinwerfer wieder einzuschalten. Als sie sich zurücksinken ließ, merkte sie plötzlich, daß die Kopfstütze verschwunden war. Eine der

Kugeln hatte sie durch das zerschmetterte Rückfenster katapultiert.

Roth spuckte Staub und Dreck aus, setzte sich dann auf und rieb sein pochendes Bein. Aus einem Schnitt über dem linken Auge sickerte Blut seitlich über sein Gesicht, aber ein paar Sekunden lang ignorierte er es. Er starrte durch die Dunkelheit hinter dem Geräusch des fliehenden Wagens her und nickte, als das Licht erst wieder anging, als er das Autokennzeichen nicht mehr lesen konnte. Wer immer in diesem Wagen saß, war ein nicht zu unterschätzender Gegner, jemand, den er aufspüren und beseitigen mußte, wenn die Mission weiter nach Plan laufen sollte. Aber die Fährte wurde rasch kalt, während der Camaro davonraste.

Roth faßte in seine Windjacke und zog den Handschuh heraus, den er im Laub gefunden hatte. Das war alles, was er brauchte, um die Spur wieder aufzunehmen.

»Was haben Sie?« Die Stimme des Mannes war ganz ruhig.

»Einen Lederhandschuh. Der Größe und dem Design nach zu urteilen, würde ich sagen, daß ihn eine weibliche Person getragen hat.« Roths Bein tat noch immer höllisch weh, aber seine Miene ließ von dem Schmerz nichts erahnen. Er hatte schon weit Übleres erduldet. »In dem Handschuh war ein Haar. Ein einzelnes langes Haar. Auch das weiblich, würde ich sagen. Vielleicht ist sich die Person mit den Fingern durch die Haare gefahren, ehe sie den Handschuh anzog.«

»Also haben wir wenigstens etwas.«

»Ja.«

»Wie lautet Ihr Plan?« fragte der Mann.

»Wir haben Glück gehabt. Das Haar hatte ein Follikel, und aus den Zellen des Follikels können wir eine DNA-Probe entnehmen. Wir wissen, daß die Person, die ich heute abend gejagt habe, eine von zweiundzwanzig Angehörigen der

Abteilung ist. Wenn ich Haarproben von diesen Leuten sammeln kann, sagen wir mal von ihren Frisierbürsten oder Mantelkrägen, könnten wir mittels DNA-Analyse vielleicht eine Übereinstimmung finden.«

»Es wird Zeit kosten, die Proben zu sammeln«, gab der Mann zu bedenken.

»Ich bin schnell«, versicherte ihm Roth.

»Aber selbst, wenn Sie die Proben rasch bekommen könnten, wäre das im Labor immer noch ein langwieriger Prozeß, wenn man einen Haarbalg benutzt. Wahrscheinlich zwei oder drei Wochen. Blut wäre etwas anderes, aber das steht nicht zur Debatte. Und wir haben keine zwei oder drei Wochen.« Der Mann begann sich allmählich Sorgen zu machen.

»Also gehen wir auf andere Weise vor.«

»Was meinen Sie damit?«

»In diesem Fall haben wir eine begrenzte Gruppe von zweiundzwanzig Leuten. Wir sind uns nahezu sicher, daß unsere Zielperson unter ihnen ist.«

»Ja.«

»Das Labor kann Leute von jedem Verdacht ausschließen, indem es die von mir gesammelten Haarproben untersucht und sie von der Farbe und Struktur her mit dem Haar im Handschuh vergleicht. Falls das Labor an dem Haar aus dem Handschuh obendrein bestimmte Chemikalien entdeckt – sagen wir mal, Chemikalien, die sich in bestimmten Tönungsmitteln oder Shampoos finden – und *dieselben* Chemikalien an nur einer meiner Proben, können wir uns so gut wie sicher sein, daß wir die richtige Person haben. Ich denke, ›so gut wie sicher‹ ist bei diesem Fall gar nicht übel.«

»Da kann ich Ihnen nur zustimmen.«

»Es gäbe auch noch eine andere Möglichkeit, an diese Sache heranzukommen«, bot Roth an.

»Nämlich?«

»In den Handschuh ist ein Etikett eingenäht. Der Name des Ladens, in dem er gekauft wurde, nehme ich an. Eine exklusive Lederwarenhandlung in der Galleria im Zentrum von Baltimore. Vielleicht können mir die Leute im Laden weitere Informationen liefern. Bei all den Scannern und automatischen Buchungssystemen, die Einzelhandelsgeschäfte heutzutage einsetzen, sollten sie eigentlich in der Lage sein, mir eine Namensliste derer zu geben, die im Lauf der letzten ein, zwei Jahre genau diese Sorte von Handschuhen bei ihnen gekauft haben. Zumindest derer, die sie per Kreditkarte bezahlt haben. Wenn diese Liste einen Namen aus der Abteilung enthält, sollten wir uns die betreffende Person meiner Ansicht nach auf der Stelle vornehmen.«

»Auf jeden Fall.« Mit einem Mal fühlte sich der Mann schon besser.

»Geht es in Ordnung, wenn ich dafür die Dienstmarke vom Finanzministerium benutze? Ich würde wahrscheinlich rascher zu Ergebnissen kommen.«

»Benutzen Sie, was immer Sie brauchen. Solange Sie bloß die Person finden, die diese Akte aus Robinsons Haus geholt hat.«

Kapitel 8

Jesse ging rasch den langen Korridor hinunter, einen dicken Umschlag aus dem Archiv unter dem Arm. Sie hatte sich dagegen entschieden, die Polizei darüber zu informieren, daß sie am Abend zuvor bei Robinsons Haus gejagt worden war. Polizeiliche Anzeigen wurden in öffentlich zugänglichen Akten niedergelegt, und genau die würde die Person, die Jagd auf sie gemacht hatte, wahrscheinlich als erstes überprüfen.

Als sie um die Ecke bog, stieß sie in der Tür zu ihrem Büro fast mit einem Mann zusammen, der gerade herauskam. Sie hatte ihn noch nie gesehen und wurde sofort mißtrauisch, immer noch nervös von der Erfahrung des Vorabends.

»Entschuldigung«, sagte er leise.

Der Mann hatte langes blondes Haar, einen Bart und einen Schnäuzer. Sie bemerkte, daß er eine Zellophantüte in die Hosentasche steckte. »Kann ich Ihnen behilflich sein?«

»Ja, ich suche Sara Adams.«

Jesse beäugte die an die Brusttasche seines Hemds geklammerte Besucherplakette. Sara mußte ihn erwarten. Die Leute an der Rezeption hätten ihm die Plakette nicht gegeben, ohne sie zuvor anzurufen. »Gehen Sie bei der nächsten Kreuzung nach links.« Sie deutete den Korridor hinunter. »Ihr Büro ist hinter der vierten Tür rechts.«

»Danke.« Der Mann schob sich ohne ein weiteres Wort an ihr vorbei.

Jesse sah ihm nach, als er leicht hinkend davonging. Vielleicht sollte sie Sara anrufen, nur sicherheitshalber. Dann schüttelte sie den Kopf und wischte das merkwürdige Gefühl weg. Sie fing schon an, sich Sachen einzubilden.

Jesse spürte, wie ihr jemand auf die Schulter tippte. Augenblicklich zuckte sie zusammen und stieß einen erstickten Schrei aus, während sie herumfuhr, die Hände vor den Mund gepreßt. Sie war weit weg gewesen, hatte vor ihrem geistigen Auge noch einmal die gestrige Verfolgungsjagd durch den Wald und den Zusammenstoß mit dem bärtigen Mann ablaufen lassen, der heute früh aus ihrem Büro gekommen war. Hatte sich gefragt, ob sie hätte zur Polizei gehen sollen. Hatte sich gefragt, ob der Mann nach ihr suchte. Und war zu dem Schluß gekommen, daß dem so war.

»Tut mir leid, daß ich Sie erschreckt habe, Jesse, aber hier ist jemand, dem ich Sie gerne vorstellen möchte.« Der Professor deutete mit dem Kopf auf die Frau, die neben ihm stand.

»Ja, natürlich.« Jesse holte ein paarmal kurz Luft, um sich zu beruhigen.

»Elizabeth Gilman, das ist Jesse Hayes«, sagte der Professor leise. Er wollte nicht, daß jemand anders auf der Cocktailparty ihn hörte, weil man ihm sonst Günstlingswirtschaft vorwerfen würde. »Jesse ist meine beste Studentin.«

»Ich glaube, das war einigermaßen offensichtlich, wenn man die Seminardiskussion betrachtet.« Elizabeth schenkte Jesse ein warmes Lächeln. »Ganz ehrlich, ich fand Ihre Kommentare exzellent. Die besten aus dem ganzen Haufen.«

»Sehr freundlich von Ihnen, Ms. Gilman.« Jesses Stimme zitterte ein wenig, und das aus gutem Grund, dachte sie bei sich. Elizabeth Gilman war in der Finanzwelt eine Legende. Sie hatte Ende der siebziger Jahre Sagamore als kleine Lebensversicherungsgesellschaft gegründet und diese zu einer der erfolgreichsten und angesehensten Investmentfirmen des Landes ausgeweitet.

»Bitte nennen Sie mich Elizabeth.« Die ältere Frau lachte. »Seh ich denn wirklich so alt aus?« Sie deutete auf den Professor. »Keine Antwort, bitte. Nicht, wenn Sie möchten, daß ich wiederkomme.«

Jesse sah Elizabeth' Augen funkeln, als auch der Professor lachte. Trotz ihres Alters war sie dynamisch und schön. Vollkommen graue Haare, nach hinten gebürstet aus ihrem klassischen, schmalen Gesicht – einem Gesicht ohne Falten und Altersflecken, dafür noch immer voller Energie und Enthusiasmus. Jesse schaute zu Boden. Ihre Kehle war mit einem Mal wie ausgetrocknet, und ihr fiel nichts zu sagen ein, was eine derart bedeutende Person interessieren könnte.

Der Professor spürte Jesses Unbehagen und trieb die Konversation voran. »Elizabeth, ich kann Ihnen gar nicht sagen, wie sehr wir es zu schätzen wissen, daß Sie sich von Ihrem geschäftigen Terminkalender freigemacht haben und hierhergekommen sind, um ein Seminar zu leiten«, sagte er. »Es ist für die Studenten änderst wichtig, daß sie Leute aus der wirklichen Welt zu sehen und zu hören bekommen, nicht bloß Akademiker. Und daß jemand von Ihrem Format hierherkommt, ist für uns, na ja ...«

»Danke sehr.« Elizabeth schaute weiterhin die junge Frau an, während sie den Professor höflich unterbrach. »Jesse, ich war beeindruckt von Ihren Bemerkungen über den Aktienmarkt.« Elizabeth' Diamantohrringe schimmerten im Licht der Kronleuchter.

»Vielen Dank.«

Elizabeth beugte sich vor, damit der Professor sie nicht

hören konnte. »Es gibt keinen Grund, nervös zu sein, Jesse. Ich esse und schlafe, genau wie Sie. Ich hab' bloß Glück mit ein paar Investitionen gehabt.« Die ältere Frau neigte sich wieder zurück.

»Das ist kein Glück«, erwiderte Jesse. »Erfolg resultiert daraus, daß man sich öfter als jedermann sonst in die beste Position bringt. Daraus, daß man seine Chancen nutzt.«

»Stimmt.« Elizabeth nickte zustimmend. »Sagen Sie, warum kommen Sie uns nicht mal bei Sagamore besuchen? Ich bin immer auf der Suche nach jungen Talenten.«

»Das wäre wundervoll!« Die Wall Street schien plötzlich gar nicht mehr so wichtig.

»Genaugenommen gibt es da jemanden, den Sie auf der Stelle kennenlernen sollten«, fuhr Elizabeth fort. Sie deutete auf einen jungen Mann, der mit einigen von Jesses Kommilitonen sprach.

David registrierte den subtilen Wink, verabschiedete sich an einem passenden Punkt des Gesprächs von der Gruppe und kam zu Elizabeth herüber.

»Jesse, das ist David Mitchell.« Elizabeth klopfte David auf den breiten Rücken, als er Jesses Hand ergriff und lächelte. »David ist einer unserer Portfolio-Manager bei Sagamore. Ich habe ihn genau aus diesem Grund gebeten, heute abend mit mir aus Baltimore hierherzukommen – falls ich in dem Seminar jemanden entdecke, der zu Sagamore passen könnte.«

»Hi, Jesse.« David ließ behutsam ihre Hand los. Blond, blauäugig und einfach süß. Nicht wie die anderen, mit denen er die letzte Stunde hindurch Konversation treiben mußte; die hier war entschieden was Besonderes.

»Jesse, ich denke, es könnte Ihnen Spaß machen, mit David ein paar Minuten über Sagamore zu reden.« Elizabeth hatte kaum zu Ende gesprochen, als sie krampfhaft zu husten begann.

»Alles in Ordnung?« fragte der Professor bestürzt über die Intensität des Anfalls.

»Ja«, keuchte sie. »Das wird schon wieder. Ich brauche bloß einen Schluck Wasser.«

»Aber natürlich, Elizabeth. Kommen Sie mit, und wir besorgen Ihnen, was immer Sie brauchen.« Der Professor nahm sie beim Arm.

Elizabeth hustete noch ein paarmal und drehte sich dann zu Jesse um. »Es war wundervoll, Sie kennenzulernen. Ich freue mich schon drauf, Sie bei Ihrem Besuch bei Sagamore wiederzusehen.«

»Herzlichen Dank. Ich hoffe, es geht Ihnen wieder besser.«

»Wird schon.« Elizabeth trat auf sie zu und tätschelte Jesses Hand. »Auf Wiedersehen.«

»Wiedersehen.«

David zögerte einen Moment, als Elizabeth und der Professor sich entfernten. »Also, was kann ich Ihnen über Sagamore erzählen?« Er schaute an Jesse vorbei, während er an seinem Glas nippte, versuchte distanziert zu wirken, weil er nicht wollte, daß sie sein unmittelbares Interesse spürte.

Jesse musterte David rasch von Kopf bis Fuß. Er sah gut aus – rabenschwarzes Haar, unangestrengtes Lächeln, ein Grübchen in der linken Wange und eine blühende Gesichtsfarbe, die darauf schließen ließ, daß er einiges für seinen Körper tat. Aber alles an ihm stank nach Establishment. Von dem dunklen Geschäftsanzug mit den zentimeterbreiten Hosenaufschlägen über den teuren Schlips bis hin zu seinem Kurzhaaarschnitt wirkte er wie ein Konservativer aus dem Bilderbuch. Sie lachte in sich hinein. Bei ihrer bescheidenen Herkunft sollte sie sich zu diesem Mann hingezogen fühlen wie eine Biene zum Blütennektar. Männer mit Geld versprachen finanzielle Sicherheit, etwas, das sie nie gekannt hatte. Aber sie fand diese Typen gewöhnlich stinklangweilig. Sie liebten Sport, ihre Besitztümer und sich selbst, und sie brauchte weit mehr als das. Sie brauchte Aufregung, einen Mann, der sein Leben mit ihr teilen und ihr die Welt zeigen würde.

Doch vielleicht sollte sie auf Saras Ratschlag hören, sich mit Männern zu treffen, die finanzielle Sicherheit boten, und sich nicht so viele Sorgen um immaterielle Werte machen. Sie schaute David erneut an. Er strahlte eindeutig dieses konservative Flair aus. Aber im Glitzern seiner Augen lag auch ein Hauch von Verschmitztheit. Und jetzt, wo sie sich seinen Haarschnitt näher ansah, bemerkte sie, daß er an eine Punkfrisur grenzte. An den Seiten und am Hinterkopf waren seine Haare ein wenig zu kurz und obendrauf ein wenig zu lang. Es gefiel ihr. »Wieviel Geld verwaltet Sagamore denn?« fragte sie unschuldsvoll, obschon sie wußte, welch streng gehütetes Geheimnis das war.

David schüttelte den Kopf. »Das kann ich Ihnen nicht sagen«, erklärte er wichtigtuerisch und zeigte sogleich ein breites Grinsen. »Weil ich es nicht weiß. Derart wichtige Dinge verraten sie dem Fußvolk nicht. Sie sagen uns bloß dauernd, daß wir Geld an Land ziehen sollen.«

Jesse hielt die Hand vor den Mund und lachte. Er nahm sich also nicht gar so ernst. Auch das gefiel ihr.

Zwei Stunden später, als sie durch die Doppeltür des Empfangssaals zu der wartenden Limousine gingen, legte Elizabeth die Hand auf Davids Unterarm. »Ich habe bemerkt, daß Sie und Jesse Hayes ein ziemlich ausführliches Gespräch geführt haben, nachdem ich weg war.«

»Das war's doch, was Sie wollten, oder?«

»Ja. Mein erster Eindruck ist, daß sie gut zu Sagamore passen würde, wenn sie ihren Abschluß hat. Was meinen Sie, David?«

»Ich meine, daß sie aufgeweckt und ein Draufgängertyp ist.«

»Genau.« Elizabeth winkte dem Professor noch einmal zum Abschied zu, als der Chauffeur den Schlag der Limousine öffnete. »David, ich möchte, daß Sie sie näher kennenlernen. Führen Sie sie ein paarmal zum Essen aus, natürlich auf Firmenkosten. Finden Sie raus, ob sie wirklich was für uns ist.« Sie zwinkerte ihm zu. »Bei Sagamore gibt es nicht genug weibliche Portfolio-Manager.«

David lächelte und neigte den Kopf zur Seite. Das war kein so übler Auftrag.

Kapitel 9

Der Raum, schmucklos und funktional, lag tief im Inneren des Gebäudes verborgen. Und das aus gutem Grund. Die Leute, die sich in diesem Allerheiligsten trafen, benötigten absolute Geheimhaltung und Isolation, um ihre Strategien planen zu können. Feindliche Abhörgeräte konnten überall lauern, selbst in verwundbaren Zonen nahe der Kammer. Und falls diese Geräte irgend etwas erfaßten, konnte das katastrophale Folgen haben.

Die Mitglieder betraten das massive Gebäude durch öffentliche Eingänge und unter dem Deckmantel hochmoralischer Anliegen, doch gewöhnlich waren ihre wirklichen Anliegen weit weniger nobel. Wenn ein Treffen angesetzt war, wurde jeder einzelne eilig aus allgemein zugänglichen Bereichen in entlegene Korridore und durch verborgene Treppenhäuser geführt, von Begleitern, die den wahren Zweck seiner Anwesenheit nicht kannten.

Der Raum war durch subtile, aber effiziente Verteidungseinrichtungen befestigt. Es gab keine Fenster, weil hochmoderne Lauschgeräte selbst bei gedämpften Gesprächen die winzigen Schwingungen der Glasscheiben aufspüren und in Wörter übersetzen konnten. Miniaturlautsprecher, die in regelmäßigen Abständen in die Wände des Raums eingelassen waren, erzeugten weißes Rauschen, um Wanzen lahmzulegen, die ein Gegner in den Fluren und Zimmern unmittelbar außerhalb der Kammer plaziert haben könnte. Vor jeder Versammlung durchkämmte ein Spionageexperte das Innere des Raumes nach Abhörgeräten. Die Teilnehmer wurden elektronisch gefilzt, bevor man ihnen den Zutritt gestattete. Und während der Konferenzen saßen die Mitglieder eng beieinander an einem kleinen Tisch und erörterten mit leiser Stimme ihre Strategie, während im Hintergrund eine Oper oder Symphonie erklang. Die Vorsichtsmaßnahmen schienen extrem, aber bislang hatte es noch nie ein Sicherheitsleck gegeben.

Der Vorsitzende begrüßte jedes Mitglied einzeln, wandte sich dann dem Mann zu, der neu aufgenommen werden wollte, und sagte in gedämpftem Ton: »Bitte bringen Sie uns auf den neuesten Stand.«

Elbridge Coleman, republikanischer Kandidat für den Senat der Vereinigten Staaten, nickte. »Die jüngste Meinungsumfrage von CNN und *Time* wird morgen früh veröffentlicht werden. Unsere Wahlkampfleute haben über unseren Freund bei CNN bereits die Resultate erhalten. Sie zeigen, daß ich jetzt zwei Punkte *vor* Malcolm Walker liege. Genauer gesagt, wenn die Wahl heute wäre, würde ich sechsundvierzig Prozent der Stimmen erhalten, während Walker vierundvierzig bekäme.«

»Das läßt zehn Prozent unentschieden«, stellte der Vorsitzende fest.

»Ja, das ist richtig.« Als Coleman antwortete, hörte er jemand anderen im Raum eine Bemerkung machen, aber er konnte kein einziges Wort verstehen. Die Akustik des Zimmers war fürchterlich. Noch ein eingebauter Verteidigungsmechanismus. »Entschuldigung?« In dem gedämpften Licht suchte er Augenkontakt mit dem Mann, der seiner Meinung nach gesprochen hatte.

»Wie hoch ist die Irrtumswahrscheinlichkeit?« Die Stimme war diesmal nur ein klein wenig lauter.

»Plus oder minus vier Prozent« erwiderte Coleman ruhig.

»Also können wir uns noch nicht sicher sein, daß wir den Senatssitz wirklich fest in der Hand haben.«

Coleman lächelte höflich, obschon er über eine derart offensichtliche Analyse ebenso verärgert war wie über den Gebrauch des Wortes »wir«. Er konnte nicht bestreiten, daß sie erheblichen Anteil an dem hatten, was vor sich ging, aber es war sein Schweiß, den er im Wahlkampf vergoß. »Nein, das können wir nicht.« Coleman zupfte an den Ärmeln seines Jacketts. Er war groß und hager, mit einem vertrauenerweckenden Gesicht und einer starken, natürlichen Ausstrahlung. Gutaussehend, aber nicht auf die penetrante Art. »Wir dürfen nicht vergessen, daß wir vor ganzen anderthalb Monaten, Ende Juni, noch fünf Punkte hinter Walker hergehinkt sind. Wir haben in nur fünfundvierzig Tagen um neun Punkte zugelegt.« Coleman gab sich Mühe, keine Verärgerung in seinen Tonfall einfließen zu lassen. Dies war ein Schönheitswettbewerb, und sie konnten ihn jederzeit aus der Show werfen, also würde er sich zusammennehmen. Seinen Stolz zu schlucken war ein geringer Preis, wenn es um die Aufnahme in diesen Zirkel ging. »Der Trend ist hervorragend. Mit uns geht es signifikant aufwärts. Ich glaube, daß nächsten Monat um diese Zeit Walkers Senatssitz im Grunde mir gehören wird. Seine Kampagne wird den Wind aus den Segeln verloren haben. Die Wahl im November wird eine reine Formalität.«

»Sie und ihr Wahlkampfteam haben großartige Arbeit geleistet, Elbridge.« Der Vorsitzende spürte Colemans leichte Irritation. »Es geht wirklich voran. Wir möchten nur sicherstellen, daß es auch so bleibt. Wir müssen einen starken

Endspurt liefern. Für uns alle hängt von dieser Sache eine Menge ab.«

»Natürlich.« Coleman nickte dem Vorsitzenden ehrerbietig zu. Er wußte das Kompliment für seine eigene Arbeit und die seines Stabs zu schätzen. Er zögerte, schaute reihum jedes der Mitglieder an, bevor er weitersprach. »Wir stehen ausgesprochen stark da, und Malcolm Walker hat die Hosen gestrichen voll. Darauf kommt es letztlich heraus.«

»Gut, gut.« Der Vorsitzende war offensichtlich zufrieden. »Und Sie haben noch eine Menge Geld übrig, Elbridge?«

»Mein Schatzmeister versichert mir, daß der Nettoerlös aus dem ursprünglichen Börsengang von Coleman Technology mehr als ausreichen wird, um den Rest der Kampagne zu finanzieren. Und natürlich laufen vierzig Prozent des Aktienkapitals weiterhin auf meinen Namen. Wir könnten jederzeit einiges davon an private Anleger verkaufen, falls wir mehr Geld für den Wahlkampf brauchen.«

»Sehr gut«, sagte der Vorsitzende. Alles lief nach Plan. »Das wäre dann alles.«

Coleman erkannte sein Stichwort zum Abgang. Er stand auf, nickte jedem der Mitglieder respektvoll zu und ging zur Tür.

»Elbridge«, rief der Vorsitzende leise.

»Ja?« Coleman zögerte einen Moment.

»Bitte sagen Sie Ihrem Begleiter, daß er den Ausgang zum Potomac nehmen soll.«

»Wird gemacht.« Er wandte sich um, ging durch die Tür und war verschwunden.

Der Vorsitzende drehte sich mit seinem Sessel den anderen zu. »Ich finde, wir können sehr zufrieden mit Mr. Colemans Kampagne sein. Wie wir alle wissen, steht nichts im Leben je wirklich fest, aber es sieht ganz so aus, als hätten wir die Sache so sicher in der Tasche wie nur möglich. Draußen im

Westen haben wir zwei weitere Wahlkampagnen, die sich noch in der Vorstufe befinden, aber ich glaube nicht, daß wir sie letztlich brauchen werden.«

»Wir sollten an der anderen Front auch ein bißchen Dampf machen«, unterbrach eine Stimme eilig. »Wir müssen absolut sicherstellen, daß wir diese Wahl gewinnen. Wir haben diese Sache eingefädelt und eine Menge Geld hineingesteckt – also machen wir sie uns zunutze.«

Der Vorsitzende nickte. »Da stimme ich zu. Bisher habe ich damit abgewartet, weil diese andere Sache unser As im Ärmel ist und ich sie nicht zu früh ins Spiel bringen wollte. Aber ich glaube, Sie haben recht. Wir sind jetzt nahe genug an der Wahl, daß Walker keine wirksame Gegenoffensive mehr starten kann. Ich werde mich persönlich darum kümmern.«

»Danke«, sagte das Mitglied, das den Vorschlag gemacht hatte, erfreut über die Unterstützung des Vorsitzenden.

»Es gibt da etwas, das Sie wissen sollten.« Die Stimme des Vorsitzenden wurde ernst. Die anderen erkannten den Tonfall und wurden sofort nervös. »Wir hatten ein kleines Sicherheitsleck.« Aller Augen waren mit einem Mal auf den Vorsitzenden gerichtet. »Wie sie ja wissen, haben wir uns vor zwei Abenden um unser Problem mit dem IRS gekümmert. Gordon Roth hat Neil Robinson zum Schweigen gebracht. Für immer. Wie sich nun herausstellt, waren Robinsons Verdachtsmomente bezüglich Elbridge Colemans Kampagne sogar noch präziser, als wir ursprünglich geglaubt hatten. Wir sollten heilfroh sein, daß Robinson aus dem Spiel ist.« Der Vorsitzende schwieg einen Moment. »Unglücklicherweise war Robinson gerissener, als wir erwartet hatten.« Der Mann wußte, daß diese kleine Rakete eine Atomexplosion auslösen würde. »Ich glaube, daß Robinson es tatsächlich geschafft hat, seine Verdächtigungen gegen Coleman an jemanden weiterzugeben, nachdem Roth ihn umgebracht hatte.«

»Was zum Teufel soll das heißen?« fragte einer der anderen. »Wie konnte Robinson nach seinem Tod etwas weitergeben?«

»Vor ein paar Tagen, möglicherweise als Reaktion auf Mr. Roth' wiederholte Telefonanrufe, verfaßte Robinson ein kurzes Memorandum, das knapp seine Verdachtsmomente gegen ein nicht näher bezeichnetes Rennen um einen Sitz im US-Senat umriß. Es war in seinem Computer gespeichert.«

»Aber ich dachte, wir wären vor allen anderen in seinem Büro gewesen. Ich dachte, wir hätten die Festplatte und seine sämtlichen Disketten konfisziert.«

Der Vorsitzende nickte. »Wir waren am Morgen nach seinem Tod dort. Umglücklichweise machte das keinen Unterschied. Robinson benutzte eine Option im lokalen Netzwerk der IRS-Dienststelle, um das Memo von seinem Computer aus mit Zeitverzögerung an einen anderen zu senden. Wenn er die Option nicht innerhalb einer gewissen Anzahl von Stunden nach dem Ausloggen aus seinem Computer deaktivierte, würde die Nachricht automatisch losgeschickt werden. Bis gestern schaltete er diesen Mechanismus ganz einfach ab, indem er sich einloggte, wenn er morgens ins Büro kam. Gestern früh hat er sich logischerweise nicht eingeloggt, also wurde das Memorandum automatisch an die vorbestimmte Adresse verschickt. Wir waren dort, aber zu spät, um das Memo noch aufzuhalten.«

»Dann sollten wir doch in der Lage sein, den elektronischen Pfad nachzuvollziehen, oder? Wir finden einfach heraus, an wen die Nachricht ging, und treffen unverzüglich die geeigneten Maßnahmen.«

»So einfach geht das nicht«, warnte der Vorsitzende. »Robinson hatte dafür gesorgt, daß das Memo zunächst an einen Zentralcomputer des IRS in Florida gesendet wurde, und der hat es dann nach Baltimore zurückgeschickt.«

»Warum hat er das getan?«

»Um die Identität des Empfängers zu verbergen, nehme ich an. Hätte er die Nachricht direkt über das lokale Netzwerk der Dienststelle versendet, wäre es einfach gewesen, den Adressaten festzustellen. Durch das Hinundherschicken konnte er seine Spuren verwischen. Dank eines Computertechnikers beim IRS, der auf unserer Gehaltsliste steht, konnten wir ermitteln, an welche Zelle das Memo gesendet wurde. Allerdings hat der Zentralrechner die Verknüpfung von der Zelle zum eigentlichen Empfänger gelöscht.«

»Was ist eine Zelle?«

»Eine Gruppe von mehreren PCs einer Abteilung.«

»Und an welche Abteilung ging die Nachricht?«

»An die Steuerfahnder.«

»Wie viele von ihnen gibt es dort?«

»Zweiundzwanzig.«

»Dann müssen wir jeden ihrer Computer überprüfen.«

»Das haben wir schon. Ohne Erfolg. Wer immer das Memo bekommen hat, war schlau genug, es aus dem Speicher seines oder ihres Computers zu löschen und es nicht auszudrucken. Wir haben auch die Druckerprotokolle überprüft.«

»Woher wissen wir, daß das, was Robinson da per Computer verschickt hat, irgend etwas mit Colemans Wahlkampagne zu hat?«

»Das tun wir nicht«, erwiderte der Vorsitzende. »Es ist nur eine Vermutung, aber eine verdammt naheliegende. Wir haben unter Robinsons Sachen den Ausdruck eines unadressierten Memos gefunden: Wenn derjenige, für den es bestimmt war, das Memorandum lese, sei ihm, Robinson, etwas zugestoßen. Im Anschluß an diesen Satz bittet Robinson die betreffende Person um Hilfe und beschreibt dann den Weg zu einem kleinen Haus, das er am Severn River besaß. In dem Haus würde es eine Akte mit detaillierten Informationen über die Wahlkampagne geben, die seiner Ansicht nach manipuliert wurde. Und dank des Gespräches, das Roth mit Robinson im Hyatt geführt hatte, wissen wir alle, auf welche Kampagne sich Robinson bezog. Ich bin überzeugt, daß es dieses Memo war, das am Morgen nach seinem Tod elektronisch verschickt wurde.«

»Wo wurde der Computerausdruck gefunden?«

»In dem Anzug, den Robinson trug, als er starb.«

»Was?« Die Besorgnis der Mitglieder steigerte sich auf der Stelle.

»Ja. Es war, als ob Robinson vorgehabt hätte, das Memo jemandem zu geben, bevor er im Hyatt Gordon Roth traf. Ein Coroner im städtischen Leichenschauhaus fand es in Robinsons Jackentasche. Glücklicherweise konnten wir den Computerausdruck in die Finger bekommen, bevor irgend jemand anders es tat. Den Pathologen auch. Nur um kein Risiko einzugehen.« Es war schon verdammt gut, daß Roth so effizient war.

»Haben wir die Akte aus dem Haus am Severn an uns gebracht?«

»Wir haben es versucht, aber jemand ist uns zuvorgekommen. Höchstwahrscheinlich dieselbe Person, die Robinsons zeitverzögerte Computerbotschaft erhalten hat.«

»Was zum Teufel werden wir also tun?«

Der Vorsitzende legte die Hände zusammen. »Systematisch ergründen, welcher der zweiundzwanzig Steuerfahnder Robinsons Nachricht bekommen hat, und dann die angemessenen Schritte unternehmen. Und beten Sie zu Gott, daß wir diese Person finden, bevor die Person uns findet.« Seine Miene hellte sich auf. »Glücklicherweise haben wir die Mittel dazu. Wer auch immer uns bei der Akte in dem Haus am Severn zuvorgekommen ist, hat uns unwillentlich eine Spur hinterlassen. Eine, die wir rasch verfolgen können. Und ich versichere Ihnen, daß wir das tun werden.«

Die anderen nickten beifällig.

Der Vorsitzende schaute auf. »Wie Sie zweifellos bemerkt haben werden, fehlen heute abend einige Mitglieder. Sie sind auf Area 51. Drücken Sie uns die Daumen, daß heute nacht mit der A-100 alles gutgeht.«

Kapitel 10

Der Prototyp der A-100 stieg von Area 51 aus steil auf in die Dunkelheit, die sich gerade über Nevada niedersenkte. Das Flugzeug begann seinen vierten und letzten planmäßigen Testflug. Falls auch er erfolgreich verlief, konnte das Rüstungsunternehmen, dem der gewaltige Auftrag insgeheim zugesprochen worden war, auf der Stelle mit der vollen Produktion des neuen Navy-Jagdbombers beginnen. Der Auftrag war über die nächsten sieben Jahre gerechnet fast 150 Milliarden Dollar wert und würde die Firma zu einer der größten in der Rüstungsindustrie machen.

Als die Reifen den Boden verlassen hatten, glitt das Fahrgestell zurück in den Rumpf des Jets und erzeugte so das perfekte Angriffsprofil – niedrig und praktisch ohne rechte Winkel. Die schnittige Form, zusammen mit der einzigartigen Außenhaut aus Verbundmaterial und den Störsendern an Bord der Maschine, machte die A-100 nahezu immun dagegen, von feindlichem Radar entdeckt zu werden.

Als der Pilot den dumpfen Schlag spürte, mit dem sich die Abdeckklappen über dem Fahrwerk schlossen, lehnte er sich zurück und begann mit dem ersten Sicherheitscheck dieses Fluges. Diese Prozedur würde sich so oft wiederholen, bis er am zweihundert Meilen weiter nördlich gelegenen Zielpunkt gelandet war.

Commander Richard Pierce stand in dem Ruf, einer der erfahrensten Jetpiloten der gesamten US-Marine zu sein. Er blieb unter Streß so gelassen und cool, wie man sich nur vorstellen konnte. Doch trotz seiner glänzenden Leistungen im Kampfeinsatz und zahlreicher Testflug-Stunden am Steuerknüppel dieses und anderer Prototypen war er den ganzen Tag lang nervös gewesen. Dieses spezielle Flugzeug war nahezu 5 Milliarden Dollar wert, und – wichtiger noch – es stand für den Versuch der Navy, sich wieder als gleichberechtigtes und unverzichtbares Mitglied des Militär-Triumvirats zu etablieren.

Ohne den »Schwarzen Flügel« – so der Spitzname, den Pierce der A-100 gegeben hatte – konnte die Navy letztendlich gezwungen sein, Angriffsmissionen im feindlichen Hinterland den Stealth-Bombern der Air Force zu überlassen, eine Entwicklung, die fünf Milliarden Dollar teure Flugzeugträger verwundbar gegenüber Politikern machen konnte, die ihre Wiederwahl im Sinn hatten und nach Möglichkeiten suchten, die Regierungsausgaben zusammenzustreichen und Punkte bei ihrer Wählerschaft zu sammeln – Möglichkeiten, die einen Dominoeffekt haben konnten, was neue Zerstörer, neue Kreuzer und, vor allem, neue Dollars aus dem Verteidigungsetat betraf.

Die Navy setzt sich aus drei Teilen zusammen, der klassischen Oberflächenmarine, der U-Boot-Waffe und der Marinefliegerei, die Flugzeugträger einschließt. Die hohen Tiere der Air Force und der Army stellten angesichts der High-Tech-Fähigkeiten moderner Lenkwaffen die Notwendigkeit herkömmlicher Schiffe und der Marinefliegerei permanent in Frage. Sie argumentierten, daß Oberflächenschiffe und Flugzeugträger leichte Ziele und somit überholt seien, und hofften dabei, einen Großteil des 90-Milliarden-Etats der Navy für sich selbst beanspruchen zu können, wenn er als

Resultat ihrer Hinterzimmer-Machenschaften verfügbar wurde. Ohne die A-100 konnte die Navy möglicherweise zur bloßen Randfigur im pro Jahr 300 Milliarden teuren Verteidigungsspiel werden. Mit ihr konnte die Marine ihre Oberflächen- und Luftoperationen rechtfertigen und würde wieder gleichberechtigt neben der Air Force und der Army stehen.

Pierce legte die A-100 in eine sanfte Fünf-Grad-Kurve nach Norden. Es war ein derart wichtiger Flug, aber nur ein paar Leute auf der Welt wußten, daß die Maschine überhaupt existierte. So lief es natürlich immer bei schwarzen Programmen. Alles war streng geheim. Die Zivilangestellten des Herstellers wurden in Flugzeugen, deren Fenster schwarz verhängt waren, damit die Passagiere nicht hinaussehen konnten, zur Area 51 – der abgelegenen Regierungsanlage in Nevada – gebracht und auf die gleiche Art wieder ausgeflogen. Jedermann wurde durchsucht, wenn er den gewaltigen Hangar auf dem Gelände betrat oder verließ, der die fünf Prototypen beherbergte. Und Leuten, die Kenntnis vom »schwarzen« Projekt A-100 hatten, drohten zehn Jahre Einzelhaft in Leavenworth, wenn sie überführt wurden, die Existenz des Projekts gegenüber jemandem ohne spezielle Sicherheitseinstufung auch nur zugegeben zu haben.

So sah es für alle Beteiligten aus. Pierces Frau hatte keine Ahnung, wo er war. Und falls der heutige Flug in einer Katastrophe endete, was angesichts der Natur des Geschäfts allemal möglich war, würde der Sarg, den seine Frau beisetzte, leer sein – obschon sie das nie erfahren würde. Es bestand stets die Möglichkeit, daß ein Stück des streng geheimen Verbundmaterials, aus dem die Außenhaut des Fluzeugs bestand, in Pierces Überresten steckenbleiben und ein internationaler Grabräuber es entdecken und nach Hause zu seiner Regierung bringen könnte.

Aber die persönlichen Opfer störten Pierce nicht im geringsten. Er war der A-100, ihrem Platz in der Marinegeschichte und den Leuten, die das Projekt leiteten, total ergeben. Und er würde alles tun, was sie von ihm verlangten, um sicherzustellen, daß das Flugzeug so rasch wie möglich voll in die Produktion ging. Alles.

Mit ihrer Länge von elf Metern bei einer Flügelspannweite von einundzwanzig Metern war die A-100 eigentlich nichts als eine riesige Tragfläche, ein Wunder der Aerodynamik. Wenn die Entwurfs- und Testphase abgeschlossen war, sollte sie die fünfunddreißig Jahre alte A-6 Intruder ablösen, die auf den Flugzeugträgern der Navy den Standard-Jagdbomber darstellte. Die A-6 war seit Vietnam im Einsatz gewesen, aber politisches Gerangel und knappe Etats hatten die Navyführung daran gehindert, sie zu ersetzen.

Pierce schaute durch das linke Seitenfester auf den schräg nach hinten gehenden Flügel. Es war ein wunderschönes Flugzeug. Leicht zu beherrschen, kraftvoll und praktisch unsichtbar, war es die beste Maschine, die er je geflogen hatte.

Er musterte die computergenerierte Landkarte, in die ein Umriß des Flugzeugs eingeblendet war, verkleinerte ein paarmal den Maßstab – wobei die Größe der Flugzeugsilhouette abnahm und das dargestellte Gebiet wuchs – und machte die Rollbahn aus, von der er gerade gestartet war. Vier Minuten in der Luft, und er hatte schon fünfzig Meilen hinter sich gebracht.

Pierce verkleinerte nochmals den Maßstab und suchte nach dem Zielgebiet – einer »Trägerbox« auf einer abgelegenen Rollbahn mitten in der Wüste von Nevada, wo die Navy Starts und Landungen auf hoher See simulierte. Die Trägerbox war ein Rechteck aus weißen Lichtern, das so auf der Landebahn positioniert war, daß die Ausmaße denen des Flugdecks auf einem Träger entsprachen. Die Box war komplett ausgestattet, einschließlich Fangseilen und einem Katapult.

Pierce machte die Trägerbox rasch aus. Sie lag ein wenig mehr als 150 Meilen nördlich von ihm.

Der Zweck dieser letzten Mission war simpel: eine Landung und einen Start auf hoher See zu simulieren, zwei der gefährlichsten Manöver, die Navypiloten regelmäßig durchführen mußten. Die A-100 innerhalb der weißen Lichterbegrenzung zu landen, dann per Katapult zu starten. Wenn er das schaffte, konnte der Hersteller sofort die Produktion des Flugzeugs aufnehmen. Und die Admiräle konnten ihn bis in alle Ewigkeit am Arsch lecken.

Er schaute noch einmal zu der Box auf dem Bildschirm und meldete sich dann zum erstenmal beim Kontrollzentrum des Trägers. »Tiger sechs-zwo-drei im Anflug.« Um die Zahl der Augen einzuschränken, die den Flug beobachteten, würde der Mann im Kontrollturm zugleich als Einsatzleiter, Staffelführer und Anfluglotse fungieren – die Abfolge von Controllern, die üblicherweise einen Jet nach Hause dirigierte, wenn er seinen Aufgabenzyklus beendet hatte. Schwarze Programme erforderten diese Art von Personaleinsparung, um die Geheimhaltung zu gewährleisten. »Wie empfangen Sie mich?«

»Laut und deutlich, Tiger sechs-zwo-drei«, erwiderte das Kontrollzentrum knapp.

Pierce hörte Anspannung aus der Stimme des Fluglotsen heraus. Lieber Himmel, wahrscheinlich drängten die hohen Tiere sich um das arme Schwein und machten ihn unglaublich nervös. Admiral Cowen, der Operationschef der Navy, Marineminister William Harcourt, Jack Finnerty, der Präsident der GEA – des Rüstungsunternehmens, das für die Herstellung der A-100 verantwortlich war. Sie alle schwitzten im Kontrollzentrum, von dem aus man die Trägerbox überblicken konnte, Blut und Wasser, während sie darauf warteten, daß Pierce ihr 500 Millionen teures Stück Hardware sicher auf der Rollbahn am Ende der Welt aufsetzte.

»Erbitte Landeerlaubnis.«

»Landeerlaubnis erteilt, Tiger sechs-zwo-drei. Aber könnten Sie mir einen Gefallen tun und Ihr Funkfeuer einschalten? Durch das ganze Anti-Radar-Zeug an Bord ist Ihre verdammte Kiste sauschwer auszumachen, und einige Leute hier möchten echt gern wissen, wo Sie gerade sind.«

»Roger.« Pierce schaltete das Funkfeuer ein. Die A-100 würde jetzt einen deutlichen, konstanten Impuls abstrahlen, das es dem Radar des Kontrollzentrums ermöglichte, ihn leicht zu finden. Er schmunzelte vor sich hin. Die Radarvermeidungs-Ausrüstung in diesem Flugzeug war eine tolle Sache. Piloten würden in der Lage sein, mitten ins Zentrum feindlicher Städte zu fliegen, ihre Bombenlast abzuwerfen und wieder weg zu sein, noch bevor irgend jemand wußte, was eigentlich passiert war. »Meine geschätzte Ankunftszeit« – er hielt inne, um auf den Computer zu schauen – »ist elf Uhr und zweiundzwanzig Sekunden.«

»Verstanden, wir sprechen uns dann bei zehn.«

»Wilco«, erwiderte Pierce. Das war in der Marinefliegerei der Standardausdruck für »wird gemacht«, eine Abkürzung von »will comply«.

Also meldete sich Pierce bei zehn Meilen vor dem Ziel erneut. Durch die Cockpitscheibe musterte er die Trägerbox, die in der Dunkelheit jetzt deutlich sichtbar war, die winzigen weißen Lichter, die haargenau die Dimensionen eines Flugdecks wiedergaben. An diesem Punkt lag die Box eintausendfünfhundert Meter unter ihm und zehn Meilen weiter nördlich.

»Landeerlaubnis erteilt.«

Pierce sank rasch auf dreihundert Meter, hielt kurz die

Höhe, als er in das Anflugmuster »hineinrutschte«, und schwenkte auf einen Kurs ein, der ihn zu einem nördlichen Punkt der Box bringen würde. Nach ein paar Sekunden drosselte er die Geschwindigkeit auf 350 Knoten und ging hinunter auf zweihundertvierzig Meter.

Zwei Meilen südlich der Trägerbox reduzierte Pierce die Geschwindigkeit auf 250 Knoten und fuhr das Fahrwerk aus. Im nächsten Moment begannen die von der – nun aerodynamisch nicht mehr so effizienten – Form des Flugzeugs hervorgerufenen Turbulenzen das Cockpit durchzurütteln.

Eine Meile südlich der Trägerbox und hundertachtzig Meter über dem Sand korrigierte Pierce den Kurs der A-100 ein weiteres Mal und leitete den endgültigen Landeanflug ein. Das Flugzeug war jetzt genau auf einer Linie mit der Landebahnbefeuerung entlang der Längsachse der Box.

Pierce umklammerte den Steuerknüppel mit festem Griff. Landungen waren nichts als kontrollierte Abstürze. Und ganz egal, wie oft man sie durchführte, blieben sie trotzdem nervenaufreibende Erfahrungen, vor allem wenn man das Schicksal der gesamten Navy in der Hand hatte.

Sekunden später befand er sich eine halbe Meile südlich der Trägerbox. Er war inzwischen auf neunzig Meter gesunken und hatte die Geschwindigkeit auf 150 Knoten reduziert. Das war weit langsamer als wenige Sekunden zuvor, aber immer noch unglaublich schnell, wenn man versuchte, rund zwanzig Tonnen Flugzeug auf derart begrenztem Raum zum Stehen zu bringen.

»Sagen Sie den Ball an«, schrie der einsame Landesignal-Offizier unten auf dem Flugfeld Pierce über Funk ins Ohr.

Pierce überprüfte die Anzeigelichter – drei grüne Lampen zur Linken, drei zur Rechten und in der Mitte eine große gelbe, die von Piloten »meatball« genannt wurde, Fleischklops.

Diese Lichter neben der Rollbahn sagten dem Piloten, ob sein Gleitwinkel zum Landen akzeptabel war.

»Ball!« rief der LSO erneut.

Pierce lächelte. Der LSO hatte den gleichen Streß wie der Mann im Kontrollturm. Normalerweise war er nicht so nervös. »Tiger sechs-zwo-drei, A-100 hat Ball, sechs Komma fünf«, intonierte er gelassen, wobei sich das letzte Wort auf das Treibstoffgewicht des Flugzeugs bezog.

»Roger Ball, Tiger.« Der LSO war erleichtert. »Sieht gut aus.«

Eine Viertelmeile. Eine Achtelmeile. Im Schein der Lampen konnte Pierce so eben die vier straff über die Landebahn gespannten Fangseile erkennen. Eine Sechzehntelmeile. Es war immer wieder seltsam, wie einem erst kurz vor Ende der Landung die eigene Geschwindigkeit bewußt wurde. In neuntausend Meter Höhe war dies einfach nicht möglich, selbst am Tag, wenn man durch Wolken flog.

Räder knallten auf Beton, und Pierce ging sofort auf vollen Schub. Wenn er aus irgendeinem Grund die Fangseile verfehlte, würde er durchstarten und noch einmal zu landen versuchen. Wenn er es beim zweiten Mal schaffte, konnte die Mission noch immer als Erfolg für den Hersteller betrachtet werden – solange sich bei diesem Versuch nur die Räder von der Rollbahn lösten, bevor sie die weißen Lichter am Nordende der Box überquerten.

Aber es gab keinen Grund zur Besorgnis. Im nächsten Moment wurde Pierce nach vorne gegen seine Anschnallgurte geschleudert. An der Strecke, die er zum Ausrollen benötigte, konnte Pierce erkennen, daß der Fanghaken der Maschine das dritte Bremsseil erfaßt hatte. Rasch schaltete er das Triebwerk aus.

Jack Finnerty, der Präsident von General Engineering & Aerospace, atmete endlich aus, als er beobachtete, wie die

A-100 auf dem simulierten Flugdeck ruckartig zum Stehen kam. Ein paar Sekunden starrte er einfach ins Leere, während die volle Bedeutung des erfolgreichen Fluges den mörderischen Streß der letzten zweieinhalb Jahre wegspülte. Es war nahezu überstanden. Das Flugzeug würde nur noch einen einzigen Test bestehen müssen – einen Katapultstart – und dann konnten sie die Produktion aufnehmen. Sobald die A-100 wieder abgehoben hatte, würde er die anderen anrufen, um ihnen die gute Nachricht zu übermitteln.

Commander Pierce reckte triumphierend den Daumen hoch, als der Decksmechaniker auf die A-100 zutrabte. Nur noch eine einzige Aufgabe zu erfüllen, und der Herr und Meister würde zufrieden sein.

Es war beinahe Mitternacht, als die Frau auf den Beifahrersitz von Phil Rhodes' Wagen schlüpfte. Sie war hypernervös und schaute fortwährend aus dem Fenster, um zu sehen, ob auf der dunklen Straße irgend etwas Verdächtiges zu bemerken war.

»Entspannen Sie sich«, versuchte er sie leise zu beruhigen.

Sie haßte seinen Brooklyn-Akzent. »Ich kann mich nicht entspannen. Ich möchte auf gar keinen Fall mit Ihnen gesehen werden, und dieser Ort ist viel zu öffentlich.« Sie öffnete und schloß ein paarmal das Handschuhfach, versuchte nervöse Energie abzubauen. »Warum treffen wir uns?«

»Ich brauche den Namen von Senator Walkers Informanten in der Area 51.« Rhodes kam unmittelbar zur Sache.

Das Ersuchen ließ sie lauthals auflachen. »Sind Sie verrückt geworden?« Sie schüttelte den Kopf. »Vergessen Sie's. Das hab' ich Ihnen doch gesagt. Keine präzisen Informationen. Nichts, das mich belasten kann.«

»Ich habe Ihnen Geld gegeben, zehntausend Dollar.«

»Alles in bar, damit man es nicht zurückverfolgen kann«, erwiderte sie. »Verstehen Sie mich nicht falsch. Ich war dankbar für dieses Geld, weil ich es dringend brauchte, aber es wird Ihnen nicht den Namen von Walkers Mann in Nevada erkaufen.«

»Ich frag' Sie noch einmal.«

»Und ich sag's Ihnen noch einmal« versetzte sie mit vor Wut zitternder Stimme. »Von mir kriegen Sie absolut nichts.« Sie faßte nach dem Türgriff. »Ich glaube, es wird Zeit, daß ich gehe. Vielleicht sollten wir am besten die ganze Sache vergessen.«

Bevor die Frau aussteigen konnte, griff Rhodes über sie hinweg, knallte die Tür zu und warf ihr einen braunen Umschlag in den Schoß.

Sie schaute erschrocken nach unten. »Was ist das?«

»Bilder.« Carter Webb hatte recht gehabt, dachte Rhodes. Jedermann geriet irgendwann in Versuchung. Jedermann hatte zumindest eine Leiche im Keller. Es hatte ganze achtundvierzig Stunden gedauert, diejenige dieser Frau zu finden.

»Bilder?« Ihre Finger zitterten, als sie den Umschlag berührte. Sie hatte lange in Furcht vor diesem Moment gelebt, aber in den letzten Jahren hatte sie sich eingeredet, daß die Fotos tot und vergessen seien, daß sie nie wieder auftauchen würden.

»Ja. Sie und eine zweite junge Frau bei verschiedenen perversen Handlungen, die Senator Walker und der Rest der Welt interessant finden könnten. Wir haben da sadomasochistische Praktiken, Unzucht mit Tieren und ein paar Sexspielzeuge, die ich noch nie zuvor gesehen hatte. Für jeden etwas.« Rhodes hatte etwas Vergleichbares noch nie getan und verspürte ein plötzliches Schuldgefühl, aber er machte weiter. »Derartige Bilder sind mir noch nie untergekommen, und ich dachte immer, ich hätte schon alles gesehen. Damals müssen Sie ebenfalls Geld gebraucht haben.«

»Hab ich auch.« Sie schluchzte. »Ich war völlig pleite. Wie haben Sie die gefunden?«

»Ich finde alles.«

Sie weinte leise vor sich hin und umklammerte den ominösen Umschlag.

Als ein sanfter Regen auf die Windschutzscheibe zu fallen begann, verflüchtigte sich plötzlich Rhodes' Schuldgefühl. Sein Ziel war es, seine Beziehung zu Webb auf die nächsthöhere Ebene zu heben, und dazu war er nun wild entschlossen. Er wollte eine wirkliche Rolle im Spiel. Und wenn diese Rolle Erpressung einschloß, dann sollte dem eben so sein. »Ich werde sie nie jemandem zeigen«, log er. Ihre Gefühle waren ihm mittlerweile egal. Sie war ein Nichts, nur ein Bauer in dieser Schachpartie.

»Aber sicher werden Sie das nicht«, sagte sie sarkastisch und biß sich auf die Fingernägel. Wie hatte sie damals nur nachgeben können, als dieser schmierige Kerl Fotos von ihr verlangte? Wie hatte Geld derart wichtig sein können?

»Ich verspreche Ihnen, daß ich sie niemandem zeigen werde. Solange Sie mir einen Namen liefern.«

»Ist das alles, was ich tun muß?«

»Ja«, log er erneut. Es wurde bei jedem Mal einfacher.

»Captain Paul Nichols.«

Rhodes prägte sich den Namen rasch ein.

»Darf ich jetzt gehen?« Die Frau putzte sich mit einem Papiertaschentuch die Nase und wischte sich den Mund ab.

»Ich möchte alles von Bedeutung aus Senator Walkers Büro. Alles, was mit dem A-100-Projekt zu tun hat.«

»Das wird nie aufhören, oder?« fragte sie niedergeschlagen.

»Nein.« Rhodes schaute weg, blickte sie dann wieder an.

Sie war mit einem Mal seine Jüngerin, und die Macht war berauschend. Es war so einfach gewesen, genau wie Webb gesagt hatte. Er hatte lediglich ihren schwachen Punkt finden und bereit sein müssen, ihn auszunützen. »Sie können jetzt gehen. Ich melde mich dann schon.«

Sie öffnete die Tür und verschwand in die Nacht.

Kapitel 11

»Hallo«, rief Jesse laut, während sie den Schlüssel umdrehte und die Vordertür aufdrückte. Es war Vormittag, und das bescheidene Haus lag im Herzen einer ruhigen Wohngegend, aber ihre Mutter hielt die Tür stets verschlossen, seit sie alleine lebte. »Wo steckst du, Mom?«

»In der Küche, Schatz.«

Jesse legte ihre Handtasche auf den Tisch in der Diele und ging zur Küche. Sie hatte sich an ihrem Geburtstag frei genommen, obschon ihr nicht sonderlich nach Feiern zumute war. Neil Robinsons Tod hatte sie zutiefst betrübt. »Oh, Entschuldigung.« Jesse blieb in der Küchentür abrupt stehen. »Tut mir leid, wenn ich störe.« Vater Francis McCord, der Priester der Glyndoner Herz-Jesu-Kirche, saß mit Connie, Jesses Mutter, am Küchentisch.

»Sei nicht albern, Jesse«, sagte Vater McCord, während er sich von seinem Stuhl erhob. »Deine Mutter und ich haben gerade ein Schwätzchen über die großartige Arbeit gehalten, die sie in der Kirche leistet.« Er lächelte zu Connie hinunter. »Sie ist bei ihrer freiwilligen Arbeit für Herz Jesu unermüdlich, und wir alle vergöttern sie. Sie ist eine Inspiration für jedermann.«

Die freundlichen Worte des Priesters ließen Connie erröten.

»Ich muß jetzt wirklich weiter«, sagte Vater McCord. »Danke für den Tee, Connie, und wir sehen uns dann morgen beim Wohltätigkeitsbasar.«

»Auf Wiedersehen, Vater.« Connie küßte ihm den runzligen Handrücken und bekreuzigte sich dann zweimal.

»Möge Gott mit dir sein«, murmelte er.

»Und mit Ihnen ebenfalls«, antwortete sie.

Vater McCord ging quer durch die Küche zu Jesse hin. »Es muß eine Ewigkeit her sein, daß ich dich zum letztenmal gesehen habe, Jesse. Wie geht's denn so?«

»Gut, Vater.« Sie schaute auf den steifen weißen Kragen, der sich scharf von seinem schwarzen Hemd und Jackett abhob. So oft war sie in den letzten Jahren nahe daran gewesen, diesem Mann ihr Herz auszuschütten über diese schreckliche, lang zurückliegende Nacht. Aber sie hatte sich jedesmal dagegen entschieden, sich ihm anzuvertrauen. Wegen seiner engen Beziehung zu ihrer Mutter hätte ihn das in eine fürchterlich komplizierte Lage gebracht, Priester oder nicht. Es war besser für ihn, wenn er nichts davon wußte, also hatte sie anderswo Trost und Rat gesucht.

»Komm mich doch gelegentlich mal besuchen.«

»Das werd' ich, Vater.« Aber sie wußte, daß sie es nicht tun würde.

»Also, auf Wiedersehen. Ich lass' mich selber raus.« Der Priester nickte Jesse und nochmals Connie zu und trat hinaus in die Diele.

Jesse sah ihm nach, dann ging sie zu ihrer sitzenden Mutter hin und legte die Arme um Connies schmächtigen Körper. »Wie geht's dir, Mom?«

»Gut, mein Schatz. Herzlichen Glückwunsch zum Geburtstag, nebenbei. Meine Jüngste ist neunundzwanzig. Ich kann's kaum glauben.«

Jesse hörte, wie sich die Tür schloß, als Vater McCord das

Haus verließ. »Du kannst es kaum glauben? Was soll denn erst ich sagen? Nur noch ein Jahr und ich bin dreißig«, jammerte sie.

»Ach, du siehst wundervoll aus. Ich möchte keine Klagen hören. Was ich nicht alles geben würde, um noch mal neunundzwanzig zu sein.«

Jesse löste sich aus der Umarmung. Connie war zierlich, besaß ein freundliches Gesicht und einen unabhängigen Charakter. Selbst mit achtundsechzig Jahren sprühte sie noch immer vor Energie und arbeitete mehrere Tage in der Woche für die Kirchengemeinde. Dennoch, Jesse bereitete es Sorgen, daß sie in ihrem Haus allein war. »Also, wie läuft's denn so bei Herz Jesu?« Die Kirche war jetzt ihr ganzer Lebensinhalt.

»Prima, ganz prima. Weißt du, du solltest wirklich mal bei Vater McCord vorbeischauen und ihm einen Besuch abstatten. Er fragt immerzu nach dir. Er war für mich da, als du sechzehn warst und dein Vater starb. Und wieder, als dein Stiefvater letzten Frühling entschlafen ist. Vater McCord hat mich fast so oft besucht und angerufen wie du.« Connie schenkte ihrer Tochter ein liebevolles Lächeln. »Ich weiß nicht, was ich ohne euch beide hätte anfangen sollen. Vater McCord war mein Fels von Gibraltar, und du warst mein Engel. Ihr wart stets da, wenn ich euch brauchte. Im Gegensatz zu deinen Geschwistern«, murmelte Connie halblaut, während sie aufstand und zur Spüle ging.

»Sie waren auch für dich da, Mom.«

Connie griff nach einem Teller und begann, ihn abzuwaschen. »Ich weiß, daß deine Brüder und Schwestern ihr eigenes Leben haben, aber es wäre schön, von ihnen öfter zu hören als beim obligatorischen Anruf einmal im Monat.«

»Sie haben Kinder. Du weißt doch, wie schwierig das ist. Du hast schließlich neun davon großgezogen.«

Connie stellte den Teller auf die Anrichte und nahm einen weiteren aus dem Spülbecken. »Du hast einen Fulltime-Job, und du machst ein Abendstudium. *Du* findest Zeit, mich besuchen zu kommen«, sagte sie verschnupft.

Jesse setzte sich an den Küchentisch und schüttelte den Kopf, als sie sich daran erinnerte, wie sich die Familie beim Abendessen um diesen Tisch gedrängt hatte, an die wundervollen Zeiten, die sie alle erlebt hatten – selbst ohne viel Geld. Wundervolle Zeiten – bis ihr Vater gestorben war.

»Wie geht's denn Todd Colton?« fragte Connie.

Todd Colton war ein alter Freund aus Jesses High-School-Tagen. »Gut, nehme ich an. Ich war vor ein paar Monaten mal mit ihm zu Mittag essen. Warum fragst du?«

»Ich fand immer, daß ihr beiden ein nettes Paar abgeben würdet. Er ist ein gutaussehender Junge, du bist ein hübsches Mädchen. Ihr schient immer so gut miteinander auszukommen. Ihr seid beide noch ledig. Ich hab' nie verstanden, warum da nicht mehr draus geworden ist.«

»Wir haben es vor langer Zeit versucht, Mom.« Jesse zögerte. »Es hat einfach nicht geklappt. Aber wir sind noch immer gute Freunde, selbst wenn wir uns nur selten sehen.«

»Ich kann mich noch erinnern, wie du Todd immer angeschaut hast. Das könnte die ganz große Liebe werden.«

»Mom, bitte.«

»Er sieht heute sogar noch besser aus als damals in der High-School«, neckte Connie.

»Wann hast du ihn gesehen?« Jessie konnte ihre Neugier nicht unterdrücken.

»Er hat neulich mal kurz vorbeigeschaut, bloß um hallo zu sagen. Er ist ein derart netter Mensch.«

»Ja, das ist er.« Jesse bemerkte, daß von der Decke Farbe abblätterte. »Wie kommst du mit deinem Geld zurecht, Mom?«

»Gut.« Connies Tonfall wurde ausdruckslos.

»Nun würg mich mal nicht so schnell ab«, tadelte Jesse sanft. »Sag mir die Wahrheit.«

Connie spülte den letzten Teller im Ausguß ab, trottete dann ermattet zum Tisch und setzte sich. »Ich hab' ein bißchen Geld auf der Bank, und ich hab' meinen monatlichen Scheck von der Sozialversicherung und die Rente deines Vaters.«

Jesse blickte mit einem Ausdruck milder Überraschung im Gesicht auf. Sie hatte ihre Mutter so oft nach ihrer finanziellen Situation gefragt, aber es war nie etwas dabei herausgekommen. Nun erhielt sie endlich Antworten. »Wieviel ist ein bißchen was auf der Bank?«

»Ein paar tausend Dollar.«

»Das ist alles? Hatte Dad denn keinerlei Lebensversicherungspolicen?«

»Doch, aber dieses Geld ist für die Krankenhausrechnungen deines Stiefvaters draufgegangen. Leider war Joe im Ruhestand nicht so gut krankenversichert, wie wir gedacht hatten.«

Jesse spürte, wie in ihr augenblicklich die Wut hochstieg, als der Name ihres Stiefvaters fiel. Joe Schumann hatte zu nichts getaugt – ausgenommen dazu, das Geld ihres Vaters auszugeben. »Mom, wie konntest du Dads Geld auf Joe verwenden?«

»Laß uns damit gar nicht erst anfangen«, seufzte Connie.

Jesse kämpfte gegen den immer heftiger werdenden Zorn an. »Was ist mit dem Haus? Du lebst hier seit fünfundzwanzig Jahren, also muß es abbezahlt sein. Wenn es sein müßte, könntest du dir doch zweifellos da drauf ein bißchen was leihen.«

Connie legte eine Hand auf Jesses Arm. »Es ist schon seltsam, daß Sachen wie Kleidung und Zahnspangen für die Kinder soviel kosten. Dein Vater und ich schienen nie auf den grünen Zweig kommen zu können. Wir haben immerzu noch eine Hypothek aufgenommen. Ich kann dir gar nicht sagen, wie viele von diesen Papieren ich unterschrieben habe.«

»Hat Joe denn *überhaupt nichts* hinterlassen?«

»Nein.« Connie hatte sich immer gewünscht, daß Jesse und Joe miteinander zurechtkommen würden, aber das war nicht geschehen. Jetzt war Joe tot und die Gelegenheit zur Aussöhnung für immer dahin. »Ich hab' nie verstanden, warum du Joe keine Chance geben wolltest. Er war ein guter Mensch, nicht das Monster, als das du ihn hingestellt hast. Ich brauchte jemanden. Es war schließlich nicht seine Schuld, daß dein Vater gestorben ist.«

Jesse fühlte, wie sich der Knoten in ihrem Magen fester zusammenkrampfte, zwang sich aber, nichts zu sagen, die Geschichte zurückzuhalten, die sie so gern erzählt hätte. »Wie hoch sind der Sozialversicherungsscheck und Dads Rente?«

»Zusammen belaufen sie sich auf achthundert Dollar im Monat.«

»Hast du das Dach schon reparieren lassen?«

»Noch nicht. Das kommt erst nach dem Geld fürs Essen und den Nebenkosten. Ich versuche, das, was ich auf der Bank habe, nicht anzurühren, für Notlagen.« Connies Gesichtsausdruck wurde grimmig. »Ich hab' dich stets gebeten, nicht danach zu fragen. Es ist deprimierend, wenn man erst mal anfängt, es zu analysieren. Aber es ist nicht dein Problem.«

Die Herbstgarderobe würde warten müssen. Connie zog zwei Hundertdollarscheine aus der Handtasche und legte sie auf den Tisch. »Hier, Mom. Das Dach kriegst du damit nicht repariert, aber es wird helfen.«

»Ich kann das nicht annehmen, Jesse. Du hast mir erst letzten Monat Geld gegeben, und ich habe geschworen, daß ich kein weiteres mehr annehmen würde.«

»Nimm's einfach.«

»Aber ...«

»Nimm es, Mom«, sagte Jesse in bestimmtem Ton.

Langsam krochen Connies Finger über die hölzerne Tischplatte auf das Geld zu. »Du bist wirklich ein Engel.«

Der Mann blies dichten Rauch in das gedämpft beleuchtete Büro. »Rauchen Sie, Commander Pierce?«

»Nein, Sir.«

»Möchten Sie gern was trinken?« Er deutete auf die Hausbar in einer Ecke des Raums. »Ich weiß, daß Sie sich keinen Alkohol gestatten, aber wir haben auch Softdrinks.«

»Danke nein, Sir.«

Der Mann musterte den Marineflieger ein paar Sekunden lang, während er wieder an seiner Monte Cristo paffte. Commander Pierce trug Zivil, aber sein Bürstenhaarschnitt, sein stählerner Blick und seine bolzengerade Haltung verliehen ihm noch immer ein unverkennbar militärisches Ansehen. »Ich danke Ihnen, daß Sie so rasch aus Nevada hergeflogen sind. Ich weiß, daß das ein langer Weg ist für ein bloßes Gespräch, aber ich fand, das ist keine Sache, die wir am Telefon besprechen könnten.«

»Überhaupt kein Problem. In den Jets, die ich steuere, ist das ein kurzer Flug. Und ich hatte hier in Washington noch andere Dinge zu erledigen, also war es gut machbar.«

»Gut.« Der Mann rieb sich einen Moment lang die Lippen, bevor er fortfuhr. »Wir haben ein Problem mit Area 51.«

»Welche Art von Problem, Sir?«

»Ein Problem, welches das Geschick erfordert, das Sie und die anderen Männer Ihrer Einheit besitzen. Ich habe festgestellt, daß jemand in Area 51 hochsensible Informationen bezüglich des A-100-Projekts an Senator Malcolm Walker weitergibt. Informationen, die Walker bei einem Versuch, das Projekt zu kippen, einzusetzen plant.«

Die Oberlippe des Commanders verzog sich zu einem höhnischen Lächeln.

»Die Navy braucht die A-100, Commander Pierce. Wir *alle* brauchen die A-100«, unterstrich der Mann.

»Ja, Sir.«

»Wir haben Ihre Einheit für genau diese Situation aufgestellt. Sie wissen, was zu tun ist.«

»Selbstverständlich.«

Der Mann lächelte. »Sie beschützen Ihr Vaterland, Commander Pierce. Sie tun das Rechte. Bei unseren Bemühungen, das Rechte zu tun, können wir uns nicht immer an die Spielregeln halten.«

»Ich verstehe, Sir«, antwortete Pierce energisch. »Wie heißt der Verräter?«

»Captain Paul Nichols. Wissen Sie, wer das ist?«

»Ja. Wir werden uns um ihn kümmern.«

»Gut.« Der Mann paffte wieder an seiner Zigarre. Das Problem war angesprochen und rasch gelöst worden.

Jesse nickte höflich der Frau an der Rezeption zu, verließ dann rasch die Praxis und ging hinaus auf den Korridor. Dort lehnte sie sich mit dem Rücken gegen die Wand, schloß die Augen und atmete tief aus. Das unerwartete Zusammentreffen mit Vater McCord und das Gespräch mit ihrer Mutter hatten die Erinnerungen wieder wach werden lassen. Dem Himmel sei Dank, daß Becky sie so kurzfristig hatte sehen können.

Kapitel 12

Middleburg, Virginia, lag dreißig Meilen westlich der City von Washington und konnte für sich in Anspruch nehmen, einige der schönsten und teuersten Grundstücke im ganzen Osten der USA aufzuweisen. Noble steinerne Herrenhäuser lagen hinter Meilen mannshoher weißer Holzzäune, die sich über die sanft gewellten Hügel und durch die üppigen Felder der pittoresken Landschaft zogen.

Middleburg nahm für sich außerdem in Anspruch, einige der teuersten Vollblutpferde der Welt zu beherbergen. Für viele, die in dieser wohlhabenden Enklave lebten, war die Pferdezucht ein Beruf, dessen herausragende Momente die alljährliche Nominierung des erfolgreichsten Galoppers, das Grand-National-Derby oder der Verkauf eines besonders edlen Hengstes an einen arabischen Emir zu einem exorbitanten Preis bildeten. Diese Leute residierten auf Zweihundert-Hektar-Farmen, besaßen zahlreiche Pferde, fuhren betagte Volvo-Kombis, wenn sie etwas in der Stadt zu erledigen hatten, und einen Rolls-Royce, wenn sie zu den herbstlichen Querfeldeinrennen kamen, und sie alle warteten atemlos darauf, daß sich im Frühling neue Fohlen einstellten. Sie sprachen niemals über Geld, zeigten es niemals ostentativ her und waren niemals ohne welches. Sie waren der Geldadel.

Jack Finnertys sechs Hektar große Farm lag mitten in dieser ausgedehnten Domäne des Wohlstands. Seine Sechs-Schlafzimmer-Villa im Kolonialstil war einmal das Gästehaus des gewaltigen Auchincloss-Besitzes gewesen, der Finnertys Farm jetzt auf drei Seiten umgab. Finnerty hatte das Grundstück vier Jahre zuvor zur Feier seiner Wahl zum Aufsichtsratsvorsitzenden von General Engineering & Aerospace erworben, des riesigen Rüstungskonzerns, dessen Hauptquartier im Washingtoner Vorort Falls Church angesiedelt war.

Im herrlichsten nachmittäglichen Sonnenschein, der aus einem wolkenlosen blauen Himmel niederströmte, musterte David Mitchell Finnertys Stallungen, an deren Wetterfahne ein Wimpel in seinen Rennfarben Blau und Weiß flatterte. Der Stall war zweihundert Meter vom Haus entfernt, und dazwischen lagen säuberlich gestutzte Rasenflächen. David schüttelte den Kopf. Der Platz wirkte beinahe surreal, so schön war er. Aber würde er sich wirklich mit dem Snobismus und dem aufgesetzten Getue eines solchen Lebens abgeben wollen? Er lachte. Wem, zum Teufel, versuchte er denn etwas vorzumachen? Das war haargenau, was er wollte, weswegen er gewillt war, diese immensen Risiken einzugehen. Das war finanzielle Sicherheit. Alles, was er je gewollt hatte.

Davids Miene wurde säuerlich. Herrgott, die Warterei würde ihn noch umbringen. Der Testflug mußte am Abend zuvor stattgefunden haben, und Finnerty hätte ihn aus Nevada anrufen müssen, um die gute Nachricht zu übermitteln. Die Nachricht, daß die A-100 ein überwältigender Erfolg war und es nur noch eine Frage der Zeit sein würde, bis der Börsenkurs von GEA bis in Höhen kletterte, wo die Luft so dünn war, daß man Nasenbluten bekam. Nur eine Frage der Zeit, bis David in Art Mohlers Büro kommen und ihm einen Zeitungsbericht über die A-100 und ihre gewaltigen Auswirkungen auf GEA mitten auf den antiken Schreibtisch werfen konnte.

Aber Finnerty hatte sich aus Nevada nicht gemeldet. Statt dessen hatte seine Sekretärin angerufen und David zu einem Gespräch unter vier Augen in Finnertys Haus eingeladen. Das konnte kein gutes Zeichen sein, oder? Ein Gespräch unter vier Augen statt eines simplen Telefonanrufs. Vielleicht war der Testflug ja doch nicht so gut gelaufen. Mit einem Mal überschwemmte ihn eine Flut von Zweifeln.

»Guten Tag, Mitchell.« Finnerty kam aus dem Arbeitszimmer, die Arme fest vor der Brust verschränkt.

David fiel plötzlich auf, daß er Finnerty selten anders gesehen hatte als mit verschränkten Armen. »Hallo, Jack.« Er sprach Finnerty stets bei seinem Vornamen an, auch wenn Finnerty grundsätzlich Davids Familiennamen benutzte. David nahm an, daß Finnertys Verwendung von Nachnamen im Gespräch – selbst wenn er sich an enge Kollegen und Geschäftspartner wandte – eine Gewohnheit war, deren Wurzeln in seiner Militärzeit lagen.

»Tut mir leid, daß ich Sie habe warten lassen.« Finnerty sprach mit präziser, nasaler Stimme, in der eine Spur New-England-Akzent mitschwang. Er war ein hellhäutiger Mann mit kurzgeschnittenem rotem Haar, das seine irische Herkunft auf dem Umweg über Boston verriet. Als ehemaliger Marineinfanterist, der es in der Geschäftswelt zu etwas gebracht hatte, sprach er in kurzen, rapiden Sätzen und war sich seiner Beobachtungen und Beurteilungen zutiefst sicher.

»Geht schon in Ordnung.« Doch Davids Ton war reserviert. Er wollte Finnerty seine Verärgerung darüber spüren lassen, daß er gestern nicht aus Nevada angerufen worden war.

»Was macht die Wall Street?« Finnerty nahm Davids Hand und drückte sie mit festem Griff.

David zog seine Hand eilig zurück. Er haßte es, wie der Typ einem beim Händeschütteln jedesmal die Finger abzureißen versuchte, als sei das eine Art Macho-Spielchen, mit dem er herauszufinden versuchte, ob er einen dazu bringen konnte, vor Schmerz das Gesicht zu verziehen. »Ich hab's Ihnen schon mal gesagt, Jack, was ich mache, läuft nicht unter Wall Street. Als Portfolio-Manager kaufe ich an, was die Wall Street verkauft.«

Finnerty legte den Kopf schief und lächelte sein »Das ist mir scheißegal, und ich hab' auch nicht wirklich eine Antwort erwartet«-Lächeln. »Käuferseite, Verkäuferseite, wen zum Teufel interessiert das schon? Das ist alles Geld, und Geld heißt für mich Wall Street.« Finnerty schwieg einen Moment. »Ich hab' keine Zeit, mir über die Zauberkunststückchen von Manhattan Sorgen zu machen. Ich baue militärisches Gerät für die Regierung der Vereinigten Staaten.« Er reckte das Kinn vor. »Und ich leiste dabei verdammt gute Arbeit.«

»Die Börse denkt da anders«, erwiderte David kühl, ohne sich von Finnertys Angeberei beeindrucken zu lassen. »Der Kurs lag bei fünfundzwanzig, als ich meine Leute bei Sagamore überredet habe, die neue Emission von GEA-Aktien zu kaufen. Jetzt ist er nach dem Stand von heute vormittag runter auf einundzwanzigeinhalb. Sie haben mir erzählt, das sei eine sichere Sache, und dieser verdammte Pate, zu dem sie mich geschickt haben, auch.«

Der Druck mußte Mitchell gewaltig zugesetzt haben, daß er so schnell zur Sache kam, vermutete Finnerty. »Sie wissen, daß es für die Verteidigungsindustrie harte Zeiten waren, mit all den Budgetbeschneidungen und dem Ende des kalten Kriegs.«

David spürte in Finnertys Ton eine gewisse Trauer mitschwingen, als er das Dahinschwinden des kalten Kriegs erwähnte, aber war nicht daran interessiert, sich mit einem Ex-Marine in wehmütigen Erinnerungen ans Austricksen der Sowjetunion zu ergehen. »Was ist gestern in der Wüste passiert, Jack?«

»Lassen Sie uns ein bißchen spazierengehen, Mitchell. Es ist nie eine gute Idee, über diese Dinge an einem ungesicherten Ort zu sprechen. Die Wände haben Ohren.« Finnertys Furcht vor Abhörgeräten grenzte an Verfolgungswahn.

»Soll das etwa heißen, daß Sie nicht täglich Ihre gesamte Farm von der CIA durchsuchen lassen?« fragte David. Er versuchte, seine Ungeduld zu zügeln, aber es wurde mit jeder Minute schwieriger.

»Das reicht, Mitchell.« Die plötzliche Schärfe in Finnertys Stimme durchzuckte David wie ein elektrischer Schlag. Diesen Tonfall hatte er von Finnerty noch nie zuvor gehört, ein Tonfall, der eine deutliche Warnung enthielt.

»Gut.« David krampfte sich der Magen zusammen, aber er schaffte es, eine gelassene Haltung zu bewahren.

Jenseits der großen Eingangstür wandten sich die beiden Männer nach rechts und gingen dann langsam über den säuberlich manikürten Rasen auf den Stall zu. »Wie lief es gestern in der Wüste?« David konnte nicht länger warten.

Sie blieben unter einer riesigen Eiche stehen. Finnerty wandte sich zu David um. Sein Gesicht war grimmig. »Mitchell, die Landung war prima. Aber der Katapultstart...« Finnerty schwieg einen Herzschlag lang und schaute zu Boden, »...war perfekt.« Er grinste mit einem Mal, genoß offensichtlich die Tatsache, daß er mit den Gefühlen des jüngeren Mannes gespielt hatte. »Der gesamte Flug hätte nicht besser laufen können, wenn wir selbst das Drehbuch geschrieben hätten. Und die Milliarde Dollar von Sagamore war ein entscheidender Faktor für den Erfolg der A-100. Ohne diesen freundlichen Vorschuß für den Bau der Prototypen hätte GEA es nicht schaffen können.« Finnerty legte David eine Hand auf die Schulter. »Ich bin mir sicher, daß

Ihre Leute Ihnen ein bißchen die Hölle heiß gemacht haben, als die Aktien fielen, aber seien Sie ganz beruhigt, Sagamore wird aus dieser Transaktion letztendlich einen gewaltigen Profit ziehen.«

»Der Testflug verlief erfolgreich.« David flüsterte die Worte, als könne er sie nicht glauben. Als sei nach zweieinhalb Jahren das Gewicht der Welt von seinen Schultern genommen worden.

»Ja.«

»Wirklich?« fragte er, noch immer nicht überzeugt.

»Ja. Das Erstaunliche daran ist, daß wir in diesem Zeitalter der Sicherheitslücken und Maulwürfe das Projekt zweieinhalb Jahre lang geheimhalten konnten. Das schwarze Programm ist schwarz geblieben. Das gibt mir Vertrauen. Wenn irgendwelche Informationen über die A-100 durchgesickert wären, hätte der Börsenkurs von GEA Kapriolen geschlagen.«

David nahm Finnertys Stimme kaum wahr. Unerträglicher Streß hatte sich in der Zeit, die es braucht, einen Lichtschalter umzulegen, in Euphorie verwandelt. Doch da war noch immer etwas, das ihn beunruhigte. »Warum haben Sie mich gestern aus Nevada nicht angerufen? Sie hatten es versprochen.«

Finnerty ging wieder auf den Stall zu. Er hatte die anderen auf der Stelle angerufen, aber das würde Mitchell nie erfahren. »Ich konnte kein abhörsicheres Telefon finden.« Es war eine lahme Entschuldigung, aber sie war etwas, an das sich Mitchell klammern konnte.

»Aber ich hatte Sie gebeten ...«

»Was macht das für einen Unterschied?« unterbrach ihn Finnerty abrupt. »Sie wissen es jetzt.«

Sie erreichten die Stallungen und blieben vor dem Tor zur Koppel stehen. Finnerty musterte die Umgebung, um sicherzugehen, daß keiner der Reitknechte in Hörweite war. »Die Maschine hat mit Leichtigkeit alle Anforderungen an den Prototyp erfüllt. Wir können sofort mit der Produktion beginnen.« Er ließ die Arme für einen Moment sinken. »Einhundertfünfzig Flugzeuge jährlich über die nächsten sieben Jahre. Alles in allem über tausend, um den Wartungsvertrag gar nicht erst zu erwähnen.« Finnertys Stimme war gedämpft. »Wenn Einzelheiten des Vertrages bekannt werden, wird die Investmentgemeinde völlig aus dem Häuschen geraten. Die A-100 bedeutet für GEA zusätzliche Einkünfte von zwanzig bis fünfundzwanzig Milliarden Dollar *im Jahr.* Vielleicht mehr.«

David nickte, sagte aber nichts. Er war noch immer wütend, daß Finnerty ihn einen zusätzlichen Tag der Qual hatte durchleiden lassen. Die Geschichte über das Fehlen einer abhörsicheren Telefonleitung war blanker Unsinn, und das wußten sie alle beide.

»Die GEA-Aktien werden in die Höhe schnellen«, bemerkte Finnerty.

»Meinen Hochrechnungen nach sollte der auf das A-100-Projekt zurückzuführende Zuwachs des Cash-flows von GEA den Kurs rasch auf hundert Dollar pro Anteil zugehen lassen«, stimmte David zu. Der Preis würde jetzt garantiert über die Fünfzigdollarmarke hinausschießen, die Art Mohler soviel Sorgen bereitet hatte. David hob eine Augenbraue. »Das wird all diese Optionen auf GEA-Anteile, die Sie und Ihre Freunde im Management sich vor sechs Monaten spendiert haben, extrem wertvoll machen.« Er wartete, wie Finnerty reagieren würde.

»Das geht Sie doch nichts an.« Finnertys Augen wurden schmal. »Vergessen Sie eines nicht, Mitchell, Sie haben auch ihre privaten GEA-Optionen. Jene, die ich für sie abzweigen und in eine Briefkastenfirma stecken konnte.

Wenn die Aktien auch nur auf fünfzig Mäuse pro Anteil steigen, werden Sie zehn Millionen Dollar reicher sein als im Moment. Das wird dann für Sie persönlich ein sehr hübsches Geschäft gewesen sein.« Eine leichte Brise wehte Staub aus der Koppel auf, und Finnerty drehte für einen Augenblick den Kopf weg. »Ich hab mich immer gefragt, wie die Geschäftsleitung bei Sagamore wohl reagieren würde, wenn sie wüßte, daß eine der Bedingungen, die Sie mir auferlegt haben, bevor Sie es in Betracht ziehen mochten, in GEA zu investieren, darin bestand, daß Sie persönlich Optionen auf den Erwerb von Anteilen erhalten.« Finnerty kreuzte die Arme wieder vor der Brust. »Natürlich wird niemand je von diesem kleinen Detail wissen« – er schaute Mitchell unheilverkündend an –, »außer mir.«

David räusperte sich nervös. Er hatte die Optionen als Versicherungspolice ausgehandelt, als seinen eigenen Bonus dafür, daß er im Interesse Sagamores dieses gewaltige Risiko auf sich nahm.

»Ich wette, sie wüßten auch gerne über die Million Dollar Bescheid, die Sie vor zweieinhalb Jahren als Schmiergeld für Ihren Paten in der City abgezweigt haben«, fuhr Finnerty fort. Es war Zeit, auf David Mitchell einzuhämmern, ihn allmählich merken zu lassen, daß er in ein Labyrinth gefallen war, aus dem es kein Entkommen gab. »Ich bin mir sicher, daß sie ein bißchen kreative Buchführung eingesetzt haben, um die Zahlung zu erklären.« Das war der Grund, warum Finnerty nicht aus Nevada angerufen hatte, warum er statt dessen um ein Treffen unter vier Augen ersucht hatte. Damit er beginnen konnte, die Daumenschrauben anzuziehen. Mitchell mußte klarwerden, daß er zum Bauern in ihrem Spiel geworden war, ohne es auch nur zu ahnen. »Wie haben Sie die Zahlung an den Mann in der City ausgewiesen, David, als Darlehen an einen Lieferanten?«

David schluckte mühsam. Darlehen an einen Lieferanten. Exakt so hatte er die Zahlung genannt. Finnertys treffsichere Vermutung war geradezu gespenstisch.

»Sie werden Profite aus Ihren GEA-Optionen dazu benutzen, das Geld zurückzuzahlen, das Sie der Dachgesellschaft von Sagamore entnommen haben, stimmt's?«

David hätte fast genickt, riß sich gerade noch zusammen.

»Weil Sie ja schließlich immer noch tonnenweise Kohle aus den Optionen haben werden, selbst nachdem sie das Geld persönlich zurückgezahlt haben. *Und* Sie werden Ihren Job haben.« Finnerty preßte die Arme fest vor die Brust. »Das FBI wüßte wahrscheinlich auch gern über das alles Bescheid.«

»Warum die Feindseligkeit, Jack?« fragte David leise.

»Weil ich auf Ihre Kommentare über Optionen, die mein Management-Team und ich uns selbst bewilligen, gut verzichten kann.«

»Ich hab doch bloß eine Bemerkung gemacht.«

Finnerty kümmerte es einen feuchten Dreck, ob Mitchell sich an den Optionen störte. Darum ging es bei diesem Gespräch absolut nicht. In Wirklichkeit ging es um einen komplizierten Initiationsprozeß. Genau wie bei den Marines; erst zerbrach man sie, und dann baute man sie so wieder auf, wie man sie haben wollte. »Vergessen Sie eines nicht, Mitchell, ich habe Sie in dieses Spiel reingebracht, und ich kann Sie wieder rausschmeißen, wann immer ich es möchte. Und ich kann Ihnen das Leben sehr schwer machen.«

David fühlte sein Blut mit einem Mal kochen. »Und ich könnte das gleiche nicht für Sie tun?« Das war eine schlechte Idee, aber er wollte nicht, daß Finnerty dachte, er könne derart einfach manipuliert werden. »Wenn Sie mich verpfeifen, ist mein Pate in der City auch dran. Das FBI würde die Zahlung der Dachgesellschaft direkt zu ihm weiterverfolgen. Ich bezweifle, daß er Sie dafür sonderlich ins Herz schließen würde.«

Finnerty lächelte dünn. Mitchell war einer von den Starken. Was den Grund darstellte, weswegen sie ihn mochten. »Sie meinen wirklich, das FBI würde ihn am Ende dieser Fährte finden?«

David entging die Implikation. »Ich wette, ich könnte genug Lärm schlagen, um die Produktion der A-100 für unbestimmte Zeit auf Eis legen zu lassen. Und das würde Ihre Pläne vermasseln, nicht wahr, Jack? Es könnte GEA sogar in den Konkurs treiben. GEA brauchte die A-100, um überleben zu können. Haben Sie mir nicht genau das ganz am Anfang von alledem erzählt?«

Finnerty sagte kein Wort.

»Können Sie sich vorstellen, was geschehen würde, wenn ich wirklich zum FBI ginge?« David ließ nicht locker. »Lieber Himmel, überall würde ermittelt, vom Weißen Haus bis zum Capitol. Es würde dem schwarzen Budget den gesamten Schleier der Geheimhaltung herunterreißen. An diesem Punkt gäbe es keinerlei Möglichkeit mehr, die Sache unter den Teppich zu kehren. Die Presse würde sich nur so drauf stürzen. Es wäre eine größere Story als Watergate und der Fall O. J. Simpson zusammengenommen. Das ganze Land würde vor der Glotze kleben und sich die Anhörungen vor dem Untersuchungsausschuß anschauen. Ich kann Sie schon vor mir sehen, Jack, wie sie hinter einem dieser Tische im Sitzungssaal einer Reihe von Senatoren gegenübersitzen und sich den Arsch abschwitzen.« David war plötzlich klargeworden, daß die Tortur noch nicht vorbei war, bloß weil es die A-100 vom Prototyp zur Produktionsreife geschafft hatte. Sie fing gerade erst an, und sie würde ihn für den Rest seines Lebens begleiten.

»Seien Sie vorsichtig damit, was Sie zu wissen glauben, David«, murmelte Finnerty leise.

Soweit sich David erinnern konnte, war dies das erste Mal, daß Finnerty ihn beim Vornamen angesprochen hatte, und er zuckte vor Überraschung ein wenig zurück.

»Die Dinge sind nicht immer, was sie zu sein scheinen.«

»Was zum Teufel soll das heißen, Jack?«

Finnerty deutete mit einem Finger auf den jüngeren Mann. »Finden Sie das mal schön alleine heraus. Trotz dieses Gespräches halte ich Sie für einen ausgebufften Burschen. Aber denken Sie dran, es gibt eine Menge ausgebuffte Leute auf der Welt. Ausgebuffte Leute, die schon weit länger dabei sind als Sie.«

David studierte die Intensität in den Augen des älteren Mannes, versuchte zu verstehen. Dann fiel sein Blick auf die Stretchlimousine, die Finnertys lange Zufahrt hochgerollt kam. »Erwarten Sie jemanden?« Er deutete auf das Fahrzeug.

Finnerty schüttelte den Kopf. »Nein, die ist für Sie. Ich wollte nicht, daß Sie für den ganzen Weg zurück nach Baltimore den Zug nehmen müssen.«

»Mächtig aufmerksam von Ihnen.«

»Nichts zu danken«, sagte Finnerty trocken, während sie langsam zurück zum Haus gingen.

Die Limousine bog in die kreisförmige Zufahrt vor dem Haus ein und hielt vor dem steingepflasterten Fußweg, der zum Haupteingang führte.

»Denken Sie daran, Mitchell, Sie haben noch weitere zwei Millionen zu bezahlen. Eine Million bei Unterzeichnung des Kontrakts. Zwei Millionen, wenn die volle Produktion anläuft. Das war der endgültige Deal. Die Produktion hat begonnen, und sie müssen diese Zahlung an Ihren Paten leisten, wie Sie ihn so gerne nennen.«

»Ich werde zahlen. Machen Sie sich keine Sorgen.«

Als die beiden Männer sich der Limousine näherten, sprang ein kleiner Mann aus dem Wagen und riß eilig die hintere Tür auf.

»Ich wollte mich bloß vergewissern, daß Sie ...« Finnerty zögerte einen Moment, als er den Fahrer sah »... daß Sie wissen, wo's langgeht.«

»O ja.« David hatte den seltsamen Blick bemerkt, den sein Begleiter dem Chauffeur zugeworfen hatte. »Ich weiß, wo's langgeht.« Er rutschte auf den Rücksitz, ohne Finnerty die Hand zu schütteln.

Minuten später verließ die Limousine Finnertys Zufahrt, wandte sich nach links und begann sich von der Farm zu entfernen. Was zum Teufel hatte Finnerty mit dieser Bemerkung gemeint, daß die Dinge nicht immer so seien, wie sie schienen? David schaute in den Innenspiegel und die Augen des Fahrers. »Haben Sie hier drin irgendwas zu trinken?«

»Ist alles in dem Schränkchen unter dem Fernseher.« Der Fahrer drehte sich auf der vorderen Sitzbank halb um und sprach laut durch die offene Trennscheibe.

»Danke.« David füllte sich rasch ein hohes Glas bis zur Hälfte mit Scotch und Eis, trank dann einen ausführlichen Schluck. Normalerweise machte er sich nichts aus Scotch, aber heute schmeckte er ihm.

Während er sich in dem Ledersitz zurücklehnte und einen weiteren Schluck trank, zogen vor den getönten Fensterscheiben Farmen vorbei. Wie hatte Finnerty ihn vor zweieinhalb Jahren gefunden? Die Frage hatte David stets beschäftigt, aber er hatte sie Finnerty nie gestellt, weil er davon ausgegangen war, daß er sowieso keine ehrliche Antwort bekommen würde.

»Wo müssen wir hin?« Der Fahrer drehte sich erneut auf dem Sitz um.

»Baltimore«, antwortete David teilnahmslos.

»Sind Sie auch von Sagamore?«

»Wie bitte?« Davids Augen huschten zurück zum Innenspiegel.

»Tut mir leid. Ich dachte, Sie wären vielleicht bei derselben Firma wie der andere Typ.«

»Welcher andere Typ?«

»Jemand, den ich gestern nacht gefahren habe – heute früh, genaugenommen.«

David beugte sich im Sitz vor. »Können Sie sich an seinen Namen erinnern?« Er versuchte die Frage beiläufig klingen zu lassen, so als sei er nicht wirklich an der Antwort interessiert.

»Hmm, ja. Er hieß Mohler. Was für ein Workaholic. Es war drei Uhr in der Frühe, und er wollte zurück ins Büro.«

David hörte die letzten Worte nicht mehr. Soweit er wußte, hatte Mohler Jack Finnerty nie kennengelernt. Mohler hatte David bei einem Höflichkeitsbesuch begleitet, als Sagamore vor zweieinhalb Jahren zum erstenmal erwog, in GEA zu investieren, aber Finnerty hatte an dem Tag an keiner der Konferenzen teilgenommen. Mohler machte sich inzwischen eindeutig Sorgen über die GEA-Investition und konnte sich auf eigene Faust mit Finnerty in Verbindung gesetzt haben, um ihm Fragen über die finanzielle Stabilität der Firma zu stellen. Und es wäre typisch für den Manager eines Unternehmens, sogar den Aufsichtsratsvorsitzenden, auf diesen Anruf zu reagieren. Schließlich hatte Sagamore eine Milliarde Dollar in GEA investiert – eine dreißigprozentige Beteiligung. Aber warum sollte Mohler Finnerty auf der Farm treffen? Das Hauptquartier der GEA lag weit näher bei Baltimore. Und warum sollten sie sich morgens um drei treffen?

»Wohin wollen Sie in Baltimore, Sir?«

Finnerty hatte den Fahrer derart merkwürdig angeschaut, als habe er den Mann beiseite nehmen und ihm etwas sagen wollen, es sich dann jedoch anders überlegt. Er mußte den Burschen wiedererkannt und sich Sorgen gemacht haben, daß genau das passieren könnte.

»Sir!«

»Was?«

»Wo genau wollen Sie hin?«

David zögerte, versuchte sich zu erinnern. »Zum Hotel Stouffer in der Innenstadt.«

»Danke.«

Die Dinge waren nicht immer, was sie schienen. David trank den Scotch mit einem einzigen großen Schluck, wobei er das Glas beinahe auf den Kopf stellte, und goß sich einen weiteren Drink ein.

Elizabeth Gilman erhob sich von ihrem Platz am Vorstandstisch und ging unter den stehenden Ovationen der tausend Gäste, die sich im großen Ballsaal des Hotels Stouffer drängten, graziös zur Rednertribüne. Der runde Tisch des Gouverneurs – eine Gruppe der prominentesten Firmenmanager, Politiker und Philanthropen des Staates – hatte sie gerade zu Marylands ›Frau des Jahres‹ gewählt.

Der Gouverneur kam Elizabeth am Podium entgegen, schüttelte ihr behutsam die Hand, flüsterte ihr etwas ins Ohr, hob dann zum Zeichen, Ruhe zu geben, die Hände. Während die Anwesenden sich wieder setzten, ebbte der Beifall allmählich ab.

»Meine Damen und Herren, ich möchte nur ein paar Worte an Sie richten, bevor ich Sie der Frau des Jahres überlasse.« Blitzgeräte flackerten auf, als Fotografen das Ereignis für die *Baltimore Sun* des nächsten Morgens festhielten. »Elizabeth.« Seine tiefe Stimme hallte in dem riesigen Raum wider, als er sich ihr zuwandte. »Sie sind ein leuchtendes Beispiel für uns alle. Sie führen einen der größten und erfolgreichsten Investmentfonds des ganzen Landes, und dennoch verblüffen Sie uns fortwährend durch die Zeit und Energie, die Sie wohltätigen Bemühungen widmen.

Insbesondere müssen wir Ihnen abermals für den neuen Flügel des Kinderkrankenhauses danken. Aber, meine Damen und Herren« – er drehte sich wieder dem Publikum zu –, »es ist nicht bloß die Tatsache, daß sie die Mittel dafür zur Verfügung gestellt hat. Sie hat diesen Kindern auch ihre kostbare Zeit zur Verfügung gestellt. Kindern, die keine Familie haben, die ihnen über ihre Leidenszeit hinweghelfen könnte. Ich habe die Tränen eines fünfjährigen kleinen Mädchens gesehen, als es allein auf einem sterilen Bett lag und sich fragte, was Krebs ist, warum er gerade sie befallen hatte und warum sie eine weitere Operation würde ertragen müssen. Ich habe diese Tränen verschwinden sehen, als diese wundervolle Lady, die neben mir steht, sich stundenlang auf das Bett setzte und dem kleinen Mädchen Hoffnung gab. Ich kann nur sagen, daß ihr Handeln eine Inspiration für uns alle ist. Es gibt viel zu tun, und was wir tun, kann einen Unterschied bewirken. Meine Damen und Herren – Elizabeth Gilman.«

Die versammelte Menge erhob sich erneut und bekundete mit donnerndem Applaus ihre Anerkennung. Elizabeth ging zum Mikrofon, während der Gouverneur ein paar Schritte zurücktrat, um das Scheinwerferlicht allein ihr zu überlassen. Sie schaute ins Publikum, ein Bild der Anmut und Bescheidenheit. Sie bedeutete der Menge mit einer Geste, sich zu setzen, doch die Bewegung ließ den Beifall erst recht aufbranden.

David stand da und klatschte wie alle anderen, aber er sah nicht hoch zum Podium, er schaute hinüber zum Nebentisch und beobachtete Art Mohler beim Applaudieren. Warum war Mohler auf Jack Finnertys Farm gewesen? Warum heute früh um drei? Warum hatte Mohler ihm nicht erzählt, daß er Finnerty treffen würde? Und warum hatte Finnerty nichts von dem Treffen gesagt? Diese Fragen wollten ihm nicht aus dem Kopf.

Er drehte sich um und konzentrierte sich auf Elizabeth, die sich noch immer im Glanz der Ovationen sonnte. Irgendwie würde er die Antworten finden.

Kapitel 13

Todd Colton war erst neunundzwanzig, aber er hatte bereits seinen Grabstein gekauft und die Inschrift einmeißeln lassen – *Hier liegt ein Mann, der das Leben bei den Hörnern packte* – weil, wie er es ausdrückte, die Chancen verdammt gut standen, daß er es nicht sehr lang machen würde, und er wollte, daß der Nachruf lautete, wie er sollte, nicht wie jemand anders dachte, daß er lauten *solle*. Er war allergisch gegen Anzüge, nicht eben verantwortungsbewußt und ein Risiko, das keine Versicherung übernehmen wollte.

An den meisten Wochenenden fuhr er Motorradrennen, sprang mit dem Fallschirm aus Flugzeugen ab oder ging seiner Passion fürs Sporttauchen nach. Die Woche über finanzierte er seine Hobbys mit seinen Einkünften als Privatdetektiv und bearbeitete dabei einen stetigen Strom von Fällen, die ihm Freunde bei der Staatspolizei von Maryland vermittelt hatten. Er stellte keine großen Ansprüche, war großzügig bis zur Übertreibung und machte aus seinem Herzen keine Mördergrube.

Gelegentlich gönnte sich Todd eine Pause davon, an den Wochenenden Leib und Leben zu riskieren, um einem noch weit gefährlicheren Zeitvertreib nachzugehen – Black Jack an den Spieltischen von Atlantic City.

Der Croupier mit der schwarzen Fliege starrte Todd an.

Croupiers wollten, daß man rasch spielte, weil die Chancen immer auf der Seite des Hauses waren. Je mehr Runden also gespielt wurden, desto besser die Aussichten des Casinos, Gewinn zu machen. Todd nippte an seinem Bourbon mit Wasser, während er seine Karten studierte. Er wußte, daß der Croupier gereizt war, aber er ignorierte die Finger des Mannes, die wütend auf den grünen Filzbezug des Tisches trommelten. Der momentane Einsatz betrug fünfhundert Dollar, und er würde sich soviel Zeit nehmen, wie er brauchte.

Der Croupier hatte ein As auf seiner verdeckten Karte liegen. Todd hatte offene fünfzehn Punkte. Die Chancen, daß er mit fünfzehn Punkten gegen den Croupier verlieren würde, waren exzellent. Aber die Chancen dafür, daß er über einundzwanzig kommen und sich überreizen würde, wenn er eine weitere Karte nahm, standen sogar noch besser. Mit einem Mal hörten sich die Glocken der Einarmigen Banditen im Hintergrund an wie Fingernägel auf einer Schiefertafel.

»Möchten Sie noch ne Karte, Kumpel?« drängte der Croupier.

Todd zog eine Grimasse. »Ja.«

Der Croupier lächelte, und die fünf anderen Spieler schüttelten die Köpfe. Schlechte Idee.

Todds Augen wurden schmal, als der Croupier die Karte rasch aus dem Schlitten zog und sie umdrehte. Sein Herz setzte einen Schlag lang aus. Einundzwanzig. Kreuzsechs. Einundzwanzig. Er legte den Kopf schief und grinste den Croupier triumphierend an. »Ich bin wieder zurück«, verkündete er lautstark, schaute dann hoch zur Decke. »Jetzt hält mich nichts mehr auf.« Dort oben waren die Männer, die das Casino betrieben, liefen im Stockwerk über ihm herum und starrten durch Einwegspiegel, um sich zu vergewissern, daß niemand mit einem Croupier gemeinsame Sache machte. »Mein Glück hat sich gerade gewendet.«

Doch Todds Glück hatte sich keineswegs gewendet. Die Kreuzsechs war lediglich die momentane Unterbrechung einer langen Pechsträhne. Auf das nächste Blatt setzte er tausend Dollar – alles, was er hatte – und verlor sie, als der Croupier zu Todds Herzacht und Pikfünf einen Herzkönig umdrehte. Jetzt war es am Croupier, triumphierend zu lächeln.

»Zu übel.« Ein älterer Mann in einem grauen T-Shirt und Jeans, der hier seinen Monatsscheck von der Sozialversicherung verzockte, schmatzte angeekelt mit den Lippen. »Dieser Croupier ist einfach zu heiß.«

»Ich komme wieder.« Todd grinste und klopfte dem alten Mann auf den Rücken. »Halt meinen Platz für mich frei, Charlie, ja?«

»Klar doch.« Charlie lachte. Den Jungen mußte man wirklich bewundern. Der konnte über alles lächeln. Charlie hatte das gleiche Szenario ein paar Wochenenden zuvor schon einmal erlebt. Todd spielte hoch, verlor rasch, lächelte aber die ganze Katastrophe hindurch.

Todd stand vom Tisch auf und ging einen langen, lärmerfüllten Korridor hinunter, der die Black-Jack- und Würfeltische voneinander trennte. Er mußte Harry finden.

Pferde-Harry saß in einem kleinen Büro im dritten Stock des Casinos und sah Wettscheine durch. Er war ein riesiger Mann mit einem Kahlkopf und einem harten Philadelphia-Akzent. Todd klopfte an die Tür.

»Hallo, Mr. Colton«, sagte Harry gelassen, als er von den Papieren aufschaute. »Na, die letzten fünftausend schon verpulvert?«

»Also, genaugenommen ...« Todd zögerte. Das war peinlich. »Ja.«

»Sie lernen einfach nichts dazu, oder?«

»Ich bin nur noch ein Blatt weit davon entfernt, Harry.«

Harry war schon lange Jahre Kredithai. Er wußte es besser. »Das sind Sie immer.«

»Kann ich noch mal fünftausend haben?« fragte Todd ungeduldig. Er wollte zurück an die Spieltische.

»Mr. Colton, Sie schulden uns bereits fünfundzwanzigtausend. Wir haben Ihnen fünfzehn gegen Ihren Wagen als Pfand geliehen und zehn ohne jede Sicherheit. Finden Sie wirklich, daß es eine gute Idee ist, sich weitere fünf zu borgen?«

»Nun kommen Sie schon, Harry. Keine Predigten.«

»Sie werden bald anfangen müssen, an uns zurückzuzahlen.«

»Okay.«

»Ich mach' keine Witze.«

»Klar.« Harry hatte das seit Monaten gesagt.

Harry zog eine Schreibtischschublade auf, nahm einen Stapel bankfrischer Hundertdollarnoten heraus und zählte fünfzig davon ab, zählte sie dann noch einmal. Er schob sie zu einem ordentlichen Bündel zusammen und hielt sie Todd hin. Als Todds Hand nach vorne ging, zog Harry die seine plötzlich zurück. »Ich werd' mir fünfhundert nehmen, als Zinsen für das, was Sie uns bereits schulden.« Harry zog fünf Hunderter aus dem Bündel in seiner Hand und legte sie auf seine Wettscheine. »Nur noch viertausendfünfhundert Dollar übrig, aber das Darlehen geht über fünftausend. Wollen Sie's immer noch?«

Todd nahm Harry das Geld aus der Hand und grinste. »Absolut. Lieber Himmel, wahrscheinlich bin ich in einer Stunde wieder hier oben, um meine gesamten Schulden zu bezahlen. Ich kann die Glücksfee schon an meinem Arm fühlen.« Todd drehte sich um und trabte zu den Aufzügen, seinen neuen Schatz in die Hemdtasche gestopft.

Harry griff nach den Wettscheinen. Das war nicht die

Glücksfee, was der junge Mr. Colton da an seinem Arm gespürt hatte. Das war der Teufel.

Air-Force-Captain Paul Nichols sah durchs Fenster seines Büros zu, wie die beiden F-22 Seite an Seite starteten. Die helle Sonne Nevadas glitzerte auf ihren schnittigen Rümpfen, während sie rasch aus der Wüste aufstiegen. Er schaute ihnen nach, bis sie bloß noch schwarze Punkte am azurblauen Himmel waren, stand dann auf, verließ das Büro und ging den Korridor hinunter auf die Toilette zu.

»Captain Nichols?«

Der Captain blieb halb in der Tür zur Toilette stehen. Er schaute den Sergeanten an, bemerkte dann die beiden Militärpolizisten hinter dem Mann.

»Sir, ich habe Anweisung, Sie auf der Stelle zu verhaften.«

Der Captain begann zu protestieren, merkte aber rasch, daß das sinnlos sein würde.

Nachdem er Stunden in einer kleinen fensterlosen Arrestzelle verbracht hatte, wurde der Captain mit verbundenen Augen und hinter den Rücken gefesselten Händen heimlich in den Laderaum einer C-130 gebracht. Er hörte das vertraute Jaulen, als sich Propeller zu drehen begannen; dann mußte er sich mit beiden Füßen abstützen, als das Flugzeug sich mit einem Ruck in Bewegung setzte und vom Hangar wegrollte.

»Können Sie mich hören?« schrie ihm jemand durch den Motorenlärm ins Ohr, als die Maschine Gas gab und begann, die Startbahn hinunterzurumpeln.

Er nickte sofort, weil er so kooperativ wie möglich erscheinen wollte. Er hatte von den kleinen Sonderkommandos gehört, die bei schwarzen Projekten über die Geheimhaltung wachten, es aber nie für möglich gehalten, daß sie tatsächlich existierten. Nun war er sich da nicht mehr so sicher.

»Sie haben Senator Malcolm Walker mit Informationen über das A-100-Projekt versorgt, nicht wahr?« Dieselbe Stimme schrie erneut auf ihn ein.

Dieses Mal antwortete Captain Nichols nicht sofort. Sein Kopf blieb im Winkel von fünfunddreißig Grad nach vorn geneigt – die natürliche Haltung eines Menschen, dem man die Augen verbunden hat.

Die Stimme brüllte die Frage noch einmal.

Nichols nickte langsam. Es hatte keinen Sinn, die Anschuldigung zu leugnen. Wahrscheinlich hatten sie Videobänder, die zeigten, wie er die Unterlagen durchstöberte. Herrgott, wie hatte er nur so dämlich sein können?

»Auf die Füße, Captain!«

Als er nicht sofort reagierte, zogen ihn mehrere Paare von Händen hoch, bis er aufrecht stand, und stießen ihn dann über den Boden des Laderaums. Er drehte rasch den Kopf in beide Richtungen. »He, was zum Teufel machen Sie da?« schrie er, aber von den Männern, die ihn gefangenhielten, kam keine Antwort.

Mit einem Mal wurde ihm klar, was geschehen würde. Er trat um sich und versuchte verzweifelt, sich ihrem Griff zu entwinden, aber es half nichts. Sie hoben ihn einfach hoch und trugen ihn zur Tür.

»Überleg's dir beim nächsten Mal besser zweimal, bevor du so freigebig mit Informationen umgehst, du Scheißkerl!«

Luft peitschte über Nichols' Gesicht, während das Flugzeug weiter stieg. »Bitte tut das nicht!« flehte er und schrie dabei so laut, daß ihm ein Stimmband riß.

Ein paar Minuten lang hielten sie ihn dort fest, haarscharf am Rande des Todes, damit die Maschine die gewünschte Höhe erreichen konnte. Dann stießen sie ihn bei zehntausend Fuß durch die Tür.

Er überschlug sich wieder und wieder, versuchte während des entsetzlichen Sturzes durch den Nachthimmel hektisch, sich von dem Strick zu befreien, mit dem seine Handgelenke zusammengefesselt waren. Commander Pierce blieb auf dem ganzen Weg nach unten dicht bei ihm, beobachtete seine kläglichen Bemühungen ohne jedes Erbarmen. Gegen Soldaten, die den Verhaltenskodex brachen, den zu wahren sie geschworen hatten, und die nationale Sicherheit gefährdeten, mußte mit aller Strenge vorgegangen werden. Es gab in Fällen wie diesem keine andere Alternative als rasche, harte Vergeltung.

Captain Nichols wurde klar, daß ihm nur noch sehr wenig Zeit blieb. Er war viele Male abgesprungen und hatte einen sechsten Sinn für die Höhe. Er war bestenfalls noch fünftausend Fuß über dem Boden, wahrscheinlich eher zwischen vier und drei. Schreiend stürzte er mit tödlicher Geschwindigkeit durch die Luft, vollkommen blind. Im einen Moment würde er am Leben sein, im nächsten tot. Doch nichts würde ihn warnen. Er würde nie wissen, was ihn getroffen hatte. Vielleicht war es besser so. Plötzlich spürte er, wie er sich zu verkrampfen begann. Das Ende mußte nahe sein.

Commander Pierce sah noch einmal auf den Höhenmesser, richtete dann die Fernsteuerung auf den einige hundert Yards weiter fallenden Körper, dessen Umriß sich im Schein der Blinklichter an dem ultraleichten Fallschirm, den sie dem Captain während des Kampfes im Laderaum über den Kopf gezogen hatten, deutlich abhob. Er drückte den Knopf und zog dann die Reißleine seines eigenen Schirms.

Als sein Fallschirm auf den elektrischen Impuls aus Commander Pierces Fernsteuerung reagierte und sich öffnete, fühlte Captain Nichols mit einem Mal unvorstellbare Beschleunigungskräfte an seinem gesamten Körper zerren. Er überschlug sich beinahe, als die Leinen sich strafften, pendelte sich dann sicher unter dem Fallschirm ein und schwebte gemächlich dem Wüstenboden entgegen.

Ein paar Sekunden lang lag er unter dem Fallschirm im Sand und schluchzte, dann spürte er, wie der Stoff von seinem Körper weggezogen wurde und daß sich jemand neben ihn kniete. Dann hörte er die Stimme.

»Sie werden über diese Angelegenheit für den Rest Ihres Lebens Stillschweigen bewahren. Sie werden sechs Monate eingekerkert, und am Ende dieser Zeit wird man Sie unehrenhaft aus der Armee entlassen. Sie werden diese Strafe ohne alle Fragen akzeptieren. Bloß ein Versuch Ihrerseits, sich in genau diesen Ablauf der Ereignisse einzumischen, und beim nächsten Mal geht der Fallschirm nicht auf. Haben Sie das verstanden, Captain Nichols?« Captain Pierce sprach ganz ruhig.

Nichols hob langsam den Kopf, die Augen noch immer verbunden. »Ja«, stöhnte er. Dann fiel sein Kopf zurück in den Sand, und er wurde ohnmächtig.

Zwei Stunden später, gerade als der Morgen über der Wüste von Nevada dämmerte, war Captain Nichols zurück auf der Basis, physisch trotz allem unbeschädigt. Doch seine Nerven würden nie wieder die gleichen sein.

Pierce beobachtete mit Befriedigung, wie Nichols von den Männern seiner Kommandoeinheit in die Zelle gesteckt wurde. Die Lippen des Commanders kräuselten sich zu einem flüchtigen Lächeln. Malcolm Walkers Informant in Area 51 war neutralisiert worden.

Kapitel 14

Jesse beobachtete Todd über den Tisch hinweg, als er seine Pommes frites salzte. Er war groß und gut gebaut, mit einem kräftigen, braungebrannten Gesicht, das von langen braunen Haaren eingerahmt wurde. Es war kein Gesicht, das jemals die Titelseite von *Gentleman's Quarterly* zieren würde, aber er hatte etwas an sich. Vielleicht war es die schiere Kraft seiner kontaktfreudigen Persönlichkeit, seines liebevollen Wesens, das schiefe Lächeln oder die Art, wie er sie mit diesen Augen ansah. O Gott, diese Augen. Sie wechselten tatsächlich die Farbe und konnten, je nach Tag, stahlblau oder dunkelgrau sein. Sie erwischte sich dabei, sie anzustarren, über die Möglichkeiten nachzudenken, schaute dann rasch weg. Es konnte nicht sein. Das war Beckys ständiger Rat gewesen.

»Schön, dich zu sehen, Jess.« Todd sprach das letzte »e« ihres Namens nie aus.

»Gleichfalls.«

»Hat deine Mutter dir erzählt, daß ich letzte Woche bei ihr vorbeigeschaut habe?«

Sofort dachte Jesse wieder an ihren eigenen Besuch bei ihrer Mutter und daran, wie das zufällige Zusammentreffen mit Vater McCord und die Diskussion über die Geldprobleme ihrer Mutter sie derart lebhaft an ihren Stiefvater erinnert hatten.

»Alles in Ordnung mit dir, Jess?« Vielleicht bildete er sich das ja nur ein, aber sie wirkte beunruhigt.

Sie nickte rasch. »Ja. Es war nett von dir, mal nach ihr zu sehen.«

»Tja, ich bin halt ein echter Schatz, stimmt's?« Er lachte.

»Ja, das bist du«, sagte sie leise. »Wie läuft's denn bei dir so?« Sie wußte von seinen gefährlichen Hobbys.

»Großartig. Na ja, vor ein paar Wochen bin ich aus der Cessna eines Freundes abgesprungen, und mein Fallschirm hat sich erst bei tausend Fuß geöffnet. Ich bin im Wipfel einer Kiefer gelandet, hab' mir den Knöchel verstaucht und einen übelgelaunten Specht getroffen, der nicht sehr erfreut war, mich zu sehen. Der Knöchel tut immer noch ein bißchen weh, aber ansonsten geht's mir gut.« Als er lächelte, ging einer seiner Mundwinkel deutlich stärker in die Höhe als der andere. »Und du, Jess? Was macht dein Leben so?«

Sie wußte auch von seiner Unfähigkeit, Verpflichtungen zu übernehmen. Dennoch fühlte sie sich nach all der Zeit gefährlich hingezogen zu diesem Lächeln, obschon sie ihm das natürlich niemals erzählen konnte. Er könnte zu wecken versuchen, was so lange Zeit direkt unter der Oberfläche geschlummert hatte, und das könnte sich als katastrophal erweisen. Es könnte das empfindliche Gleichgewicht ihrer Emotionen zerstören und alles auf einmal herausstürzen lassen.

»Jess?«

In dieser schrecklichen Nacht vor zwölf Jahren war er für sie dagewesen. Es schien nicht fair, daß er daran gehindert werden mußte, mit ihr zusammenzusein, weil er derjenige war, der ihr geholfen hatte, derjenige, der sie in den Armen gewiegt hatte. Doch Becky hatte Jesse versichert, daß es so sein müsse, daß Todd nicht mehr als ein flüchtiger Bekannter sein dürfe. Nicht, wenn Jesse die Feindseligkeit unter Kontrolle halten wollte. Nicht, wenn sie es vor ihrer Mutter für alle Zeit geheimhalten wollte. Zuviel Kontakt mit der Vergangenheit, und alles würde in einem einzigen Schwall hervorbrechen, riet ihr Becky immer wieder. Und Todd war ein enger Teil dieser Vergangenheit. Dieser Nacht.

Jesse verzog das Gesicht. Becky würde bestürzt sein, wenn sie erfuhr, daß Jesse erneut Todds Hilfe gesucht hatte und sie einander nun wohl öfter sehen würden als nur gelegentlich. Aber für Jesse schien es keine andere Möglichkeit zu geben. Wieder war Todd derjenige, an den sie sich wenden mußte.

»Jess«, sagte Todd laut, »was ist denn da drüben los?«

Sie merkte plötzlich, daß er versuchte, ihre Aufmerksamkeit zu erregen. »Was?«

»Wo bist du?«

»Sorry. Ich hab' über etwas nachgedacht, das ich auf der Arbeit erledigen muß.«

»Ich glaube, du bist einfach überwältigt, mich wiederzusehen.«

Jesse schüttelte den Kopf. Sie wollte ihm keine Entschuldigung dafür liefern, sie zu bedrängen. Oder doch? Hatte sie ihn in Wirklichkeit deswegen angerufen?«

»Also, ich glaube, wir sollten das hinter uns bringen.« Todd nahm ein paar Fritten von seinem Teller und steckte sie sich in den Mund, lächelte beim Kauen. »Wir machen das jedesmal durch, wenn wir zusammenkommen. Was nicht oft genug geschieht, könnte ich hinzufügen. Natürlich wirst du wütend auf mich werden. Aber was zum Teufel soll's?«

»Worüber redest du eigentlich?«

»Können wir anfangen, miteinander zu gehen?« Todds Lächeln wurde breiter, als er sah, wie sie automatisch den Kopf schüttelte. »Siehst du, ich hab's dir ja gesagt.« Er deutete mit dem Finger auf sie. »Jedesmal, wenn wir uns treffen, frag ich dich dasselbe, und jedesmal, wenn ich frage, sagst du nein.«

»Todd, hör auf.«

»Ich glaube, mein Problem ist, daß du dich mit diesen Typen in Schlips und Kragen triffst. Du denkst, sie wären die Antwort, aber das sind sie nicht.«

Sie schaute weg, ohne zu antworten.

»Es reicht mit den langweiligen Bankern, Jesse. Du brauchst jemanden, der nicht den ganzen Tag hinter einem Schreibtisch sitzt und belanglose Zahlen in einen Computer eingibt.«

»Todd, hör auf!« Mit einem Mal wurde Jesse bewußt, daß die anderen Gäste im Restaurant sie beide neugierig beobachteten.

»Was ist denn los?« Er lächelte noch immer, genoß es, sie nervös gemacht zu haben.

»Ich hab' dich angerufen, weil ich deine Hilfe brauche.«

»Und hier bin ich, zu deinen Diensten, bereit, mit einem einzigen Satz über Hochhäuser zu springen.«

»Werd bitte ernst.« Jesse faltete die Hände vor ihrem Teller. Vielleicht war es doch keine so gute Idee gewesen, ihn anzurufen.

»Tut mir leid.« Er konnte sehen, wie sich ihre Irritation rasch in Zorn verwandelte. »Ich werd' halt ein bißchen verrückt, wenn ich dich sehe. Das weißt du doch.«

Jesse versuchte, ihr Lächeln zu verbergen. Das schaffte er immer bei ihr. Sie konnte einfach nicht wütend auf ihn werden, egal wie sehr sie sich bemühte.

»Nun komm schon, Jesse, wer ist dein Freund?« Todd lächelte verschmitzt.

»Hör auf.« Sie spürte erneut das Lächeln aufsteigen und wollte ihm nicht die Befriedigung schenken, es zu bemerken.

»Wer ist dein Busenfreund?«

»Hör auf.«

»Wer ist dein Kumpel?«

Sie kam nicht länger dagegen an. »Du.« Sie hielt sich eine Hand vors Gesicht, um ihr Grinsen zu verbergen.

Todd lachte. »Es wäre besser gewesen, wenn du gesagt hättest, daß du auch ein bißchen verrückt wirst, wenn du mich siehst, aber ich weiß, daß es dir schwerfällt, so etwas zu sagen.«

»Was meinst du damit?«

Er schob die Unterlippe vor, wie er es immer tat, wenn er angestrengt nachdachte. »Du bist manchmal ein bißchen verklemmt.«

»Bin ich nicht.«

»O doch, das bist du.« Er sagte es mit solcher Überzeugung, daß es für sie keinen Grund gab, noch länger zu protestieren. »Aber andererseits hast du ja wahrscheinlich auch das Recht, es zu sein.«

Er kannte sie so gut. »Ich versuche, es nicht zu sein.«

Todd nahm sich noch ein paar Fritten. »Du mußt einfach mehr Zeit mit mir verbringen. Ich sorg schon dafür, daß du lockerer wirst.«

»Da bin ich mir ganz sicher.«

»Was soll das denn heißen?« fragte er eilig.

»Nichts.«

Todd beobachtete sie ein paar Sekunden lang, war versucht, weiter in sie zu dringen. Er hatte ein Sich-Öffnen gespürt, ein subtiles Signal, daß sie vielleicht endlich bereit war, ein Risiko einzugehen. Aber wahrscheinlich bildete er sich das bloß ein. »Was kann ich für dich tun?« Sein Ton wurde zum erstenmal, seit sie sich hingesetzt hatten, geschäftsmäßig. »Ich würde gerne glauben, daß du wirklich angerufen hast, weil du mich sehen wolltest, aber ich muß davon ausgehen, daß es da einen anderen Grund gibt. Du hast dich am Telefon ein bißchen nervös angehört.«

Jesse gingen plötzlich die Worte am Schluß von Robinsons Memo durch den Sinn. *Trau keinem Menschen.* Doch das war unmöglich. Sie konnte Neils Botschaft nicht völlig alleine nachgehen. Sie brauchte jemanden, der ihr half, und obschon Todd gelegentlich verantwortungslos und leichtsinnig war, war er gleichzeitig so vertrauenswürdig, wie ein Mensch nur sein konnte.

»Es könnte gefährlich werden«, sagte sie.

»Schau mich an – ich zittre.«

»Ich mach keine Witze. Es könnten ein paar mächtige Leute darin verwickelt sein.«

Er nickte. Jesse neigte nicht zu Übertreibungen, und er spürte, daß dies mehr sein könnte als bloß das Produkt einer regen Phantasie.

»Hör zu. Laß uns zu Ende essen und dann einen Spaziergang machen.«

»Okay.«

Sie aßen rasch ihren Lunch, zahlten und verließen das Lokal. Fünf Minuten später standen sie am Ende eines langen Aussichtspiers, der in den Hafen von Baltimore hinausragte.

Todd lehnte sich gegen das Geländer. »Also, worum geht's?«

Jesse trat dichter an ihn heran. Ein Mann, der ein paar Schritte weiter auf einer Bank saß, schien allzu interessiert an ihrem Gespräch, und sie wollte kein Risiko eingehen, daß irgend jemand außer Todd etwas mitbekam. »Vor ein paar Tagen ist Neil Robinson, mein Boß, in der Halle des Hyatt-Hotels an einem Herzanfall gestorben«, begann sie leise. »Am nächsten Morgen erhielt ich per E-Mail eine Nachricht von ihm, zeitverzögert abgeschickt, in der er mich um Hilfe bittet, und eine Verschwörung erwähnt, auf die er gestoßen zu sein glaubte. Er wollte, daß ich einen Aktenordner hole, den er in seinem Haus am Fluß versteckt hatte.«

»Hast du ihn?«

»Ja.«

»Was war drin?«

Jesse schaute wieder zu dem Mann hin, aber er schien sie jetzt nicht mehr zu beachten. »Die Steuererklärungen von Elbridge Coleman aus den letzten Jahren, seine privaten und die seines Unternehmens. Und Notizen, die sich Neil während eines Gesprächs mit jemandem gemacht hatte, den er nicht näher identifiziert. Offensichtlich hegte Neil einen Verdacht bezüglich Elbridge Colemans Wahlkampagne.«

Todd hob die Augenbrauen. Eine Kampagne für die Senatswahl. Das könnte doch ganz interessant werden. »Was für einen Verdacht?«

»Daß Coleman bloß ein Strohmann ist. Daß er von Leuten in diesem Land finanziert wird, die den Mann loswerden wollen, der den Sitz im Senat, den Coleman zu gewinnen versucht, gegenwärtig innehat.«

»Du meinst Malcolm Walker.«

»Ja.«

»Warum sollten diese Leute Walker loswerden wollen?«

»Den Notizen nach hielt Neil Walkers unverblümte Kritik am Militär für den Grund. Sie wollen ihn loswerden, weil er gegen das Verteidigungsministerium Krieg geführt hat, seit er vor sechs Jahren in den Senat gewählt wurde.«

»Krieg gegen das Verteidigungsministerium geführt. Das ist 'ne interessante Art, es auszudrücken.«

»Ja, das ist es wohl.« Jesse lächelte. »Jedenfalls hat er einen Einmann-Kreuzzug dafür geführt, den Verteidigungsetat zusammenzukürzen, und dabei in seiner ersten Amtszeit einen gewissen Erfolg verbuchen können. Neil schreibt in seinen Notizen, daß er und seine ungenannte Quelle glaubten, Coleman werde von Leuten finanziert, die der Rüstungsindustrie wohlgesinnt sind. Leute, die den Verteidigungsetat lieber wachsen als schrumpfen sehen möchten.«

»Ist Neil näher drauf eingegangen, wer diese Leute sein könnten?«

»Nein.«

»War sonst noch was in dem Ordner?«

»Nein.«

»Das ist alles?« Todd wirkte mit einem Mal verärgert. »Das ist alles, was du hast? Bloß ein paar Steuererklärungen und die Notizen deines Chefs?«

»Ja.«

»Jess, ich möchte deinem Boß gegenüber nicht respektlos sein, und dir gegenüber auch nicht, was das betrifft, aber ich denke, er hatte einfach 'nen kleinen Knall.« Todd tippte sich mit dem Zeigefinger an die Schläfe. »Sie mal, die Leute haben immerzu irgendeinen Verdacht, aber in neun von zehn Fällen, wahrscheinlich noch öfter, ist absolut nichts dran. Glaub mir, in meinem Beruf erlebe ich das fortwährend. Das ist höchstwahrscheinlich einer dieser Fälle. Es ist traurig, daß er gestorben ist, aber du mußt dich von ihm lösen.«

»Ich würde dir zustimmen, wenn nicht...« Ihre Stimme erstarb.

»Wenn nicht was?«

»An dem Abend, als ich die Akte geholt habe, kam noch jemand anders in Neils Haus am Severn. Ich nehme an, daß er auch hinter der Akte her war. Und das war kein netter Mensch.«

»Was meinst du damit?«

»Der Kerl hat mich bis zu meinem Wagen durch den Wald gejagt und meine Windschutzscheibe zerschossen.«

»Mein Gott, bist du verletzt worden?«

»Nur ein paar kleine Schnitte am Arm.« Sie zog den Ärmel ihrer Bluse hoch und zeigte ihm die verschorften Wunden.

»Glaubst du, daß er dein Nummernschild gesehen hat?« Todds skeptischer Tonfall war verschwunden.

»Ich glaub' nicht. Meine Scheinwerfer leuchteten ihm direkt in die Augen, und dann hab' ich sie ausgeschaltet, sobald ich an ihm vorbei war.«

»Hast du den Vorfall deinen Vorgesetzten oder der Polizei gemeldet?«

»Nein. Ich hatte ihnen eigentlich nichts Konkretes zu erzählen, und ich hab' mir gesagt, daß jemand in der Lage sein könnte, mich auf die Art ausfindig zu machen. Wenn ich einen offiziellen Bericht eingereicht hätte, meine ich.«

Er nickte. »Hast du deinen Wagen in eine Werkstatt gebracht, um die Scheibe ersetzen zu lassen?« Todd stellte die Fragen in rascher Folge.

»Nein. Das hielt ich auch für keine gute Idee. Ich dachte, auf diese Art könnte man mich sicher auch aufspüren. Sara Adams, eine andere Frau aus der Dienststelle, nimmt mich mit zur Arbeit. Wir wohnen nah beieinander.«

»Ich erinnere mich an Sara. Du hast sie mir letztes Jahr vorgestellt, als ich dich im Büro besucht habe.«

»Ach ja, richtig.«

»Sie ist eine ziemlich gute Freundin von dir, nicht wahr?«

Jesse und Sara kannten sich seit nunmehr sechs Jahren. »Eine sehr gute Freundin.«

»Tja, es war clever, deinen Wagen nicht reparieren zu lassen. Du hättest wahrscheinlich mit einer Kreditkarte bezahlt, und wer auch immer hinter dir her war, hätte deine Spur zurückverfolgen können, indem er die Autowerkstätten überprüft. Weißt du was – ich miete unter meinem Namen einen Wagen für dich, bis die Sache vorbei ist.«

»Danke. Das ist echt nett. Ich werd's dir zurückzahlen.«

Er winkte ab, als gebe es keine Veranlassung, sich darüber Sorgen zu machen. »Was ist mit der E-Mail? Irgendeine Möglichkeit, wie er darüber an dich herankommen könnte?«

»Ich hab mit jemandem in der Dienststelle darüber gesprochen. Er gehört zu den Computerleuten. Ich hatte die Datei aus meinem Rechner gelöscht, und als er das Computersystem durchsuchte, fand sich kein Beleg dafür, daß Neil die Nachricht an mich geschickt hatte. Ich weiß nicht, wie Neil die Spur verwischt hat, aber er hat's jedenfalls getan. Ich hab' die E-Mail auch nie ausgedruckt, also gibt es keinen Vermerk im Druckerprotokoll.«

Eine Möwe landete einen guten Meter weiter auf dem Geländer. Todd sah zu, wie sie sich putzte. »Du glaubst nicht, daß dein Boß tatsächlich einem Herzanfall erlegen ist, oder?«

Sie zögerte. »Das ist seltsam. Ich fand das Mädchen, das Neil an diesem Abend im Hyatt bedient hat. Er genehmigte sich einen Drink, zusammen mit einem anderen Mann. Die Kellnerin konnte sich nicht besonders gut an den anderen Mann erinnern, außer, daß er nicht dablieb, als Neil den Anfall hatte. Die Rettungssanitäter hatten gefragt, ob Neil mit irgend jemandem zusammen sei, und sie hatte ja gesagt, aber dann konnten sie den Typen nicht finden. Findest du das nicht reichlich seltsam?«

»Ja, allerdings. Hast du mal in den Terminkalender in Neils Büro geschaut? Vielleicht stand der Name des Burschen da ja drin.«

»Das ist noch so eine seltsame Sache. Jemand hat eine Menge Zeug aus Neils Büro geholt, unmittelbar nach seinem Tod.«

»Tatsächlich? Was zum Beispiel?«

»Seinen Terminkalender, die Festplatte aus seinem Computer, Disketten, diverse Akten und noch ein paar andere Dinge.«

»Hast du irgendeine Vorstellung, wer das war?«

»Nein. An diesem Vormittag kamen gegen neun Uhr dreißig ein paar Arbeiter und brachten einen neuen Schreibtisch. Neils Sekretärin glaubt, daß sie die Sachen mitgehen ließen. Sie fand nämlich später heraus, daß niemand einen neuen Schreibtisch angefordert hatte, und gegen zehn, unmittelbar nachdem die Männer gegangen waren, merkte sie, daß in seinem Büro Dinge fehlten. Die arme Frau. Sie wußte zu diesem Zeitpunkt noch nicht mal, daß Neil tot war. Sie dachte, er hätte sich verspätet.«

»Hat sie irgend jemanden darüber informiert, daß die Sachen verschwunden waren?«

»Sie rief die Polizei, und die kam auch, aber sie haben bislang nichts Konkretes.«

»Und werden es vermutlich auch nie haben.«

Das Geräusch eines Nebelhorns rollte über den Hafen, als ein riesiger Frachter die Leinen loswarf und Schlepper ihn hinaus ins offene Wasser zu bugsieren begannen.

»Noch irgendwas, das du mir erzählen könntest?« fragte Todd.

Jesse schaute in Richtung des Nebelhorns über den Hafen. Sie atmete tief die salzige Luft ein. »Du wirst wahrscheinlich denken, daß ich ganz einfach paranoid bin.«

»Nein, werd ich nicht. Es gibt hier genug Zufälle und ungeklärte Ereignisse, um mich zu überzeugen, daß du echt vorsichtig sein solltest.«

»Am anderen Morgen, dem Morgen nachdem ich gejagt worden war, mußte ich eine alte Akte aus dem Archiv unserer Dienststelle holen. Es war eine sehr alte Akte, also war sie nicht im Zentralcomputer gespeichert. Wie auch immer, als ich zurückkam, bin ich diesem Typen begegnet, der gerade mein Büro verließ. Ich hatte ihn noch nie zuvor gesehen.«

»Und?«

»Er sagte, er sei auf der Suche nach Sara. Ich fragte sie später, ob dieser Bursche bei ihr vorbeigekommen sei, aber sie wußte überhaupt nicht, wovon ich rede. Aber der Kerl hatte ein Besucherschildchen, also nahm ich an, daß sie Sara angerufen hatten, bevor sie ihn nach oben ließen. Das machen Sie immer, bevor sie Besucher ins Gebäude lassen. Seit dem Bombenanschlag in Oklahoma sind die Sicherheitsmaßnahmen echt streng.«

»Hast du mit den Wachleuten an der Rezeption darüber gesprochen?«

Jesse nickte. »Im Besucherbuch fand sich kein Hinweis, daß sich irgend jemand um diese Zeit herum eingetragen hätte, um Sara zu besuchen.«

»Da scheint jemand ausgezeichneten Zugang zu Regierungsgebäuden zu haben«, stellte Todd fest. »Stand ein Name auf dem Besucherschild des Burschen? Des Mannes, der aus deinem Büro kam.«

»Ich kann mich nicht erinnern.«

»Ich weiß, das sich das verrückt anhört, aber glaubst du, Sara könnte in der Sache mit drinstecken?«

Jesse beobachtete, wie die Möwe ganz langsam auf sie zutrippelte. Sara hatte in letzter Zeit derart viele Fragen gestellt, und sie schien nervös zu werden, wenn man sie wegen des Mannes bedrängte, der sie angeblich besucht hatte. Aber die Idee war lächerlich. »Nein.«

»Hat der Kerl in deinem Büro irgendwas getan, das dich mißtrauisch machen würde?«

»Ich weiß nicht. Wir sind in der Tür buchstäblich zusammengestoßen. Er kam raus, ich ging rein.«

»Glaubst du, daß er derjenige ist, der bei dem Haus am

Fluß hinter dir her war? Hast den Typen an diesem Abend zu Gesicht bekommen?«

»Nur eine Sekunde lang, im Scheinwerferlicht. Er hatte eine tief in die Stirn gezogene Baseballmütze auf, also hab' ich von seinem Gesicht nicht viel gesehen, aber ich bin mir ziemlich sicher, daß er keinen Bart hatte. Der Typ in meinem Büro schon.«

Todd lehnte sich ein Stück weiter nach hinten an das Geländer. »Ein Bart ist eine simple Verkleidung.«

»Tja, das beruhigt mich ganz entschieden.«

»Tut mir leid«, sagte Todd leise. »Sieh mal, wenn er das war in deinem Büro, dann hatte er zweifellos Gelegenheit, etwas gegen dich zu unternehmen, und das hat er nicht. Und überhaupt, wie hätte er dich finden können, wenn er das Nummerschild nicht erkennen konnte und du den Wagen nicht in die Reparaturwerkstatt gebracht hast?«

Sie strich ihr langes blondes Haar hinter die Ohren zurück, während sie einen Moment nachdachte. »Ich weiß nicht.«

Sie standen einen Augenblick lang schweigend da und beobachteten die Schiffe und Sportboote, die kreuz und quer durch den Hafen fuhren.

»Mir gefallen deine Haare auf die Art.«

»Was?« Jesse schaute ihm in die Augen.

»Wenn ich mich an dich erinnere, sehe ich dich immer mit hochgestecktem Haar vor mir. So runtergelassen sieht es großartig aus. Trägst du es jetzt immer so?«

»Hm, ja.« Sie wollte ihm nicht erzählen, daß dies der erste Tag seit langem war, an dem sie es heruntergelassen hatte.

»Nebenbei, nachträglich alles Gute zum Geburtstag. Ich hab dein Geschenk, aber ich hab' vergessen, es mitzubringen.«

»Aber sicher doch, klar.« Sie knuffte ihn spielerisch in die

Rippen. »Das hast du ja immer gesagt. Und irgendwie hat das Geschenk dann nie den Weg zu mir gefunden.«

»Im Ernst. Ich hab' wirklich ein Geschenk für dich.«

»O Gott!« Sie wirkte mit einem Mal erschrocken.

»Was ist denn?«

»Das hab' ich völlig vergessen. Ich hab' um zwei Uhr eine Verabredung.« Sie schaute auf die Uhr. »Und es ist schon fünf nach.«

»Also laß ich dich inzwischen die Zeit vergessen.« Todd schenkte ihr das schiefe Lächeln. »Ich glaube, nach all den Jahren mach ich endlich Fortschritte.«

»Komm schon.« Sie begann, rasch loszulaufen.

Ein paar Minuten später waren sie beinahe zurück am Amtsgebäude. Als sie sich dem Haupteingang näherten, verlangsamte Jesse ihre Schritte.

»Hallo!« rief David ihnen zu. Er stieß sich von der langen schwarzen Limousine ab, gegen die er sich gelehnt hatte, und ging ihnen entgegen. Als er näher kam, bemerkte er Jesses Überraschung. »Oh, richtig.« Er schnippte mit den Fingern, als ob er etwas vergessen hätte. »Ich hab' Ihnen gesagt, daß ich Sie abholen würde, aber ich hab' Ihnen wohl nicht erzählt, welche Art von Auto Sie erwarten sollten.« David musterte einen Moment lang Todd, schaute dann wieder Jesse an. »Sie sehen heute großartig aus, Jesse. Mir gefällt Ihre neue Frisur.«

Bevor sie noch protestieren konnte, hatte David ihre Hand ergriffen und sie auf die Wange geküßt. »Danke«, murmelte sie und schaute zurück zu Todd.

David ging an ihr vorbei. »David Mitchell.« Er streckte Todd die Hand entgegen.

»Todd Colton.«

Während sie sich die Hände schüttelten, nickten die beiden einander knapp zu.

»So.« Als er Todds Hand losließ, wandte David sich wieder zu Jesse um. »Bereit für einen Nachmittag bei Sagamore?«

»Ja. Aber gestatten Sie mir noch einen Moment.«

»Klar.« David verstand sofort und ging zurück zu der Limousine.

Todd stieß einen leisen Pfiff aus. »Das also machst du jetzt am Nachmittag, Jess? In Limousinen durch die Gegend fahren? Ich schätze, Banker sind doch gar nicht so langweilig. Kein Wunder, daß wir hierher zurückgerannt sind, um zu deiner Verabredung zu kommen.«

»Hör auf. David arbeitet für eine Investmentfirma in Towson namens Sagamore. Ich hab' die Frau, die die Firma leitet, neulich in der Wirtschaftsakademie kennengelernt, und sie bat mich, mal rauszukommen und sie zu besuchen. Es wäre großartig, dort zu arbeiten, wenn ich meinen Abschluß habe. Das ist alles.« Sie schwieg einen Moment. »Als ob ich dir irgendwelche Erklärungen schuldig wäre.«

»Das mag für dich alles sein.« Todd deutete in Davids Richtung. »Aber für ihn ist das nicht alles.«

»Worüber redest du eigentlich?«

»Wenn ich etwas auf den ersten Blick erkenne, Jess, dann einen Jagdhund, der eine Spur gewittert hat. Der da hat deine so tief in der Nase, daß es ihn verrückt macht.«

»Sei still, ja?« Sie lächelte David zu, um ihm stumm zu versichern, daß sie bloß noch ein paar Sekunden länger brauchte, wandte sich dann wieder Todd zu. »Wir haben uns vor ein paar Tagen zum erstenmal gesehen. Da läuft nichts zwischen uns.« Sie ergriff seine Hand. »Hey, wirst du mir bei dem helfen, worüber wir gesprochen haben?«

Todd schaute ihr einen Moment lang wortlos in Gesicht, als versuche er für sich zu entscheiden, ob da etwas zwischen ihr und David war oder nicht. »Ja, aber irgendwann werden wir über mein Honorar reden müssen.«

»Honorar?«

»Klar doch«, sagte er lächelnd. »Manche von uns müssen für ihren Lebensunterhalt arbeiten. Manche von uns können sich keine Limousinen leisten.«

»Genug jetzt.« Jesse hob die Hände. »Ich ruf' dich dann später an«, sagte sie über die Schulter hinweg und schob sich dann kopfschüttelnd auf den Ledersitz der Limousine. Er würde ihr also ein Honorar berechnen.

Todd beobachtete, wie die glänzende schwarze Limousine vom Bordstein wegrollte. So ungefähr die einzige Entschädigung, die er von Jesse Hayes verlangen würde, war ihre Zeit. Und davon würde er von nun an soviel wie möglich zu ergattern versuchen.

»Haben Sie schon mal in einer Limousine gesessen?« fragte David von dem Sitz ihr gegenüber.

»Nein«, sagte sie brüsk, immer noch ein bißchen verärgert über Todd. Das männliche Ego war ein derart zerbrechliches Ding. Natürlich hatte sie, jetzt wo sie darüber nachdachte, Todd noch nie zuvor eifersüchtig gesehen. Jesse lächelte. Vielleicht war ein bißchen Eifersucht gar nicht schlecht.

»Hallo.« Elizabeth Gilman erhob sich von ihrem Stuhl mit Blumenmuster und kam hinter ihrem Schreibtisch aus dunklem Holz hervor, kaum daß sie Jesse und David entdeckt hatte, die in ihrer Bürotür standen.

»Elizabeth, Sie werden sich an Jesse Hayes erinnern.« David spielte einen Moment lang den Protokollchef.

»Aber natürlich.« Elizabeth ergriff Jesses Hand und führte sie zu der Sitzecke des riesigen Eckbüros. »Hat Ihnen der Nachmittag bei uns Spaß gemacht?«

»Sehr.« Als Elizabeth und David sich Sessel nahmen, setzte Jesse sich auf eine bequeme Couch. »Es war so nett von Ihnen, mich hierher einzuladen.« Sie betrachtete die beeindruckende Aussicht vor den Fenstern, dann die wunderschönen Gemälde und Antiquitäten, die den Raum schmückten. Das Büro bildete einen scharfen Kontrast zu dem öden Regierungsgrau ihres Kabuffs in der Dienststelle.

»Nichts zu danken. Ich mache das gern mit Leuten, von denen ich den Eindruck habe, daß ein großes Potential in ihnen steckt. Ihr Professor hat mich vor dem Seminar auf Sie aufmerksam gemacht, und sobald ich sie über die Märkte reden hörte, wußte ich, daß er recht hatte. Ich bin jemand, der sehr viel auf den ersten Eindruck gibt, bei Aktien *und* bei Menschen.«

David lachte höflich. »Ich weiß nicht recht, Elizabeth. Ich habe nie jemanden gekannt, der sich an derart viele Fakten über derart viele Unternehmen erinnert. Sie stellen eine Unmenge Recherchen an, bevor Sie eine Aktie kaufen, wie ihre Erfolge zeigen.«

»Das sagt er bloß, weil ich die geschäftsführende Gesellschafterin bin.« Elizabeth zwinkerte Jesse zu.

Jetzt war es an Jesse zu lachen. »Da würde ich zustimmen, außer daß er mit Ihrer Erfolgsgeschichte recht hat. Sie ist unglaublich.«

Elizabeth schaute Jesse einen Moment lang schweigend an. »Ich sehe in Ihnen soviel von mir selbst.«

Jesse schaute zu Boden, betreten über die Direktheit der Bemerkung.

»Tut mir leid. Ich sollte nicht so unverblümt daherreden.« Elizabeth schüttelte den Kopf, als sie Jesses plötzliches Unbehagen bemerkte. »Noch mal jung sein. Was ich dafür nicht alles geben würde. Ach, ja. Also wen haben Sie heute kennengelernt?«

»Franc Welles, Scott Miller, Ray Hume und Art Mohler«, betete Jesse die Namen herunter.

»Gut. Es freut mich ganz besonders, daß Sie Gelegenheit

hatten, Art Mohler zu treffen. Er ist hier einer der führenden Köpfe. In Wirklichkeit leitet längst er den Laden. Ich bin mehr so eine Art Galionsfigur, wissen Sie.«

»Das ist nicht wahr, Elizabeth«, warf David ein. »Sie sind immer noch sehr aktiv.«

»Nicht auf der Portfolio-Seite«, widersprach Elizabeth. »Ich konzentriere mich mehr darauf, neues Geld hereinzubringen.« Sie lächelte. »Ich möchte die Fonds nicht mehr managen. Ich könnte ein paar schlechte Jahre haben, und das würde meinen Ruf verderben.«

»Ms. Gilman.« Ein junger Mitarbeiter streckte den Kopf zur Tür herein. »Tut mir leid, Sie zu stören, aber der Anruf aus New York, auf den Sie gewartet haben, ist auf Leitung drei.«

Elizabeth seufzte. »Tut mir leid, Jesse, aber den muß ich entgegennehmen«, sagte sie und erhob sich aus dem Sessel. »David führt sie zum Abendessen aus, nicht wahr?«

Jesse warf David einen flüchtigen Blick zu. Von einem Abendessen hatte er nichts erwähnt. »Hm, sicher.«

»Wunderbar.« Elizabeth ergriff Jesses Hand. »Ich hoffe, Sie bald wiederzusehen. Ich möchte, daß Sie ernsthaft über eine Karriere bei Sagamore nachdenken.« Plötzlich griff sie sich an die Brust und hustete schwach.

»Danke. Alles in Ordnung mit Ihnen?«

»Bestens, aber ich muß wirklich diesen Anruf entgegennehmen.«

Jesse und David verließen rasch das Büro, während Elizabeth das Telefon abhob.

»Von Abendessen haben Sie überhaupt nichts erzählt«, sagte Jesse, als sie den Flur hinunter auf sein Büro zugingen.

»Ich hatte Angst, Sie würden nein sagen. Ich wußte, daß Sie zu Elizabeth nicht nein sagen würden.«

Nachdem er sich bei seiner Sekretärin Telefonnotizen abgeholt und zwei kurze Anrufe getätigt hatte, nahm David seinen Aktenkoffer vom Sideboard und führte Jesse zurück in den Empfangsbereich.

»Wo gehen wir hin?« fragte sie, während sie auf den Lift warteten.

»Café Royal. Das ist ein kleines französisches Lokal unten in der Lobby.«

Sie hatte vom Café Royal gehört. Es war eines der beliebtesten neuen Restaurants in Baltimore und Umgebung – und eines der teuersten. »Sehr schön.« Die Türen öffneten sich, und sie traten in den Aufzug. »Kann ich Ihnen eine möglicherweise persönliche Frage stellen?«

»Sie können mich fragen, was immer Sie möchten; ich könnte es vorziehen, nicht zu antworten.« Er drückte den Knopf für die Lobby. »Insbesondere in einem Aufzug.«

»Hier ist außer uns niemand drin.«

»Spielt keine Rolle. Das ist eine der grundlegenden Regeln des Geschäfts. Sprich nie in einem Aufzug über irgendwas Wichtiges.«

»Warum haben Sie Ihre Bürotür abgeschlossen, als wir gegangen sind?« Sie würde sich nicht von irgendeiner albernen Unsicherheit aus dem Konzept bringen lassen.

»Hab' ich das?« fragte er.

»Ja.«

»Einfach die Macht der Gewohnheit, nehm ich an.«

»Finden Sie es nicht ungewöhnlich, sein Büro abzuschließen?«

David lachte leise in sich hinein. Elizabeth Gilman hatte recht. Das Mädchen war clever – und eine gute Beobachterin. »Nein. Schließen Sie Ihres nicht ab?«

»Nein. Ich sperre noch nicht mal meinen Aktenschrank zu. Ich traue den Leuten, mit denen ich zusammenarbeite.«

»Vielleicht sollten Sie das ja nicht.«

Die Aufzugstüren öffneten sich, und sie machten sich quer durch die Eingangshalle auf zum Café Royal. Die mit weißen Leinentüchern, Sterlingsilber und funkelndem Porzellan gedeckten Tische standen weit voneinander entfernt, einige in abgetrennten Nischen. Das Lokal war voll, wirkte aber dank der großzügigen Raumaufteilung nicht so. Die Beleuchtung war gedämpft, und in einer abgelegenen Ecke spielte ein Mann leise Klavier.

»Irgendwie romantisch«, sagte Jesse, während sie auf das Stehpult des Oberkellners zugingen.

»Ja, das Lokal hat eine wundervolle Atmosphäre, nicht wahr?« David lächelte verschmitzt.

Jesse versuchte, das Lächeln zu deuten. Spielte er einfach den guten Angestellten, indem er jemanden bewirtete, den seine Chefin gerne einstellen wollte? Schließlich war es Elizabeth gewesen, die das Abendessen zur Sprache gebracht hatte. Oder hatte er noch ein anderes Motiv? Zum erstenmal wurde ihr bewußt, daß Todd recht gehabt haben könnte, was David betraf.

»Hier entlang, bitte.« Der in einen Smoking gekleidete Oberkellner bedeutete ihnen, ihm zu folgen, und führte sie zu einem kleinen Tisch an einer Seite des Raums. »Madame.«

Der Oberkellner zog den Stuhl zurück, und Jesse nahm Platz. »Danke.«

Der Oberkellner nahm Davids Aktenkoffer, um ihn zur Garderobe zu bringen, und entschwand.

David setzte sich, griff nach der Weinkarte und begann sie umgehend zu studieren.

»Luxuslimousinen, Büros mit mehr unbezahlbaren Antiquitäten als im Kunstmuseum von Baltimore, und jetzt ein Abendessen in einem der teuersten Restaurants der Stadt. Was soll eine Frau davon halten?«

»Was kann ich dazu schon sagen?« David schaute nicht von der Weinkarte auf. »Sagamore macht's eben richtig.« Er sagte es ganz sachlich, nicht so, als wolle er Eindruck schinden.

»Wie lange sind Sie schon bei Sagamore, David?«

Er fand den Wein, nach dem er gesucht hatte. »Wäre Ihnen Rotwein recht?« erkundigte er sich, indem er ihre Frage für den Moment ignorierte. »Dieser Opus One ist köstlich.«

Sie war von ihm beeindruckt. Das ließ sich nicht bestreiten. Er war kultiviert und wußte sich auszudrücken, verdiente offensichtlich eine Menge Geld und umgab sich mit einer Aura der Gleichgültigkeit, die sie verführerisch fand. Er pflegte eine Frage ein paar Minuten lang zu ignorieren, kam dann aber stets an irgendeinem Punkt des Gespräches darauf zurück, ohne daß man ihn eigens dazu auffordern mußte. Diese Angewohnheit hatte sie heute gleich mehrfach bemerkt, während er sie bei ihren Gesprächen mit den anderen bei Sagamore begleitet hatte. Und dann war da dieses Funkeln in seinen Augen, das ihr auf der Cocktailparty aufgefallen war. Es war da, stets gegenwärtig. Den Böse-Buben-Blick nannten sie und Sara das. Ein Blick, dem mitunter schwer zu widerstehen war.

»Ja, Opus One, das ist ein schöner Wein.« Jesse stöhnte leise in sich hinein. Lieber Himmel, jetzt versuchte sie schon die Weinkennerin zu spielen, um ihn zu beeindrucken. Sie trank so selten Wein, daß sie einen kalifornischen Zinfandel nicht von einem Bordeaux hätte unterscheiden können. Aber versuchte sie nun den Mann zu beeindrucken oder den Portfolio-Manager? Bevor er sie an diesem Nachmittag abgeholt hatte, hätte sie eine kurze und eindeutige Antwort gehabt. Nun war sie sich nicht mehr so sicher.

»Sie haben also schon mal Opus One getrunken?«

Sie zögerte, versuchte zu entscheiden, wie sie darauf reagieren sollte. Entweder begab sie sich jetzt aufs Glatteis und riskierte spätere Peinlichkeiten, oder sie gab gleich zu, daß sie von Wein nichts verstand, und gestattete ihm einen Einblick in ihre nicht gerade privilegierte Erziehung. Vielleicht war das der erste Test für ihre Manieren. »Nein, das hab' ich nicht, aber mir gefällt der Klang des Namens.« Sie würde nicht versuchen, jemanden zu spielen, der sie nicht war, bloß um einen Job zu bekommen.

David lächelte. Sie konnte sich also elegant herauswinden, wenn das Gespräch eine schwierige Wendung nahm. Er winkte ihrem Kellner, der sofort an den Tisch kam. »Eine Flasche Opus One bitte.«

»Sehr wohl, Sir.« Der Kellner entfernte sich.

David sah dem Mann nach, bis er durch die Tür zur Küche verschwunden war. »Ich bin seit vier Jahren bei Sagamore.«

Da war sie wieder, seine Fähigkeit, auf eine vor Minuten gestellte Frage zurückzukommen. »Und es war eine gute Erfahrung?« fragte sie.

Er verzog schmerzlich das Gesicht. »Das ist eine Studentenfrage, wenn ich denn je eine gehört habe.«

»Na ja, ich *bin* Studentin.« Sie war mit einem Mal in der Defensive.

»Fragen Sie mich etwas Spezifisches, etwas Schwieriges, etwas, das Ihnen wirkliche Informationen verschafft und damit hilft, eine begründete Entscheidung zu treffen, falls sie Ihnen einen Job anbieten. Sie werden für diese Gelegenheit später noch dankbar sein.«

Er war von einem Moment zum anderen geschäftsmäßig geworden, und die Veränderung in seinem Benehmen traf sie unvorbereitet. »Gut. Wieviel kann man bei Sagamore verdienen?« Sie würde ihn in die Defensive treiben. Sie war sich sicher, daß sie auf diese Frage garantiert keine Antwort bekommen würde.

»Letztes Jahr haben sie mir alles in allem ein bißchen mehr als dreihunderttausend Dollar gezahlt.« Er hatte keine Probleme damit, offen über sein Einkommen zu sprechen. Er war stolz darauf, wie hart er arbeitete und was sie ihm dafür bezahlten. »Mein Gehalt beträgt hundertfünfzig, und Elizabeth hat mir im Januar weitere hundertfünfzig als Gratifikation gegeben.« Er entfaltete die Leinenserviette und legte sie sich über den Schoß. »Und ich hatte noch nicht mal ein gutes Jahr, verglichen mit einigen der anderen.« Er sagte den letzten Satz, als könne er nicht begreifen, weswegen sie ihn trotzdem so gut bezahlten. »Manche Leute würde mich als reich bezeichnen.«

»Ich ganz bestimmt.«

»Das ist alles, was ich je wollte«, sagte David leise. »Reich sein.«

Dreihunderttausend Dollar. Das konnte entschieden mit der Wall Street mithalten. Man hörte immer von den millionenschweren jungen Finanzzauberern Manhattans, aber Jesse wußte, daß die meisten Leute in Davids Alter, die für New Yorker Investmentbanken arbeiteten, in Wirklichkeit fünfstellige Summen verdienten, keine sechsstelligen.

»Und es gibt die Möglichkeit, noch weit mehr zu verdienen«, fuhr er fort. »Ich weiß, daß einige der Portfolio-Manager regelmäßig siebenstellige Summen kassieren.«

»Sind die alle schon länger bei der Firma als Sie?«

Er nickte. »Alle über fünf Jahre.«

»Tja, ich weiß nicht viel über die Gehaltssätze in Investmentfirmen, aber diese Zahlen hören sich ziemlich hoch an.«

»Das sind sie auch. Die Luft ist da sehr dünn, vor allem, wenn man in Betracht zieht, daß Sagamore in Baltimore sitzt, wo das Leben erheblich billiger ist als in New York. Deswegen kündigt bei Sagamore auch nie jemand. Das Geld macht süchtig. Leute werden gefeuert, wenn ihre Leistungen nicht akzeptabel sind, aber niemand geht freiwillig.«

»Wird oft wer gefeuert?«

Er spielte einen Moment mit seinem Messer, dachte nach. »Elizabeth würde mich wahrscheinlich umbringen, wenn sie wüßte, daß ich das sage, aber ich tu's trotzdem. Ich habe Ihnen gesagt, Sie sollten die Gelegenheit nutzen, und Sie sind zum Kern der Sache gekommen.« Er legte das Messer weg. »Typischerweise findet man das erst raus, wenn man in der Firma ist. Mir ging es auch so.« Er lachte zynisch. »Der Schlüssel liegt in Ihren ersten fünf Jahren. Niemand spricht das je wirklich aus, aber jeder weiß es. Der Leistungsdruck ist in dieser Zeit enorm, und wenn Sie nichts bringen, werden Sie an Ihrem fünften Jahrestag gefeuert. Wenn Sie es über diesen Tag hinweg schaffen, sind Sie im Verein. Niemand ist je nach seinem fünften Firmenjubiläum bei Sagamore gefeuert worden. Nicht daß ich wüßte, jedenfalls.«

Jesse schüttelte den Kopf. »Mein Gott, das hört sich unglaublich stressig an.«

»Ist es auch, und die Hinrichtung stellt fast ein öffentliches Ereignis dar. Man wird augenscheinlich hinter verschlossenen Türen gefeuert, aber jedermann in der Firma ist sich bevorstehender fünfjähriger Jubiläen bewußt. Wenn der Verurteilte vor das Exekutionskommando zitiert wird, bleibt die Arbeit liegen, und die Leute machen Witze darüber, wie das Licht trübe wird. Sie wissen schon, wie der Elektrische Stuhl den Saft abzieht.«

Jesse nickte. »Wie viele Portfolio-Manager sind am fünften Jahrestag gefeuert worden, seit Sie bei Sagamore sind?«

»Zwei. Und einer hat's geschafft.«

»Machen Sie sich Sorgen?«

David dachte einen Augenblick an die A-100, an seinen Deal mit dem Paten.

»Man macht sich immer Sorgen, bis man dieses fünfte Jahr überlebt hat.«

»Aber Sie haben gesagt, Sie hätten letztes Jahr einen Bonus von hundertfünfzigtausend Dollar verdient. Sie müssen doch gut dastehen. Sie würden Ihnen nicht ein derartiges Geld bezahlen, wenn sie Sie nicht mögen würden.«

David klopfte einen Moment lang gegen seine Armbanduhr, ehe er antwortete. Sie war stehengeblieben, und er mußte daran denken, eine neue Batterie zu besorgen. »Das ist es ja gerade, warum es so weh tut, wenn man gefeuert wird. Man wird von dem Geld abhängig. Sie zahlen sehr gut, ganz egal was läuft. Dann setzen sie einen vor die Tür, falls die Leistungen unter dem geforderten Niveau liegen, und man fällt von einer Klippe.«

»Also macht man bei einer anderen Firma weiter«, überlegte Jesse.

Er schüttelte rasch den Kopf. »Die leitenden Leute bei den anderen großen Anlageberatungsfirmen wissen, daß Sagamore einen geschaßt hat, also wollen sie auch nichts mit einem zu tun haben. Und es würde mich nicht im geringsten überraschen, wenn das Management von Sagamore aktiv dafür sorgen würde, daß es sich herumspricht, wenn sie jemanden gefeuert haben. Dieser Art Mohler, den Sie kennengelernt haben, der, von dem Elizabeth sagte, er sei ein derart toller Bursche. Der würde das tun. Er ist ein Schwein. Sie sieht das bloß nicht. Sie ist zu nett.« David griff in einen mit einer Leinenserviette abgedeckten Korb, nahm ein heißes Brötchen heraus, legte es auf seinen Butterteller und bot den Korb dann Jesse an. »Natürlich scheint sie trotzdem dazu fähig, Leute zu feuern, wenn ihre Resultate nicht das sind, was Sagamore verlangt. Das ist das Problem mit der Firma. Es dreht sich allein darum, Geld zu verdienen, sonst nichts. Das ist der Punkt, den Sie sich klarmachen müssen. Verstehen Sie mich nicht falsch – es spricht eine ganze Menge dafür, ein Stellenangebot von Sagamore anzunehmen. Aber es spricht auch eine ganze Menge dagegen. Wenn Sie keine Leistung bringen, verlieren Sie ihren hochbezahlten Job und finden keinen anderen mehr. Und dann können Sie ihren Lebensunterhalt damit verdienen, bei McDonald's Hamburger umzudrehen.«

Auch Jesse nahm ein Brötchen aus dem Korb und legte es auf ihren Butterteller. »Und wer damit nicht klarkommt, der begeht Selbstmord, richtig?«

Davids Blick kreuzte sich ganz flüchtig mit ihrem, während er das Brotkörbchen zurück auf den Tisch stellte.

»Ihr Wein, Sir.« Der Kellner beugte sich hinunter, um das Etikett zu präsentieren.

»Sehr schön, danke.«

Sie saßen schweigend da, während der Kellner die Flasche öffnete und sie auf den Tisch stellte, damit der Wein atmen konnte. David griff nach dem Korken, schnupperte daran und nickte zustimmend.

Als der Kellner sich entfernt hatte, beugte sich David näher zu Jesse. »Was haben Sie mit diesem Selbstmord-Witzchen gemeint?« Bei dieser Frage ließ er sich keine Zeit, um später darauf zurückzukommen.

»Ich hab' heute früh die Lexis-Datenbank durchsucht. Ich fand Zeitungsberichte über zwei Portfolio-Manager bei Sagamore, die sich in den letzten paar Jahren umgebracht haben.«

Die Dinge waren nicht immer das, was sie zu sein schienen. Jack Finnertys Worte. »Die beiden waren schon älter. Sie waren nicht gefeuert worden«, versicherte ihr David. »Ich habe Ihnen doch gesagt, nach seinem fünften Jahr wird niemand mehr gefeuert.« Er griff nach der Weinflasche und schenkte ihr von der dunklen, aromatischen Flüssigkeit ein, dann sich selbst. »Cheers.« Er berührte ihr Glas mit seinem.

»Cheers.« Jesse ergriff ihr Glas und trank, schloß beim Schlucken die Augen. Es war so lange her, daß sie sich entspannt hatte, daß sie den Druck ihrer Arbeit und des Studiums vergessen und sich ganz einfach amüsiert hatte. Schließlich öffnete sie die Augen. »Warum haben Sie mir all das über Sagamore erzählt? Wie Sie schon sagten, Elizabeth wäre sicher nicht eben erfreut, wenn sie davon wüßte.«

»Weil ich wünschte, daß es mir jemand erzählt hätte, bevor ich in die Firma eingetreten bin. Ich hätte das Angebot wahrscheinlich trotzdem angenommen, weil das Geld unglaublich ist. Aber ich hätte es gerne gewußt.«

Dreihunderttausend Dollar im Jahr, Millionen, wenn man über das fünfte Jahr hinauskam. Jesse vermochte sich kaum vorzustellen, wie es sein mußte, ein derartiges Gehalt zu verdienen, konnte sich kaum die Freiheit und den inneren Frieden vorstellen, die dieses Geld einem schenkte – selbst unter dem Leistungsdruck, den David beschrieben hatte. Und nach dem, was er gesagt hatte, standen die Chancen eins zu drei, daß man das fünfte Jahr überleben würde. Das hörte sich gar nicht so schlecht an. Und Elizabeth schien sie zu mögen. Das sollte die Chancen sogar noch verbessern.

David stieß erneut mit ihr an. »Und ich habe Ihnen diese Dinge erzählt« – er zögerte –, »weil ich Sie mag.«

Todd hatte direkt ins Schwarze getroffen, was Davids Absichten betraf. Jesse konnte es in Davids Augen sehen, und unter normalen Umständen hätte sie sich geschmeichelt gefühlt. Er sah gut aus, war reich und anscheinend nett – ein ziemlicher Fang für jede Frau. Aber irgendeine Art von Romanze mit ihm kam nicht in Frage. Das könnte ihre Chancen gefährden, bei Sagamore eingestellt zu werden. Elizabeth würde ihr wahrscheinlich kein Angebot unterbreiten, wenn sie dachte, David und Jesse hätten ein Verhältnis miteinander. »Auf den Beginn einer wundervollen Geschäftsbeziehung«, sagte sie in bestimmtem Ton.

»Richtig«, antwortete er, als er die Bedeutung ihrer Worte erkannte. »Auf eine Geschäftsbeziehung.« Doch sein Lächeln verriet ihn.

Kapitel 15

Trotz des beständigen Regens machte ihm sein Spaziergang über den Campus der Georgetown University Spaß. Die Studenten waren aus ihren Sommerferien zurückgekehrt, aber zu dieser späten Stunde war das Gelände verlassen und bot ihm eine kurze Verschnaufpause vom unablässigen Ansturm der Telefonanrufe, die er im Büro und zu Hause erhielt. Er liebte die Einsamkeit über alles, aber heutzutage fand er sie nur selten. Das Leben in Washington war hektisch. Und je höher der Rang, desto hektischer das Tempo.

Senator Webb neigte seinen grün-weißen Golfschirm nach vorne, um sein Gesicht zu verbergen, als ihm unter dem Blätterdach der Ahornbäume, das über dem Pfad in der sanften Brise schwankte, ein einsames Pärchen entgegenkam. Aber es bestand kein Grund zur Sorge, erkannt zu werden. Sie schauten sich nicht um. Sie drängten sich dicht aneinander, die Köpfe unter einen kleinen Regenschirm geduckt, versuchten so schnell wie möglich zu ihrem Wohnheim zu kommen.

Nachdem das Paar vorbei war, blieb Webb einen Augenblick stehen und schaute im gespenstischen Schein einer Straßenlampe hoch zu den Bäumen. Die Spitzen der Blätter begannen gerade, ihre Herbstfarben anzunehmen. Er holte tief Luft. In der Nacht lag die minimalste Andeutung von klammer Kälte, und er roch das schwache Aroma von Holzrauch aus einem ungeduldigen Kamin. Bloß noch eine sechsjährige Amtsperiode nach seinem sicheren Wahlsieg im November. Zu Beginn dieser Periode würde er seinen Nachfolger benennen – wie es sein Privileg war – und ihm alles beibringen, was es über den Senat zu wissen gab, speziell über den Bewilligungsausschuß. Dann würde er sich in sein geliebtes Georgia zurückziehen und sich mit der Kriegsbeute ein schönes Leben machen.

»Guten Abend, Herr Senator«, sagte Phil Rhodes leise, als er ihm aus der gleichen Richtung entgegenkam wie schon das Pärchen. Rhodes schüttelte dem Senator die Hand.

»Hallo, Phil.« Webbs Ton war fröhlich. Der Gedanke daran, nach seiner letzten Amtszeit nach Georgia zurückzukehren, hatte mit einem Mal seine Laune gehoben.

»Freut mich, daß es Ihnen heute abend so gut geht.« Rhodes hatte den freundlichen Tonfall wahrgenommen.

»Danke.« Webb schaute prüfend in beide Richtungen den Pfad entlang, aber niemand kam auf sie zu. »Warum wollten Sie sich mit mir treffen?«

Rhodes drückte seine Zunge von innen gegen die Wange. Der Senator war guter Laune, und es bestand eine echte Chance, daß seine neueste Information sie verderben würde.

»Nun kommen Sie, Phil. Ich hab' meiner Frau gesagt, ich würde in dreißig Minuten zu Hause sein.« Webb war plötzlich ungeduldig. »Nun machen Sie schon.«

»Ja, Sir.« Rhodes zog seinen Schirm dicht über den Kopf, als der Regen stärker zu werden begann. »Sie erinnern sich, daß ich Ihnen sagte, ich hätte einen Maulwurf in Malcolm Walkers Büro?«

»Natürlich.«

»Tja, sie hat mir Neuigkeiten übermittelt, die Sie meiner

Ansicht nach erfahren sollten. Und ich wollte am Telefon nicht darüber sprechen.«

Webb nickte. Rhodes hatte sich als überaus nützliche Informationsquelle herausgestellt. »Worum geht's?«

»Malcolm Walker hat vor, in den nächsten Tagen eine Pressekonferenz abzuhalten, um über das schwarze Projekt, das draußen in Nevada läuft, die Katze aus dem Sack zu lassen.« Rhodes' Brooklyn-Akzent wurde mit steigender Nervosität immer stärker, und das machte den Senator allmählich fuchsteufelswild. »Es geht um ein Flugzeug namens A-100. Angesichts Ihrer Position vermute ich mal, daß Sie von dem Projekt wissen.«

»Scheiße!« Webb trat nach einem Zweig auf dem Pfad. Sein schöner Spaziergang war gerade ruiniert worden.

Rhodes zuckte zusammen. Manchmal war es wenig erfreulich, der Überbringer schlechter Nachrichten zu sein, selbst wenn man nichts damit zu tun hatte und die Information wertvoll war.

»Dieser Bastard. Er sollte doch wissen, wann er den Mund zu halten hat. Herrgott, das ist ein streng geheimes Projekt, und er muß unbedingt den besorgten Bürger spielen. Er kennt einfach die Spielregeln nicht. Ich kann diese neue Sorte von Weltverbesserern mit ihrem politisch korrekten Getue nicht ausstehen. Die wissen nicht, was es heißt, eine Nation zu verteidigen. Die mußten nie einen Krieg führen.« Webb schaute Rhodes drohend an. Er atmetete schwer. »Zum Teufel mit Walker. Es spielt keine Rolle. Die Maschine ist bereits über das Erprobungsstadium hinaus. Die volle Produktion ist schon angelaufen.«

»Ich vermute, Walker hat seinen Informanten draußen in Area 51 verloren und Angst bekommen, daß jemand ihn in die Mangel nehmen könnte, also geht er so rasch wie möglich an die Öffentlichkeit.«

Webb nickte. Commander Pierce hatte hervorragende Arbeit geleistet, als es darum ging, Captain Nichols zum Schweigen zu bringen.

»Walker wird versuchen, die Gefühle der Öffentlichkeit gegen das Projekt aufzustacheln«, fuhr Rhodes fort. »Anscheinend hat er Zahlen darüber, was die A-100 den Steuerzahler kosten wird.« Rhodes schüttelte den Kopf. »Ich muß schon sagen, das ist ein Riesenauftrag. Wenn der Senator diese Sache nicht zu Fall bringt, werden die Aktionäre von GEA sehr gut daran verdienen. Ich wünschte, einer meiner Klienten hätte eine Chance zum Mitbieten gehabt, als das Flugzeug vor ein paar Jahren ausgeschrieben wurde, aber ich hab' nie ein Wort davon gehört. Ich bin schon lange Zeit hier. Gewöhnlich höre ich alles. GEA muß sich den Kontrakt wirklich in aller Stille geschnappt haben.« Rhodes warf Webb einen anklagenden Blick zu. Er wußte, was vor sich gegangen war.

Webb sah den Blick, ignorierte ihn aber. »Ich hönnte Senator Walker das Leben sehr schwer machen. Vielleicht sollte ich ihm vor der Pressekonferenz mal einen Besuch abstatten.«

»Walker würde sich fragen, wie Sie es herausgefunden haben.« Rhodes war mit einem Mal beunruhigt. Er wollte in diese Sache nicht auf dem Umweg über die Titelseite der *Washington Post* hineingezogen werden. Seine Klienten wären darüber nicht glücklich.

Webb verstand die Sorgen des Lobbyisten auf Anhieb. »Keine Angst, Phil. Ihr Name wird nie erwähnt werden.«

Durch Rhodes' Körper schoß ein Gefühl der Erleichterung. Senator Webb hatte sich als Mann erwiesen, der zu seinem Wort stand. Die Anonymität würde gewahrt bleiben. »Da ist noch etwas, das Sie wissen müssen.« Nun, da der Senator Geheimhaltung zugesagt hatte, war er gewillt, offener zu sprechen. »Ein weiterer Grund, warum Sie vielleicht *wirklich* erwägen sollten, etwas gegen ihn zu unternehmen.«

»Worin besteht der?«

»Anscheinend hat er beschlossen, mit dem an die Öffentlichkeit zu gehen, was er über das schwarze Budget ganz allgemein weiß. Wie es funktioniert, wer alles mit drinsteckt. Er wird das auf derselben Pressekonferenz tun, auf der er die Existenz der A-100 enthüllen will.« Rhodes spürte, wie Webbs Zorn weiter wuchs. »Ich dachte, Sie würden das vielleicht gern wissen wollen.«

»Drecksack!« Webbs Wut entlud sich mit aller Macht. Dann legte sie sich so rasch wieder, wie sie gekommen war. Das war ja überhaupt keine Katastrophe, es war die Gelegenheit, auf die sie gewartet hatten.

Er wandte sich zu Rhodes. »Phil, da zeichnet sich ein sehr großer, sehr lukrativer Kontrakt über Transporthubschrauber für die Army am Horizont ab. Ich glaube, einer Ihrer Klienten wird in naher Zukunft überaus glücklich sein, wenn er dafür den Zuschlag bekommt, was bedeutet, daß Sie sich heute abend gerade ein hübsches fettes Honorar verdient haben.« Webb griff nach der Hand des Lobbyisten und schüttelte sie heftig.

Rhodes lächelte Webb verwundert an, während sie sich die Hand gaben; er war sich nicht sicher, was genau eigentlich gerade passiert war, aber verzückt angesichts des Wissens, daß er soeben etwas an Land gezogen hatte, das sich nach einem Multimilliarden-Dollar-Auftrag anhörte. »Danke, Herr Senator.«

»Nein, ich hab Ihnen zu danken, Phil. Passen Sie gut auf sich auf. Ich muß jetzt weg. Ich bleibe mit Ihnen in Verbindung.«

»Herr Senator, könnte ich Sie noch etwas fragen, bevor Sie gehen?« erkundigte sich Rhodes eilig.

Webb nickte.

»Warum haben Sie soviel Zeit auf dem Capitol Hill verbracht? Ich meine, Sie waren doch Anwalt, bevor Sie Senator wurden, nicht wahr?«

Webb nickte abermals.

»Es geht einfach darum, daß Sie mit einer Privatpraxis soviel mehr hätten verdienen können, und das ohne all den Ärger, den ein Leben als Politiker mit sich bringt. Ohne daß jeder Fuzzi, den Sie je im Leben getroffen haben, was abhaben will. Warum kommen Sie immer wieder zurück nach Washington?«

Webb schaute Rhodes forschend an. Rhodes konnte unmöglich die eigentliche Wahrheit über die finanzielle Seite kennen, aber die Frage war interessant, und ihre Direktheit hatte ihn überrascht. »Macht«, gab er schließlich zu. Es war das erste Mal, daß er diese Frage irgend jemandem beantwortet hatte – sich selbst eingeschlossen.

»Was meinen Sie damit?«

»Die Möglichkeit, Menschen zu manipulieren. Sie tun zu lassen, was immer man möchte.«

Kapitel 16

Während Reverend Elijah Pitts bedächtig über das Podium der Kirche auf die erhöhte Kanzel zuschritt, erhoben sich die Stimmen des Chors zu volltönendem Gospelgesang. Als er die erste der fünfzehn Stufen erklomm, die nach oben führten, stand die ausschließlich schwarze Gemeinde auf, erhob die Hände über den Kopf und stimmte in den Chor ein.

Als er auf der Kanzel ankam und die Arme nach der Versammlung ausstreckte, erreichte die Feier ein frenetisches Crescendo. Männer, Frauen und Kinder sangen, klatschten in die Hände und schwankten so heftig im Rhythmus des Pianos hin und her, daß es unmöglich gewesen wäre, sich auch nur mit seinem unmittelbaren Nachbarn zu unterhalten. Aber das spielte keine Rolle. Niemand wollte reden. Sie waren hier, um Elijah Pitts zu sehen, den obersten Führer der Afro-Amerikanischen Befreiungsbewegung, und alle Augen waren auf ihn gerichtet.

Die LFA gab es erst seit drei Jahren, aber sie hatte schon über eine halbe Million Mitglieder. Ihr Zweck war simpel – mit gewaltlosen Mitteln das Wohl der afro-amerikanischen Bevölkerung Marylands zu fördern. Und mit dem charismatischen Reverend Pitts am Ruder war die LFA binnen sechsunddreißig Monaten zu einer Macht geworden, mit der man rechnen mußte.

Pitts senkte langsam die ausgebreiteten Arme und lehnte sich zurück, bis er himmelwärts blickte. Leiber zuckten und Stimmen sangen, bis sie lauter nicht mehr singen konnten. Nur die Leibwächter des Reverends – zwanzig hochgewachsene junge Männer mit schwarzen Anzügen, schwarzen Fliegen, weißen Hemden und dunklen Sonnenbrillen, die sich vor der Bühne aufgebaut hatten – fielen in die allgemeine Verzückung nicht ein. Sie standen absolut still, die Hände vor dem Körper gekreuzt, die Gesichter ausdruckslos.

Pitts senkte die Arme, und mit einem Mal verstummten dreihundert Stimmen. »Brüder und Schwestern, es ist mir eine Ehre, heute abend hier zu sein.« Seine Stimme war tief und hypnotisch. Eine Frau in der ersten Reihe schrie seinen Namen und brach dann zusammen, aber er nahm keine Notiz davon, als einer der Leibwächter sie aufhob und wegtrug. »Jedesmal, wenn ich eine Versammlung wie die eure sehe, bin ich begeistert. Ich sehe, daß das, was vor drei Jahren noch ein bloßer Traum war, Wirklichkeit geworden ist. Meine Kinder, wir sind inzwischen eine halbe Million Köpfe stark. Man kann uns nicht ignorieren. Unsere Stimmen sind in Annapolis, der Hauptstadt unseres Bundesstaats, klar und deutlich zu vernehmen und – wichtiger noch – auch in Washington.«

Aus der Menge erhob sich gewaltiger Jubel.

Der Reverend machte erneut ein Zeichen, still zu sein. »Als wir die Organisation gründeten, hat man uns ignoriert.« Seine Stimme begann zu beben. »Nur selten wurden meine Telefonanrufe beantwortet. Nur selten wurde ich gebeten, an einer Diskussionsrunde teilzunehmen oder in einem Ausschuß zu sitzen, der Entscheidungen fällte, die unsereins betrafen. Nur selten wurde ich um Rat gefragt.« Er hielt einen Augenblick in seiner Rede inne, begann dann zu nikken. »Nun haben wir die Macht.«

Aus der Menge stiegen vereinzelte »Amen«-Rufe auf.

Die Miene des Reverends wurde triumphierend.

Die Jubelrufe wurden lauter.

»Nun sind wir so beschäftigt, daß ich meine Assistenten bitten muß, mich bei Empfängen und Feiern zu vertreten. Nun werden unsere Telefonate stets auf der Stelle beantwortet, ohne daß wir auf den Rückruf warten müssen.«

Die Leute hüpften auf und ab, riefen seinen Namen. Trotz des Mikrofons mußte er schreien, damit man ihn überhaupt vernehmen konnte. »Und das alles wegen Menschen wie euch«, brüllte er. »Versammlungen wie eurer, überall in diesem großartigen Staat Maryland. Wir werden gehört! Wir sind eine Macht! Wir werden uns durchsetzen!«

Donnernder Applaus brandete zu ihm auf. Er trat auf der Kanzel einen Schritt zurück, verbeugte sich langsam, stieg dann die Treppe hinunter, während der Chor erneut in Gospelgesang ausbrach. Am Fuß der Stufen ging er quer über die Bühne zurück, drehte sich auf der anderen Seite noch einmal um und winkte der kreischenden Menge zu, verschwand dann hinter einem purpurroten Vorhang.

»Wunderschöne Vorstellung, Reverend.« Derek Holmes, der stellvertretende Vositzende der LFA, umarmte Pitts, als der Reverend durch den Vorhang kam. Holmes führte den Reverend durch ein Spalier von Leibwächtern und Sympathisanten hinter die Bühne und zu einer kleinen Tür an der Seite der Kirche, wo eine Limousine wartete.

Sobald er in der Limousine war, ließ sich Pitts auf der Sitzbank zurückfallen. »Wann ist die nächste Versammlung?« fragte er Holmes und rieb sich die Augen.

»Neun Uhr«, erwiderte Holmes. »Wir haben jede Menge Zeit – es ist jetzt erst acht Uhr dreißig.« Der Reverend hatte gerade seinen vierten Termin an diesem Abend hinter sich gebracht, und es waren noch weitere vier wahrzunehmen. »Alles in Ordnung mit Ihnen?« fragte der jüngere Mann.

»Bestens!« sagte Pitts laut und setzte sich auf, als die Limousine von der Kirche wegrollte. »Absolut bestens. Ich brauchte bloß ein paar Sekunden Ruhe, und jetzt kann's von mir aus weitergehen.«

Holmes war immer wieder verblüfft, welches Ausmaß an Energie Pitts – inzwischen einundsechzig Jahre alt – an den Tag legen konnte. »Warum schlafen Sie nicht mal zwanzig Minuten? Ich weck Sie dann beim nächsten Halt.«

»Blödsinn, das wäre vertane Zeit. Außerdem gibt es da was, über das wir reden müssen.« Pitts beobachtete, wie draußen die Lichter der City von Baltimore vorbeihuschten.

»Oh?«

»Ja. Wir müssen über Malcolm Walker reden.«

Holmes hatte schon vorhergesehen, daß Walker das Thema sein würde. Senator Walker hatte sich für Elijah Pitts im Lauf der letzten Wochen zu einer fixen Idee entwickelt. »Was ist mit ihm?«

Der Reverend streckte sich für einen Moment. »Ich habe dieser Versammlung da drin erzählt, daß unsere Telefonanrufe heutzutage immer beantwortet werden, und das entspricht auch der Wahrheit, außer in einem Fall. Dieser Fall ist Malcolm Walker. Er versucht weiterhin, auf Distanz zu uns zu bleiben.«

»Aber Sie wissen, warum«, sagte Holmes. »Er glaubt, daß sich die weißen Wähler bei der Wahl im November gegen ihn wenden werden, wenn er in ihren Köpfen zu eng mit der LFA verbunden ist. Und damit hat er wahrscheinlich recht. Die konservative Presse hat uns mit Erfolg als weißenfeindlich hingestellt, auch wenn dieses Etikett gar nicht weiter von der Wahrheit entfernt sein könnte. Weiße machen sechsundsiebzig Prozent der wahlberechtigten Bevölkerung von Maryland aus, und Walker muß die weißen Stimmen behalten, die er vor sechs Jahren gewonnen hat, um Elbridge Coleman zu schlagen. Eine simple Rechenaufgabe. Er kann nicht gewinnen, wenn er diese weißen Wähler verliert.«

Der Reverend zeigte kein Verständnis. »Er ist Senator der Vereinigten Staaten. Einer der angesehensten Schwarzen in diesem Land. Er muß uns öffentlichen Respekt zollen.«

Holmes schwieg. Pitts war in seinen Kanzelton verfallen, und Holmes wußte, daß das ein subtiles Signal war, ihn nicht zu unterbrechen.

»Walker mag den Titel ›Senator‹ – nein, er *liebt* ihn«, unterbrach Pitts sich selbst, »und alles, was er mit sich bringt. Die LFA ist in Maryland, dem Staat, dem er seinen Senatorentitel verdankt, eine höchst mächtige Organisation geworden, Derek. Ich könnte viele seiner Wähler gegen ihn aufbringen, zumindest eine halbe Million, und ihm den Titel wegnehmen. Er liegt momentan Kopf an Kopf mit Coleman. Wenn er die LFA verlieren würde, wäre er seinen Sitz im Senat los. Er muß sich klarmachen, daß ich die Macht in Händen habe, nicht er. Alles was ich verlange, ist, daß er uns den gebührenden Respekt erweist.«

Holmes war dieses Gespräch leid. Sie hatten es die letzte Woche über auf die eine oder andere Art jeden Tag geführt. »Warum sind Sie so versessen darauf, ihn in der Tasche zu haben?«

»Wegen all dem, was er für uns tun könnte. Denken Sie doch mal drüber nach.«

»Reverend, wir sind prima ohne ihn gefahren, also …«

»Er könnte uns auf die nächste Stufe heben«, unterbrach Pitts den jüngeren Mann. »Er könnte uns in die Oberliga bringen. Uns vielleicht helfen, uns auf das ganze Land auszudehnen. Er sollte tun, was er nur kann, um seinen Leuten zu helfen.«

»Ich finde, das macht er, aber er muß die Wahl gewinnen, um es auch weiterhin tun zu können. Das ist es, wie er uns am besten dienen kann.«

»Er muß erkennen, worauf seine Macht sich gründet, wie jeder Politiker.«

»Lassen Sie Walker im November siegen«, sagte Holmes leise, »und versuchen Sie dann, die Beziehung voranzubringen.« Es war sein Job, Ratschläge zu erteilen, selbst wenn der Reverend mit ihnen nicht einverstanden war. Das hatte Pitts gleich zu Beginn ihrer Zusammenarbeit gesagt.

»Nach der Wahl werde ich nichts in der Hand haben. Keinen Punkt, wo ich den Hebel ansetzen kann. Dann könnte er mich einfach ignorieren.« Pitts hob mahnend den Finger. »Sie machen mir manchmal Sorgen. Sie müssen politischer denken, gerissener.«

»Ich denke politisch«, gab Holmes scharf zurück. »Ich kann nicht glauben, daß Sie das gesagt haben. Sie haben mich gebeten, stets meine Meinung zu äußern, egal wie sie aussieht, vorausgesetzt, uns hört niemand zu. Und genau das mache ich gerade.«

Pitts blickte Holmes ein paar Sekunden lang herausfordernd an, dann wurde seine Miene sanfter. »Tut mir leid, Derek. Sie sind immer mein wertvollster Ratgeber gewesen. Ich weiß das zu schätzen.«

Holmes versuchte, seine Verärgerung hinunterzuschlukken. »Warum ist Senator Walker für Sie derart zur fixen Idee geworden?« Seine Stimme klang noch immer eine Spur irritiert.

Der Reverend lehnte den Kopf zurück und schloß die Augen.

»Reverend Pitts«, beharrte Holmes. »Warum?«

»Haben Sie sich in letzter Zeit mal unsere Finanzen angesehen, Derek?« sagte der Reverend bedächtig.

»Nein. Ich glaube an Arbeitsteilung. Das ist nicht mein Fachgebiet, also lasse ich die Finger davon.«

»Wir haben ganze tausend Dollar auf dem Girokonto. Das reicht kaum, um diese Limousine heute abend zu bezahlen.«

Holmes klappte der Unterkiefer herunter. »Bloß tausend Dollar? Wie ist das denn möglich?«

»Es kostet Geld, eine solche Organisation zu unterhalten, Derek. Jede Menge davon. Wir wachsen so schnell, daß die Spenden aus den Versammlungen nicht mehr ausreichen. Eines Tages werden sie das, aber soweit sind wir noch nicht.«

»Trotzdem, ich kann nicht sehen, was unsere Geldnöte mit Malcolm Walker zu tun haben.«

Der Reverend hoffte, nicht so durchschaubar zu sein, wie er sich vorkam. »Unsere Unterstützer, die Leute, die uns vor drei Jahren Geld für den Start gegeben und uns seither aus der Großzügigkeit ihres Herzens und dem Mut ihrer Überzeugungen heraus über Wasser gehalten haben, haben mich wissen lassen, daß sie Konzessionen von Walker erwarten – jetzt, solange ich ihn noch beeinflussen kann. Sie haben ihre finanzielle Unterstützung eingestellt, bis ich diese engere Beziehung zu dem guten Senator zustande bringen kann. Sie teilen unsere Ansicht nicht, daß das bis nach der Wahl warten sollte. Sie möchten, daß es vorher passiert.« Pitts schwieg einen Moment. »Wir müssen dieses Geld bald bekommen, Derek. Sehr bald. Von mir sind eine ganze Menge Menschen abhängig.«

Derek Holmes blieb stumm, während er analysierte, was er gerade gehört hatte. Er hatte diese geheimnisvollen Gönner, von denen der Reverend fortwährend sprach, nie kennengelernt, und soweit er wußte, hatte das außer Pitts auch niemand sonst bei der LFA. Jetzt wollte er Antworten, denn es wurde ihm plötzlich klar, daß die Motive dieser Wohltäter nicht so engelhaft rein sein konnten, wie man ihm so oft vorgeschwärmt hatte. »Wer sind diese Leute, Reverend Pitts?«

»Das spielt keine Rolle. Worauf es ankommt, ist, daß wir ihr Geld kriegen.«

Holmes schüttelte den Kopf, versuchte zu verstehen, warum der Reverend dieser Frage so hartnäckig aus dem Weg ging. Und dann wurde ihm mit einem Mal die schreckliche Wahrheit klar, und Holmes wandte sich ab, damit der Reverend die Bestürzung in seinen Augen nicht sehen konnte.

Doch Pitts hatte seinen Gesichtsausdruck mitbekommen und spürte, daß der jüngere Mann zwei und zwei zusammengezählt hatte. »Derek«, sagte er leise. »Manchmal müssen wir alle auf kurze Sicht Kompromisse eingehen, damit wir unsere langfristigen Ziele erreichen können. Kompromisse und Widersprüche gehören untrennbar zur Realität unserer Existenz. Ein Teil unseres Lebens, den wir nicht vermeiden können. Wir tun einfach unser Bestes und machen weiter. Das ist das, was ich tue. Das ist, was Sie tun müssen.«

Kapitel 17

Der Corsica River war nur zehn Meilen lang, aber in seiner Fahrrinne breit und tief genug, um für große Segelboote sogar bei Ebbe schiffbar zu sein. Der Corsica schlängelte sich von der Ostküste Marylands aus nach Westen und mündete in den Chester River, der wiederum ein paar Meilen weiter westlich in die Chesapeake Bay mündete. An seinem Oberlauf war der Corsica bloß ein kleiner Bach, aber wie die meisten Flüsse hier wurde er rasch breiter, sobald er in den Einflußbereich der Gezeiten kam, bis er an den meisten Stellen mehrere hundert Meter breit war.

Jesse stand neben David im Ruderstand, während er die elf Meter lange Dickerson vorsichtig durch das kabbelige Wasser und die Dunkelheit steuerte und dabei nach dem Mondlicht und dem Schein einer gelben Lampe am Bug navigierte. Sie hatten die exquisite Jacht – Teakholzplanken und Mahagoniausstattung – an diesem Morgen bei einem Bootsverleih in Baltimore gemietet und einen wunderschönen Samstag damit verbracht, in der Chesapeake Bay herumzusegeln. Jetzt waren sie unterwegs zu einem Anwesen am Corsica, das einem Freund von David gehörte, um dort zu übernachten.

Der ursprüngliche Plan für den Tag hatte vorgesehen, bei Einbruch der Dunkelheit zum Jachthafen zurückzukehren, aber das Wetter und der Wind waren perfekt gewesen, und am späten Nachmittag hatten sie sich weit unten in der Bucht wiedergefunden – zu weit entfernt vom Jachthafen, um es bis zur Dämmerung zurück zu schaffen. David hatte per Handy kurz bei seinem Freund angerufen, und jetzt schipperten sie den Corsica entlang und suchten die Ufer nach den Lichtern des Hauses ab.

David hatte sich ziemlich bedeckt darüber gehalten, was sie im Haus seines Freundes erwartete, aber er hatte fließendes Wasser versprochen und – weil Jesse klargestellt hatte, daß sie nicht die Nacht miteinander verbringen würden – getrennte Schlafzimmer. Jesse hatte gezögert, so bald eine weitere Einladung von David anzunehmen, aber sie hatte sich als ausgezeichnete Gelegenheit entpuppt, mehr über Sagamore zu erfahren. Und, das mußte sie zugeben, sie hatte sich wunderbar amüsiert.

»Ein Penny für Ihre Gedanken, Jesse«, sagte David leise. »Sie sind schon seit einer ganzen Weile furchtbar schweigsam.«

Sie zog den Kragen der Strickjacke, die sich sich über die Schultern gelegt hatte, enger zusammen. Seit Sonnenuntergang war die Luft kühl geworden. »Ich hab' bloß nachgedacht.«

»Worüber?«

»Über Sagamore und den fünften Jahrestag. Über das, was Sie mir neulich beim Abendessen erzählt haben. Über Dinge, die Sie mir heute erzählt haben.«

»Machen Sie sich darüber mal nicht allzu viele Sorgen. Ich hätte lieber überhaupt nichts sagen sollen, wirklich.« Er schnippte sich eine Stechmücke vom Handrücken. »Schauen Sie, es ist ein guter Platz zum Arbeiten. Sie erwarten eine Menge, weil sie eine Menge bezahlen. So ist halt der Kapitalismus.«

»Nein, nein, ich bin froh, daß Sie mir davon erzählt haben. Es hat mich schon nicht abgeschreckt.« Sie legte eine Hand auf den Gaffelbaum, um sich festzuhalten, als das Boot im unruhigen Wellengang des Flusses hin und her schwankte. »Mich schreckt man so schnell nicht ab.«

»Gut.«

»Spielt ohnehin keine Rolle«, murmelte sie.

»Was soll das heißen?«

»Ich werde vermutlich kein Angebot kriegen.«

»Da wäre ich mir nicht so sicher.« David spähte mit zusammengekniffenen Augen in die Dunkelheit, versuchte die nächste Markierungstonne stromaufwärts ausfindig zu machen. Er drehte ihr beim Sprechen einen Moment das Gesicht zu, die Augen noch immer auf das dunkle Wasser vor ihnen gerichtet. »Bei der Rückkehr Rot zur Rechten, stimmt's?«

»Aye.« David hatte sich als guter Seemann erwiesen. »Glauben Sie wirklich, daß Sagamore mir ein Angebot machen wird, wenn ich die Wirtschaftsakademie abschließe?«

»Ich sehe keinen Grund, warum sie das nicht sollten.«

»Aber nach dem zu schließen, was ich bei meinem Besuch gesehen habe, sucht die Firma nach Leuten aus dem Geldadel. Wie Ihnen. Ich passe nicht ins Profil. Ich hab' keine Eliteuniversität besucht. Meine Familie gehört keinem Country-Club an. Ich weiß nicht mal, wie man Wein bestellt.«

Also nahm Jesse an, daß er ein privilegiertes Leben geführt habe. Na ja, freiwillig würde er mit der Wahrheit nicht herausrücken. Jedenfalls noch nicht. »Sie müssen keinen Wein auswählen können, bloß Wertpapiere. Und Elizabeth glaubt, daß Sie dazu in der Lage sind. Solange Elizabeth Sie mag, sind Sie drin.«

»Sie hat eine unglaubliche Karriere gemacht.«

»Das hat sie.«

Jesse beugte sich vor, um auf den Kompaß zu schauen. »Erzählen Sie mir was von sich, David.«

Sein Puls beschleunigte sich. Er wollte ihr nichts von dem Reihenhaus in Glen Owens erzählen, von Straßen-Baseball mit einem alten Besenstiel als Schläger und einem bloß noch von Isolierband zusammengehaltenen Ball, von im Supermarkt zusammengestohlenen Mittagsmahlzeiten, von den gesammelten Polyester-Hosenanzügen seiner Mutter. Sie könnte ihn weniger interessant finden, wenn sie das wußte. »Was möchten Sie denn wissen?«

»Wo Sie herstammen, wo Sie zur Schule gegangen sind. All den normalen Kram eben.«

»Warum? Ist das ein Schönheitswettbewerb?«

»Nein«, lachte sie, »nur die oberste Verhörstufe.« Sie richtete sich nach dem Blick auf den Kompaß wieder auf. »Wenn ich Ihnen nicht trauen würde, würde ich denken, daß Sie was zu verbergen haben.«

»Sie haben mich durchschaut. In Wirklichkeit bin ich ein Doppelagent aus Berlin«, sagte er mit schlecht imitiertem deutschem Akzent. »Und Portfolio-Manager zu sein ist meine Tarnung. Was ist denn Ihr tiefes, finsteres Geheimnis?«

Doch angesichts der Frage vermochte sie über den Akzent nicht zu lächeln. »Ich hab' Ihnen das alles doch schon heute nachmittag erzählt. Ich bin das jüngste von neun Kindern. Wir hatten nicht viel, als ich aufwuchs. Wir waren nicht arm, aber wir haben unsere Sachen immer getragen, bis nicht mehr viel davon übrig war. Mein Vater hat fast jeden Tag seines Lebens gearbeitet, damit wir was zu essen auf dem Tisch hatten. Bis er starb, als ich sechzehn war.«

»Tut mir leid.«

»Schon okay. Er war ein wundervoller Mensch, David. Ich vermisse ihn immer noch.«

»Da bin ich mir sicher.« David dachte für einen Moment

an seinen eigenen Vater, der auf dem unratübersäten Friedhof von Glen Owens begraben lag.

»Der Lebensinhalt meiner Mutter war und ist die katholische Kirche in der Nachbarschaft«, fuhr Jesse fort. »Sie stellt fortwährend Wohltätigkeitsveranstaltungen auf die Beine, organisiert Ausflüge oder macht ganz einfach das Gemeindehaus sauber.«

»Das ist nett von ihr.«

»Es ist eine große Gemeinde. Vater McCord kann alle Hilfe gebrauchen, die er nur kriegt, und sie liebt diese Arbeit. Ich weiß nicht, was sie ohne das alles anfangen würde.« Jesse schwieg einen Moment. »Manchmal fällt es ihr allerdings schwer, finanziell klarzukommen. Das ist ein weiterer Grund, warum ich ordentlich Geld verdienen möchte, sobald ich die Wirtschaftsakademie abgeschlossen habe. Ich möchte einen Teil davon darauf verwenden, sie zu unterstützen.«

»Sie und Ihre Mutter müssen sich sehr nahestehen.«

Jesse nickte. »Das tun wir.«

»Hat Ihre Mutter wieder geheiratet, nachdem Ihr Vater gestorben war?«

»Nein.« Sie kam sich seltsam dabei vor, David nicht die Wahrheit zu erzählen, aber sie wollte im Moment nicht an Joe Schumann denken. Das alles wollte sie nicht noch einmal durchgehen müssen. Sie fühlte sich zu wohl, um die Stimmung zu ruinieren. »Hey, ich besorg' das Reden ja schon wieder ganz alleine.«

»Hmm.«

Die Stille des gemächlich dahinströmenden Flusses ließ sie verstummen. Zu dieser Stunden waren keine anderen Boote auf dem Wasser, und vom Ufer her funkelten nur ein paar Lichter durch den dichten Wald, der sich zu beiden Seiten des Flusses erstreckte. Die einzigen Geräusche waren das Klatschen des Wassers gegen den Rumpf der Dickerson und das schwache Summen des kleinen Motors – sie hatten die Segel in der Mündung des Corsica eingerollt, damit sie nicht den ganzen Weg die schmale Fahrrinne hoch gegen den Wind kreuzen mußten. Direkt über ihnen hing der Vollmond, umgeben von einem dunstigen Hof.

»Schön hier draußen, nicht wahr?« stellte David fest. Der Mond stand leuchtendhell am schwarzen Himmel.

»Und ob.«

An Steuerbord tauchte ein Fischadler auf der Jagd nach seiner Beute ins Wasser. Jesse zuckte zusammen. Mit einem Mal war sie wieder bei Neil Robinsons Haus am Fluß, hastete den Verfolger im Nacken durch den Wald.

»Hey, alles in Ordnung?«

»Bestens.« Sie legte ihre Hände auf die Brust. Ihr Herz klopfte wie rasend.

»Sind Sie sicher?«

»Mir geht's bestens«, sagte sie noch einmal, diesmal bestimmter.

»Okay. Hören Sie, könnten Sie das Ruder übernehmen, Jesse? Ich weiß es ja zu schätzen, daß Sie mir die Chance geben, Kapitän zu spielen, aber Sie sind es, die hier wirklich was vom Segeln versteht, und ich hab' ein bißchen Schwierigkeiten, die Markierungstonnen zu sehen. Ich möchte uns ungern auf Grund setzen. Ich bezweifle, daß der Bootsverleih darüber sehr glücklich wäre.«

»Okay.« Sie atmete noch immer schwer.

David trat beiseite, um sie steuern zu lassen. »Wann haben Sie eigentlich gelernt, so gut mit einem Segelboot umzugehen? Lieber Himmel, an einem Punkt haben Sie uns heute nachmittag so weit auf die Seite gelegt, daß ich mir sicher war, daß wir kentern würden. Aber ich muß zugeben, es hat Spaß gemacht, so schnell zu fahren.«

»Ein Freund hat's mir beigebracht«, sagte sie, während sie die Finger um das verchromte Steuerrad legte. Todd hatte es sie gelehrt, im Herbst ihres letzten Jahres in der High-School. Sie hatte in einem kleinen Segelboot, das er und ein paar Freunde gekauft hatten, jedes Wochenende die Bucht erkundet und war dabei zur Expertin geworden. Es war an einem dieser Wochenenden gewesen, daß sie sich zum erstenmal verliebt hatte.

»Sollte dieser Freund zufällig der Typ sein, mit dem Sie neulich zusammen waren, als ich Sie zu Ihrem Besuch bei Sagamore abgeholt habe?«

»Sie meinen Todd?«

»Wenn er denn so heißt.«

»Todd ist ein guter Kerl. Sie würden ihn mögen.«

»Da bin ich mir sicher«, sagte David trocken.

Die Karte des Flusses hing neben dem Steuerrad. »Hey, hier geht uns allmählich das Wasser aus«, sagte Jesse und deutete darauf. »Der Corsica wird ziemlich bald nur drei Meter breit und ein Meter tief sein, und dann sitzen wir im Schlamm fest. Wo ist dieses Haus denn überhaupt?«

»Ich war erst einmal dort, und das mit dem Auto.«

»Oh, großartig. Wir werden die ganze Nacht den Corsica rauf und runter schippern.«

»Machen Sie sich mal keine Sorgen. Das Haus sollte nicht schwer zu finden sein.«

»Wieso?«

»Es gibt nicht allzu viele Häuser an diesem Fluß und...« David schwieg einen Moment, während sie um eine Biegung glitten, deutete dann über das Wasser. »Und mein Freund sagte, er würde auf jeden Fall für uns die Lichter anlassen.«

Ihre Augen wurden groß. »Dort?«

»Ja.«

Hundert Meter vor ihnen zeichneten sich im brillanten Lichtschein die Umrisse eines langen, in den Fluß hinausragenden Piers ab. Daran vertäut waren einige Motorboote und eine luxuriöse, 23 Meter lange Segeljacht.

Während Jesse die Dickerson auf den Pier zusteuerte, kamen die Lichter des Hauses weit oben auf dem Hügel in Sicht. »Mein Gott, wie groß ist die Villa denn?« fragte sie.

»Sieben Schlafzimmer, sechs Bäder«, antwortete David. »Im Kellergeschoß könnten Sie ein Footballspiel veranstalten.«

»Wem gehört das Haus?«

»Martin Broadbent. Er gehört dem Vorstand von Sagamore an. Das ist seine Sommerresidenz«, sagte David und zwinkerte Jesse zu. »Es hat schon was für sich, König zu sein, wie man so sagt.«

Als die Dickerson anlegte, ergriff David die Heckleine und sprang hinauf auf den Pier. Er zog das Segelboot behende an den Steg heran, zurrte das Tau an einem Pfahl fest und tat dann das gleiche mit der Bugleine, wobei er sich vergewisserte, daß die Leinen genugend Spielraum ließen, damit das Boot mit den Gezeiten steigen und fallen konnte. Dann kniete er sich hin und zog Jesse hoch auf den Pier. Einen Moment lang standen sie sich auf dem Anlegesteg gegenüber.

Schließlich hob David die Hand und berührte Jesses Wange. »Vielen Dank für einen großartigen Tag.«

»Ich danke Ihnen.«

Ganz langsam beugte David sich vor, um sie zu küssen.

Sie hatte den Tag außerordentlich genossen und wußte jetzt ganz sicher, daß er jemand war, für den sie sich sehr interessieren könnte. Doch gerade als der Kuß begann, leidenschaftlich zu werden, machte sie sich los. Sie durfte die Chance bei Sagamore nicht aufs Spiel setzen. »Wir gehen besser hoch zum Haus. Es ist schon spät, und wir sollten niemand am Schlafen hindern, bloß weil sie vielleicht auf uns warten.«

»Hm, ja.« David lächelte vor sich hin, als sie seine Hand ergriff und begann, ihn über den Pier in Richtung Haus zu zerren. Er hatte diesen Funken des Interesses in ihren Augen gesehen. Genau, wie er ihn an jenem Abend gesehen hatte, als sie sich auf der Cocktailparty zum erstenmal begegnet waren.

»Guten Abend, Elijah.«

Pitts haßte diese Treffen. »Guten Abend.« Er war nicht der Typ, dem es dabei wohl ist, Respekt zu zeigen, aber in diesem Fall mußte es sein.

»Ich hab' nicht viel Zeit, also werde ich mich kurz fassen.«

»In Ordnung.«

»Ich möchte Sie um eine Gefälligkeit bitten, Elijah.«

Pitts krümmte sich innerlich. Der Mann bestand darauf, ihn beim Vornamen zu nennen, eine subtile Erinnerung daran, wer in dieser Beziehung die Macht ausübte. Jedermann sonst sprach ihn mit ›Reverend‹ an. »Worin besteht die?« fragte er leise.

»Wir haben über diese Situation schon öfter gesprochen.«

»Malcolm Walker?«

»Richtig. Spüre ich da so was wie Verärgerung, Elijah?«

»Nein.« Aber sein Tonfall war nicht überzeugend.

»Sie wußten, daß ich diese Gefälligkeit früher oder später einfordern würde.«

»Hmm.«

»Die LFA ist in verzweifelter Geldnot«, unterstrich der Mann. »Sobald Sie diesen Auftrag durchgeführt haben, kriegen Sie eine weitere Finanzspritze von mir.«

Das Girokonto war bereits überzogen, und in ein paar Tagen waren die nächsten Gehaltsschecks fällig. Pitts brauchte auf der Stelle Geld, oder alles würde verloren sein. Die Organisation würde just in dem Moment sterben, in dem sie Wirklichkeit wurde. Eines Tages würden sie diesen abscheulichen Mäzen nicht mehr brauchen, aber im Augenblick war er ihre letzte Rettung. »Was soll ich für Sie tun?«

In dem Laden hing ein schwerer Duft nach edlem Leder, aber Roth nahm wenig Notiz davon, als er auf die hinter der gläsernen Theke stehende Verkäuferin zuging.

»Guten Abend, Sir. Kann ich Ihnen helfen?« Das Lächeln der Verkäuferin war trotz der späten Stunde und eines hektischen Tages aufrichtig.

»Das hoffe ich doch sehr«, sagte Roth höflich. Er hatte bis unmittelbar vor Ladenschluß gewartet, bevor er das Geschäft betrat, und wie er gehofft hatte, war es verlassen. »Ich brauche ein paar Informationen.«

»Was für Informationen?« fragte die Verkäuferin zögernd.

Roth griff in die Tasche und zog die schwere Dienstmarke heraus. »Ich bin Sonderermittler des stellvertretenden Justizministers.« Als er die Brieftasche rasch zuklappte, wurde sein Ton bedeutsam. »Ich führe eine wichtige Ermittlung durch, und ich brauche Informationen über einen Handschuh, von dem ich glaube, daß er hier gekauft wurde. Ich benötige diese Informationen auf der Stelle.«

»Ich hol' mal besser den Geschäftsführer.« Die Verkäuferin hatte kein Interesse, dafür die Verantwortung zu übernehmen.

Eine Viertelstunde später verließ Roth den Laden mit genau dem, weswegen er gekommen war. Die nächste Station würde das Labor sein, wo die Haarproben analysiert wurden, obschon es nicht so aussah, als würden sie diese Informationen jetzt überhaupt noch brauchen.

Kapitel 18

»Ms. Hayes?«

In der Bürotür stand Rob Forester, ein Systemanalytiker, der auch Computerrecherchen für die Steuerfahnder durchführte, und schaute sie zaghaft an. »Hallo, Rob.«

»Ich hab diesen Bericht, um den Sie gebeten haben.«

»Ja, dann kommen Sie doch rein, Sie Dummkopf.« Jesse bedeutete ihm mit einer Geste einzutreten, während sie sich von ihrem Stuhl erhob. »Stehen Sie doch nicht da draußen rum wie ein Kind, das sich verlaufen hat.«

Der junge Mann kam in ihr Büro. »Sie haben halt ausgesehen, als würden Sie ziemlich angestrengt über irgendwas nachdenken. Ich wollte Ihre Arbeit nicht unterbrechen.« Er freute sich über jede Gelegenheit, Recherchen für Jesse anzustellen. Sie behandelte ihn mit Respekt, im Gegensatz zu den meisten anderen Steuerfahndern, die glaubten, ihre Datenanforderungen seien wichtiger als Erlasse Gottes. »Ich wollte Sie nicht stören.«

Sie war in Gedanken gewesen, aber es hatte nichts mit der Arbeit zu tun gehabt. Samstag nacht waren sie und David bis drei Uhr aufgeblieben und hatten einfach miteinander geredet, während sie ganz allein auf der riesigen, verglasten Veranda von Broadbents Mammut-Haus am Corsica saßen. Sie hatten über alles und jedes gesprochen, vom Wein und vom Segeln bis hin zu Sagamore, Elizabeth Gilman und Art Mohler. Sie waren den ganzen Tag zusammengewesen, aber das Gespräch schien kein Ende zu finden.

Als die Konversation schließlich verebbte, weil sie beide erschöpft waren, brachte David sie höflich zu ihrem Zimmer und gab ihr zum Abschied die Hand. Er hatte sich benommen wie ein perfekter Gentleman, und irgendwie war sie enttäuscht gewesen, daß er nicht versucht hatte, sie noch einmal zu küssen. Aber das war nicht fair. Sie hätte ihn ohnehin wieder abblitzen lassen.

»Ms. Hayes?«

Jesse fuhr zum zweitenmal aus ihrem Tagtraum hoch und trat auf den jungen Mann zu, um den Bericht entgegenzunehmen. »Danke für Ihre Hilfe, Rob.«

»Wenn ich sonst noch was für Sie tun kann, rufen Sie einfach an.«

»Werd' ich.«

»Okay.« Rob zögerte in der Tür, die Hände tief in die Taschen vergraben, hoffte, daß sie auf der Stelle einen Wunsch äußern würde. Schließlich winkte er nervös und war verschwunden.

Jesse lächelte, während sie die Bürotür schloß und an ihren Schreibtisch zurückkehrte. Rob war ein netter Kerl, und es war schmeichelhaft, zu wissen, daß jemand derart in einen verknallt war.

Letzten Freitag hatte sie sich von der Bundes-Wahlkommission eine Liste mit den Namen und Sozialversicherungsnummern aller besorgt, die offiziell als bei der Elbridge-Coleman-Kampagne beschäftigt registriert waren. Die Recherche, die Rob gerade angestellt hatte, ging von der Sozialversicherungsnummer jedes einzelnen Wahlhelfers aus und lieferte so eine Liste sämtlicher anderer Firmen und Körperschaften, von denen diese Leute in den vergangenen beiden Jahren Geld erhalten hatten. Von Arbeitgebern wurde stets verlangt, daß sie die Lohnsteuern einbehielten und diese Gelder an den IRS abführten, wobei die Sozialversicherungsnummern als Identifikationsmerkmal dienten, also war es einfach gewesen, den Bericht zu erstellen, sobald sie erst einmal die Nummern hatte.

Das Ziel hinter all dem bestand darin, ein Profil der Coleman-Kampagne zu erstellen. Vielleicht würde sich da etwas finden, das sie in die richtige Richtung führte. Es war ein reiner Schuß ins Blaue, aber irgendwo mußte sie schließlich anfangen. Sie zog die Liste von Colemans Angestellten aus einer Schreibtischschublade, legte sie neben Robs Report auf den Tisch und begann die Namen zu vergleichen.

Fast sofort klingelte das Telefon.

»Hallo.«

»Jess.«

»Todd. Wie geht's?«

»Prima, und dir?«

»Prima.« Sie nippte an ihrem Kaffee und fuhr fort, die Liste von Colemans Angestellten mit Robs Bericht über Lohnabzüge zu vergleichen.

»Müde?« fragte Todd.

»Nein, warum?« Was sollte denn das bedeuten?

»Kein besonderer Grund. Hör mal, wir müssen über ein paar Ideen reden bezüglich der Sache, über die wir neulich gesprochen haben.«

»Aber wir sind uns über dein gewaltiges Honorar noch nicht einig geworden«, stichelte sie. »Und du wirst wahrscheinlich eine Anzahlung verlangen, nicht wahr?« Plötzlich erweckte einer der Arbeitgeber in Robs Report ihre Aufmerksamkeit.

»Ach, komm schon, Jess. Ich hab' doch bloß Spaß gemacht.«

Sie schaute noch einmal auf den Namen. Das machte keinen Sinn. Warum sollte Coleman jemanden einstellen, der dort gearbeitet hatte?

»Jess, bist du noch dran?«

Es machte absolut keinen Sinn.

»Jess!«

»Hier bin ich«, sagte sie, während sie versuchte, aus der Sache schlau zu werden.

»Laß mich erzählen, was ich zu tun gedenke.«

»Nein.« Jesses Stimme war mit einem Mal eiskalt. »Nicht am Telefon.« Das Büro konnte ohne weiteres verwanzt sein, wurde ihr klar. »Ich möchte, daß du mich heute abend dort triffst, wo wir nach dem Kino immer hingegangen sind.«

»Du meinst, als wir in der High-School waren?« Todd lachte.

»Ja. Triff mich dort um sieben Uhr.«

»Was ist denn los?« Er spürte die Anspannung in ihrer Stimme.

»Nichts. Sei einfach dort.« Sie legte rasch auf, ließ ihm keine Chance, noch etwas zu sagen, stand dann von ihrem Stuhl auf. Da war noch etwas, das Rob für sie erledigen mußte.

Als sie die Bürotür öffnete, stieß sie beinahe mir Sara zusammen.

»Hi, Jesse.«

»Hi.« Instinktiv ließ sie Robs Bericht hinter dem Rücken verschwinden.

»Woran arbeitest du da?« Sara hatte Jesses Manöver bemerkt. »Muß ja streng geheim sein.« Sie lehnte sich zur Seite und nickte in Richtung des Reports.

»Wie, das?« Jesse zog den Bericht wieder hinter dem Rükken hervor. »Das ist bloß die Akte irgendeines armen Farmers draußen in Caroll County. Ich versuche einen Weg zu finden, kein Bußgeld zu verhängen oder ihm einen Steuerprüfer auf den Hals zu hetzen, obwohl er seit zwei Jahren keine Einkommenssteuern mehr bezahlt hat, aber bevor ich ihm helfen kann, muß ich noch eine Sache erledigen. Also bin ich auf dem Weg zur Registratur. Brauchst du irgendwas?«

Sara schüttelte den Kopf.

»Also gut, wir sehen uns dann später.« Jesse machte einen Schritt an Sara vorbei. »Vielleicht können wir ja miteinander zu Mittag essen.«

Sara beobachtete aufmerksam, wie Jesse den Flur entlangging. Die Registratur lag in der anderen Richtung.

Todd steuerte die weiße Corvette den langen Schotterweg hinunter, der zu seinem kleinen Farmhaus führte, ganz vorsichtig, um die Unterseite des Wagens vor den Steinchen zu schützen, die von den Reifen aufwirbelten. Schließlich brachte er die Corvette vor dem Holzhaus zum Stehen.

Es war ein idealer Platz für einen Junggesellen – rustikal, ruhig und abgelegen. Das Haus war einmal das Heim eines Pächters gewesen, der das große Grundstück für die Besitzer verwaltete, die in dem Herrenhaus mit den weißen Säulen oben auf dem Hügel residierten. Der Pächter war jedoch vor einem Jahr gestorben, und nun ließen die Grundbesitzer ihre riesigen Felder von einer landwirtschaftlichen Genossenschaft bestellen. Aber das Haus hatten sie behalten und an Todd vermietet.

Als er aus der Corvette stieg, erweckte das Geräusch eines anderen Autos, das über den Splitt der Zufahrt rollte, Todds Aufmerksamkeit. Der näher kommende Wagen war ein schnittiger schwarzer Cadillac, groß und teuer. Der Fahrer legte allerdings nicht die gleiche Sorge um sein Vehikel an den Tag wie Todd. Statt dessen raste er in hohem Tempo den von Bäumen gesäumten Weg hinunter.

Es war Pferde-Harry, der seinen allwöchentlichen Besuch

abstattete. Als der schwarze Wagen näher kam, knallte Todd die Tür der Corvette ins Schloß. Auf eine seltsame Art genoß er dieses Einschüchterungsspielchen. Harry beherrschte es ganz hervorragend, aber er machte seine Drohungen nie wahr. Er lieh Todd bloß noch mehr Geld, wann immer der welches brauchte.

Harry setzte seinen Cadillac hinter die Corvette, parkte sie damit zu, sprang dann zusammen mit zwei anderen stämmigen Männern aus dem Wagen. Er kam langsam näher, während die beiden anderen sich gegen den Kühlergrill des Wagens lehnten. »Hallo, Todd.« Harrys Stimme war barsch.

»Hi, Harry.« Todd gab sich nonchalant.

Harry ging direkt auf ihn zu, bis ihre Gesichter nur noch eine Handbreit voneinander entfernt waren. »Wir brauchen eine Rückzahlung.«

Todd grinste. »Klar doch, Harry.«

Unvermittelt knallte Harry eine gewaltige Faust in Todds Magen, nahm ihm damit abrupt den Atem. Todd ging in die Knie und umklammerte seinen Gürtel.

»Mein Boß belämmert mich wegen Ihres Darlehens. Sie schulden uns dreißigtausend Mäuse. Fünfzehn auf den Wagen und fünfzehn von ihren glücklosen Wochenenden an den Black-Jack-Tischen von Atlantic City. Wir wollen zumindest fünftausend davon noch vor Montag und den Rest bis zum Monatsende. Kapiert?«

»Ja.« Todd schnappte nach Luft.

Harry nickte über die Schulter seinen Partnern zu. Sie zogen Montiereisen unter ihren langen Lederjacken hervor und zerschlugen mit flinken Bewegungen die Rücklichter und die Scheinwerfer der Corvette. Harry packte Todd bei den Haaren und zog seinen Kopf nach hinten. »Ich wollte Ihnen ein kleines Andenken an unseren heutigen Besuch hinterlassen.«

»Danke«, murmelte Todd. Die Luft begann gerade in seine Lungen zurückzukehren.

»Jederzeit, mein Freund.« Harry grinste. »Oh, bloß eines noch.« Und wieder knallte er seine Faust in Todds Solarplexus. Diesmal brach Todd zusammen und blieb bäuchlings auf dem Boden liegen. »Denken Sie dran, Freundchen, fünftausend bis Montag, den Rest bis zum Monatsende. Und der Zinssatz ist auf fünfundzwanzig Prozent gestiegen.« Als er schon im Begriff war, wieder in den Cadillac einzusteigen, brüllte er Todd ein »Wir wissen auch, wo deine Schwester ist« zu. »Wunderschönes kleines Baby, das sie da hat!«

Dann knallten drei Türen zu, der Motor heulte auf, Räder drehten durch und Steine prasselten gegen die Corvette, als der Cadillac schleudernd davonfuhr. Todd versuchte, auf die Knie zu kommen, sackte aber wieder auf den Boden zurück.

Pferde-Harry hatte seine Drohungen zum erstenmal wahr gemacht. Es war kein Spiel mehr. In Wirklichkeit war es nie eines gewesen. Das war Todd jetzt klar.

Kapitel 19

Im Gegensatz zu den meisten anderen Anlageverwaltungs-Firmen, die ausschließlich in Unternehmen investierten, die an der Börse gehandelt wurden, erwarb Sagamore auch Mehrheitsanteile an Privatfirmen, bei denen das Führungsgremium eine offensichtliche Chance sah, billig zu kaufen, das Unternehmen auf Vordermann zu bringen und es dann ein paar Jahre später mit gewaltigem Profit wieder zu veräußern.

Doub Steel – ein kleines Unternehmen, das Stahlschrott kaufte und ihn preiswerter recycelte, als Großkonzerne Stahl aus Rohstoffen herstellten – war eine dieser Firmen. Ein Jahr nach Davids Eintritt bei Sagamore hatte er den Leitungsausschuß überredet, für gut 70 Millionen Dollar einen 80-Prozent-Anteil an Doub zu erwerben. Das Management war hervorragend, die Herstellung effizient, die Produkte waren am Markt gefragt, und der Preis schien zu stimmen.

Doch mit Doubs Erträgen war es, bald nachdem Sagamore die Transaktion abgeschlossen hatte, steil bergab gegangen, und das Führungsgremium hatte die Verantwortung dafür, das Unternehmen wieder auf Trab zu bringen, gänzlich auf Davids Schultern abgeladen. Doub war noch immer sein größtes Sorgenkind – gleich neben GEA.

Wie die meisten Widrigkeiten, denen David in seinem

Leben begegnete, hatte er Doub zu einer Chance gemacht. Eine Woche, nachdem er die Aufgabe geerbt hatte, das Unternehmen auf neuen Kurs zu bringen, hatte er sich in den Aufsichtsrat von Doub wählen lassen und wurde von Sagamores Führungsgremium zum Finanzchef ernannt. Der Controller von Doub kümmerte sich um die alltägliche Buchführung, die Lohnbuchhaltung und das Inkassowesen, und das Leitungsgremium mußte alle größeren finanziellen Transaktionen absegnen, aber als Finanzchef hatte David dazwischen erheblichen Spielraum. Diese Flexibilität hatte es ihm ermöglicht, vor zweieinhalb Jahren die eine Million Dollar an den Paten in Washington zu zahlen, ohne daß jemand Fragen stellte. Genau wie Jack Finnerty vermutete, hatte David die Zahlung als Darlehen an einen Zulieferbetrieb deklariert, der sich mit dem Bezahlen Zeit ließ, die Buchhalter getäuscht und den GEA-Kontrakt ins Rollen gebracht.

Doubs Firmenhauptquartier war direkt bei Frederick, Maryland angesiedelt, fünfundvierzig Minuten Fahrzeit westlich von Baltimore und an der Interstate 70 nahe beim Appalachian Trail. Als David aus dem Fenster des Büros im zweiten Stock der Hauptverwaltung schaute, konnte er in der Ferne Berge sehen. Die Bäume dort hatten ihre herbstliche Farbenpracht angenommen, aber er konnte dieser Schönheit kaum etwas abgewinnen. Er hatte die Zahlung im Kopf, die er heute leisten mußte.

Eine Million Dollar an den Paten in Washington waren machbar gewesen. Doub war ein ziemlich großes Unternehmen mit Jahreseinnahmen von nahezu 400 Millionen. Eine Million Dollar ließen sich verstecken – nicht eben einfach, aber mit genügend Findigkeit hatte er es zustande gebracht. Doch nun mußte er dem Mann weitere zwei Millionen schicken – die Bezahlung, die mit Produktionsbeginn der A-100 fällig geworden war.

Die Zwei-Millionen-Zahlung würde über einen längeren Zeitraum hinweg schwieriger zu verstecken sein. In sechs Monaten würden erneut die Buchprüfer kommen und wahrscheinlich den Schuldner mit einer schriftlichen Nachricht des Gläubigers von dieser Tatsache unterrichten wollen.

David zog seinen Sessel an den Schreibtisch heran. Genau wie Finnerty angeregt hatte, würde die Lösung des Problems in Davids GEA-Optionen liegen. Der Kurs der GEA-Aktien würde in die Höhe schießen, sobald die Nachricht vom A-100-Programm durchsickerte, und er würde genug von seinen Optionen ausüben, um das Geld zurückzuzahlen, das er von Doub aus überwiesen hatte – die Zahlung, die er vor zweieinhalb Jahren geleistet hatte, und jene, die er heute leisten würde. Solange das Geld bis zum 31. Januar zurückerstattet war, dem Ende von Doubs Geschäftsjahr, würden die unabhängigen Wirtschaftsprüfer keine Fragen stellen. Der Kreis wäre geschlossen, und sie hätten keinen Anlaß, der Sache nachzugehen.

Es war nicht die optimale Lösung – die GEA-Aktien konnten möglicherweise, in der kurzen Zeitspanne, in der David seine Optionen ausübte, sogar noch weiter steigen, also würde er Geld verschenken. Aber er würde sich seinen Job bei Sagamore auf Lebenszeit gesichert haben und obendrein, was immer von den Optionen übrig sein würde, nachdem er Doubs Geld zurückerstattet hatte.

Er nahm das Telefon ab und wählte die Durchwahl seiner Sachbearbeiterin bei der örtlichen Bank. Finnerty hatte diese Woche schon zweimal angerufen und David bedrängt, die Zahlung zu leisten, und er wollte Finnerty nicht allzusehr verärgern. Finnerty konnte es ihm schwermachen, die GEA-Optionen einzulösen. Finnerty konnte ihm eine ganze Reihe von Dingen schwermachen, wenn er das wollte. Wie er an diesem Tag auf seiner Farm so unumwunden dargelegt hatte.

»Hallo, Hagerstown National, Ida am Apparat«, kam die vertraute Stimme.

»Ida, hier ist David Mitchell bei Doub Steel.«

»Hallo, Mr. Mitchell. Was kann ich heute für Sie tun?« fragte die Frau freundlich.

Im Laufe der nächsten zwanzig Minuten transferierte David mittels vier Telefonaten und einer Serie von sorgsam adressierten, von der Hagerstown National Bank ausgehenden Telegrammen zwei Millionen Dollar vom örtlichen Konto von Doub Steel auf ein Nummernkonto bei National Bancorp auf den Cayman-Inseln. Es war eine andere Nummer als jene, die zu verwenden man ihn vor zweieinhalb Jahren angewiesen hatte, doch die Information stammte auch diesmal von Finnerty, also hatte er die Veränderung nicht in Frage gestellt.

Als David den Hörer zum letztenmal auflegte, ließ er den Kopf auf die Tischplatte fallen. Er mußte sich immerzu daran erinnern, daß mit all dem niemand Schaden zugefügt wurde, daß er das Geld, das er telegrafisch vom Doub-Konto auf das Nummernkonto auf den Caymans überwiesen hatte, persönlich zurückzahlen würde. Am Ende würde alles wieder im Lot sein. Daran war nichts Unrechtes.

Er stand auf. Dies war nicht der Zeitpunkt, um die moralischen Aspekte seines Handelns zu analysieren. Er mußte so bald wie möglich den Controller aufsuchen, um die Kontobewegung als weiteres Darlehen an einen säumigen Zahler unter den Lieferfirmen zu erklären, und die notwendigen Dokumente erstellen, um seine Spur zu verwischen. Er verließ das Büro und ging nach unten.

Vor Rich Grainys Büro im ersten Stock zögerte David einen Moment, bevor er schließlich anklopfte. Es kam keine Antwort. Das nannte man Glück. Er würde alles durchziehen können, ohne etwas erklären zu müssen.

Er drehte den Türknopf, und die Tür ging auf. Grainys Büro war klein, mit kaum mehr als einem Metallschreibtisch und ein paar schäbigen Stühlen ausgestattet. Sie zahlten Grainy für seine Arbeit als Controller 43 000 Dollar im Jahr. Er hatte drei Kinder und zwei alte amerikanische Autos und machte eine einzige Woche im Jahr Urlaub in Ocean City, New Jersey, weil er sich mehr nicht leisten konnte. Dennoch war er glücklich. David musterte das trostlose Zimmerchen. Manche Leute stellten eben keine sonderlichen Ansprüche.

Er ging rasch zum Schreibtisch, setzte sich und schaltete den Computer ein – Grainy hatte ein persönliches Paßwort, aber David kannte es und kam problemlos ins System. Er würde einen Eintrag im Hauptbuch machen und ein separates Debitorenkonto anlegen. Dann würde er auf Firmenbriefpapier einen Schuldschein erstellen und ihn von einem Freund unterschreiben lassen. Danach würde David den Schuldschein unter den offiziellen Firmenakten ablegen. Wenn er das Darlehen mit Geld aus den Optionen zurückgezahlt hatte, würde er jede Spur der Transaktion aus den Akten und dem Computer tilgen.

Das offizielle Briefpapier von Doub lag in Grainys unterer rechter Schreibtischschublade, und als David drei Bögen herausnahm, bemerkte er einen offenen Briefumschlag, der hinter den Karton mit dem Papier geschoben worden war. Er zog ihn hervor und musterte den Absender. Third Huntington Bank. Ein Vertreter der Third Huntington hatte vor ein paar Jahren angerufen und versucht, ins Geschäft mit den örtlichen Gehaltskonten zu kommen, aber David hatte abgelehnt.

Er schaute in den Umschlag, auf den Kontoauszug und die entwerteten Schecks. Das war seltsam. Grainy war nicht befugt, ein Konto zu eröffnen, ohne zuvor Davids Zustimmung einzuholen. Das war Grainy bei diversen Gelegenheiten klargemacht worden.

David nahm den Kontoauszug aus dem Umschlag und bemerkte das Datum – 15. Mai, vier Monate zurück –, zog dann die entwerteten Schecks heraus. Es waren nur zwei, aber als er sie auf den Schreibtisch legte, begann sein Blut rascher zu fließen. Beide Schecks lauteten über eine Million Dollar, und beide waren an etwas namens LFA zahlbar. David hatte keine Ahnung, wer oder was LFA war, und in diesem Moment war ihm das auch egal. Was sein Herz so heftig klopfen ließ, war die Unterschrift auf beiden Schecks – David J. Mitchell. Sie sah seiner eigenen Unterschrift höchst ähnlich, aber er hatte diese Schecks niemals ausgestellt. Er hatte nicht einmal gewußt, daß Doub Steel bei der Third Huntington Bank ein Konto unterhielt. Er berührte die Unterschrift mit dem Finger, starrte dann auf das »M«. Es war nicht sein »M«. Aber es war eine verdammt gute Fälschung.

David ging rasch zu dem kleinen Kopierer auf dem Beistellschrank hinter dem Metallschreibtisch. Seine Hände zitterten, als er den Deckel des Geräts aufklappte, Kopien von beiden Schecks machte, dann die Kopien zusammenfaltete und in die Jackentasche schob. Die Fragen schossen nur so durch seinen Kopf, als er den Deckel der Maschine schloß, dann an den Schreibtisch zurückkehrte und die entwerteten Schecks wieder in den Umschlag steckte.

»Kann ich Ihnen behilflich sein, Mr. Mitchell?« Rich Grainy stand in der offenen Tür und schaute auf den Bankumschlag in Davids Hand.

David traf eine Blitzentscheidung. Es würde besser sein, in die Offensive zu gehen, statt einen Erklärungsversuch zu unternehmen. Er stand langsam auf, warf dann den Umschlag auf den Schreibtisch. »Was hat das zu bedeuten?« Er zeigte auf den Umschlag.

Grainy trat nervös von einem Fuß auf den anderen.

»Rich«, versuchte es David erneut, »was zum Teufel ist das?«

Grainy antwortete immer noch nicht.

»Rich!« David schlug mit der Faust auf die metallene Tischplatte. »Haben Sie von Doub Geld gestohlen? Soll ich auf der Stelle die Polizei rufen?«

»Sie sollten vielleicht zuerst Art Mohler anrufen.« Grainys Stimme war kaum zu hören, aber es lag keine Angst darin. »Er hat dieses Konto eingerichtet und gesagt, ich solle niemandem davon erzählen. Ich habe nie in diesen Umschlag geschaut, weil ich nicht wissen will, was drin ist.« Er hielt einen Moment inne. »Mir gefällt das nicht, von Ihnen des Diebstahls bezichtigt zu werden. Ich arbeite seit zwanzig Jahren bei Doub. Ich bin ein ehrlicher Mensch.«

Doch David hörte Grainys Zurechtweisung nicht. Er schwamm in seinem eigenen Teich aus Verärgerung. Erst hatte Mohler Finnerty auf der Farm in Middleburg besucht, ohne David etwas davon zu sagen. Jetzt war er hier bei Doub Steel gewesen und hatte auch davon nichts verlauten lassen. Schlimmer noch, er hatte ein geheimes Konto eröffnet und zahlte beträchtliche Summen an etwas namens LFA *und* fälschte zu diesem Zweck Davids Unterschrift.

Mohler versuchte, ihn aufs Kreuz zu legen. Daran konnte es jetzt keinen Zweifel mehr geben. Aber warum? Und dann kroch ihm ein gespenstisches Gefühl das Rückgrat hoch, und er schüttelte heftig den Kopf. Nein, das konnte nicht möglich sein.

Kapitel 20

»Also, warum hier?« wollte Todd wissen. Er berührte vorsichtig seine Magengrube. Sie schmerzte von den Prügeln, die Pferde-Harry ihm verabreicht hatte.

»Mir ist kein anderer Platz eingefallen, den du erkennen würdest, ohne daß ich ihn beim Namen nennen muß.« Jesse ließ sich auf dem Stuhl nieder, den er für sie festhielt. »Mir ist nicht wohl dabei, über mein Bürotelefon zu reden«, sagte sie leise.

»Ist das dein Ernst?« fragte er und nahm auf der anderen Seite des Tisches Platz.

»Ja.«

»Warum?«

»Hallo.« Die Kellnerin unterbrach ihr Gespräch. »Was kann ich Ihnen bringen?«

»Cola light« antwortete Jesse, ohne aufzusehen.

»Und ich möchte einen Schoko-Milk-Shake, bitte.« Todd lächelte die Frau freundlich an.

»Klar.« Die Kellnerin schlenderte gemächlich davon.

Todd stützte die Ellbogen auf den Tisch. »Das ist ein großartiger Laden, findest du nicht auch? Hat sich überhaupt nicht verändert, seit wir hier in der High-School immer hergekommen sind.«

Jesse lachte. »Er hat sich ganz gewaltig verändert. Das

Mobiliar ist anders. Damals haben sie hier Pizza und Hamburger serviert, jetzt ist ein Mexikaner drin. Und der Name hat sich geändert.«

Todd lächelte. »Ich hab' über die Atmosphäre des Lokals geredet. Schau dich doch mal um.« Er nickte. »Noch immer Jungs in Lederjacken, die hinter Mädchen in kurzen Röcken her sind. Diese Dinge ändern sich nie.«

»Ich sollte den Mädchen sagen, daß sie sich vor dieser Sorte Jungs hüten sollten.«

»Hey, ich hatte auch eine von diesen Jacken.«

»Eben«, neckte sie ihn.

Die Kellnerin war rasch mit ihren Drinks zurück. Sie servierte sie und ging dann an einen Tisch voller lärmender Teenager.

»Also, was hast du dieses Wochenende gemacht?« Todd griff nach seinem Schokoladen-Shake und saugte an dem Strohhalm.

»Gebüffelt.« Es bestand kein Grund, von ihrer eintägigen Segelpartie mit David anzufangen.

»Ich hab dich Samstag um Mitternacht angerufen, und da war dein Anrufbeantworter dran.«

Sie wußte, daß er verletzt sein würde, wenn er die Wahrheit hörte, und sie vermied es stets, jemandem unnötig Schmerz zuzufügen. »Ich war zu Hause, aber ich hab' die Maschine eingeschaltet. Ich war müde.« Sie begann die Papierserviette in kleine Stücke zu reißen.

»Nein, da bist du genau wie ich. Du kannst kein Telefon klingeln lassen, ohne ranzugehen.« Er beobachtete ihr nervöses Gefummel.

»Ich war zu Hause«, sagte sie mit Nachdruck.

Todd stellte den Milk-Shake ab, und seine Miene wurde ernsthaft. »Jess, du hast mir gefehlt.«

»Was?« Sie hatte ihn gehört, versuchte aber, Zeit zu gewinnen. Versuchte sich klarzuwerden, wie sie reagieren sollte. Er hatte sie total überrumpelt.

»Ich hab viel über dich nachgedacht. Ich schätze, mir ist letzte Woche beim Mittagessen aufgegangen, wie gerne ich dich häufiger sehen würde. Ich weiß, wie gut es sich anfühlt, dich heute abend zu sehen. Du hast das lange vermieden, und ich denke, ich weiß, warum. Aber ist nicht genug Zeit vergangen?«

Sie wollte sich damit jetzt nicht befassen.

»Ich fände es wirklich schön, wenn wir wieder miteinander gehen würden«, fuhr er fort. »Ich möchte dich zum Abendessen ausführen und einfach mit dir rumhängen. Wir lassen es langsam angehen, und ich werde ganz der Gentleman sein, bis du mir sagst, daß es schon okay ist. Ich werde keinerlei Erwartungen an dich stellen. Wenn zuviel zurückkommt, hören wir auf.«

»Ich kann nicht.«

»Es ist dieser Typ, der dich mit der Limousine abgeholt hat, nicht wahr?« Todd war plötzlich wütend.

»Nein.«

»Nein?«

»Nein! Ich hab's dir doch gesagt, ich hab' ihn erst letzte Woche kennengelernt. Er arbeitet bei Sagamore.«

»Warst du Samstag nacht mit ihm zusammen?«

Jesse schaute weg. Sie konnte es nicht ableugnen.

»Wußt' ich's doch.«

»So ist das nicht, Todd. Wir sind bloß Freunde. Wir haben lediglich über geschäftliche Dinge geredet.«

»Um Mitternacht an einem Samstag?«

»Ja.«

»Er ist ein dämlicher Yuppie, Jess. Er ist langweilig.«

Zum erstenmal hörte sich seine Stimme wirklich bewegt an. »Laß uns darüber reden, warum ich dich hier treffen wollte«, sagte Jesse. Sie verspürte plötzlich das dringende Bedürfnis, mit Becky zu sprechen. Vielleicht konnte Jesse sie ja im Lauf des Abends noch erreichen.

Todd hob die Hände. »Machst du dir Sorgen, daß ich mich nicht richtig engagieren kann, daß ich nichts ernst nehme? Daß ich am Wochenende diese Sachen anstelle, die mich irgendwann umbringen werden? Ich kann mich ändern, Jess. Wirklich.«

»Ich möchte nicht, daß du dich änderst«, sagte sie leise. »Bitte, laß uns drüber reden, wie wir rausfinden können, ob in Elbridge Colemans Wahlkampagne irgendwas vor sich geht. Ich hab' heute früh etwas entdeckt, das ich für wirklich wichtig halte.«

Einen Moment lang schwieg Todd, suchte in ihrem Gesicht nach der Wahrheit. »Okay.« Er lächelte, so gut er konnte. »Was hast du entdeckt?«

Jesse faßte über den Tisch und berührte ihn sanft am Arm. »Alles in Ordnung mit dir?« Das war so schwierig.

»Mir geht's gut. Fang bloß nicht an, mich zu bemitleiden. Ich hasse Mitleid. Nun komm schon, erzahl mir, was du gefunden hast.«

»Todd, bist du dir sicher, daß du das jetzt mit mir durchziehen kannst? Vielleicht sollten wir das Ganze ja vergessen.«

»Jess!« sagte er laut und hob erneut die Hand. »Das ist eine rein geschäftliche Angelegenheit. Ich komm damit klar, wenn du es kannst.« Er lächelte breit, um sie zu beruhigen. »Ob du nun zustimmst, mit mir zu gehen oder nicht, wir sind nach wie vor sehr gute Freunde. Wenn dich jemand durch die Gegend hetzt und die Windschutzscheibe deines Autos zerschießt, werd' ich ihn finden und ihn wünschen lassen, er wäre nie geboren worden.«

Er war so loyal. »Okay. Danke.«

»Was also hast du?«

Sie trank einen Schluck Cola light. »Ich wollte ein Profil der Leute haben, die für Elbridge Coleman arbeiten, also hab' ich mir letzte Woche von der Bundes-Wahlkommission eine Liste von Personen besorgt, die für ihn als Wahlhelfer tätig sind. Heute vormittag habe ich einen Freund aus der Computerabteilung meiner Dienststelle einen Report für mich erstellen lassen. Er führt alle Stellen auf, von denen irgend jemand, der für Colemans Wahlkampagne arbeitet, in den beiden letzten Jahren ein Gehalt bezogen hat.«

»Wie hast du das gemacht?«

»Ich hab' mir die Sozialversicherungsnummern der Leute besorgt, die für Coleman arbeiten. Diese Nummern habe ich dann meinem Freund gegeben und ihn die Datenbank des IRS nach allen Arbeitgebern durchsuchen lassen, die im Namen dieser Sozialversicherten Zahlungen an uns geleistet haben.«

»Hört sich ein bißchen nach Big Brother an, oder?« fragte Todd.

»Das ist noch gar nichts, verglichen mit dem, was einige Steuerfahnder so machen.«

»Erzähl mir mehr darüber.«

»Vielleicht ein andermal.« Steuerfahnder zu sein hieß, daß man sich über jeden Bürger nahezu jede Art von Information beschaffen konnte. Es war verlockend, und wie überall im Leben erlagen manche der Versuchung. »Jedenfalls hab' ich was Interessantes entdeckt.«

»Was?«

»Einer der Leute, die für Elbridge Coleman arbeiten, hat kürzlich zwei Zahlungen von der sogenannten Afroamerikanischen Befreiungsbewegung erhalten. Und diese Person bekam das Geld, *während* sie für Coleman arbeitete.«

»Ist die LFA nicht diese militante Gruppe, die von Reverend Elijah Pitts angeführt wird?«

»Die Gruppe wird von Pitts angeführt, aber sie ist alles andere als militant. De facto hat sie ein paar sehr gute Dinge für die innerstädtischen Slums von Baltimore getan. Du weißt schon, Jugendprogramme, Programme zur beruflichen Weiterbildung, all so was. Aber ich kann immer noch nicht verstehen, warum jemand, der für die LFA arbeitet, gleichzeitig auch für Elbridge Coleman arbeiten kann. Du mußt zugeben, daß die LFA und ein Republikaner aus dem Establishment wie Elbridge Coleman so ziemlich an den entgegengesetzten Enden des politischen Spektrums stehen.«

Todd schob die Unterlippe vor. »Da stimme ich dir zu, aber vielleicht ist die betreffende Person nur eine Sekretärin ohne besondere Loyalität zu einer politischen Partei. Vielleicht gilt ihre Loyalität einfach ihren Kindern, die was zu essen brauchen. Vielleicht geht es ihr nur darum, ein bißchen Geld nebenbei zu verdienen.«

»Kein dummer Gedanke«, erwiderte Jesse, »und im Fall der Coleman-Kampagne erhält diese Person regelmäßige Gehaltszahlungen, was deine Theorie unterstützen würde. Nur, indem ich mir die vom Arbeitgeber abgeführten Zahlungen ansehe und mal eine naheliegende Steuerklasse annehme, kann ich das Jahresgehalt der betreffende Person abschätzen. Wenn ich richtig gerechnet habe, verdient sie oder er bei der Coleman-Kampagne fast hunderttausend Dollar im Jahr.«

»Also keine Sekretärin.«

»Wohl eher nicht.«

»Was ist mit dem Geld von der LFA?« fragte Todd.

»Da wird es sogar noch interessanter. Der einbehaltenen Summe nach muß der Bruttobetrag nahezu zweihunderttausend Dollar betragen haben.«

»Lieber Himmel.« Todd schüttelte den Kopf. »Und bist du

dir sicher, daß diese Person zur gleichen Zeit von Coleman bezahlt wurde?«

»Ja.«

»Das ist schon merkwürdig, speziell bei diesen Beträgen.«

»Wart's ab«, sagte Jesse. »Es kommt noch besser. Eine Woche, nachdem die LFA das Geld abgeführt hatte, wandten sie sich an den IRS und behaupteten, sie hätten einen Fehler gemacht. Sie behaupteten, es habe eine Computerpanne in der Lohnbuchhaltung gegeben. Daß die Zahlung nie hätte geleistet werden sollen.«

»Hört sich an, als hätten sie einen Fehler vertuschen wollen.«

»Genau. Warum also sollte jemand für beide arbeiten?«

»Weil er für den einen arbeitet und Informationen über den anderen sammelt«, offerierte Todd. »Fällt mir als erstes ein.«

»Richtig. Und mir scheint, daß es mehr Sinn machen würde, wenn die Person in Wirklichkeit für die LFA arbeitet und versucht, Informationen über Coleman zu bekommen.« Jesse sprach jetzt sehr schnell. »Warum sollte sich Coleman für die LFA interessieren?«

»Vielleicht will er wissen, ob die LFA bei seinen Wahlveranstaltungen Demonstrationen abhalten will oder so was.«

»Das hört sich für mich schwach an. Für Coleman hieße das, eine Menge zu riskieren, ohne daß es sich groß lohnt.«

»Ich versuch's zumindest.«

»Sorry, ich wollte dich nicht kritisieren.«

»Schon okay.« Todd griff nach seinem Milk-Shake und trank einen weiteren Schluck. »Ich weiß nicht, Euer Ehren, da bin ich mit meinem Latein am Ende. Aber warum sollte die LFA unbedingt wissen wollen, was in Colemans Kampagne vor sich geht?«

»Vielleicht möchte sie Informationen an Malcolm Walker weitergeben. Ich glaube, Senator Walker steht der LFA nahe – zumindest bezeichnet Pitts jedesmal, wenn ich ihn im Fernsehen sehe, Walker als guten Freund. Vielleicht spioniert die Person letztlich für Walker, stiehlt Strategien, irgendwas in der Art. Wenn sie bei Colemans Kampagne hunderttausend Dollar verdient, gehört sie zu den wichtigsten Beratern, weil das ein Haufen Geld für einen Wahlhelfer ist, sogar wenn es um einen Sitz im US-Senat geht. Der oder die Betreffende würde Zugang zu hochsensiblen Informationen haben.«

»Also warnt er oder sie auf dem Umweg über die LFA Walker bezüglich Colemans Strategien vor, damit Walker Coleman immer einen Schritt voraus sein kann. Und wenn sie jemals erwischt würden, wäre die LFA dran und nicht Walker.«

»Richtig.«

Todd schüttelte den Kopf. »Tut mir leid, deine Theorie kaputtzumachen, Jess, aber ich dachte, du hättest mir erzählt, laut der Akte, die du aus Neil Robinsons Ferienhaus geholt hast, beträfen die Unrechtmäßigkeiten *Colemans* Wahlkampagne.«

Jesse zögerte einen Moment mit ihrer Antwort. »Ich weiß. Das zieht all dem irgendwie den Boden unter den Füßen weg, nicht wahr?« Sie war mit einem Mal deprimiert. »Was also machen wir, Herr Privatdetektiv?«

»Es gibt im Grunde nur zwei Möglichkeiten«, erwiderte er ohne Zögern.

»Und die wären?«

»Versuch, einen Blick in die Personalakten von Colemans Hauptquartier und/oder der LFA zu werfen.« Todd nahm den Strohhalm aus dem Milk-Shake, kippte das große Glas und trank den Rest, der noch darin war.

»Glaubst du wirklich, daß Coleman oder die LFA uns Personalakten einfach so aushändigen würden?«

Er lächelte unverschämt. »Natürlich nicht.«

Sie schnappte nach Luft. »Redest du davon, dort einzubrechen?«

Todd schüttelte den Kopf. »Nicht bei beiden. Wenn ich zufällig dabei erwischt werde, wo einzubrechen, möchte ich garantiert nicht, daß es das Hauptquartier eines Mannes ist, der für den Senat der Vereinigten Staaten kandidiert.«

»Also das Hauptquartier der LFA.«

»In finsterster Nacht, Baby.« Todd schlug heftig mit der Faust auf den Tisch. Für einen Moment verstummte das Stimmengewirr im Restaurant, als die Gäste sich nach Todd und Jesse umdrehten. Dann nahm der Geräuschpegel allmählich wieder seine normale Lautstärke an. »Tut mir leid.« Er zwinkerte ihr zu und zog den Kopf ein wie eine Schildkröte, die sich in ihren Panzer verkriecht. »Ich hab' mich einen Moment lang ein bißchen hinreißen lassen.«

»Bist du dir sicher, daß du bei der LFA einbrechen möchtest?« Sie schüttelte den Kopf. Wenn er sich erst einmal etwas vorgenommen hatte, war er wie eine Bulldogge. Nichts konnte ihn aufhalten.

»Sonst fällt mir nichts ein. Ich hab' dir heute früh am Telefon was anderes erzählt, aber das ist dann im Laufe des Nachmittags sozusagen verpufft.«

»Ich möchte bloß nicht, daß du in irgendwelche Schwierigkeiten gerätst.«

»Deswegen kommst du ja auch mit zur LFA. Du wirst in der Lage sein, uns rauszureden, falls wir erwischt werden.«

»Ich kann nicht mitkommen!«

»Du mußt. Ich werd' nicht wissen, wonach ich suchen soll. Und ich werde nicht wiederkommen, falls ich das Richtige nicht beim erstenmal erwische, soviel steht fest.«

Jesse begann erneut zu protestieren, aber natürlich hatte er recht. Sie nickte zögernd. »In Ordnung.«

Todd rieb sich die Hände. Eine weitere Chance, mit ihr zusammenzusein. Und es würde gefährlich sein. Es würde sie erregen. Vielleicht konnte er endlich ihren Widerstand brechen.

»Sie sind sich sicher?« Der Mann konnte kaum an sich halten.

»Absolut«, erwiderte Roth. »Ich habe die Kopie einer Kreditkarten-Rechnung vom letzten März, als sie die Handschuhe gekauft hat. Und ich habe die Nachricht vom Labor, daß das Haar aus dem Handschuh nahezu sicher von einer Blondine stammt. Es gibt in der Dienststelle nur zwei Frauen mit blonden Haaren, die so lang sind, wie das aus dem Handschuh.«

»Bringen Sie sie unverzüglich um. Aber lassen Sie es wie einen Unfall aussehen.«

»Ja, Sir.«

»Und wenn Sie können, finden Sie diese Akte, Roth. Aber stellen Sie sicher, daß sie keinen neuen Morgen mehr erlebt.«

Becky Saunders war seit zwölf Jahren Jesses Psychotherapeutin und hatte ihr nie auch nur einen Pfennig für die zahlreichen Besuche berechnet, selbst wenn das allen Regeln ihres Standes zuwiderlief. Becky hatte an dem Tag Dienst gehabt, als Jesse – ein emotionales Wrack – ins Krankenhaus kam, um den Eingriff vornehmen zu lassen. Die Einzelheiten von Jesses Fall hatten Becky derart bewegt, daß sie nach der Prozedur fünf Stunden lang im Aufwachraum geblieben war und mit Jesse über das gesprochen hatte, was passiert war, ihr immer wieder versichert hatte, daß sie sich nicht schuldig fühlen müsse, daß sie nichts dafür könne. Und sie hatten eine Beziehung geknüpft, die seither nie abgekühlt war. Jesse erledigte jedes Jahr Beckys Steuererklärung, aber sie tat es nicht etwa im Versuch, Becky für die Konsultationen zu entschädigen. Sie waren einfach Freundinnen, die einander halfen, so gut sie nur konnten.

Genau wie an diesem Abend. Becky hatte im Lauf des Tages bereits sechs Patienten empfangen, und es war schon nach zweiundzwanzig Uhr. Aber Jesse hatte angerufen und in letzter Minute um einen Termin gebeten. Und Becky hatte sofort eingewilligt.

Becky öffnete ihre zweite Schachtel Zigaretten an diesem Tag, zündete sich eine an und machte einen Lungenzug. »Todd Colton beginnt also wieder eine wichtigere Rolle in deinem Leben zu spielen.«

»Ja.«

»Er hat dich gefragt, ob ihr beide anfangen könntet, miteinander zu gehen, richtig?«

»Ja«, erwiderte Jesse noch einmal. »Ich hab' nein gesagt.«

»Aber du hast erwogen, ja zu sagen, nicht wahr?«

»Hab ich«, gestand Jesse.

»Findest du, daß es eine gute Idee wäre, was mit ihm anzufangen?«

»Um das herauszufinden, bin ich hier.«

Becky nahm einen weiteren Zug aus ihrer Zigarette. »Du weißt, was ich denke.«

»Sag's mir noch mal.« Jesse hatte Beckys Ansicht unzählige Male gehört, aber es tat immer gut, ihr zu lauschen.

Von der Spitze der Zigarette stieg eine Rauchsäule auf und kringelte sich um Becky. »Ich werd' die gesamte Angelegenheit durchgehen«, warnte sie.

»Ich weiß.«

Becky spürte die Vorzeichen eines Migräneanfalls, aber sie

ignorierte das dumpfe Pochen über den Augen. »Du warst seit dem frühen Morgen mit Todd segeln gewesen.« Ihre Stimme war rauh vom jahrelangen Rauchen. »Es ist ein schöner Tag, ihr amüsiert euch prächtig miteinander, und ihr merkt beide, daß ihr ganz verrückt nacheinander seid. Am Abend kehrt ihr zurück zum Haus seiner Eltern, weil die verreist sind. Zum *erstenmal* in deinem Leben schläfst du mit jemandem.«

»Ja.«

»Danach bringt Todd dich nach Hause. Er begleitet dich zur Tür, gibt dir einen Gutnachtkuß und geht weg. Du kommst rein. Du hast deinen Zapfenstreich eine Stunde überschritten. Dein Stiefvater, Joe, hat auf dich gewartet, und er beginnt, dich zusammenzustauchen, sobald du nur zur Tür reinkommst.«

»Zusammenzustauchen«, wiederholte Jesse sarkastisch. »Das ist eine Untertreibung. Er hat *gebrüllt* wie ein Stier. Gott, hab' ich ihn gehaßt.«

»Er hat ein paar Glas Bourbon intus. Normalerweise würde er nicht getrunken haben, aber deine Mutter ist auf einem Zweitagesausflug mit einer ihrer Kirchengruppen. Joe folgt dir in dein Schlafzimmer und schreit dich dabei immer noch an.«

Jesse spürte den Zorn aufwallen, wie jedesmal. Aber es half ihr, das durchzustehen. Er half, daß sie den physischen Schmerz und die psychische Qual dieser Augenblicke mit jemand Verständnisvollem teilen konnte. Schmerzen und Qualen, die in den zwölf Jahren nicht geheilt waren. Es half, das alles mit jemandem zu teilen, der keine Werturteile fällte. Den es nicht am Boden zerstörte. Sie waren das so oft durchgegangen, aber es war jedesmal heilsam – sobald sie über den Punkt hinauskam, an dem er ihr Gewalt angetan hatte.

»Er drückt dich aufs Bett, zieht dir die Kleider vom Leib und ...«

»... vergewaltigt mich.« Jesse sprach Beckys Satz zu Ende, atmete dann langsam und tief aus. »Er vergewaltigt mich.« Sie sagte es noch einmal. Es war Teil der Therapie, es zu sagen – und es zu wiederholen. In den ersten fünf Jahren nach der Vergewaltigung war sie nicht einmal fähig gewesen, es auszusprechen. Jetzt konnte sie es zweimal hintereinander sagen, gelegentlich dreimal.

»Also hast du in derselben Nacht deine Jungfräulichkeit an Todd verloren und bist von deinem Stiefvater vergewaltigt worden. Du bist total durcheinander, und jene Person, die dir von allen auf der Welt am nächsten steht, jene, an die du dich stets gewandt hast, wenn du irgendein Problem hattest, darf das Ganze nicht einmal erfahren. Diesmal wirst du dir nicht von ihr helfen lassen.«

»Kannst du dir vorstellen, was geschehen wäre, wenn ich mich meiner Mutter anvertraut hätte oder zur Polizei gegangen wäre und Anzeige erstattet hätte? Kannst du dir vorstellen, was geschehen wäre, wenn meine Mutter das erfahren hätte? Erfahren, daß ihr Mann ihre Tochter vergewaltigt hatte? Und ihre gesamte Gemeinde von der Herz-Jesu-Kirche würde es erfahren haben. Sie ist gläubige Katholikin. Es hätte sie den Verstand gekostet. Ich konnte es ihr nicht erzählen.«

Becky ließ Jesse ausreden, fuhr dann fort: »Einen Monat später merkst du, daß du schwanger bist, und du weißt nicht, wer der Vater ist.« Becky schloß die Augen und schüttelte den Kopf. »Ich weiß nicht, wie du's geschafft hast, nicht durchzudrehen. Du warst schon damals eine sehr starke Frau.«

Jesse spürte, wie ihr die Tränen kamen, und hustete ein paarmal, weil das half, sie zurückzuhalten. »Ich hab' mich nicht stark gefühlt.«

Becky sah die Tränen. »Du reagierst noch immer derart heftig auf all das. *Deswegen* halte ich es für keine gute Idee, daß du Todd triffst oder irgend jemanden sonst, den du mit der Vergewaltigung verbindest. Ich glaube, du hast noch immer Gespenster in dir, die du und ich nicht gefunden haben. Wenn du und Todd eine engere Beziehung eingehen würdet, könnten diese Gespenster hervorkommen. Ich bin mir nicht sicher, ob das gute Folgen hätte.«

»Aber die Tests haben gezeigt, daß das Baby nicht von Todd war«, verteidigte ihn Jesse. »Daß es Joes Kind war. Und Todd hat sich nach wie vor um mich gekümmert. Er hat mich ins Krankenhaus gebracht und die Abtreibung bezahlt.« Jesse ließ den Kopf in die Hände fallen, und mit einem Mal tropften ihr die Tränen hinunter auf die Bluse. »Ich hatte vor, zu einer Privatklinik in den Slums zu gehen, um Himmels willen. Todd wollte davon nichts hören. Er bestand darauf, daß ich ins Krankenhaus gehe und den Eingriff sachgemäß durchführen lasse. Wer weiß, was in der Klinik mit mir passiert wäre? Eine Woche nachdem ich dort hinwollte, haben die Behörden den Laden dichtgemacht, weil ihnen eine junge Frau auf dem Operationstisch gestorben ist.«

»Halt ihn auf Distanz, Jesse. Er hat selbst ein gewaltiges Päckchen zu tragen.«

»Er wußte, daß es von Joe war, und er hat sich trotzdem um mich gekümmert. Und er hat niemals irgend jemandem das Geringste davon erzählt. Er war einfach für mich da, wann immer ich ihn gebraucht habe.« Jesse wischte sich die Tränen aus dem Gesicht. »Er war während dieser Zeit so unglaublich nett zu mir. Er hat mich zu dir gebracht.«

Becky musterte sie aufmerksam. Irgendwelche äußeren Einflüsse mußten Jesse unter entsetzlichen Streß setzen. Sie war mit einem Mal wieder verwundbar geworden. »Ist es das?«

»Ist es was?«

»Du hast gerade gesagt, er hat dich über das alles hinweggebracht. Hast du das Gefühl, ihm etwas schuldig zu sein? Ist das das eigentliche Problem?«

Kapitel 21

Einer nach dem anderen kamen sie stumm in den schwach erleuchteten Konferenzraum. Es war ungewöhnlich für sie, sich so bald wieder zu versammeln, aber die Umstände hatten das Treffen erforderlich gemacht.

Senator Webb schwieg einen Augenblick, ließ den anderen Zeit, ihre angestammten Plätze einzunehmen. »Falls wir alle bereit sind, würde ich gerne anfangen.« Seine rauhe Stimme übertönte die Bach-Klänge im Hintergrund und brachte die Versammlung zur Ordnung.

Die Teilnehmer nickten zustimmend, während sie ihre Sessel an den Tisch heranzogen.

»Das erste Thema heute abend wird das Sicherheitsleck sein, das ich beim letzten Treffen erwähnte«, begann Webb. »Wie ich Ihnen damals mitteilte, hatte jemand eine Akte aus Neil Robinsons Haus am Fluß gestohlen, bevor wir sie in die Finger bekommen konnten. Wir glauben, daß die Akte den Wahlkampf zwischen Malcolm Walker und unserem Kollegen Elbridge Coleman betreffendes Belastungsmaterial enthält.« Er nickte in Colemans Richtung. »Heute abend freue ich mich, Ihnen mitteilen zu können, daß wir die Person identifiziert haben, welche die Akte an sich genommen hat.«

»Wer war es?« fragte Finnerty mit bekümmerter Miene, die Arme fest vor der Brust verschränkt.

»Eine Frau, die in Baltimore als Steuerfahnderin arbeitet. Sie unterstand Mr. Robinson vor seinem unzeitigen Ableben.«

»Wie haben Sie sie identifiziert?« erkundigte sich Admiral Cowen.

Theodore »Ted« Cowen war der Operationschef der Navy – der höchste Marineoffizier der Vereinigten Staaten –, und Webb fragte sich plötzlich, wie der Mann es geschafft hatte, vor drei Jahren diesen Posten zu bekommen. Cowen war übergewichtig, dunkelhäutig und, für einen derart hohen Militär, permanent mit unwichtigen Details beschäftigt. Aber Cowen hatte sich in größeren Fragen, wie der A-100, als formbar und in der Lage erwiesen, bei günstigen Gelegenheiten sowohl den Marine- wie den Verteidungsminister zu beeinflussen, also konnte man ihm seine Kleinkrämerei durchgehen lassen.

»Wir haben einen Handschuh gefunden«, erklärte Webb. »Den haben wir zum Laden zurückverfolgt und dann die Liste der Käufer der letzten sechs Monate mit den Namen der Steuerfahnder verglichen. Sie stand auf beiden Listen.«

»Hervorragend.« Cowen lächelte. »Hört sich an, als hätten wir eine eindeutige Identifikation. Keine Gefahr einer Verwechslung.«

»Keine Gefahr«, versicherte ihm Webb. Natürlich gab es immer die Gefahr einer Verwechslung. Alles, was man je tun konnte, war, die gesammelten Indizien zu betrachten und daraus den bestmöglichen Schluß zu ziehen. Aber wenn es Cowen beruhigte zu hören, es gebe keine Verwechslungsgefahr, dann sollte dem eben so sein.

»Gut.« Cowen rieb sich seine gewaltige Wampe. »Ich möchte einfach nicht, daß irgendwelche Unschuldigen mit hineingezogen werden.«

Cowen war so verdammt selbstgerecht. Für ihn ging es in

Ordnung, jemanden umzubringen, solange man sich sicher war, daß der Betreffende das Verbrechen begangen hatte. Ein derart fürchterliches Verbrechen, wie sich einen simplen Aktenordner unter den Nagel zu reißen. Aber Kommando sofort zurück, wenn er ein unschuldiger Zuschauer sein könnte. Was für ein totaler Schwachsinn, dachte Webb. Lag vermutlich an der militärischen Ausbildung. Vollkommen akzeptabel, *alles* auszulöschen, was einem Einsatz in die Quere kam. Andernfalls inakzeptabel, Gewalt anzuwenden.

»Ich möchte nicht, daß das länger als nötig ein ungelöstes Problem darstellt«, sagte Art Mohler. »Wann werden wir es angehen?«

»Heute nacht«, antwortete Webb und beobachtete, wie Cowen nach einem der Speckwülste seines Bauches griff.

»Gut.« Mohler war erleichtert.

»Zweiter Punkt der Tagesordnung«, verkündete Webb laut. Er wollte keine Zeit verschwenden. Er war erschöpft von einem langen Tag im Senat. »Die Angelegenheit Malcolm Walker... und nicht im Kontext der Wahl«, fügte er hinzu.

Die anderen schauten auf, weil sie einen unheilverkündenden Unterton in Webbs Stimme hörten.

»Ich habe erfahren, daß Walker einen Informanten in Area 51 hatte«, fuhr Webb fort. »Der Informant hat Informationen, die die A-100 betreffen, an Senator Walker weitergegeben.«

»Was? Blödsinn«, knurrte Admiral Cowen durch zusammengebissene Zähne. »Area 51 ist eine sichere Basis. Eine der sichersten in unserem ganzen System. Die Zivilisten, die dort an Projekten arbeiten, werden sorgfältig unter die Lupe genommen und strikt überwacht. Wir hatten da nie ein Problem.«

»Sein Informant war kein Zivilist, Herr Admiral. Es war ein Captain von der Air-Force.« Webb konsultierte einen auf dem Tisch liegenden Zettel. »Er heißt Paul Nichols. Er erhielt im Austausch für die Informationen Geld, und natürlich bedeutete es für ihn einen zusätzlichen Anreiz, ein Projekt der Navy zu Fall zu bringen.«

»Sie machen wohl Witze!« Cowen war mit einem Mal beunruhigt.

»Nein, keineswegs. Anscheinend hat Senator Walker ihn fürstlich bezahlt. Sie kennen ja das Sprichwort: Jeder Mensch hat seinen Preis. Und bei dem, was wir unseren Soldaten bezahlen, sind diejenigen mit einem fragwürdigen Charakter leichte Ziele. Wie auch immer, ich habe die Befugnisse genutzt, die mir das schwarze Budget verleiht, und mich um die Angelegenheit gekümmert. Captain Nichols ist eingekerkert worden. Er stellt kein Problem mehr dar und wird es auch auf absehbare Zeit nicht tun. Ich kann ihn für zumindest sechs Monate ohne Gerichtsverhandlung im Gefängnis festhalten.« Webb lächelte, als er sich vorstellte, wie der Captain aus zehntausend Fuß Höhe mit Commander Pierce an seiner Seite durch die Nacht von Nevada gestürzt war.

»War Nichols in der Lage, irgend etwas Wichtiges an Walker weiterzugeben?« Mohler setzte seine Halbbrille ab und legte sie auf den Tisch. Er machte sich sichtlich Sorgen.

»Scheint so. Ein Freund hat mir berichtet, daß Walker morgen eine Pressekonferenz abhalten wird, um die Existenz der A-100 zu enthüllen.«

»Du lieber Himmel!« Mohler schlug die Hände vor die Stirn.

»Der Zweck der Pressekonferenz wird ein zweifacher sein«, fuhr Webb fort. »Erstens wird Walker versuchen, die Produktion der A-100 zu Fall zu bringen, indem er die Summen aufbauscht, die die Regierung für das Projekt ausgeben wird. Wie wir alle wissen, ist es ein umfangreiches Programm, und er wird geschickt die PR-Probleme ausnutzen, die wir auf dem Verteidigungssektor haben. Sie wissen schon, 600 Dollar teure Hämmer, Toilettensitze für einen Tausender und so weiter. All die lächerlichen Geschichten, die in den letzten Jahren von den Liberalen der Presse zugespielt und von der leichtgläubigen Öffentlichkeit dieses Landes in Bausch und Bogen geschluckt wurden. Walker wird die A-100 mit diesen Geschichten vergleichen und versuchen, die Produktion des Flugzeugs stoppen zu lassen.«

»Woher haben Sie diese Informationen über Walkers Pläne?« Cowen war beeindruckt.

»Ich hab' einen Maulwurf in Walkers Büro.« Webb sprach eilig weiter. Er wollte nicht, daß Cowen sich auf dieses kleine Detail konzentrierte. »Der zweite und potentiell beunruhigendere Grund für die Pressekonferenz besteht darin, daß Walker vorhat, das schwarze Budget und die Programme innerhalb seines Rahmens zu enthüllen, um es auf diese Weise unter stärkere Kontrolle seitens der Öffentlichkeit zu bringen. Anscheinend ist er von seinem Informanten in Area 51 und wahrscheinlich auch über andere Kanäle in Dinge eingeweiht worden, die er nicht erfahren sollte.« Webbs Miene wurde herausfordernd. »Malcolm Walker hat beschlossen, seinen Krieg gegen das Verteidigungsministerium auf ein neues und höchst gefährliches Niveau zu heben.«

»Bastard!« donnerte Admiral Cowen. »Ich brauche die A-100 zumindest ein halbes Jahr lang in der Produktion, bevor irgendwas von der Existenz des Programms durchsikkert. Jetzt könnte es jemand noch leicht einstellen lassen. Aber ich muß diesen Jagdbomber haben.«

»Sachte, Ted.« Finnerty wedelte beschwichtigend mit der Hand. »Nun regen Sie sich mal nicht gleich auf.«

Finnerty war so gelassen und gefaßt wie immer, wenn Widrigkeiten drohten. Und das war beruhigend, dachte Webb bei sich.

Art Mohler nahm seine Brille vom Tisch und setzte sie wieder auf. »Mir erscheint es offensichtlich, was da passiert ist. Walker hat gemerkt, daß er in Schwierigkeiten ist, soweit es den November betrifft. Er hat die Meinungsumfragen gesehen und weiß, daß er immer mehr an Boden verliert«, analysierte er. »Elbridge ist auf der Überholspur, und Walker kann den Zug nicht anhalten. Es ist fast, als hätten wir mit Elbridge *zu* gute Arbeit geleistet. Walker verlegt sich mit dem schwarzen Budget auf eine Strategie der verbrannten Erde, weil er darin seine einzige noch bestehende Chance sieht. Also wendet er sich als allerletzten Verzweiflungsversuch mit den Details über das schwarze Budget direkt an das amerikanische Volk, um ihm zu zeigen, daß er ein echter Streiter gegen das Establishment ist.«

»Aber er kann sich nicht einfach vors nationale Pressekorps hinstellen und über das schwarze Budget quasseln«, wandte Cowen ein. »Ich weiß, es ist kein Geheimnis, daß es ein schwarzes Budget gibt, aber die Leute kennen die Interna nicht. Sie kennen seinen Umfang nicht. Wir können doch nicht zulassen, daß irgendein Blödmann im landesweiten Fernsehen Staatsgeheimnisse ausplaudert, um Himmels willen.« Cowen wandte sich Webb zu. »Herr Senator, können Sie ihm nicht im Rahmen der Bestimmungen zur nationalen Sicherheit, die das schwarze Programm zuläßt, per gerichtlicher Verfügung einen Maulkorb verpassen? Dann könnten wir da Leute hinschicken, die ihn an die Kandare nehmen, sobald er den Mund aufmacht.«

»Würde bestimmt großartig aussehen«, warf Finnerty ein. »Die Gestapo des Verteidigungsministeriums marschiert aufs Podium, legt einen schwarzen Senator in Ketten und führt ihn ab. Land der Freien und Heimat der Tapferen. Walker würde einer abgehen. Die Presse würde sich um die Story reißen. Binnen dreißig Sekunden würden wir alles zerstören, was wir in drei Jahren aufgebaut haben, Ted.«

Cowen sah ein, daß Finnerty recht hatte. »Aber wir müssen *irgendwas* unternehmen. Wir können ihn nicht einfach im landesweiten Fernsehen auftreten und die A-100 und möglicherweise das gesamte schwarze Budget torpedieren lassen.« Cowen schluckte mühsam. »Überlegen Sie mal, wo das hinführen könnte. Ich meine, vergessen Sie mal für eine Minute die Tatsache, daß wir unsere Geldmaschine verlieren würden. Die Medaille hat auch noch eine andere Seite. Ich bin mir sicher, daß es ein paar Leute gibt, die liebend gern wüßten, was in diesem Raum vor sich gegangen ist. Was, wenn jemand anfängt, tatsächlich nachzuhaken?« Er schaute Webb mit flehendem Blick an. Mit einem Mal war er nervös. »Wir können das nicht zulassen, Herr Senator, stimmt's?«

Über Webbs Gesicht kroch ein flüchtiges Lächeln. »Ich hab eine Lösung.«

»Und die wäre?« Finnerty kannte Webb schon seit Jahren und erinnerte sich an dieses Lächeln. Gott segne ihn. Er hatte auf alles eine Antwort.

»Jack, und Sie alle«, sagte Webb und schaute ihnen in die Augen, »das würde ich mit Ihrer freundlichen Erlaubnis gerne für mich behalten.«

Die anderen nickten zögernd. Webb genoß ihr absolutes Vertrauen, aber Malcolm Walker hatte sich unversehens als gefährlicher Gegner erwiesen.

»Gut. Der nächste Punkt auf der Liste ist die Kursbewegung bei den GEA-Aktien. Sie sind heute ein paar Punkte gestiegen.« Webb sorgte dafür, daß das Treffen nicht an Tempo verlor. »Art, was geht da vor?«

Mohler zog langsam seinen Sessel näher an den Tisch heran. Er war noch immer beunruhigt von der Nachricht, daß Walker vorhatte, das schwarze Budget offenzulegen, sein verborgenstes Inneres ans Licht zu zerren, als würde er ein frischgeschlachtetes Schwein ausnehmen. Er wollte Webb bedrängen, damit rauszurücken, was denn seine Lösung sei, entschied sich aber dagegen. »Äh, es ist richtig, daß der Kurs der Stammaktien von General Engineering & Aerospace im Lauf der heutigen Börsenstunden um ein paar Punkte gestiegen ist. Bei Börsenschluß lag er bei siebenundzwanzig, also drei Dollar pro Anteil höher als zu Beginn des Tages und fünfeinhalb mehr als beim tiefsten Stand innerhalb der letzten zweiundfünfzig Wochen. Aber ich glaube nicht, daß man diese Bewegung darauf zurückführen kann, daß über die A-100 etwas durchgesickert ist. Erinnern Sie sich, der Markt insgesamt hat bereits in der letzten Woche schon einen Aufwärtstrend gezeigt. Und all die Rüstungswerte haben durch die Gerüchte, daß man bei den Verhandlungen über den nächsten Bundeshaushalt zu einem Kompromiß bezüglich der Höhe des Verteidigungsetats für das kommende Jahr gelangt ist, zusätzlichen Aufwind bekommen. Zwar ist die Summe kleiner als im letzten Jahr, aber immer noch höher als erwartet.«

»Art, haben Sie den Effekt berechnet, den die A-100 auf die GEA-Aktien haben wird?« Cowen grabschte nach einer weiteren Speckfalte auf seinem Bauch. Es war eine widerliche Angewohnheit, aber auch eine so alte, daß er es gar nicht mehr merkte. »Ich weiß, daß Sie das vor einer Weile schon mal analysiert haben, aber ich hatte mich gefragt, ob sie sich die Situation in letzter Zeit noch mal angeschaut haben.«

Im Raum wurde es still. Mit einem Mal war das einzige Geräusch die Symphonie im Hintergrund. Das war die entscheidende Frage. Sie alle hatten von dieser Interessengemeinschaft schon profitiert, aber die GEA-Transaktion sollte die eigentliche Goldader werden.

»Ich nenne zu diesem Zeitpunkt wirklich ungern eine präzise Zahl, weil Sie alle mich später darauf festnageln werden«, beschwerte sich Mohler.

»Aber Sie werden uns die Zahl geben.«

Mohler schaute auf zu Webb, erkannte den Ton. Er würde nicht länger ausweichen können. »Meine Berechnungen deuten darauf hin, daß der Kurs binnen eines Jahres bei nahezu hundert Dollar pro Anteil liegen wird.«

»Berücksichtigt das schon irgendwelche zusätzlichen Aufträge, die die GEA aufgrund der Tatsache, daß sie ein derart hochkarätiges Projekt wie die A-100 erfolgreich entwickelt und zur Produktionsreife gebracht haben, vom Verteidigungsministerium bekommen wird?« fragte Finnerty.

Mohler schüttelte den Kopf. »Nein.«

»Jetzt mal langsam«, sagte Cowen bedächtig und lehnte sich über den Tisch. »Ich weiß, daß wir da schon mal waren, aber ich möchte sicher sein, daß ich das richtig kapiert habe.«

Finnerty unterdrückte ein Grinsen. Admiral Cowen war noch neu in diesem Spiel. Sie hatten ihn vor drei Jahren eigens der A-100 und der Größe und Bedeutung dieses Projekts wegen in ihren Kreis eingebracht. Webb konnte das Geld aus dem schwarzen Budget sichern, aber sie hatten jemanden gebraucht, der im Pentagon selbst saß, um den Kontrakt rasch und in aller Stille innerhalb des Verteidigungsministeriums zu genehmigen. Man mußte Cowen zugute halten, daß er auf Anhieb das enorme Potential erkannt hatte, das in der Partnerschaft zwischen einer Investment-Firma und einem Insider in Sachen schwarzes Budget steckte. Nach ein paar Börsentips von Webb und Mohler war Cowen zum ergebenen Jünger geworden. Dann hatten sie ihn zum

Mitglied gemacht. Jetzt war er genauso geldgierig wie der Rest von ihnen.

»Sagamore hat eine Milliarde Dollar in GEA-Stammaktien investiert, richtig, Art?« fragte Cowen.

»Ja«, antwortete Mohler. »Und wir haben fünfundzwanzig Dollar pro Anteil bezahlt.«

»Wenn der Kurs also auf nahezu hundert steigt, wie Sie voraussagen ...«

»Wie ich vermute«, korrigierte Mohler.

»Sorry, wie Sie vermuten.«

»Ja.«

»Dann heißt das ...«

»Dann heißt das«, unterbrach Mohler den Admiral erneut, »daß die Ein-Milliarden-Investition Sagamore nahezu drei Milliarden Dollar einbringen würde.«

»Wieviel davon gehört uns?« erkundigte sich Webb.

Mohler zögerte einen Moment. Das würde ihre Erwartungen in stratosphärische Höhen schießen lassen – etwas, das er vermeiden wollte – aber er hatte nicht die Nerven, eine Frage von Webb zu ignorieren oder auch nur darum herumzureden. Aus irgendeinem Grund erschreckte der Mann ihn. Vielleicht war es seine Beziehung zu Gordon Roth oder seine Macht, einen Air-Force-Captain einzusperren und für sechs Monate den Schlüssel wegzuwerfen. »Erschrecken« war nicht ganz das richtige Wort; Webb ließ ihn vor Angst erstarren. »Sagamore verdient an jeglichen Profiten eine zweiprozentige Provision«, sagte er. »Bei drei Milliarden Dollar wären das sechzig Millionen. Die eine Hälfte davon bleibt bei Sagamore, die andere geht an diese Gruppe.«

Cowen begann zu lachen. Er würde Millionär sein und von allen anderen Truppengattungen um den fortschrittlichsten Tarnkappenbomber der Welt beneidet werden – solange Malcolm Walker unschädlich gemacht werden konnte. »Da leck mich doch einer am Arsch«, sagte er zu niemand Bestimmtem.

Mohlers Haltung versteifte sich bei dieser Obszönität. Er haßte Cowens ungehobelte Art. Aber beim A-100-Projekt hatte Cowen sich glänzend bewährt. Webb hatte ihnen, gegen einigen Widerstand, versichert, daß Cowen und die Navy die beste Wahl für das Projekt seien, das ihnen Millionen einbringen würde, und er hatte wie immer recht behalten.

»Es ist ein Heidenprofit. Aber wir alle haben hart dafür gearbeitet, und wir verdienen ihn.« Webb deutete auf Mohler. »Sie sind sich sicher, daß sie dieses Geld bei Sagamore abziehen können, ohne allzuviel Stirnrunzeln hervorzurufen?«

»Ja.«

Finnerty wechselte das Thema. »Was macht Mitchell, Art?«

»Alles bestens. Gestern hat er von einem der örtlichen Guthaben von Doub Steel die zwei Millionen Dollar auf das Konto auf den Grand Caymans überwiesen, das Sie ihm angegeben hatten.« Mohler lächelte. »Er ist sehr berechenbar.«

»Wittert er etwas?«

»Sie wittern immer was.«

»Der nächste Punkt«, unterbrach Webb energisch, »ist die Wahl.« Er deutete hinunter zu Coleman. »Bringen Sie uns auf den neuesten Stand, Elbridge.«

Coleman räusperte sich. Er hatte seit Beginn des Treffens kein Wort gesagt. »Da gibt's nicht viel Neues zu berichten. Wir liegen weiterhin gut im Rennen, speziell im westlichen Teil des Staates und an der Ostküste. Senator Walker hat die Innenstadt von Baltimore fest im Griff. Dagegen können wir wirklich nicht das Geringste machen. Die Schlacht wird in den Vororten von Baltimore und Washington gewonnen oder verloren werden.«

»Gewonnen oder verloren?« Mohler war mit einem Mal verärgert. »Wollen Sie damit andeuten, daß der Ausgang der Wahl noch immer fraglich ist? Ich dachte, der Trend wäre positiv. Das letzte, was ich gehört habe, war, daß wir in den vergangenen sechs Wochen neun Punkte zugelegt hatten.«

»Der Trend *ist* positiv«, gab Coleman zurück. »Ich bin sehr zuversichtlich. Ich möchte nur Malcolm Walker nicht unterschätzen. Er ist ein zäher Bursche, wie wir ja heute abend besprochen haben.«

Admiral Cowen klopfte Aufmerksamkeit heischend auf den Tisch. »Ich weiß nicht, wie's dem Rest von Ihnen geht, aber mir gefällt, was wir hier am Laufen haben. Ich hab' heute abend gehört, daß wir erwarten können, mit GEA einen unglaublichen Reibach zu machen, und das ist großartig, aber wir müssen diese Sache zusammenhalten. Nicht bloß wegen des potentiellen Profits, sondern auch aus patriotischen Gründen. Ich möchte mich nicht allzu sehr wie ein fanatischer Kommißkopf anhören, aber wir müssen die Integrität des schwarzen Budgets erhalten. Wir können den Liberalen nicht erlauben, es offenzulegen. Das würde es unmöglich machen, im geheimen Waffen zu entwickeln. Das würde die Sicherheit der Nation gefährden.« Er wandte sich zu Webb. »Herr Senator, es hört sich ganz so an, als würde Malcolm Walker morgen eine Bombe abwerfen. Ich hoffe, Sie haben wirksame Gegenmaßnahmen geplant, weil wir die nämlich brauchen werden.«

Alle Blicke richteten sich auf Webb.

Webbs Miene war stählern. »Keine Sorge. Nach dem morgigen Tag wird Malcolm Walker möglicherweise in seinem ganzen Leben keine Pressekonferenz mehr abhalten. Und er wird sich garantiert wünschen, auch diese eine niemals einberufen zu haben.«

Kapitel 22

Heißes Wasser strömte über Jesses Körper, massierte und enstpannte sanft ihre müden Muskeln. Eine schöne heiße Dusche tat am Ende eines langen Tages ja so gut. Sie würde sie direkt in den Schlaf wiegen.

Langsam stieg Dampf vom Boden der Dusche auf, hüllte sie ein, und sie schloß die Augen, konzentrierte sich auf die winzigen Tröpfchen, die auf ihre Haut einprasselten. Es hatte etwas Hypnotisches an sich, und ihre Gedanken wanderten zurück ins Restaurant früher an diesem Abend – und zu Todd. Er war über ihre Zurückweisung am Boden zerstört gewesen. Sie hatte es augenblicklich in seinem Gesicht gesehen, und seine Reaktion war ihr ans Herz gegangen. Doch auch Becky war der festen Ansicht, daß Jesse die richtige Antwort gegeben hatte. Daß sie noch immer nicht soweit war, wieder eine Beziehung mit ihm einzugehen.

Jesse drehte die Dusche ab, wrang das Wasser aus ihren langen Haaren und wand sie auf einer Seite ihres Hinterkopfs zu einem Pferdeschwanz zusammen. Beim Verlassen der Dusche nahm sie ein großes, flauschiges Handtuch von einem Haken an der Wand und trocknete sich gründlich ab. Als sie fertig war, warf sie das Handtuch ins Waschbecken und ging rasch ins einzige Schlafzimmer des kleinen Apartments.

Das Abendkleid hing auf einem bestickten Bügel an der Tür des Kleiderschranks, und Jesse blieb einen Moment stehen, um es erneut zu bewundern. Das Kleid war an diesem Tag im Büro der Hausverwaltung abgegeben worden; es war ein Geschenk von Elizabeth Gilmann. In dem wunderschön verpackten Karton hatte noch ein Umschlag mit der Einladung zu einer Abendgesellschaft gelegen, die Elisabeth als Gastgeberin für den Gouverneur ausrichtete. Jesse trat langsam auf das Kleid zu und berührte den Stoff. Seide. Es mußte ein Vermögen gekostet haben. Natürlich wäre es nicht zulässig, das Kleid zu behalten. Regierungsangestellte mußten sich an strikte Bestimmungen halten, was Geschenke anging. Sie schaute es an. Na ja, vielleicht würde sie es auf der Gesellschaft des Gouverneurs tragen und es *dann* zurückschicken.

Jesse machte einen Schritt nach hinten und erhaschte dabei einen flüchtigen Blick auf ihr Bild in dem mannshohen Spiegel, der in der anderen Ecke stand. Sie stemmte die Hände in die Hüften und drehte sich rasch hin und her, musterte ihren Körper. Schmale Schultern, schlanke Taille, lange wohlgeformte Beine und ein Gesäß, das ein Paar Jeans perfekt ausfüllte, selbst wenn sie es war, die das sagte. Jesse wandte sich dem Spiegel frontal zu. Sie hätte nichts gegen größere Brüste gehabt, aber ging das nicht fast jeder Frau so?

Der Perserkater rieb sich an ihren Knöcheln. Als Jesse sich niederbeugte, um ihn unter dem Kinn zu kraulen, klingelte es an der Tür. Instinktiv bedeckte sie ihren Körper mit den Händen und Armen. Wer konnte das um diese Zeit sein? Erneut schrillte die Klingel. Sie eilte zum Bett, griff nach ihrem knöchellangen Frotteebademantel und schlüpfte hinein, während sie rasch auf die Wohnungstür zuging.

Mitten im dunklen Wohnzimmer blieb sie stehen. Es war fünf Minuten nach Mitternacht. Warum kam jemand um diese Zeit zu ihr? Sie machte einen weiteren Schritt auf die Tür zu und hielt erneut inne. *Sei vorsichtig*. Neil Robinsons Worte. Hatte der Mann, der bei Neils Haus hinter ihr hergewesen war, sie doch noch gefunden? Aber warum würde er sich die Mühe machen, zu klingeln? Das konnte ihr Zeit geben, über die Feuerleiter zu flüchten. Vielleicht wollte er ja genau das. Jemand anderes konnte am Fuß der Feuerleiter auf sie warten. Auf der Rückseite des Hauses war es dunkler. Ein besserer Ort, um zu Ende zu bringen, was er neulich begonnen hatte.

Jesse schlich langsam über den dicken Teppichboden zur Tür und preßte ein Auge an den Spion, doch sie konnte nichts sehen. Es war zu dunkel. Wenn sie die Flurbeleuchtung einschaltete, würde ihr Besucher wissen, daß sie an der Tür war. Der Mann war bereit gewesen, eine Windschutzscheibe zu zerschießen. Es würde ihm möglicherweise nicht das geringste ausmachen, durch eine Tür zu feuern. Ein paar Sekunden lang stand sie wie gelähmt in der Diele, unsicher, was sie als nächstes tun sollte.

Schließlich schüttelte sie den Kopf. Es gab einfach keinen Grund, an diesem Punkt Risiken einzugehen. Im Lauf der letzten paar Tage hatte sie sich eingeredet, daß der Mann nicht mehr nach ihr suchte. Aber das war albern, schlichtweg dumm, wurde ihr klar. Niemand schoß in der Absicht, ihn zu töten, auf einen anderen Menschen und gab dann die Verfolgung derart rasch auf. Es wäre irrational, das zu glauben. Es war an der Zeit, die Polizei zu rufen.

»Jesse.« Die Stimme rief leise ihren Namen. »Jesse!« Lauter diesmal.

»David?«

»Ja! Hey, kann ich reinkommen?«

Augenblicklich knipste sie die Außenbeleuchtung an, zog die Sicherheitskette zurück, drehte den Verriegelungsknopf des Schlosses und zog die Tür auf. Da stand er vor ihr, noch immer mit Anzug und Krawatte. »Was machen Sie denn hier?« fragte sie.

»Na, das ist ja 'ne echt tolle Begrüßung.«

»Rein mit Ihnen.« Sie streckte die Hand aus und packte ihn am Unterarm. Während sie ihn in die Wohnung bugsierte, stieß sie ein erleichtertes Lachen aus.

Hinter seinem Rücken zog David den Pullover hervor, den Jesse am Samstag abend auf dem Segelboot getragen hatte. »Den haben Sie bei mir im Auto liegenlassen.«

»Und Sie haben beschlossen, ihn mir jetzt vorbeizubringen?«

»Na ja, ich hab' Überstunden gemacht, und Ihre Wohnung liegt an meinem Nachhauseweg.«

»Nein, tut sie nicht.«

»Wenn ich die landschaftlich schönere Strecke nehme schon.«

Sie lächelte. Manchmal war er ganz schön charmant, das mußte sie zugeben. »Ich hätte nie zulassen dürfen, daß Sie mich zum Segeln abholen«, scherzte sie. »Ich hätte Sie nie sehen lassen dürfen, wo ich wohne. Lieber Himmel, wahrscheinlich sind Sie ein Spanner.«

»Nein, deutscher Geheimagent, erinnern Sie sich?«

»Ach, richtig.« Sie zog den Bademantel enger um sich. »Also, warum sind Sie wirklich vorbeigekommen?«

»Elizabeth wird Sie bitten, noch ein paar weitere Leute bei Sagamore zu treffen. Wenn diese Interviews gut verlaufen, wird Sie Ihnen auf der Stelle ein Angebot machen. Sie würden dann in die Firma eintreten, sobald Sie Ihr Studium abgeschlossen haben. Das ist alles total inoffiziell, aber so sieht's aus.«

Jesse schlug die Hände vor den Mund. »Sie machen Witze.«

»Nein, tu ich nicht. Ich hab es heute am späten Nachmittag erfahren. Aber sie wird Sie bitten, diese Leute sehr bald zu treffen. Ein paar von ihnen werden eine Zeitlang verreist sein, und ich schätze, sie möchte Sie schon jetzt für Sagamore verpflichten.« Warum, konnte David nicht verstehen. Jesse war intelligent, aber es würde massenhaft andere Kandidaten geben, zwischen denen man wählen konnte. »Jedenfalls dachte ich, Sie hätten vielleicht gerne ein paar Hintergrundinformationen über diese Leute. Einige von ihnen sind ein bißchen verschroben, und es wird hilfreich sein, ein wenig über sie zu wissen, bevor Sie sie treffen. Es ist mir klar, daß es schon spät ist, aber es klang, als würde Elizabeth Sie ziemlich bald einladen. Vielleicht sogar schon morgen. Ich wäre ja gerne morgen früh gekommen, aber da hab ich schon ein Arbeitsfrühstück, und das könnte sich ziemlich lange hinziehen.«

»Es ist sehr nett von Ihnen, daß Sie das für mich tun.« Ohne zu überlegen, küßte sie ihn auf die Wange.

»Ich dachte einfach, es könnte helfen.«

»Ganz bestimmt.« Sie hob einen Finger. »Geben Sie mir bloß eine Minute Zeit, geht das? Ich zieh mir schnell was an.«

»Müssen Sie das?«

»Bin gleich zurück«, sagte sie lachend, während sie durch die Diele in Richtung Schlafzimmer ging. »Machen Sie sich's gemütlich. Im Kühlschrank ist Bier.«

David beobachtete, wie sie im Schlafzimmer verschwand, ging dann in die Küche und öffnete den Kühlschrank. Er musterte seinen Inhalt, nahm eine Flasche Michelob heraus und stellte sie auf der Küchentheke ab. Als er das Bier gerade öffnen wollte, bemerkte er einen dunkelbraunen Aktenordner, der unmittelbar neben dem Herd auf der Arbeitsfläche lag. In der oberen linken Ecke des Aktenordners klebte ein weißes Etikett, auf dem schlicht »Elbridge Coleman« stand. David hebelte den Kronkorken der Flasche ab, trank einen großen Schluck, lehnte sich zurück gegen die Spüle und starrte den Aktenordner an.

Jesse zog den Bademantel aus, warf ihn aufs Bett und schlüpfte dann rasch in ein Paar Jeans und ein Sweatshirt. Ein paar weitere Vorstellungsgespräche. Wenn sie gut liefen, würde man ihr einen Job bei Sagamore anbieten. Bei der Sagamore Investment Management Group, einer der prominentesten Firmen im Anlageverwaltungsgeschäft. Sara würde es nicht glauben können. Jesse konnte es selbst kaum glauben.

Sie setzte sich an die Frisiergarderobe, griff nach ihrem Fön und schaltete ihn ein. Sofort übertönte das laute Surren des Geräts alles andere. Und dann setzte ihr Herz einen Schlag lang aus. Der Ordner. Er lag auf der Küchentheke.

Sie warf den Fön auf den Boden und eilte durch die Diele. Als sie um die Ecke bog, kam David gerade aus der Küche, in der Hand ein Bier. »Hallo.«

»Selbst hallo«, sagte er und trank wieder einen Schluck direkt aus der Flasche. »Sind Sie okay? Sie sehen ein bißchen durcheinander aus.«

»Mir geht's gut.« Plötzlich merkte sie, daß sie seit einer halben Ewigkeit nicht mehr ausgeatmet hatte. Sie ließ die Luft ganz langsam durch den Mund entweichen, bemüht, sich ihre Beunruhigung nicht anmerken zu lassen.

Er musterte sie von Kopf bis Fuß, während er die Flasche auf einem Tisch abstellte und sich in einem Sessel niederließ. »Sie sehen toll aus.«

»Danke.« Ihr Puls raste.

»Sind Sie sicher, daß Sie okay sind?« David trank einen weiteren Schluck Bier.

»Mir geht's gut, wirklich. Lassen Sie mich auch was zu trinken holen. Bin sofort zurück.« Sie ging durch die Pendeltür der Küche, dann zu der Arbeitsfläche neben dem Herd. Der Aktenordner aus Neils Haus war noch da und schien nicht angerührt worden zu sein. Aber sie konnte unmöglich wissen, ob David den Inhalt durchgeblättert hatte. Falls ja, würde er darauf geachtet haben, den Ordner genau so zurückzulegen, wie er ihn gefunden hatte.

»Was machen Sie denn da drin?« rief David.

»Ich hol' mir bloß ein Bier. Bin in einer Minute zurück.«

»Okay.«

Jesse versteckte den Ordner in einem Schrank direkt neben einer Schachtel Cornflakes, holte sich dann ein Bier aus dem Kühlschrank und ging zurück ins Wohnzimmer.

David lächelte sie an, als sie sich gegenüber auf die Couch setzte. »Ich muß Ihnen ein Geständnis machen.«

»Was?« Angst durchfuhr sie. Würde es dabei um die Akte gehen? Was würde sie sagen?

»Elizabeth wird Sie wirklich zu Vorstellungsgesprächen mit ein paar weiteren Leuten einladen«, sagte er. »Ich hab' das nicht bloß erfunden. Aber, na ja, ich bin auch noch aus einem anderen Grund vorbeigekommen.«

»Und der wäre?«

David zögerte. »Ich hatte gehofft, wir könnten bald mal wieder miteinander zu Abend essen.«

Jesse stellte ihr Bier auf dem Couchtisch ab, zog dann die Knie an die Brust, ohne ihm zu antworten.

David spürte ihr Unbehagen. »Sorgen Sie sich, daß Elizabeth was dagegen haben könnte, wenn wir miteianander ausgehen? Daß Sie Ihnen deswegen vielleicht doch keinen Job anbietet?«

Er hatte ihre Gedanken gelesen. »Die Idee war mir durchaus gekommen.«

»Was, wenn die Situation anders aussähe? Was, wenn Sie sich nicht um einen Job bei uns bewerben würden? Würden Sie dann mit mir ausgehen?«

Jesse nickte. »Ja.«

»Was, wenn ich Ihnen sagte, daß Elizabeth nicht das geringste dagegegen hätte, wenn wir miteinander ausgehen würden? Daß sie genaugenommen zu mir gesagt hat, daß wir beide ein hübsches Paar abgeben würden? Würden Sie dann anders darüber denken?« David griff nach einer Visitenkarte, die neben dem Telefon lag, und klopfte damit auf den Tisch.

Jesse dachte einen Augenblick über diese Frage nach. »Ich glaube, dann wäre es okay.« Ihr Blick richtete sich auf die Visitenkarte, die David sich nun genauer anschaute. »Verstehen Sie mich nicht falsch, aber das würde ich gerne von ihr selbst hören.«

David gab keine Antwort. Er starrte noch immer die Karte an.

»Haben Sie mich gehört?«

Die Visitenkarte zeigte, daß die Frau einen Doktortitel in Psychologie besaß. »Wer ist Rebecca Saunders?«

»Eine Freundin«, sagte Jesse leise. Sie hätte ihm die Karte am liebsten aus der Hand gerissen, aber sie wußte, daß das nicht in Frage kam. David war zu schlau. Er würde ihre Angst sofort erkennen.

»Eine Freundin?« Die Karte war voller hingekritzelter Zahlen – offensichtlich Besuchstermine.

»Ja.«

»Hey, Jess!« Die lauten Faustschläge gegen die Eingangstür ließen sie beide zusammenfahren. »Jess, mach auf!«

»Mein Gott.« Jesse sprang von der Couch auf. »Wo sind wir denn hier heute nacht, in der Grand Central Station?«

Das Gewummer ging weiter. »Jess, komm schon! Mach die Tür auf!«

Sie erkannte Todds Stimme. »Was will der denn hier?« Sie eilte zur Tür und öffnete sie.

»Hey, schöne Frau.« Todd war sichtlich aufgeregt.

»Hi.« Ihre Stimme war kühl. Das würde eine furchtbar peinliche Situation werden.

»Nun freu dich mal nicht so unbändig, mich zu sehen, Jess. Ich weiß, es ist schon spät, aber ich glaub', du wirst wirklich …« Über Jesses Schulter hinweg sah er David zur Tür kommen. »Oh, Jesus.« Die Begeisterung wich aus seiner Stimme. »Tut mir leid.«

Jesse schlug eine Hand vors Gesicht und schüttelte den Kopf. »Schon in Ordnung.«

»Ich verabschiede mich dann besser.« David trat auf Jesse zu und küßte sie auf die Wange. »Wenn Elizabeth sich bei Ihnen meldet, dann rufen Sie mich auf der Stelle an. Sagen Sie meiner Sekretärin, sie soll mich aus meiner Konferenz holen, wenn Sie müssen. Ich erzähle ihnen dann alles Notwendige über die Leute, die Sie treffen werden.« Er und Todd wechselten das gleiche knappe Nicken wie damals vor dem IRS-Gebäude, dann trat Todd zur Seite, und David ging zur Tür hinaus.

»Danke, David«, rief sie ihm nach.

Er winkte, ohne sich noch einmal umzuschauen, während er die Treppe des Apartmenthauses hinabstieg.

Jesse drehte sich um und ging zurück in die Wohnung. Plötzlich war sie erschöpft.

»Tut mir wirklich leid, Jess.«

»Schon okay.«

»Sieht aus, als wäre ich gerade noch rechtzeitig gekommen«, murmelte Todd in sich hinein.

»Was?«

»Nichts. Hey, ich werd dich nicht lange aufhalten. Ich hab bloß was ziemlich Interessantes über Elbridge Coleman herausgefunden, und ich wollte es dir sofort erzählen.« Er zog einen Notizblock aus der Gesäßtasche.

»Hättest du mich nicht anrufen können?« Mit einem Mal war sie beunruhigt. Er preschte viel zu forsch vor. Becky hatte recht.

»Ich dachte, du hättest gesagt, daß dir nicht wohl dabei ist, am Telefon zu reden.«

Sie schaute auf. Das stimmte. »Das hab' ich«, sagte sie in entschuldigendem Ton. Sofort fühlte sie sich schuldig dafür, Zweifel an ihm gehegt zu haben. Gedacht zu haben, daß Becky recht hatte, was ihn betraf. »Was hast du rausgefunden?«

Er schloß die Tür und machte ein paar Schritte in die Wohnung. »Ich hab' einen Freund, der Börsenmakler ist und die Freundlichkeit besessen hat, im Lauf der letzten beiden Jahre ein ordentliches Stück von meinem Geld für mich zu verlieren. Das lastet ihm sozusagen auf der Seele, also hab' ich ihn um eine Gefälligkeit gebeten.« Ungespielte Aufregung klang aus seiner Stimme. »Er war geradezu glücklich, mir einen Gefallen zu tun.«

»Und?«

»In der Akte, die du in Robinsons Haus gefunden hast, stand was davon, daß der ursprüngliche Börsengang von Coleman Technology untersucht werden sollte. Das war einer der Gründe, warum Robinson sich die Umsatzsteuererklärungen hatte kommen lassen. Robinson erwähnt in seinen Notizen, daß der Preis der Aktien sehr hoch schien. Ich hab' meinen Maklerfreund gebeten, das nachzuprüfen. Er arbeitet für Legg Mason hier in Baltimore. Legg Mason gehörte nicht zu dem Syndikat, das die Aktien verkaufte, aber er hat Freunde in anderen Firmen, die daran beteiligt waren.«

Jesse nickte. »Weiter.«

Todd blätterte einige Seiten des Notizblocks um und studierte sie einen Moment, bevor er weiterredete: »Es hat sich herausgestellt, daß an der Emission nur eine Handvoll kleiner Brokerfirmen beteiligt war – keine einzige von den großen Firmen wie Morgan oder Merrill Lynch, bloß ein paar kleine, nicht ganz saubere Klitschen in Städten wie Seattle und San Antonio.

Mein Freund hat mir bestätigt, daß der Preis für ein Unternehmen, das in die Rüstungsindustrie involviert ist, tatsächlich sehr hoch war, speziell angesichts der Liste von Investmentbanken, die die Aktien verkauft haben. Die beteiligten Firmen hatten als Investoren nicht die Erfahrung, die Morgan oder Merill gehabt hätten, also hätten sie eigentlich nicht in der Lage sein dürfen, einen derart hohen Preis durchzusetzen.«

»Das ist interessant.« Jesse nickte. »Aber ich glaube nicht, daß es ausreicht, Elbridge Coleman irgend etwas anderes nachzuweisen, als daß er ein gutes Geschäft gemacht hat.«

»Es wird noch besser. Mein Freund hatte ein Gespräch mit einem Broker bei einer der Firmen, die die Coleman-Emission abgewickelt haben, einer Firma namens« – Todd schaute wieder auf seinen Notizblock – »Zarb & Co. Die sitzt in Phoenix. Anscheinend fanden selbst die Broker bei Zarb das Geschäft seltsam. Die Aktien waren schon verkauft worden, bevor sie sie überhaupt in die Hände bekamen. Letztlich hatten sie nichts anderes zu tun, als Freifahrtscheine für Leute auszustellen, deren Namen ihnen ein hohes Tier bei Zarb gegeben hatte. Normalerweise müssen die Broker Gott und die Welt anrufen, von ihren blauhaarigen Großtanten bis zum Präsidenten der Vereinigten Staaten, um Aktien zu verkaufen. Dieses Geschäft war bereits abgeschlossen, als sie die Aktien bekamen.«

»Mit anderen Worten, systematisch eingefädelt worden«, sagte Jesse.

Todd nickte. »Und die Käufer von Coleman-Aktien waren mittelgroße Industrieunternehmen, nicht die Investmentfonds oder privaten Anleger, die bei Erstemissionen typischerweise die Käuferseite des Marktes dominieren.«

»Kann dein Freund Informationen über irgendeine dieser Firmen bekommen, die bei der Erstemission Coleman-Aktien erworben haben?«

»Ich bin dir weit voraus, Jess. Der Typ bei Zarb hat noch ein bißchen nachgegraben. Zumindest drei der kleinen Unternehmen, die Coleman-Anteile gekauft haben, gehörten allesamt derselben Holding-Gesellschaft. Er besorgt jetzt mehr Informationen über die Holding. Du weißt schon, wem die wiederum in Wirklichkeit gehört, und so weiter. Bei all diesen Firmenmänteln kann es eine Weile dauern, bis er tatsächlich durchblickt.«

Das wußte Jesse nur zu gut. Die Leute versuchten fortwährend, den IRS mit allen möglichen verwickelten Besitzverhältnissen auszutricksen. »Bis wir diese Information haben, besagt deine Theorie, daß eine einzige Firmenkörperschaft beim Börsengang des Unternehmens für den Ankauf sämtlicher Coleman-Aktien verantwortlich gewesen ist und daß diese die Sache zu verschleiern versucht hat, indem sie die Aktien auf ihre Beteiligungsgesellschaften verteilt hat.«

Todd nickte. »Genau.«

Das waren exzellente Informationen. Etwas, das sich nachprüfen ließ und ihnen möglicherweise eine konkrete Spur liefert. »Und warum würde jemand das tun?« Sie hatte laut gedacht.

»Es wäre eine praktische Methode, den Wahlkampf eines Kandidaten zu finanzieren, ohne daß offensichtlich wird, wer die Geldgeber sind.«

Das war auch ihre Idee gewesen, aber sie hatte sehen wollen, ob Todd von sich aus zum selben Schluß gelangen würde.

Sie schaute hinunter auf den Tisch neben dem Sessel, in dem David gesessen hatte. Ihre Augen wurden schmal. Beckys Visitenkarte war verschwunden.

David stieg in den Fond der Limousine und nahm neben Elizabeth Gilman Platz, während der Fahrer die Tür schloß. Er war den ganzen Weg zur anderen Seite des Apartment-Komplexes zu Fuß gegangen, weil Elizabeth nicht wollte, daß die Limousine dort parkte, wo Jesse sie eventuell sehen konnte.

»Was ist passiert?« fragte sie. »Sie waren da nicht sehr lange drin.«

Er konnte im Dunkeln so eben ihr Profil erkennen. »Ein Freund von ihr ist aus heiterem Himmel aufgetaucht. Es hat nicht sein sollen.«

»Was für ein Freund?«

»Ein Typ namens Todd Colton. Sie behauptet, er sei bloß ein guter Bekannter, aber ich weiß nicht recht.«

»Todd Colton«, flüsterte sie. »Todd Colton.« Sie wiederholte den Namen noch einmal, prägte ihn sich ein.

David schloß die Augen und entspannte sich. Er merkte allmählich, daß an Elizabeth Gilman weit mehr dran war als das kultivierte Äußere der großen Dame, die sie verkörperte.

»Haben Sie irgendwas gefunden, während Sie in dem Apartment waren?« fragte sie.

David zögerte. Die Akte auf der Küchentheke hatte den Kandidaten Elbridge Coleman bezichtigt, sich mit einer Gruppe von Geldgebern aus der Industrie verschworen zu haben, um seine Wahl zu manipulieren, mit einem konservativen Klüngel zusammenzuarbeiten, dem es darum ging, die Rüstungsindustrie zu kontrollieren und Leute wie Malcolm Walker mundtot zu machen. Davids Pate in Washington würde ein geeigneter Kandidat für diese Gruppe sein. Genau wie Jack Finnerty, dachte er bei sich. Und die potentielle Verbindung zu GEA, Sagamore und ihm selbst war ihm wie ein Blitz durch den Kopf geschossen, als er in der Küche gestanden und sich die Papiere angeschaut hatte.

Dann hatte David gehört, wie Jesses Fön ausgeschaltet wurde, und sofort kapiert, daß er die Akte zurücklegen mußte. Ihr verstörter Blick, als sie aus dem Schlafzimmer gerannt kam, hatte ihm gesagt, daß sie befürchtete, er habe sie gesehen. »Nein, Elizabeth, ich hab' nichts gefunden.« Informationen wie die Akte behielt man am besten für sich, bis sie sich bei irgendeiner Verhandlung als Trumpfkarte einsetzen ließen. »Jedenfalls nichts Ungewöhnliches.«

»Na gut, aber ich möchte, daß Sie ihre Wohnung noch einmal gründlich durchsuchen. Und ich möchte, daß Sie ihr näherkommen. Ich möchte, daß Sie beide in ständigem Kontakt sind.« Elizabeth mußte jetzt jederzeit wissen, wo Jesse gerade war.

»Versteh ich nicht, Elizabeth.« Davids Stimme war ausdruckslos. »Warum ist das so wichtig?«

Sie konnte ihm nicht die Wahrheit sagen. »Ich denke daran, ihr schon jetzt eine Stelle anzubieten, ihren Abschluß an der Wirtschaftakademie natürlich vorausgesetzt. Ich möchte, daß die Investmentbanken bei ihr gar nicht erst eine Chance haben, also werde ich ihnen zuvorkommen.«

»Ich verstehe nicht, warum Sie derart hinter Jesse her sind. Es wird eine Menge Kandidaten geben, zwischen denen wir auswählen können. Kandidaten, die von hochkarätigen Eliteuniversitäten kommen und weit mehr Erfahrung besitzen als Jesse Hayes.«

»Ich kann ungeschliffenes Talent auf Anhieb erkennen.« Sie drehte sich ihm zu. »Das ist der Grund, warum ich Sagamore leite«, sagte sie in eisigem Ton, »und Sie ein Portfolio-

Manager sind, der bloß drauf hofft, seinen fünften Jahrestag in der Firma feiern zu können.«

Doch noch während die Peitsche knallte, spürte David ihre Finger auf seinem Handrücken.

»In vier Jahren haben wir nie eine Chance gehabt, einander wirklich kennenzulernen, David.« Ihre Stimme wurde weich, und sie zog seine Hand in ihren Schoß. »Ich glaube, heute nacht sollten wir diese Gelegenheit haben.« Sie sah den seltsamen Ausdruck, der auf sein Gesicht trat. Ihre Worte hatten ihr Ziel rasch erreicht. Ihn abzulenken.

David beugte sich vor und rieb sich die Stirn. Die Verheißung von Millionen und allem, was Geld nur kaufen konnte. Von finanzieller Sicherheit. Von allem, was er je gewollt hatte. Reich zu sein. Aber war es all das wirklich wert?

Hinter einem Kleinbus verborgen, beobachtete Gordon Roth, wie sich der Mann im Flur von der jungen Frau verabschiedete, sich dann umdrehte und die Treppe hinunterging. Die Außenbeleuchtung des Apartments wurde ausgeknipst, und für einen Moment war der Mann in Dunkelheit gehüllt, aber am Fuß der Treppe konnte Roth wieder seinen Umriß erkennen, bevor der Mann hinaus auf den Parkplatz ging und in sein Auto stieg.

Als die roten Rücklichter des Wagens um die Ecke verschwanden, verließ Roth sein Versteck, ging rasch zur Rückseite des Hauses und kletterte die Feuerleiter zum dritten Stock hoch. Dort kauerte er sich neben das Schlafzimmerfenster und beugte sich langsam vor. Durch den Vorhang beobachtete er, wie die Frau sich entkleidete und unter die Bettdecke schlüpfte. Dann ging das Licht aus, und er konnte nichts mehr sehen.

Zwei Stunden lang wartete er. Dann schließlich, als er sich sicher war, daß die Frau schlief, zog er sich die schwarze Skimaske über den Kopf und schob das unverschlossene Fenster hoch – ein Fenster, das er zur Vorbereitung auf diese Nacht am Nachmittag entriegelt hatte. Binnen Sekunden hatte er sich quer durch den Raum gestohlen, hockte mit den Knien auf ihren Ellbogen rittlings auf ihr und preßte ihr eine Hand auf den Mund. Einen Moment lang wehrte sie sich, doch trotz seiner Durchschnittsgröße besaß er enorme Kräfte, und ihre Anstrengungen waren umsonst.

Als sie still lag, beugte Roth sich hinunter, bis sein Mund nur Zentimeter neben ihrem Ohr war. »Ich werde die Hand von Ihrem Mund nehmen, aber wenn Sie schreien, bringe ich Sie um«, flüsterte er. Mit der freien Hand zog er ein langes Jagdmesser mit einer Sägeklinge aus dem Gürtel und preßte es gegen ihre Wange. »Verstanden?«

Sie nickte hektisch, die Augen weit aufgerissen.

Rasch nahm Roth zwei lange Stricke von seinem Gürtel und fesselte ihre Handgelenke an die Bettpfosten, riß dann die Laken weg und tat das gleiche mit ihren Fußknöcheln.

Sie starrte den Tränen nahe zu ihm hoch. »Bitte tun Sie mir nicht weh«, flehte sie.

»Ich brauche Informationen. Wenn Sie kooperieren, passiert Ihnen nichts.« Er drückte die rasierklingenscharfe Messerspitze gegen die zarte Haut ihres Halses.

Instinktiv bewegte sie den Hals so weit weg von ihm wie möglich, aber er folgte ihr und bohrte das Messer hinein, bis ein winziges Blutströpfchen auf die Spitze quoll. »Sie tun mir weh.« Ihre Stimme war laut.

Sofort preßte er ihr wieder eine Hand auf den Mund. »Ich hab' Ihnen gesagt, Sie sollen keinen Ton von sich geben«, zischte er. »Noch einmal, und Sie sind tot.« Er nahm die Hand langsam weg.

»Tut mir leid«, murmelte sie.

Er beugte sich hinunter, bis sein Mund unmittelbar ihr Ohrläppchen berührte. »Wo ist die Akte?«

»Welche Akte?« schluchzte sie.

Er versuchte es noch mehrere Male, doch ergebnislos. Ganz unverkennbar würde sie nicht so ohne weiteres kooperieren. Er zog einen Lappen aus der Jackentasche und stopfte ihn ihr brutal in den Mund. »Ich komme wieder.«

Eine halbe Stunde lang stellte er die Wohnung auf den Kopf, beginnend mit dem Schlafzimmer, fand aber keine Akte. Mit grimmigem Gesicht kehrte er ins Schlafzimmer zurück, kniete sich wieder über sie und entfernte den Knebel. »Wo ist die Akte?« fragte er in bestimmtem Ton.

»Ich weiß nichts von irgendeiner Akte«, beharrte sie. »Ich schwör's Ihnen.«

»Haben Sie sie dem Mann gegeben, der heute abend hier war?«

»Ich hab's Ihnen doch gesagt«, schluchzte sie vollkommen verstört. »Ich weiß nichts von einer Akte. Bitte lassen Sie mich gehen.«

»Das wird sehr übel werden, falls Sie nicht auf der Stelle kooperieren. Besser, Sie sagen's mir.«

»Ich weiß nichts von irgendeiner Akte!«

Roth stopfte den Knebel zurück in ihren Mund, und eine Stunde lang folterte er sie. Er hinterließ keine Spuren an ihrem Körper, aber die Bedrohung durch das große Messer wirkte sich verheerend auf ihre Psyche aus. Und dennoch verriet sie nichts. Schließlich drückte er ihr ein Kissen aufs Gesicht und ließ Gnade walten. Als sie schlaff geworden war, band er ihre Handgelenke und Fußknöchel los, nahm die Leiche auf die Arme und bewegte sich zum Fenster. Sie war in ihrem Bett erstickt. Aber die Welt würde glauben, ihr Tod sei das Resultat eines Unfalls gewesen, bei dem ihr Wagen ausgebrannt war.

Kapitel 23

»Guten Morgen, Malcolm.« Monique Howard war Walkers Stabschefin. Sie war hochgewachsen, hatte langes, dunkles Haar, ein hübsches Gesicht und einen schlanken Körper. Sie hatte für Walker gearbeitet, seit er für den Staatssenat kandidiert hatte, und ihn häufig zu offiziellen Regierungsveranstaltungen begleitet, weil sein hektischer Terminkalender dem Senator wenig Zeit ließ, Frauen kennenzulernen. Da sie beide ledig waren, gab es immer wieder das Gerücht, daß sie ein Verhältnis miteinander hätten. Und falls er Interesse bekundet hatte, wußte Monique, würde sie zugestimmt haben, denn sie fand seine scharfgeschnittenen Gesichtszüge, seinen regen Verstand und seinen natürlichen Charme extrem attraktiv. Doch in ihren zehn gemeinsamen Jahren war er stets der perfekte Gentleman gewesen. Also war das Gerücht, wie der meiste Washingtoner Klatsch, eben das – ein Gerücht.

»Wie geht's Ihnen heute früh, Monique?« Walkers Stimme dröhnte über seinen riesigen Schreibtisch, der mit Papieren und leeren Kaffeetassen aus Styropor übersät war.

Er war von Natur aus unordentlich. Er hatte Monique seit Jahren davon zu überzeugen versucht, daß er den Schreibtisch ganz bewußt unaufgeräumt ließ, weil ihm das half, ungezwungener zu denken. Daß das Durcheinander freies

Denken repräsentierte. Doch sie kannte die Wahrheit. Er räumte einfach nicht gern auf. Also war sie es, die den Schreibtisch alle zwei Wochen reorganisierte, damit er nicht von dem Papierberg begraben wurde.

Monique beäugte Walker mißtrauisch. »Warum sind Sie heute so gut gelaunt?« Er hatte in letzter Zeit eher entmutigt gewirkt, wegen Colemans starkem Abschneiden bei den Meinungsumfragen.

»Heute fangen wir mit dem Comeback an.« Er stand rasch auf, ging zu der großen Bürotür und schenkte den vier jungen Praktikantinnen, die im Vorraum arbeiteten, ein knappes Nicken, ehe er die Tür schloß. Dann begann er auf und ab zu gehen, wie es das immer tat, wenn er aufgeregt war. »Heute wollen wir Elbridge Coleman wieder aus dem Rampenlicht verdrängen.« Walker machte ein schmatzendes Geräusch, als würde er ein köstliches Mahl genießen.

»Ach richtig, die Pressekonferenz.« Monique war von den Möglichkeiten des Tages weniger begeistert.

Walker schritt weiter auf und ab. »Ja, die Pressekonferenz.« Er hörte die Skepsis in ihrer Stimme. »Warum sagen Sie das in diesem Ton?«

Monique strich ihren knielangen Faltenrock glatt. »Lassen Sie uns Ihre Argumente durchgehen« sagte sie, um seiner Frage für den Moment auszuweichen.

Walker blieb am Fenster seiner Suite im ersten Stock des Russell Senate Office Building stehen, um seine Gedanken zu ordnen. Von diesem Punkt hatte er einen wunderbaren Blick auf das Capitol. Nur altgediente Senatoren durften Büros im Capitol selbst unterhalten. Der Rest ging zu Fuß oder nahm das Bähnchen durch den kurzen unterirdischen Korridor, der die beiden Gebäude miteinander verband, um an den Sitzungen teilzunehmen. »Erstens werde ich die Existenz des A-100-Tarnkappenbombers enthüllen«, begann er. »Ich werde detailliert die immensen Kosten der A-100 für das amerikanische Volk darlegen, wahrscheinlich alles in allem hundertfünfzig Milliarden Dollar, über sieben Jahre verteilt. Und die Tatsache, daß sie in diesem Zeitalter der militärischen Dominanz Amerikas eine außerordentliche Verschwendung von Steuergeldern darstellt. Ich werde natürlich darauf hinweisen, daß diese Mittel effizienter auf eine Reihe sozialer Programme verwendet werden könnten, und konkrete Beispiele anführen.

Zweitens werde ich über das schwarze Budget im allgemeinen sprechen und darüber, wie unter dessen Schleier der A-100-Kontrakt vergeben wurde. Ich werde eine umfassende Untersuchung des Vergabeprozesses, sowohl im Kongreß wie im Pentagon, durch den Senat fordern, die darauf abzielt, dem ganzen Klüngel das Handwerk zu legen.« Er schob trotzig das Kinn vor. »Also. Was halten Sie davon?« fragte er und wandte sich vom Fenster ab.

Monique wußte, daß er ein enormes Risiko einging, wenn er dieser Strategie folgte.

»Was genau beabsichtigen Sie über das schwarze Budget zu sagen?«

»Was ich weiß.«

»Erzählen Sie mir noch einmal, was das ist.«

Walker begann, wieder auf und ab zu gehen. »Daß eine exklusive Gruppe von altgedienten Senatoren, möglicherweise bis zu drei, wahrscheinlich zwei, aber vielleicht auch nur einer, auf eigene Verantwortung und ohne dafür irgend jemandem Rechenschaft schuldig zu sein, jedes Jahr insgeheim bis zu zehn Prozent des Verteidigungshaushalts abzweigen und sie für die Entwicklung neuer Waffen ausgeben kann. Daß niemand in der Lage ist, die Vergabe dieser Mittel durch die Verwalter des schwarzen Budgets in Frage zu stellen. Weder der Kongreß noch der Haushaltsausschuß, noch der Rechnungshof, nicht einmal der Präsident, um Himmels willen. Daß unter dem Schutz des Programms Geschäfte mit Rüstungsfirmen ausgehandelt werden können, ohne daß irgendwelche Einwände laut werden.« Walker merkte, daß seine Stabschefin stärker an ihrem Rock interessiert schien als an seinen Bemerkungen. »Monique?«

Sie hatte an einem Fleck auf dem Rock herumgerieben. Der Fleck war eine irritierende Erinnerung daran, daß sie zum Frühstück ein obstgefülltes Plunderteilchen gegessen und sich dabei mit einem guten Teil des Inhalts bekleckert hatte.

Ihm gefiel die Gleichgültigkeit nicht, die sie gegenüber seinem Kampf gegen das Verteidigungsministerium an den Tag legte. »Die Leute müssen vom schwarzen Budget wissen, Monique. Sie müssen begreifen, daß dieses System schon seit Jahren existiert hat. Daß schwarze Programme den Steuerzahler eine Menge Geld kosten, wenigstens dreißig Milliarden Dollar im Jahr, und daß sie Tür und Tor öffnen für Betrügereien oder zumindest für unglaubliche Interessenkonflikte. Das ist ein System, das in finanzieller Hinsicht nie überprüft worden ist und auch nie überprüft werden wird, es sei denn, jemand widersetzt sich. Ich habe die regierungsamtliche Verschwendung im Verteidigungsministerium bekämpft, seit ich zum erstenmal nach Washington kam. Ich bin die logische Wahl für den Anführer dieser Schlacht.« Er setzte sich hinter den Schreibtisch, griff nach einem Tennisball, der in einem unbenutzten Aschenbecher lag, lehnte sich in seinem Ledersessel zurück und warf den Ball gegen die Decke. »Und die Pressekonferenz wird uns eine Menge großartiger Publicity einbringen, jetzt, da wir sie am meisten brauchen.«

»Woher wissen Sie, daß das schwarze Budget tatsächlich existiert?« Der Fleck wollte nicht herausgehen. Und sie hatte den Rock gerade erst aus der Reinigung geholt.

»Nun kommen Sie schon.« Er war verärgert. »Wir alle wissen, daß es existiert.«

»Woher *genau* wissen Sie es? Die Presse wird Sie danach fragen, wenn Sie sich wirklich entschließen, mit all dem loszulegen. Sie sollten besser eine Antwort parat haben.«

»Okay, okay. Wie wär's mit einem Beispiel? Der B-10-Bomber war ein aus dem schwarzen Budget finanziertes Projekt. Und was schätzt man, was jeder dieser widerlichen kleinen Geier das amerikanische Volk gekostet hat?« fragte Walker rhetorisch. »Eins Komma zwei Milliarden, das schätzt man. Natürlich war der wirkliche Preis wahrscheinlich doppelt so hoch, und Sie wissen, daß sich Leute dabei klammheimlich gesundgestoßen haben. Sie wissen, daß Entwicklungsgelder in trübe Kanäle geflossen sind.«

»Welchen Beweis werden Sie anführen?«

»Die Tatsache, daß niemand für das Geld geradestehen will. Reden Sie mit einem Finanzmenschen aus dem Pentagon, und Sie sehen nichts als eine Heidenangst unter seinem grünen Augenschirm. Reden Sie mit dem Haushaltsausschuß oder dem Rechnungshof, und die kriegen bloß den glasigen Blick.«

»Sie brauchen mehr«, sagte Monique entschieden.

»Schauen Sie, wenn man sechs Jahre lang in den Fluren des Kongreßgebäudes herumlungert, bekommt man so einiges zu hören. Gerüchte darüber, was beim Umgang mit dem Verteidigungsetat wirklich gespielt wird. Wie die Aufträge vergeben werden. Man hört nie was Konkretes, nichts, das irgend jemand zugeben würde, aber man weiß, was man weiß.«

»Vielleicht gibt es ja einen guten Grund, warum es niemand zugeben will«, schlug Monique in unheilverkündendem Ton vor. Sie kratzte noch immer mit ihren langen Fingernägeln an dem Fleck auf ihrem Rock herum.

»He, wir haben einander versprochen, daß wir uns von

diesen Leuten nie ins Bockshorn jagen lassen würden.« Walker spürte ihre Besorgnis, und sie ärgerte ihn. Monique war eine willensstarke Frau, und so hatte er sie noch nie erlebt. »Werden Sie mir langsam weich?«

»Nein!« Sie schaute hastig zu ihm auf. »Aber manchmal ist es besser, den Löwen ihr Pfund Fleisch zu lassen, statt ihnen in die Quere zu kommen.«

»Ich kann's nicht glauben, daß ich das gehört habe.« Walker warf den Tennisball wieder zur Decke, doch beim Versuch, ihn zu fangen, rutschte er ihm aus der Hand. Der Ball fiel zu Boden und rollte über den dicken roten Teppich in eine entfernte Ecke des Büros. »Hat Sie irgendwer unter Druck gesetzt?« wollte er wissen.

»Natürlich nicht.«

»Seien Sie ehrlich. Ist jemand an Sie herangetreten?«

»Verdammt noch mal, nein. Ich versuche bloß, Sie zu beschützen.«

»Wo liegt dann Ihr Problem?«

»Nehmen wir mal an, Sie haben recht, Malcolm. Nehmen wir mal an, es gibt einen riesigen Fonds innerhalb des Verteidigungshaushalts, den ein oder zwei Senatoren persönlich kontrollieren. Daß es eine Verschwörung gibt, an der ein kleiner Kader von hohen Pentagon-Beamten und Topmanagern aus der Rüstungsindustrie beteiligt ist. Glauben Sie wirklich, Sie können den Kongreß überreden, zu untersuchen, was da vor sich geht? Wenn es den Fonds gibt, dann gibt es ihn, weil hochrangige Politiker meinen, es müßte ihn geben. Sie werden genau jene Leute bitten, Ermittlungen darüber einzuleiten, die ein Interesse daran haben, daß der Fonds existiert. Mit anderen Worten, Sie wollen diese Leute bitten, gegen sich selbst zu ermitteln. Das wird nicht geschehen, und Sie werden nach alledem politisch keinen Fuß mehr auf den Boden kriegen.« Sie ließ den Fleck Fleck sein und fand sich resigniert damit ab, daß ein weiterer Gang zur Schnellreinigung anstand. »Ich weiß, daß Sie von mir enttäuscht sind, aber mein Rat lautet, sie auf Projektebene zu bekämpfen. Enthüllen Sie die A-100-Angelegenheit, aber belassen Sie's dabei. Halten Sie sich an die Spielregeln. Auf die Art sammeln Sie Punkte bei den Wählern und überleben.«

»Also, bitte.« Er wedelte mit der Hand. »Sie werden ein bißchen melodramatisch.«

»Werd ich das?« Sie war sich da nicht so sicher.

»Ja.«

»Lassen Sie die Finger vom schwarzen Budget , Malcolm. Nicht, daß ich Angst hätte. Ich finde einfach, das es kein guter politischer Schachzug wäre, sich darauf zu konzentrieren. Ich bin Ihre Stabschefin. Sie bezahlen mich dafür, Ihnen Ratschläge zu erteilen. Und genau das mache ich gerade.«

»Und was ist mit der Tatsache, daß in einer Zelle auf Area 51 ein Air-Force-Captain sitzt, gegen den keinerlei Anklage erhoben worden ist?« fragte Walker. »Verhaftet und eingebuchtet, bis er schwarz wird. Beunruhigt es Sie denn nicht, daß sie so etwas tun können?«

»Natürlich tut es das. Aber beunruhigt es Sie denn nicht, daß er kein Wort gesagt hat? Daß er niemandem irgend etwas vorgeworfen hat? Daß er eine derartige Angst hat, daß er bereit ist, in einem zweieinhalb mal drei Meter großen Raum zu sitzen und auf den rohen Betonwänden Schiffchenversenken gegen sich selbst zu spielen, statt zu kämpfen, damit er nach Hause zu seinen Kindern kann? Ich würde sagen, ihm *haben* sie zugesetzt. Falls Sie aus seinem Schweigen nicht diesen Schluß ziehen, sind Sie blind.« Sie hielt einen Moment inne. »Beunruhigt es Sie denn nicht, daß sein Kontaktmann in Washington, Senator Malcolm Walker, keinen Versuch unternommen hat, ihn freizubekommen?«

Walker schlug knallend mit der Hand auf den Schreibtisch.

»Das ist nicht fair! Captain Nichols ist zu mir gekommen. Ich habe ihm gesagt, daß ich absolut nichts für ihn tun könnte, falls sie ihn erwischen. Er kannte die Risiken.«

»Sie müssen ihm trotzdem helfen.«

Walker stand aus seinem Sessel auf und begann wieder auf und ab zu gehen. »Ich weiß«, sagte er und stieß einen langen, schuldbewußten Seufzer aus. »Und das werde ich auch. Lassen Sie mich bloß zuerst das schwarze Budget aufdecken. Dann werde ich in der Lage sein, ihm wirklich zu helfen.«

»Aber ich glaube nicht, daß irgendwer auf dem Capitol Hill auf der Basis dessen, was Sie mir erzählt haben, eine Untersuchung einleiten wird«, wiederholte sie.

»Was soll ich denn Ihrer Meinung nach tun, Monique?« Seine Stimme spiegelte mit einem Mal die Anspannung der letzten Monate wider. »Wenn ich nicht etwas Drastisches versuche, wird mich Elbridge Coleman im November überrollen wie eine Dampfwalze. Das geht aus dem Trend bei den Meinungsfragen ganz eindeutig hervor. Ich brauche etwas, das Schlagzeilen macht. Das die Scheinwerfer wieder auf mich richtet. Andernfalls bin ich erledigt. Es wird keine Rolle spielen, ob ich politisch geächtet bin oder nicht, weil ich nicht mehr dasein werde. Schauen Sie sich die Zahlen an.« Er blieb stehen und rammte die Hände in die Hosentaschen. »Morgen wird eine ABC-Umfrage veröffentlicht, laut der Coleman inzwischen *fünf* Punkte vor mir liegt.«

»Wie haben Sie das herausgefunden?« fragte sie rasch. Gewöhnlich war sie in der Lage, diese Anrufe abzufangen.

»Peter Jennings, um Himmels willen. Er hat mich auf meiner Durchwahlnummer angerufen und wollte einen Kommentar dazu haben.«

»Tut mir leid, Malcolm.«

»Schon in Ordnung.« Er rieb sich einen Moment lang die Stirn. »Da gibt es noch etwas, das ich Ihnen nicht erzählt habe.« Er nahm einen Briefbeschwerer vom Schreibtisch, legte ihn dann wieder zurück. »Ich habe ein konkretes Beweisstück.«

»Was? Wirklich?«

»Ja. Es ist klein, aber es würde wahrscheinlich genügen, um zumindest eine Senatsuntersuchung auszulösen.«

»Was ist es denn?« Sie war mit einem Mal aufgeregt. »Ich meine, wenn Sie so was haben, wäre es vielleicht wirklich genug.«

Walker setzte sich wieder in seinen Sessel und öffnete eine Schreibtischschublade. Er nahm einen hellbraunen Umschlag heraus und warf ihn in ihre Richtung.

Sie griff nach dem Kuvert, das auf ein paar ungelesenen Ausgaben der *Washington Post* gelandet war, zog ein einzelnes Blatt Papier heraus und las es eilig. Ihre Augen wurden groß. »Das ist ein handgeschriebenes Memo von Ted Cowen, dem Stabsschef der Navy, an Senator Webb, in dem er um die Bewilligung von Mitteln aus dem schwarzen Budget für die A-100 ersucht! Ich meine, da steht tatsächlich der Begriff ›schwarzes Budget‹ drin. Und es ist eindeutig an Senator Webb adressiert.«

Es war wie ein Geschenk Gottes. Und genau dann, als er es am dringendsten gebraucht hatte. »Können Sie das glauben?« fragte er. »Soweit ich weiß, wird nichts derart Wichtiges jemals niedergeschrieben, wenn es um das schwarze Budget geht. Ich glaube, das zeigt ganz einfach, wie sehr die Navy in den letzten paar Jahren ignoriert worden ist. Admiral Cowen muß das Protokoll in Sachen schwarzes Budget nicht gekannt haben.«

»Ist das definitiv Admiral Cowens Unterschrift, die da unter dem Memo steht?«

»Ja. Gar kein Zweifel. Ich habe die Handschrift von einem Experten untersuchen lassen.«

»Aber wie sind Sie darangekommen?« Sie konnte ihre Aufregung kaum zügeln.

Erneut dachte Walker an Captain Nichols, der allein in seiner Zelle saß. Er würde den Mann herausholen, und wenn er dafür jeden Gefallen einlösen mußte, den er gut hatte. »Aus einer Akte in Area 51. Das war das letzte konkrete Beweisstück, das Captain Nichols herausschmuggeln konnte, ehe er zum Schweigen gebracht wurde.«

Punkt ein Uhr nachmittags betrat Senator Malcolm Walker durch die breite Eingangstür den zentralen Sitzungssaal des Hart Building. Der große Raum war voller Menschen, größtenteils Pressevertreter. Einige Reporter nickten oder klopften Senator Walker auf den Rücken, als er auf das Podium zuging. Er hatte stets auf freundschaftlichem Fuß mit Reportern gestanden – selbst mit solchen, die mit den Konservativen sympathisierten und detailliert über seinen Investment-Fonds und seine schulische Laufbahn berichteten. Es war nie eine gute Idee, die Presse zu verärgern, ganz egal wie oder warum. Walker hatte diese Lektion gleich zu Beginn seiner politischen Karriere gelernt.

Er klopfte ein paarmal gegen das Mikrofon und lächelte einigen vertrauten Gesichtern in der Menge zu. »Guten Tag, meine Damen und Herren.« Er drehte ein wenig den Kopf, neigte ihn und schaute direkt in die Kamera von CNN. »Vielen Dank, daß Sie heute gekommen sind. Was ich Ihnen erzählen werde, wird ...«

»Senator Walker!« Von irgendwo im hinteren Teil des riesigen Raums erhob sich eine tiefe Stimme und unterbrach Walkers Ansprache.

Walker beschattete seine Augen gegen das helle Scheinwerferlicht, versuchte den Sprecher zu identifizieren.

Reverend Elijah Pitts begann sich auf das Podium zuzubewegen, flankiert von zwei hochgewachsenen jungen Bodyguards. »Senator Walker, wir von der LFA haben seit einiger Zeit versucht, einen Dialog mit Ihrem Büro in Gang zu bringen.«

Walker wandte sich eilig zu einem seiner Helfer um. »Wie zum Teufel ist der hier reingekommen?«

Der Adjutant, dem bewußt war, daß mit einem Mal sein Job gefährdet war, zuckte nervös die Achseln.

»Senator!« Der Reverend benutzte seine Predigerstimme und ließ sie des Effekts halber beben.

Walker wirbelte herum, um sich Pitts zu stellen, der sich inzwischen durch ein sich rapide teilendes Meer von Reportern einen Weg bis kurz vors Podium gebahnt hatte.

»Ich habe wiederholt versucht, Kontakt mit Ihnen aufzunehmen, aber Sie haben meine Anrufe ignoriert. Sie und ich müssen vieles diskutieren, das die Gemeinschaft der Schwarzen betrifft.« Er richtete einen langen Finger auf Walker. »Warum ignorieren Sie unsere Organisation? Warum ignorieren Sie die Afro-amerikanische Befreiungsbewegung? Haben Sie Ihr Volk vergessen, Senator?« Die letzten Worte hallten dramatisch im ganzen Raum wider.

Walker wandte sich hastig wieder dem Assistenten zu. »Wo zum Teufel ist die Capitol Police? Die sollten hier sein, um diesen Kerl zu entfernen.«

»Ich weiß nicht, wo sie sind, Sir«, stotterte der junge Mann.

»Wo ist Monique?«

Der Berater zuckte die Schultern.

»Verdammt.« Walker schaute in die CNN-Kamera, dann rasch wieder weg. Er konnte spüren, wie ihm die Gelegenheit, die A-100 und das schwarze Budget an die Öffentlichkeit zu bringen, entglitt. »Wie ich gerade sagte...«, versuchte er neu anzusetzen.

»Antworten Sie mir!« donnerte der Reverend durch das wachsende Gemurmel der Menge.

»Ja, antworten Sie ihm«, ließ sich ein Reporter von *The New Republic* vernehmen. »Warum wollen Sie die LFA nicht anerkennen?«

Blitzgeräte begannen aufzuflackern, und Walker spürte, wie ihm der Schweiß auf die Stirn trat. Plötzlich schienen die Scheinwerfer höllisch heiß. Laß sie dich nie schwitzen sehen, dachte er. »Ich bin natürlich gerne bereit, mich mit dem Reverend an irgendeinem Ort zu treffen, damit wir beginnen können, Wege für eine Zusammenarbeit zwischen uns festzulegen.« Er wandte den Kopf zur Seite, damit er nicht direkt in die zahllosen Mikrofone sprach.

»Werden Sie mich als Zeichen der Brüderlichkeit auf Ihre Bühne bitten? Werden Sie mich heute einladen, dort hinaufzukommen? Jetzt gleich?« brüllte der Reverend.

Walker warf der CNN-Kamera einen weiteren verzweifelten Blick zu. Die Aufzeichnung dieser Pressekonferenz würde in den Abendnachrichten wieder und wieder in jedes Haus in Amerika ausgestrahlt werden. Er schluckte mühsam. Wenn er offene Einigkeit mit der LFA zur Schau stellte, konnte er leicht einen beträchtlichen Block weißer Wähler verlieren. Wenn er andererseits Pitts jetzt *nicht* in die Arme schloß, würde ihn das möglicherweise seine schwarze Kernwählerschaft kosten. Nicht, daß sie für Elbridge Coleman stimmen würden, sie würden einfach überhaupt nicht wählen gehen. Was genauso katastrophal sein würde. Plötzlich gab es keinen Ausweg mehr, und Malcolm Walker spürte, wie der Boden unter seinen Füßen schrumpfte, bis er so schmal war wie ein Drahtseil.

»Bitten Sie mich, zu Ihnen aufs Podium zu kommen, Senator Walker. Zeigen Sie mir, daß Sie unser Volk respektieren«, schoß Pitts einen tödlichen Pfeil auf die Bühne ab.

Und er hätte genausogut real sein können. Walker spürte Schmerzen, als hätte sich tatsächlich ein Pfeil in seine Brust gebohrt. Er nickte zögernd, lächelte dann ein breites Politikerlächeln. »Gesellen Sie sich zu mir auf die Bühne, Reverend Pitts.« Er hatte keine andere Wahl. Er konnte der LFA nicht in einem derart öffentlichen Forum den Rücken zudrehen und erwarten, seine schwarze Anhängerschaft zusammenzuhalten. Er würde sich schlicht auf eine spätere Begrenzung des Schadens verlegen und auf das Beste hoffen müssen.

Pitts trat aufs Podium, wo er Walkers Handgelenk ergriff und triumphierend den Arm hob. Ein paar Minuten lang standen sie mit hocherhobenen Armen nebeneinander, während Hunderte von Kameras klickten.

Senator Webb sah vom Eingang aus zu, wie Walkers Wahlkampagne in Stücke ging. Die heimliche Unterstützung der LFA durch Doub Steel hatte unversehens eine destruktive Dividende eingebracht, genau wie Webbs Kontrolle über die Capitol Police. Indem er die Sicherheitskräfte des Gebäudes angewiesen hatte, den guten Reverend nicht wegzuschicken, war es gelungen, einen Pfahl mitten durchs Herz dessen zu treiben, was von Walkers Kampagne noch übrig war. Webb lächelte, als er sich abwandte und auf den Weg zu seinem Büro im Kapitol machte.

Kapitel 24

»Sie sind eine sehr schöne Frau. Es war ein Vergnügen, Sie heute abend kennenzulernen.«

Der behagliche, kerzenbeleuchtete Tisch stand in einer Ecke der geschmackvollen Privatsuite im Hotel Four Seasons.

»Ich fühle mich nicht so besonders schön«, sagte Monique leise.

Senator Webb schob langsam seine Hand über das Leinentischtuch und tätschelte ihre zarten Finger. »Nun, Sie sind es. Sie sind eine der bezauberndsten Frauen, die ich je gesehen habe«, sagte er mit übertrieben gedehntem Georgia-Akzent und beobachtete, wie ihr Haar im Kerzenlicht schimmerte. »Phil Rhodes sagte mir, Sie seien sehr attraktiv, aber ich hatte ja keine Ahnung. Ich bin sehr froh, daß er dieses Treffen arrangiert hat.« Webb griff nach einer Kanne aus Sterlingsilber. »Möchten Sie noch Kaffee? Irgendwas zum Nachtisch? Ich möchte ungern glauben, daß dieses Abendessen vorüber ist.«

Selbst wenn dieses Intermezzo vorbei gewesen wäre, bevor es überhaupt begonnen hatte, wäre es Monique noch nicht früh genug gewesen. »Nein, danke«, sagte sie höflich und versuchte, so zu tun, als amüsiere sie sich.

Webb konnte sehen, daß die Lügen und Verstellungen ihren Preis von Monique forderten, aber das war in Ordnung. Sie würde dadurch nur noch verwundbarer, formbarer. Davor gab es kein Entkommen, und er konnte in ihren Augen sehen, daß ihr das bereits klargeworden war. »Rhodes erwähnte, daß Sie eventuell etwas für mich hätten.«

Monique zögerte einen Moment, bückte sich dann nach ihrer Handtasche, die am Tischbein lehnte, und nahm einen Umschlag heraus. »Hier.«

Webb nahm den Umschlag gelassen entgegen, zog das einzige Blatt heraus, das er enthielt, und überflog die handgeschriebene Notiz. »Ist das das Original?«

»Ja.«

»Gibt es irgendwelche Kopien?«

»Nein. Das ist das einzige Dokument, das zeigt, daß Admiral Cowen sich mit Ihnen über das schwarze Budget verständigt hat.«

»Wie ist Senator Walker da drangekommen?«

»Was glauben Sie wohl, wie?«

»Captain Paul Nichols.«

»Ja.« Der junge Pilot saß allein im tiefsten Kerker von Area 51. Sie hatte ihn an Rhodes verraten, und wofür? Für ein paar Dollar mehr und die Chance, sich die Peinlichkeit ersparen zu können, daß die Fotos von ihr an die Öffentlichkeit gelangten. Sie schlug die Hände vors Gesicht. Captain Nichols hatte eine Frau und zwei Kinder, und die hatten keine Ahnung, was ihm zugestoßen war.

»Danke, Monique.« Webb schob den Umschlag und seinen kostbaren Inhalt in die Jackentasche. »Ich werde dafür sorgen, daß Sie morgen einen Bonus auf Ihrem Konto haben.«

»Behalten Sie Ihr verdammtes Geld.« Monique stand auf und warf ihre Serviette auf den Tisch, angeekelt von sich selbst und den Versuchungen, denen sie so leicht nachgegeben hatte. »Ich geh' jetzt.« Sie wandte sich zur Tür.

»Bleiben Sie, wo Sie sind.« Webbs Stimme wurde unfreundlich. »Sie werden nirgendwohin gehen.«

»Was?«

Webb trank einen Schluck von seinem Kaffee. »Sie können dann gehen, wenn ich es sage. Nicht vorher.« Er stellte die Tasse ab und lächelte. Er konnte es nicht erwarten, diese perfekt geformten Beine in die Hand zu bekommen. »Ziehen Sie sich aus.«

Es war ihr schlimmster Alptraum. »Sie sind ja verrückt.«

»Hmmm.« Webb zog im Aufstehen sein Jackett aus. »Vielleicht.« Einen Sekundenbruchteil lang schweiften seine Gedanken ab zu den anderen Mitgliedern des inneren Kreises; zu seiner Abteilung junger militärischer Gefolgsleute auf Area 51, die – angeführt von Commander Pierce – Captain Nichols gezeigt hatten, wo Gott wohnt; zu seinem schönen Haus am See in Georgia; zu seinem enormen Schweizer Bankkonto. Er hatte sich ein unglaubliches Leben aufgebaut, indem er exakt so gehandelt hatte wie jetzt: Menschen manipuliert und in die Ecke getrieben, bis ihnen nichts mehr übrigblieb, außer zu gehorchen. Vielleicht war er ein bißchen verrückt. Aber niemand konnte seinen Erfolg bestreiten. Seine Aufmerksamkeit wandte sich abrupt wieder der Frau zu. »Ziehen Sie sich jetzt aus. Lassen Sie es mich nicht noch einmal sagen.«

Sie streckte ihm die offenen Hände entgegen. »Sie sind verrückt. Ich verschwinde jetzt.«

»Kommen Sie auch nur in die Nähe dieser Tür, und gleich morgen früh wird Malcolm Walker erfahren, daß Sie sein Memorandum gestohlen und es seinen politischen Gegnern übergeben haben. Er wird erfahren, daß Sie Phil Rhodes den Namen von Captain Nichols, dem Kontaktmann ihres Chefs auf Area 51, verraten haben. Und daß Sie sowohl für das Cowen-Memo wie für die Information bezüglich des Air-Force-Piloten Geld angenommen haben. Und schließlich wird er die Bilder erhalten, die, glaube ich, von Ihnen und einer gewissen blonden Frau aufgenommen wurden. Bilder, die Phil Rhodes und ich uns bereits mehrere Male mit Genuß angesehen haben.« Sein Blick schweifte wieder über ihren Körper. »Ach, ja. Die *Post*, die *New York Times* und *Penthouse* werden diese Fotos auch bekommen.« Webb lächelte bösartig. »Und nun können Sie gehen, wenn Sie möchten.« Er deutete zur Tür.

Moniques Augen füllten sich mit Tränen. Die Falle schloß sich immer enger um sie. »Das würden Sie nicht tun.«

Webb lachte. »Wie lange sind Sie schon in Washington, Monique? Beinahe sechs Jahre, richtig? Und sie haben immer noch nicht gelernt, nach welchen Regeln hier gespielt wird? Kein Wunder, daß Senator Walker in den Meinungsumfragen hinter Elbridge Coleman herhinkt. Seine verdammte Stabschefin kennt die Regeln nicht.« Er trat hinter Monique und rieb ihre Schultern, begann dann langsam die Knöpfe zu öffnen, die sich den Rücken ihres Kleides hinunterzogen. »Sie wissen, daß ich nicht zögern würde, all diese Informationen an Senator Walker und die Presse weiterzugeben. Und es ist ja nicht so, daß Phil Rhodes oder ich irgendwas Unrechtes getan hätten. Das wird Ihre Beerdigung, nicht unsre.«

»Bitte nicht«, bat sie, als er den letzten Knopf öffnete. Doch Webb ignorierte ihr Flehen, ließ das Kleid über ihre Arme und ihren Körper gleiten, bis die Schwerkraft es zu Boden zog. »Mein Gott, sind Sie schön.« Eilig hakte er den Büstenhalter auf und zog ihn ihr aus, streifte dann das Spitzenhöschen über ihre Beine, bis es ebenfalls zu Boden fiel. »Kommen Sie mit.« Er nahm sie unsanft beim Handgelenk und führte sie zu dem überdimensionalen Bett. »Knien Sie sich hin und beugen Sie sich über das Bett.«

Monique gehorchte widerspruchslos. Sie hegte keinen

Zweifel daran, daß Webb seine Drohungen wahrmachen würde, und sie konnte nicht zulassen, daß Malcolm herausfand, was sie getan hatte. Darauf lief es letztlich hinaus. Also würde sie jetzt für ihren Moment der Schwäche bezahlen.

»Gut so, Mädchen.« Webb zog sich eilig aus und kniete sich hinter sie. Gott, was für ein Aphrodisiakum, soviel Macht über jemanden zu haben. Jemanden exakt auf jedes Kommando reagieren zu lassen, das man ihm erteilte. Bis zu einem gewissen Punkt drehte sich alles ums Geld, und dann, wenn man genug davon hatte, wurde Geld unwichtig und Macht das einzig Wahre. Die Macht, Menschen tun zu lassen, was sie nicht tun wollten. Die Macht, sie dazu zwingen zu können, daß sie einem gefällig waren. Er konnte sich nicht erinnern, je zuvor im Leben derart erregt gewesen zu sein.

Er hatte seine Position im Senat nie dazu benutzt, sich die Gunst von Frauen zu erschmeicheln. Er wollte nicht, daß es etwas gab, das irgend jemand gegen ihn verwenden konnte. Aber nun war er in seiner letzten Amtsperiode, und es spielte keine große Rolle mehr.

Als er in Monique eindrang, wußte er mit einem Mal, daß es viele weitere Male geben würde. Es war wie mit der Laborratte, die Kokainlösung verabreicht bekommt und auf der Stelle süchtig danach wird. Dies hatte sein Mentor ihm vor langer Zeit während Webbs erster Legislaturperiode erklärt. Man weiß, daß es gefährlich ist, aber wenn man der Versuchung erst einmal nachgibt, braucht man es künftig zum Leben wie Luft und Essen. Und der Mentor hatte nicht einfach den physischen Geschlechtsakt gemeint. Es waren die Macht und die Herrschaft über andere, die einem ein solches Hochgefühl verschafften. Für die Macht gab es keinen Ersatz. Nichts sonst konnte einen sich so lebendig fühlen lassen. Nichts sonst vermochte das Blut derart heftig in Wallung zu bringen.

Kapitel 25

Die Lobby im achtzehnten Stock der First Maryland Trust Bank war nahezu schmucklos, das Mobiliar abgenutzt und altmodisch. Diese Büroetage der größten Bank des Staates gehörte zur Rechnungsstelle, einem Geschäftsbereich, der nur selten von hochkarätigen Besuchern beehrt wurde, also gab das Management der Bank hier nicht viel Geld für die Einrichtung aus.

»Kann ich Ihnen irgendwas bringen, während Sie warten?« Der Mann am Empfangstresen kaute beim Sprechen schmatzend auf seinem Bubblegum herum.

»Nein, danke«, antwortete David. Es war schon seltsam, wie die Leute immerzu Geld ausgaben, um Menschen zu beeindrucken, die sie nicht einmal kannten, dachte er bei sich, während er sich in dem unbequemen Sessel ausstreckte. Die Lobbies vor den Büros der Börsenmakler waren wahrscheinlich mit teuren Antiquitäten und geschmackvollen Gemälden dekoriert. Aber die Leute in der Rechnungsstelle – dem Rückgrat des Ganzen – die das Geld Tag für Tag im Fluß hielten, wurden jeden Morgen von abblätternder grauer Tapete, Metallmöbeln und einem lautstark Bubblegum kauenden Rezeptionisten begrüßt. Das sollte einem zu denken geben, aber er war zu müde zum Denken.

»Wie ist denn heute nachmittag das Wetter draußen?«

Großartig. Ein geschwätziger Rezeptionist. »Heiß und feucht.« Er hielt die Antwort knapp, in der Hoffnung, der Mann würde die Botschaft verstehen.

»Für Baltimore ist das eigentlich Augustwetter. Um diese Zeit im September haben wir gewöhnlich keine solchen Tage.«

»Mhhhh.«

»David!«

Johnny Antolini kam durch die Pendeltür, die zu den Büros führte. David erhob sich aus dem Sessel und traf mit Johnny vor dem Empfangstresen zusammen.

»Wie zum Teufel geht's dir, David?« fragte Johnny, während er David ausgiebig die Hand schüttelte.

»Gut.« Johnny war in der High-School Davids bester Freund gewesen, und obschon sie karrieremäßig getrennte Wege gegangen waren, hatten sie es geschafft, zumindest einen sporadischen Kontakt aufrechtzuerhalten. »Du hast mich gerettet«, sagte David leise und deutete auf den Rezeptionisten.

»Ach, du meinst Chucky?« fragte Johhny laut und wies mit dem Daumen auf den jungen Mann, der immer noch auf seinem Kaugummi herumschmatzte.

David legte diskret einen Finger an die Lippen, aber Johnny ließ sich nicht bremsen. Er wandte sich rasch zu dem Kaugummikauer um. »He, Chucky. Du kannst hier nicht unsere Gäste belämmern. Wir kriegen sowieso nicht allzu viele. Laß sie in Ruhe, ja. Red nicht soviel.«

Chucky blickte unglücklich auf, während David sich innerlich zusammenkrümmte. Johnny hatte sich nicht im geringsten verändert. Er war noch immer so direkt wie eh und je.

»Ich hab' bloß Spaß gemacht, Chuckyboy.« Johnny faßte über den Tisch und klopfte dem jungen Mann kräftig auf den

Rücken. »Komm schon, David, gehn wir.« Johnny drückte die Tür zu den Büros auf und führte David durch ein Labyrinth von Schreibtischen zu einem, der mitten im Raum stand. »Setz dich, Alter.« Er deutete auf einen Stuhl neben dem Metallschreibtisch.

Einige andere Angestellte saßen ganz nahe bei Johnnys Bereich. David bemerkte, daß sie beide hier nicht gerade unter sich sein würden. »Könnten wir ein Konferenzzimmer benutzen?«

Johnny lachte. Er ging zu einer älteren Frau hinüber, die am Schreibtisch direkt neben seinem saß, und legte ihr eine breite Hand auf die Schulter. »Wir haben hier keine Geheimnisse.«

»Ich mein's ernst.«

Johnny entdeckte eine winzige Spur von Angst in Davids Gesichtsausdruck und dachte für einen Moment, daß er sich seinem alten Kumpel gegenüber lieber doch nicht so hilfsbereit hätte zeigen sollen. »Okay.« Er führte David erneut durch das Labyrinth, ging zu einem kleinen Raum an einer Seite des Großraumbüros und schloß dann hinter sich die Tür. »So besser?«

»Sehr viel besser.«

»Also, nimm Platz.«

David setzte sich auf einen zerbrechlich wirkenden Stuhl. Das Polster war auf einer Seite bis auf das Metall abgenutzt.

»Also, wie läuft's denn so in der Champagner-und-Kaviar-Firma Sagamore Investment Management, oder wie zum Teufel die noch heißt?«

»Gut. Na ja, okay.«

»Wo liegt das Problem, David?« Johnny hatte schon in der Lobby gespürt, daß mit seinem alten Freund irgendwas nicht stimmte. Er würde nicht länger herumwitzeln.

»Ich bin mir nicht ganz sicher.« Auf Davids Gesicht trat ein seltsamer Ausdruck. »Ich brauch' deine Hilfe, um das herauszubekommen.«

Johnny faltete die Hände auf dem furnierten Tisch. »Stets zu Ihren Diensten, Señor Mitchell. Immer da, um zu helfen.«

Das stimmte. Johnny hatte David auf der High-School aus mehr als einer Klemme geholfen. Dennoch zögerte David. Die Sache war nicht einfach.

»Nun komm schon, raus damit.« Johny sah auf seine Uhr. »Nimm's nicht persönlich, reicher Knabe, aber es ist gleich fünf. In deiner Edelfirma mögt ihr ja bis in die Puppen arbeiten, aber wir, die wir in der Überweisungsabteilung der First Maryland Trust tätig sind, gehen Punkt fünf, wenn wir morgens um neun gekommen sind. Speziell, wenn wir um sechs ein Softball-Spiel haben.«

David hob eine Hand. »Okay, schon kapiert. Also, hör zu, du mußt für mich ein Konto ausfindig machen.«

»Genauer bitte.«

David zögerte erneut.

Johnny zog eine Augenbraue hoch. Er kannte David schon zu lange, um die Anzeichen zu übersehen. »Da muß irgendwas oberfaul sein.«

»Wie kommst du darauf?«

»Erstens rückst du nicht damit raus, was los ist. Zweitens siehst du aus wie Hundekacke. Möchtest du noch mehr hören?« fragte Johnny.

»Nein.« Indem er Johnny um Hilfe bat, mußte David seinen Verdacht zum erstenmal in Worte fassen, und dadurch wurde der Verdacht plötzlich realer. Er war im Begriff, das alles auf eine neue Ebene zu heben. Alles, auf das er hoffen konnte, war, daß er sich irrte. »Johnny, ich muß wissen, unter welchem Namen ein bestimmtes Konto läuft. Alles was ich habe, ist die Kontonummer.«

»Und laß mich mal raten«, sagte Johnny. »Das Konto befindet sich entweder in der Schweiz oder auf den Caymans.«

»So ist es.«

»Da geben sie derartige Informationen nicht so leicht preis. Aus guten Gründen. Das weißt du.«

»Ich weiß. Ich dachte einfach, du könntest mir vielleicht helfen.«

»Steckst du in Schwierigkeiten, David?«

Wenn sein Verdacht zutraf, steckte er in ganz erheblichen Schwierigkeiten. »Ich hoffe, nicht.«

Jesse beobachtete, wie David die Bar betrat. Sie bemerkte, daß einige Frauen ihre Gespräche unterbrachen, um ihn von Kopf bis Fuß zu mustern, während er sich durch die Menge schob. Er *war* attraktiv, und sie merkte plötzlich, daß sie in letzter Zeit mehr als nur ein paarmal am Tag über ihn nachgedacht hatte.

»Hallo auch.« David beugte sich zu ihr hinunter und küßte sie sanft auf die Wange, als er ihren Barhocker erreichte. »Wie geht's Ihnen?«

Ein Kuß auf die Wange war ihre übliche Begrüßungs- und Abschiedsgeste geworden, und das gefiel ihr. »Großartig. Und Ihnen?«

»Prima.« Vier Reihen Leiber drängten sich vor der Bar und warteten darauf, bedient zu werden. »Warum verschwinden wir nicht aus diesem Verkehrsstau?«

»Einverstanden.«

Er nahm sie bei der Hand und führte sie durch die Menge zu einem freistehenden Tisch im hinteren Teil des Lokals. »Das ist erheblich besser.« Er hielt ihr den Stuhl, zog dann sein Jackett aus, hängte es über die Rückenlehne seines eigenen und setzte sich. »Was möchten Sie?«

»Das nenn' ich eine verfängliche Frage.« Sie lächelte und

ließ verführerisch den Blick über seinen Körper schweifen, ehe sie loslachte.

»Ich meinte, zu trinken.« Er lachte ebenfalls und ließ sich schwer auf seinen Stuhl fallen, als hätte er einen äußerst anstrengenden Tag hinter sich. »Aber Ihr Blick gerade hat mir gefallen.«

»Lesen Sie nicht zuviel hinein«, warnte sie.

»Wissen Sie, Sie beginnen mich zu faszinieren.«

»Wovon reden Sie?«

»Ich halte Sie für diese unschuldige, naive Frau, und dann machen Sie so was.« Er lehnte sich über den Tisch zu ihr hin, stützte die Ellbogen auf. »Es läßt mich staunen.«

»Oh, bitte.« Sie schubste spielerisch einen Ellbogen unter ihm weg.

»Also, was möchten Sie?«

»Cola light wäre prima.«

Er warf ihr einen enttäuschten Blick zu. »Trinken Sie ein Bier mit mir, Jesse.«

»Das kann ich nicht. Ich hab' heute abend Schule.«

»Haben Sie ein Examen oder so?«

»Nein, bloß Unterricht.«

»Dann trinken Sie ein einziges Bier.«

Sie lächelte. »Sie sind schrecklich.«

»Der Teufel in Person. Ist Ihnen das noch nicht klargeworden?«

Jesse überging die letzte Frage. »Ich sollte das wirklich nicht, aber okay, ich werd' ein Bier trinken. Allerdings nur eins.« Sie hielt den Zeigefinger hoch.

»Gut.« Zufrieden über seinen kleinen Sieg, drehte sich David um und machte der Kellnerin ein Zeichen, sie solle zwei Bier bringen. »Wie war Ihr Tag?«

»Fein. Eine merkwürdige Sache ist allerdings passiert, oder vielmehr nicht passiert, glaube ich.«

»Was meinen Sie damit?«

»Eine Arbeitskollegin, Sara Adams, ist heute nicht im Amt erschienen.«

»Warum ist das seltsam?«

»Wir sind ziemlich gute Freundinnen. Normalerweise erzählt sie mir, wenn sie sich einen Tag freinimmt und mit wem sie sich trifft. Ich mache es mit ihr genauso. Eine Art gegenseitige Absicherung.«

»Haben Sie bei ihr zu Hause angerufen?«

»Ja, aber es hat niemand geantwortet.« Jesse war beunruhigter, als sie eingestand, aber es gab keinen Grund, David mit Saras ungeklärter Abwesenheit zu behelligen. Er sah erschöpft aus. »Hat wahrscheinlich nichts zu bedeuten. Wie war denn Ihr Tag? Sie sehen ein bißchen müde aus.«

»Gut.«

Sie saßen einen Moment lang schweigend da. Schließlich konnte sie ihre Neugier nicht länger zügeln. »Also, erzählen Sie mir von sich.«

»Was?«

»Ich möchte mehr über Sie wissen. Jedesmal, wenn ich Sie danach frage, geben sie eine kurze Antwort und bringen dann das Gespräch zurück auf mich. Ich muß zugeben, daß es schön ist, jemanden zu finden, der nicht bloß über sich selbst redet, aber jetzt wüßte ich doch gern mehr über Sie.«

David zuckte die Achseln. »Da gibt's nicht viel zu wissen.«

»Erzählen Sie mir's trotzdem. Erzählen Sie mir, wo Sie aufgewachsen sind, von Ihrer Familie, von den Schulen, die Sie besucht haben. All das normale Zeug.«

»Klingt wie ein Verhör.«

Die Kellnerin brachte die Biere. Als sie sich entfernte, schob Jesse eine Hand über den Tisch und berührte sanft Davids Arm. »Ich meine es im Ernst. Erzählen Sie's mir. Das tun Sie nie. Mir ist aufgegangen, daß wir letzten Samstag den ganzen Tag zusammen auf dem Segelboot verbracht haben und ich eigentlich absolut nichts über Sie weiß.«

»Cheers.« Er stieß mit ihr an und trank.

Sie schüttelte den Kopf. »Nein. Das ist bloß ein weiteres Ablenkungsmanöver. Ich will's jetzt endlich wissen. Erzählen Sie. Ich werde keinen Schluck trinken, bevor Sie nicht zu reden anfangen.«

»Okay.« Aber er schwieg noch immer.

Das wurde langsam lächerlich. »Versuchen wir mal was Einfaches. Wo sind Sie aufs College gegangen? Warten Sie, lassen Sie mich raten. Princeton, Harvard, Yale?«

Er hatte keine Chance mehr, zu kneifen. Soviel war klar. »Cecil County Community College«, sagte er leise.

»Sie wollen mir einfach keine ehrliche Antwort geben, stimmt's?«

Das hatte er erwartet. Sie würde sehr enttäuscht sein. Ihr Bild von ihm war kurz davor, in die Brüche zu gehen. »Ehrlicher geht's nicht. Ich mach' keine Witze.«

Ihr wurde mit einem Mal bewußt, daß er die Wahrheit sagte. »Sie meinen das im Ernst.«

Er nickte.

»Aber Sie haben doch gesagt, sie hätten eine Eliteuniversität besucht.«

»Nein, das haben Sie gesagt, Jesse. Ich hab' mir bloß nicht die Mühe gemacht, Sie zu korrigieren.«

»Wo sind Sie aufgewachsen?«

David zog eine Schachtel Zigaretten aus der Tasche. »Direkt hier in der Stadt. In Glen Owens, dem übelsten Teil von Baltimore. Sie stammen hier aus der Gegend. Sie wissen, wie es in Glen Owens zugeht. Als ich groß wurde, war es schon genauso.« Er ließ die Schachtel auf den Tisch fallen und schob sie zu ihr hinüber. »Möchten Sie eine?«

»Nein, danke. Ich wußte gar nicht, daß Sie rauchen.«

»Macht es Ihnen was aus? Ich lass' es bleiben, wenn es Sie stört.«

»Nein, geht schon in Ordnung. Mein Vater hat geraucht. Ich hab nichts dagegen.«

Eine Frau an der Bar hatte jede einzelne Bewegung Davids beobachtet, und er quittierte ihr Interesse schließlich mit einem nahezu unmerklichen Lächeln. Kein Grund, mir das zu verkneifen, dachte er. Die Aussicht, Jesse auf mehr als beruflicher Basis zu treffen, war gerade beträchtlich geschrumpft. »Also, nun wissen Sie's. Ich bin bloß ein Armeleutekind ohne Erbteil.«

»Wollten Sie mir deswegen nichts über sich erzählen?«

»Draußen bei Sagamore erwartet man von uns allen, daß wir Soundso der Dritte sind oder Rockefeller heißen. Ich bin das schwarze Schaf der Gruppe. Ich hab' mir gedacht, wenn Sie das wüßten, wären Sie möglicherweise nicht mehr interessiert.«

»Offenbar halten Sie nicht viel von mir.«

»Na ja, ich hab' ziemlich heftig mit dem Zaunpfahl gewinkt, daß ich Sie gerne auch privat sehen möchte, und Sie haben nicht eingewilligt. Ich hab' angenommen, wenn Sie über meinen Background Bescheid wüßten, wäre das nur noch ein Grund mehr, nicht mit mir auszugehen.«

»Sie wissen, warum mir nicht wohl dabei ist, mit Ihnen auszugehen.« Jesse hatte den Blick gesehen, den David der Frau an der Bar zugeworfen hatte, und zu ihrem Erstaunen hatte sie einen kleinen Stich der Eifersucht verspürt. »Ich möchte nicht, daß Elizabeth auf falsche Gedanken kommt.«

»Ich verstehe. Nebenbei, hat Sie bei Ihnen angerufen?«

»Ja. Ich komme am Donnerstag abend für die abschließenden Interviews raus zu Sagamore. Sie hat mir die Liste der

Leute gegeben, die ich treffen werde, und über die würde ich gern irgendwann mit Ihnen reden.«

»Ich habe Ihnen doch gesagt, daß mir das ein Vergnügen sein wird.«

»Danke.« Jesse warf der Frau an der Bar einen knappen Hände-weg-Blick zu. »Aber lassen Sie uns das auf später verschieben. Ich möchte weiter über Sie sprechen. Ich bin einfach neugierig. Wie sind Sie vom Cecil County Community College zu Sagamore gekommen? Ich will Sie nicht kränken, aber ich kann mir nicht vorstellen, daß Sagamore allzu viele Absolventen des Cecil College rekrutiert.«

David lachte lauthals, plötzlich erleichtert, daß er ihr endlich die Wahrheit erzählt hatte. »Na ja, nach dem College bekam ich über einen Freund von mir einen Bürojob bei einer örtlichen Bank. Ich hab mich ins interne Manager-Training hochgeredet, dann in die wirtschaftswissenschaftliche Fakultät der University of Virginia, dann schließlich zu Sagamore.«

»Sie müssen sehr beredt gewesen sein.«

»Mir blieb nichts anderes übrig. Ich hab' Polyester und Leder getragen, bis ein paar Typen aus dem Ausbildungsprogramm der Bank mit mir in die Stadt gegangen sind und mich mit Wolle und Baumwolle bekannt gemacht haben.« Er hatte als Erinnerung daran, woher er gekommen war, noch immer einen dieser Polyesteranzüge im Schrank hängen. Als Erinnerung daran, daß er Tag für Tag härter arbeiten mußte als die anderen, weil er ganz hinten in der Meute angefangen hatte. »Dieser kleine Einkaufsbummel war eine der peinlichsten Erfahrungen meines Lebens und eine der wertvollsten.«

»Sie müssen auf der Universität von Virginia sehr gute Leistungen gebracht haben, David, daß Sagamore Interesse für Sie entwickelt hat. Ich meine, das ist eine tolle Uni, aber sie ist nicht gerade Harvard oder ...«

»Ich bin ganz gut zurechtgekommen. Aber der Grund, warum Sagamore sich für mich interessiert hat, war, daß sie eine Alibifigur wollten. Jemanden, auf den sie zeigen und dann sagen konnten: ›Hey, wir nehmen Leute unterschiedlichster Herkunft.‹«

Jesse sah ihm seine Verärgerung an, obwohl er sie zu verbergen suchte.

Er machte einen Lungenzug. »Ich werde bei Sagamore jeden Tag daran erinnert, wo ich herkomme.«

»Ist es wirklich so übel?«

»Das Leben ist einfach eine stete Entscheidung zwischen Kompromissen«, sagte er und zog erneut an seiner Zigarette. »Mir gefiel das Geld, das sie mir angeboten haben. Ich wußte, daß keiner dieser Leute jemals zu meinen Freunden gehören würde, aber das war mir egal.« Er schaute ihr direkt in die Augen. »Und jetzt machen sie das gleiche mit Ihnen. Stellen Sie vor die gleiche Wahl. Und denken Sie dran, Elizabeth wird nicht ewig bei Sagamore sein. Irgendwann ist sie weg, und dann müssen Sie mit dem Rest von ihnen zurechtkommen.«

»Wenn es Ihnen dort nicht gefällt, warum gehen Sie dann nicht? Suchen sich einen anderen Job?«

»Das hab' ich Ihnen doch beim Abendessen erzählt. Das ist nicht so einfach.« Seine Miene verdüsterte sich.

»Sie meinen, weil Mohler Sie in der Investmentszene anschwärzen wird, wenn Sie es nicht über das fünfte Jahr hinaus schaffen? Ich bin mir sicher, daß Sie einen anderen Job bekommen könnten. Sehen Sie mal, er kann ja schließlich nicht jedermann auf der Welt anrufen.«

David schüttelte den Kopf. »Die Sache geht tiefer als nur das.«

»Was meinen Sie damit?«

Er hatte es gesagt, ohne nachzudenken. Plötzlich bereute

er, so offen gewesen zu sein, und machte einen Rückzieher. Seinen Gedanken freien Lauf zu lassen konnte ihn in Schwierigkeiten bringen. »Erlauben Sie mir, Sie zum Abendessen einzuladen. Ich kenne ein großartiges Lokal unten in Little Italy.«

»Ich hab' Ihnen doch gesagt, ich muß in die Schule und...«

»Und Sie denken, daß Elizabeth auf falsche Gedanken kommen würde, wenn sie das herausfindet«, beendete David den Gedanken.

Jesse schwieg. Sich nach der Arbeit auf ein Bier zu treffen, war eine Sache, aber ein zweites Abendessen würde etwas gänzlich anderes sein.

David faßte in seine Jackentasche. »Hier.«

»Was ist das?« Jesse nahm den Umschlag von ihm entgegen.

»Lesen Sie's einfach.«

Neugierig zog sie den Brief heraus und begann zu lesen. Es war eine handschriftliche Botschaft von Elizabeth, die Jesse für ihr Interesse an Sagamore dankte. Nach Elizabeths Unterschrift folgte ein Postskriptum. Es lautete: »David ist ein wunderbarer Mensch, aber er arbeitet zu hart. Vielleicht könnten Sie ihm mit seinem Problem helfen und ihm zeigen, was es heißt, sich ein bißchen zu entspannen.« Jesse schaute hoch zu David, als sie den Brief zu Ende gelesen hatte. »Wahrscheinlich haben Sie Elizabeth dazu angestiftet«, sagte sie lächelnd.

Das war das Seltsame. Er hatte Elizabeth nicht gebeten, diesen Brief zu schreiben. Sie wollte ihn so oft wie möglich in Jesses Nähe wissen, doch als er sie gefragt hatte, warum eigentlich, hatte Elizabeth nur ihre Standardantwort wiederholt, sie wolle nicht, daß irgend jemand Sagamores Angebot zuvorkam. Es war eine lächerliche Erklärung, aber mehr mochte sie nicht sagen. Und Elizabeth war die geschäftsführende Gesellschafterin, also konnte er nicht allzu beharrlich nachfragen. »Nein, hab' ich nicht.«

Jesse spürte, daß er die Wahrheit sagte. Also hatte Elizabeth keine Probleme damit, daß sie sich trafen. Jesse spürte den Funken von ihren Fingerspitzen in den Rest ihres Körper schießen. Einen Funken, den sie plötzlich untersuchen wollte.

»Also, was ist mit Abendessen?« fragte er wieder. »Eine kleine Unterrichtsstunde können Sie verpassen. Das bringt Sie schon nicht um.«

»Ich würde ja gern, aber heute abend kann ich nicht.«

»Wie wär's denn nach dem Ende Ihres Kurses?« Das gemeinsame Abendessen konnte er wohl abschreiben.

Der Gedanke an den heutigen Abend machte sie so schon nervös genug. Lieber Himmel, was, wenn sie dabei erwischt wurden, wie sie bei der LFA einbrachen? »Ich kann nicht. Wirklich.«

»Warum nicht?«

»Wir, äh, es gibt da eine Arbeitsgruppe, an der ich nach dem Kurs teilnehmen muß.« Das war eine plausible Geschichte. »Da wird es sehr spät werden. Wir wär's mit morgen abend?«

»Okay.« Endlich. Fortschritte. Er lehnte sich über den Tisch. »Erzählen Sie mir was von sich, Jesse.«

»Was meinen Sie?« Die Frage hatte sie unvorbereitet erwischt.

»Ich hab' Ihnen alles über mich erzählt. Jetzt sind Sie dran. Erzählen Sie mir was über Jesse Hayes, das ich nicht weiß.«

»Ich bin genau ein Meter fünfundsechzig groß.«

»Ich mach' keine Witze. Etwas Finsteres. Etwas, das niemand sonst weiß.« Einen Moment lang lächelte er seltsam. »Gibt es da vielleicht was?«

Was meinte er damit? Hatte es irgend etwas mit Beckys Visitenkarte zu tun? Daß er die Karte eingesteckt hatte, war sie sich sicher. Versuchte er, ihr Informationen darüber zu entlocken? »Wenn ja, warum sollte ich es Ihnen dann erzählen?«

»Weil Sie mich mögen. Weil Sie sich in meiner Nähe wohl fühlen. Weil ich vertrauenswürdig bin.«

War er das? Darüber war sie sich noch nicht sicher. »Irgendwas Düsteres und Bedeutsames, hm?«

»Ja.«

»Okay. Ich bin auch eine Doppelagentin aus Berlin.«

David lächelte. Doch er hatte die kurzzeitige Bedrücktheit gesehen. Irgend etwas verbarg sie, und die Antwort lag wahrscheinlich bei Rebecca Saunders. Wenn Jesse es ihm nicht erzählen wollte, gab es andere Mittel, das herauszufinden. Und Elizabeth hatte gesagt, daß sie *alles* wissen wolle.

Die Fahrstuhltüren öffneten sich im vierzehnten Stock des Hughes Building. David trat hinaus und ging durch den verlassenen Empfangsbereich von Sagamore auf die große Doppeltür aus Mahagoni zu, die zu den Büros führte. Er zog seine magnetcodierte Ausweiskarte durch den Leseschlitz des Sicherheitssystems und sah dann auf die Uhr. Fast Mitternacht. Das Sicherheitssystem würde dem Management nun ein Protokoll seines nächtlichen Besuchs in der Firma übermitteln, aber das machte nichts. Er war schon oft spätabends hierhergekommen, um eine Recherche abzuschließen, also sollte niemand Verdacht schöpfen.

Nach einer fünfsekündigen Verzögerung öffnete sich klikkend das Schloß. David ging in den inneren Bürobereich und schaute sich rasch auf der ganzen Etage um. Niemand sonst arbeitete. Die Räume waren alle leer.

Sagamores unglaubliche Erfolge beim Investieren. Die Tatsache, daß die Firma *immer* den Dow-Jones-Index übertraf. Es machte einfach keinen Sinn. Ein paar schlechte Jahre gab es bei jedem Portfolio. Jedermann erwartete sie. Die Wahrscheinlichkeit, daß eine Anlageberatungsfirma wie Sagamore durchgängig das hohe Leistungsniveau hielt, war gering. Nein, eher unendlich klein, dachte er, während er in seinem Büro das Licht anknipste. Zumindest, wenn man nicht von vornherein im Vorteil war. Wie sie es bei der GEA-Nummer gewesen waren. Diese Überlegungen hatten ihm keine Ruhe gelassen, seit er vor vier Jahren in die Firma eingetreten war, aber er war seinem Verdacht nie nachgegangen. Jetzt würde er endlich zumindest versuchen, ein paar Antworten zu finden.

David warf sein Jackett auf den Schreibtisch und machte sich auf zu dem, was die Portfolio-Manager das »Hausarchiv« nannten – einem Raum, der mit Reihen von Aktenordnern gefüllt war, in denen detailliert jedes Aktiengeschäft festgehalten war, das Sagamore jemals getätigt hatte. Einem Raum, der strengen Sicherheitsmaßnahmen unterlag. Er blieb vor der Tür des geräumigen Zimmers stehen. Es war nur eine Eingebung, aber Jack Finnertys Worte hatten ihn verfolgt. Die Dinge waren nicht immer das, was sie zu sein schienen. Vielleicht lag die Antwort hinter dieser Tür.

Das Codeschloß, mit dem das Hausarchiv geschützt war, piepste, als David eine lange Zahlenreihe eintippte. Nur der Leitungsausschuß und eine einzige Sachbearbeiterin hatten die Kombination. Doch auf deren Schreibtisch hatte er in seinem ersten Monat bei Sagamore eines Tages einen Zettel mit einer Zahlenreihe liegen sehen und sich die Nummern eingeprägt, während er mit ihr flirtete. Dann war er an seinen eigenen Tisch zurückgeeilt, hatte sich die Zahlen notiert, war an diesem Abend lange im Büro geblieben und hatte die Kombination eingegeben, nachdem alle anderen nach Hause gegangen waren. Sie hatte perfekt funktioniert, aber als er an diesem Abend in der Tür stand, hatte er sich entschieden, nicht einzutreten. Jemand könnte zurückkommen, und er wollte dort nicht erwischt werden. Und er hatte eigentlich bloß sehen wollen, ob die Kombination funktionierte.

Er hatte sich derartige Mühe gegeben, an den Code heranzukommen, weil er das Gefühl hatte, eine Sache, die einem jemand so hartnäckig vorzuenthalten versuchte, müsse wahrscheinlich den Aufwand lohnen und könne sich eines Tages als wertvoll erweisen. Heute nacht würde er herausfinden, ob er recht hatte.

Um Einsicht in die Unterlagen über ein zurückliegendes Geschäft zu nehmen, mußten die Portfolio-Manager die Akte schriftlich bei der Sachbearbeiterin anfordern. Die Frau konnte Stunden brauchen, um sie aus dem Archiv zu holen, und es wurden niemals Kopien angefertigt.

Die Geschäftsleitung behauptete, dieses umständliche System aus zwei Gründen eingeführt zu haben. Erstens wollten sie, entsprechend den hohen Standards bei Sagamore, peinlich genaue Aufzeichnungen über alle Aktivitäten im eigenen Haus haben, nicht bloß bei den Brokerfirmen, welche die Geschäfte durchführten. Broker waren dafür bekannt, auf Details nicht groß zu achten, und Sagamore wollte nicht mit leeren Händen dastehen, falls die Börsenaufsicht Geschäftsunterlagen anforderte.

Und zweitens, so die offizielle Verlautbarung, sollten die Portfolio-Manager sich die von ihren Kollegen bei Sagamore getätigten Investitionen nicht näher ansehen. Der Führungsausschuß wollte in der Firma Vielfalt und originelles Denken sehen. Eigentlich lag darin ein stillschweigendes Eingeständnis, daß die Firma ihren eigenen Angestellten nicht traute, aber dieser Mangel an Vertrauen wurde mit weniger Verärgerung aufgenommen, als es in anderen Branchen wohl der

Fall gewesen wäre. In der Finanzwelt wurden die Leute dazu erzogen, nicht vertrauenswürdig zu sein.

Das Lämpchen über dem Tastenfeld wechselte von Rot nach Grün, und das Schloß schnappte auf. David griff nach der Klinke und drückte sie hinunter. Die Tür schwang auf, und er schaltete die Deckenbeleuchtung ein. Es war, als sei er plötzlich in der Vergangenheit gelandet. Entlang den Wänden zogen sich Reihen von Aktenschränken voller alphabetisch nach Firmen geordneter Geschäftsunterlagen hin. Er hätte beinahe laut losgelacht. Ein einziger Laptop hätte mühelos sämtliche Informationen in diesem ganzen Raum voller Aktenschränke speichern können. Doch der Führungsausschuß hatte die Computer-Alternative erwogen und sie verworfen. Die Ausschußmitglieder waren schon älter und kannten sich mit Computern nicht so gut aus, weswegen sie ihnen unter Sicherheitsaspekten nicht so recht trauten. Sie machten sich Sorgen, daß die Informationen für zu viele Leute zu leicht zugänglich sein könnten. Sie machten sich *zuviel* Sorgen, dachte David. Hier drinnen war etwas, von dem sie nicht wollten, daß es jemand zu Gesicht bekam.

In den beiden folgenden Stunden ging David systematisch ein paar ganz bestimmte Akten durch, von denen er glaubte, daß sie ins Muster passen könnten. Jedesmal wenn er das Muster erkannte, nach dem er suchte, nahm er die Kauf-Order heraus – ein gelbes Blatt Papier, auf dem der Name der Firma stand, in deren Aktien Sagamore investierte, die Anzahl der erworbenen Aktien, das Kaufdatum, der Name der Brokerfirma, mit der das Geschäft getätigt wurde, und der Name des Portfolio-Managers, der es angeordnet hatte – ging den Flur hinunter in den Abstellraum und machte eine Fotokopie. Dann kehrte er rasch ins Archiv zurück, heftete das Original wieder in seiner Akte ab und wandte sich dem nächsten Vorgang zu.

Als er den letzten Ordner schloß, hatte er zweiundvierzig Kaufbelege gesammelt, die potentiell seinen Verdacht bestätigen konnten. Er steckte die Kopien in eine kleine Schachtel, schaffte sie aus dem Archiv, schloß die Tür sorgfältig wieder ab und begab sich in sein Büro.

Es war schon nach zwei Uhr nachts, und er kämpfte mit dem Schlaf. Er war seit gestern früh um sechs auf den Beinen, und die drei Biere, die er konsumiert hatte, nachdem Jesse in ihren Abendkurs gegangen war, machten ihm ebenfalls zu schaffen – natürlich hatten sie ihm auch den Mut verliehen, dies zu tun. Er überlegte, ob er sich in der Teeküche der Manager-Etage einen Kaffee brauen sollte, entschied sich aber dagegen. Es würde zuviel Zeit brauchen, und er wollte hier so rasch wie möglich weg.

Das Bloomberg-Terminal auf dem Sideboard hinter seinem Schreibtisch erwachte fiepend zum Leben, als er den Netzschalter anknipste. Bloomberg war ein internationaler Finanzinformationsdienst, der die aktuellen Börsen- und Devisenkurse auf jedem beliebigen Markt rund um die Welt lieferte. Er stellte außerdem Informationen über die langfristige Preisentwicklung von Wertpapieren sowie wichtige Nachrichten über die Unternehmen zur Verfügung, die sie ausgegeben hatten.

David tippte sein Paßwort ein und griff dann nach dem ersten Kaufbeleg ganz oben in der Schachtel. Zwei weitere Stunden lang recherchierte er die Preisschwankungen der entsprechenden Aktien rund um den Zeitpunkt, zu dem Sagamore in sie investiert hatte, und suchte außerdem nach Presseberichten über die jeweiligen Unternehmen, die in diesen Zeiträumen erschienen waren.

Schließlich, nachdem er mit der Überprüfung des zweiundvierzigsten Aktiengeschäfts fertig war, atmetet er tief durch und rieb sich die Augen. So also hatten sie es gemacht. Elizabeth Gilman und Art Mohler waren also doch keine Genies. Sie waren ganz einfach meisterhafte Manipulatoren mit Verbindungen, nach denen man sich nur die Finger lecken konnte. Kein Wunder, daß sie Publicity scheuten wie die Pest. Sie wollten nicht, daß die Börsenaufsicht ebendiese Muster bemerkte.

David erhob sich von seinem Schreibtischsessel, legte die Kaufunterlagen sowie die Ausdrucke der Preisinformationen und Pressemeldungen zur jeweiligen Vorgeschichte aus dem Bloomberg-Terminal in die Schachtel und steckte diese dann in eine Sporttasche, die er aus dem Kofferraum seines Wagens mitgenommen hatte. Binnen Sekunden war er zurück im Empfangsbereich und wartete, die Sporttasche über der Schulter, auf den Lift.

Während David wartete, lehnte er sich rücklings gegen die Wand neben den Fahrstuhltüren und schloß die Augen. Es war schon nach vier Uhr in der Frühe, und er konnte sich kaum noch auf den Beinen halten. Aber die Recherche hatte sich als unschätzbar erwiesen, und nun war er froh, daß Jesse an diesem Abend keine Zeit gehabt hatte, mit ihm auszugehen.

Er schüttelte den Kopf und öffnete die Augen. Was bei Sagamore vor sich ging, hätte ihm schon längst klar sein sollen. Er hätte es sich zusammenreimen müssen, sobald sie ihn mit der GEA-Investition beauftragt hatten. Doch das Geld und der Leistungsdruck hatten ihn blind gemacht. Aber was würde er jetzt mit den Informationen anfangen? Wie Finnerty die Woche zuvor in Middleburg betont hatte, hatte David einen hohen Regierungsbeamten bestochen und bei Doub Steel Gelder veruntreut. Wenn er zu den Behörden ging, konnte die Sache unangenehm werden. Und ein Distrikt-Staatsanwalt mochte den Inhalt der Schachtel nicht zwangsläufig als Beweis für das ansehen, was dort ablief.

Die Glocke ertönte, und über den Türen am anderen Ende der Reihe leuchtete ein roter Pfeil auf. David ging langsam zu ihnen hinüber, während sie sich noch öffneten. Als er in den Fahrstuhl trat, stieß er mit einem herauskommenden Mann zusammen. David trat einen Schritt zurück, starrte auf die langen, rotblonden Haare, den Bart und den Schnäuzer. Er erkannte den Mann augenblicklich als jemanden, der im Lauf der vergangenen Monate ein paarmal in Art Mohlers Büro gewesen war. Aber warum?

»Hallo«, sagte der Mann. Er streckte die Hand zum Tastenfeld der Kabine aus und schaltete sie ab.

David machte einen weiteren Schritt zurück. Nach zehn Uhr abends verließen die Fahrstühle die Eingangshalle nur dann, wenn man einen bestimmten Code eintippte. Ganz eindeutig kannte der Mann den Code für dieses Stockwerk. Aber was suchte er hier zu dieser Stunde? »Kann ich Ihnen helfen?« fragte er.

Gordon Roth antwortete nicht sofort. Er warf David einen unfreundlichen Blick zu, schaute dann hinunter auf die Sporttasche, die über Davids Schulter hing. »Vielleicht. Was ist in der Tasche?«

»Die sterblichen Überreste von Jimmy Hoffa.« David legte seine Hand auf die Tasche, als wolle er sie beschützen.

»Sehr komisch.« Die .44er Magnum ragte unter Roth' Windjacke aus ihrem Schulterhalfter. Er drückte sie mit dem Arm gegen seine Brust. »Was ist in der Tasche?« Sein Ton wurde unfreundlich.

»Geht Sie doch nichts an. Wer sind Sie denn überhaupt?« fragte David.

»Ich arbeite für Mr. Mohler.«

»In welcher Funktion?«

»Das geht wiederum *Sie* nichts an.«

»Okay. Dann sind wir ja wohl quitt. Ich gehe jetzt.« David

trat auf den Fahrstuhl zu, aber Roth verstellte ihm den Weg.

»Lassen Sie mich die Tasche sehen« sagte Roth mit eisiger Stimme. Er kam auf David zu, als wolle er ihm den Tragegurt von der Schulter reißen, doch David trat erneut einen Schritt zurück.

»Hey, jetzt mal langsam.« In dem schwachen Licht bemerkte David die Pistole, die aus der Windjacke des Mannes hervorragte. Er schluckte. Das war nicht der Augenblick, den Helden zu markieren. »Wenn Sie sie denn sehen möchten, ich hab' nichts dagegen einzuwenden.« Langsam ließ David die Tasche auf den Teppich fallen, kniete sich hin und machte den Reißverschluß auf. »Hier, schauen Sie nur rein.«

Roth zog eine Taschenlampe aus der Hosentasche, knipste sie an, beugte sich vor und schaute in die Tasche. Sie enthielt drei Tennisschläger und ein paar Büchsen voller Bälle, dazu Tenniskleidung und -schuhe. Unter den Sportsachen war die Schachtel mit den Kopien der Kaufbelege und den Bloomberg-Informationen, mit deren Zusammentragen David die letzten vier Stunden verbracht hatte.

David klopfte das Herz bis zum Hals. Was, zum Teufel, sollte er sagen, wenn der Mann die Schachtel sah, sie öffnete und die Kopien fand?

»Warum haben Sie diesen ganzen Kram mit hoch ins Büro gebracht?« erkundigte sich Roth.

»Einer der anderen Portfolio-Manager wollte diesen Wilson-Schläger sehen. Er hatte erwogen, sich das gleiche Modell zu kaufen.« Davids Herz setzte einen Schlag lang aus, als der Mann in die Sporttasche griff und den Tennisschläger berührte.

Aber der Mann suchte nicht weiter. »Was haben Sie heute nacht hier gemacht?« Roth stand auf. »Es ist schon nach vier Uhr früh.«

David durchflutete Erleichterung. »Ich hab ein paar Nachforschungen über ein Unternehmen angestellt, in das ich Sagamore eventuell einkaufen möchte. Ein Projekt, bei dem der Zeitfaktor eine wichtige Rolle spielt. Im Markt gibt es Gerüchte, daß das Unternehmen kurz vor einer Übernahme steht, und ich möchte einsteigen, bevor der Preis in die Höhe geht.« Der Mann schien mit der Erklärung zufrieden. »Die Wall Street macht nie Pause, und wenn man auf ihr spielen will, dann muß man nach ihren Regeln leben. Was manchmal bedeutet, daß man zu seltsamen Zeiten arbeitet.« David zog den Reißverschluß der Tasche wieder zu, warf sie sich über die Schulter und erhob sich, wobei er hoffte, daß der Mann die seltsame Ausbuchtung ihres Bodens nicht bemerken würde. »Aber ich weiß nicht recht, warum ich Ihnen das alles erzählen muß.«

»Weil ich danach gefragt habe«, zischte Roth.

»Ach so. Also, ich geh' jetzt nach Hause und schlaf' ein bißchen. War wundervoll, mit Ihnen zu plaudern.« David bewegte sich in Richtung Lift, doch Roth wollte ihn immer noch nicht passieren lassen.

Schließlich wich Roth zur Seite. David trat bedächtig in den Fahrstuhl, versuchte dabei zu wirken, als habe er es nicht allzu eilig, wegzukommen, drückte den Knopf für das Foyer und sah zu, wie die langen Haare und der Bart hinter den zugleitenden Türen verschwanden. Als der Fahrstuhl sich nach unten zu bewegen begann, sackten seine Schultern tief durch.

Roth stand lange Zeit reglos im Empfangsbereich. David Mitchell hatte nicht nervös gewirkt, aber die Tests, denen sie ihn unterzogen hatten, bevor sie ihm eine Stelle bei Sagamore anboten, hatten schließlich gezeigt, daß er psychologisch extrem belastbar war. Was natürlich der Grund war, warum sie ihn mochten, weshalb sie ihn haben wollten. Roth drehte sich und begann langsam auf die Doppeltür zuzugehen. Er würde Mohler am Morgen Bericht über diesen Zwischenfall erstatten.

Dreißig Minuten später wankte David durch die Tür seines Apartments, warf die Sporttasche auf die Couch und ging in sein Schlafzimmer. Er wollte sich gerade ausziehen, als er bemerkte, daß das Lämpchen des Anrufbeantworters blinkte. Er ging müde zum Nachttisch, setzte sich auf die Bettkante und drückte die Wiedergabetaste.

»David, ich bin's, Johnny. Ich hab die Informationen, die du über diese beiden Konten haben wolltest. War wahrhaftig nicht schwer, sie zu finden.« Johnnys Stimme wurde schärfer. »Und hey, falls das irgendein Witz sein sollte, dann kann ich überhaupt nicht drüber lachen. Der Name, auf den beide Konten lauten, ist deiner. David J. Mitchell. Es ist jetzt keinerlei Geld auf den Konten – de facto hat's in beiden Fällen keine großen Bewegungen gegeben. Lediglich eine Einzahlung und eine Abbuchung.« Johnnys Stimme schwieg einen Moment, dann knisterte Gelächter aus dem Lautsprecher. »Aber das waren ziemlich große Einzahlungen. Im ersten Fall eine Million, im zweiten zwei Millionen. Ich wußte ja, daß du da draußen bei Sagamore gut bezahlt wirst, aber ich hatte keine Ahnung, daß es dabei um derartige Summen geht. Wie auch immer, ruf mich morgen mal an. War schön, dich zu sehen.« Die Stimme schwieg erneut. »Ich hoffe, dir geht's gut. Tschüs.«

Der Anrufbeantworter schaltete sich klickend ab. Einige Minuten lang saß David auf dem Bett, starrte in die Dunkelheit. Er hatte die Kontonummern von Finnerty bekommen und das Geld auf die Caymans geschickt, angeblich seinem »Paten«, Senator Webb, dem Mann, der dafür gesorgt hatte, daß der A-100-Kontrakt unter dem Schutz des schwarzen

Budgets an GEA vergeben wurde. Angeblich als Gegenleistung für drei Millionen Dollar – eine bei Unterzeichnung des Vertrags und zwei, wenn die Produktion anlief. Aber das Geld war überhaupt nicht an Webb geflossen. David hatte es unwissentlich an sich selbst geschickt. Und jetzt war es weg. Sie hatten die Konten abgeräumt, damit David in dem unwahrscheinlichen Fall, daß er entdeckte, was sie getan hatten, das Geld nicht an Doub Steel zurückerstatten konnte. Die ganze Angelegenheit war also eine Falle gewesen.

David ließ sich langsam zurück auf die Matratze sinken. Sie konnten ihn wegen Betrugs und Unterschlagung drankriegen – in Höhe von drei Millionen Dollar. Denn ohne jeden Zweifel lagen diese drei Millionen auf einem anderen Konto irgendwo in der Welt. Einem anderen Konto, das sie unter seinem Namen eröffnet hatten, das zu finden er aber nicht in der Lage sein würde. Zu gegebener Zeit würden sie Dokumente präsentieren können, die zeigten, daß David das Geld hatte verschwinden lassen und daß es noch immer auf einem Konto lag und auf ihn wartete.

Sie hatten sich auch schuldig gemacht – vieler Dinge. Aber es gab für David keinerlei Möglichkeit, sich an die Behörden zu wenden. Er konnte absolut nichts beweisen. Sie konnten es, oder zumindest würden die Gerichte ihnen glauben, selbst wenn das alles ein abgekartetes Spiel war, um ihm etwas anzuhängen. Er war der einzige, der etwas zu verlieren hatte, wenn er jetzt das Gesetz ins Spiel brachte. Es war perfekt. Finnerty hatte recht. Sie waren sehr clevere Leute, die spielten, um zu gewinnen.

David verschränkte die Hände hinter dem Kopf und starrte hoch zu dem Deckenventilator, der sich im Licht der heraufziehenden Dämmerung langsam über ihm drehte. Und dann verschwamm es ihm vor den Augen, als er die Verbindung herstellte. Er stand hastig auf und rannte zur Tür.

Kapitel 26

»Hier lang«, flüsterte Todd, als er sich nach links in die dunkle Gasse wandte.

Jesse folgte ihm dichtauf, während er sich vorsichtig an dem zweieinhalb Meter hohen, von rasiermesserscharfem Stacheldraht gekrönten Maschendrahtzaun entlangbewegte. Zehn Minuten zuvor hatten sie Jesses Mietwagen in einer einsamen Seitenstraße zurückgelassen – um nicht die Aufmerksamkeit privater Wachleute zu wecken –, und jetzt schlichen sie verstohlen durch die Schatten des örtlichen Lagerhausbezirks. »Wie weit noch?« flüsterte sie zurück.

»Ist jetzt nicht mehr weit.«

»Gut.« Es war schon fast eins und Jesse erschöpft von dem arbeitsreichen Tag und ihrem Abendstudium bis um zehn.

Plötzlich griff Todd nach ihrem Handgelenk und zog sie auf ein Gebäude auf der anderen Seite des Gäßchens zu. »Komm her!«

»Was ist denn los?« Dann sah sie das Patrouillenfahrzeug, das mit aufblitzendem Suchscheinwerfer auf sie zukam.

»Komm einfach!«

Zerbrochenes Glas knirschte unter ihren Füßen, als sie über den Bürgersteig zu einem großen Torweg sprinteten, der einige Fuß tief in das Gebäude zurücksprang.

»Preß dich gegen die Wand«, befahl Todd. »Und schau weg von der Gasse.«

Jesse gehorchte auf der Stelle und drückte sich an die rauhen Backsteine, als versuchte sie, sich in einen der Risse im Mörtel zu quetschen.

Der Wagen des privaten Sicherheitsdienstes rollte mit hin und her schwenkenden Suchscheinwerfer im Schrittempo die Gasse entlang. Jesse hörte das Rauschen und Knistern eines Funksprechgeräts und das Schnurren des Motors, als das Fahrzeug sich langsam über das zerbrochene Glas bewegte. Sie preßte sich enger gegen die Backsteine. Das war blanker Wahnsinn. Sie würden angehalten werden, ehe sie auch nur das Gebäude der LFA erreichten. Und wie würden sie ihre Anwesenheit erklären? Zwei schwarzgekleidete Leute, die sich um ein Uhr früh in der Einfahrt eines Lagerhauses versteckten.

Sie hielt den Atem an und schloß die Augen, als der Wagen sich um die Ecke des Torwegs schob. Das war's. Im nächsten Moment würde sie spüren, wie der Scheinwerfer die Einfahrt in grelles Licht tauchte, und eine barsche Stimme aus einem Lautsprecher hören, die ihr befahl, sich mit den Händen hinter dem Rücken hinzuknien.

Doch der Wagen hielt nicht an. Er rollte an ihrem Versteck vorbei, erreichte die schmale Seitenstraße, aus der sie und Todd nur Sekunden zuvor in das Gäßchen gekommen waren, bog nach links ab und entfernte sich mit aufheulendem Motor in die Nacht.

Todd atmete tief aus. »Das war knapp.«

»Das will ich meinen.« Jesse wischte sich zerbröselten Mörtel von der Wange, während sie sich allmählich entspannte.

»Sie waren heute nacht ein bißchen früh dran.«

»Was meinst du damit?« fragte sie.

»Ich war schon mal hier und hab die Gegend ausgekundschaftet. Sie hatten einen ziemlich präzisen Zeitplan für ihre Runden. Heute abend waren sie ihrer normalen Zeit voraus.«

»Wolltest dir dein Honorar verdienen, was?« Sie versuchte zu lachen, aber ihre Stimme brach beim Sprechen. Sie atmete kräftig ein und aus, um ihr wie rasend klopfendes Herz zu beruhigen.

»Worauf du wetten kannst«, erwiderte Todd, während sein Blick die Gasse nach Anzeichen von weiterem Ärger absuchte. »Komm schon. Wir verschwenden Zeit.« Er begann die Gasse hinunterzulaufen.

Jesse holte tief Luft und rannte hinter ihm her.

Sie folgten einem verschlungenen Kurs durch das Labyrinth von Seitenstraßen und Gassen, die den Lagerhausbezirk von Baltimore kreuz und quer durchzogen. Die meisten der riesigen Gebäude, an denen sie vorbeikamen, waren in vertretbarem Zustand – offensichtlich wurden sie derzeit benutzt. Einige allerdings standen da wie einsame Geisterschiffe, die Fenster eingeschlagen und das Mauerwerk zerbröckelnd. Am Tag, wenn Geschäftsbetrieb herrschte, war dieser Bezirk so sicher wie jeder andere in der Stadt. Doch im düsteren Licht des frühen Morgens wirkte er gespenstisch und unheilverkündend, während sie auf ihr Ziel zueilten.

Schließlich wurde Todd langsamer und verfiel in normalen Schritt. »Da.« Er deutete auf ein Gebäude auf der anderen Straßenseite, während er sich vorbeugte, um wieder zu Atem zu kommen.

Das Gebäude war einmal ein Lagerhaus gewesen. Die LFA hatte Trennwände in die zweistöckige Halle eingezogen und sie zu einem Bürokomplex umgebaut. In der Mitte der Straßenfront war eine kleine Tür, ansonsten war die gesamte Vorderwand eine von nichts durchbrochene Backsteinmauer.

»Ich wäre im Leben nicht drauf gekommen, daß das die

LFA ist.« Jesse fuhr sich mit einer Hand über die Stirn, um den Schweiß abzuwischen. »Es gibt keine Schilder an der Fassade, nichts, was irgend jemandem verraten würde, daß er hier richtig ist.«

»Und das aus gutem Grund«, sagte Todd. »Wenn du eine militante Organisation betreiben würdest, würdest du ja wohl auch nicht an die große Glocke hängen, wo dein Hauptquartier ist.«

»Es ist keine militante Organisation«, sagte Jesse mit Nachdruck.

»Ich weiß.« Todd lachte und hob die Hände. »Ich zieh' dich nur so gern auf.«

»Also, Einstein, wie kommen wir da rein?« fragte Jesse. Das Hauptquartier der LFA wirkte uneinnehmbar.

»Mir nach.«

Sie trabten rund um das Gebäude zu den unbenutzten Laderampen an der Rückseite. Es war dort stockfinster, und sie mußten sich an der Wand entlangtasten. Schließlich blieb Todd stehen, zog eine kleine Taschenlampe hervor und leuchtete damit nach vorne und oben, bis er die Feuerleiter ausfindig machte. Dort angekommen, reckte sich Todd hoch in die Luft, um an die unterste Sprosse zu kommen. Er zog kräftig daran, und die Leiter kam mit lautem Quietschen herunter. Mit Jesse dicht hinter sich kletterte Todd die Leiter hoch bis zum ersten Absatz.

»Jetzt kommt der schwierige Teil«, sagte er über die Schulter.

»Was meinst du?« fragte Jesse und zog sich neben ihn hoch auf den Absatz.

Er knipste die Taschenlampe wieder an und leuchtete damit über das Geländer und die Backsteinwand entlang. »Wir müssen da raus.« Direkt unter ihnen stand ein riesiger leerer Müllcontainer. »Wir müssen über den Rand des Containers laufen, um zu diesem Fenster zu kommen.« Er richtete den Lichtstrahl hoch zu einem kleinen Fenster eineinhalb Meter über der Kante des Containers. »Es ist ein Toilettenfenster. Ich war heute nachmittag hier, um der LFA meine Dienste als freiwilliger Helfer anzubieten. Nachdem ich die Bewerbung ausgefüllt hatte, hab' ich gefragt, ob ich mal die Toilette benutzen darf. Ich hab den Fensterriegel geöffnet, während ich drin war.«

»Du hast dich bei der LFA als freiwilliger Helfer gemeldet?« Jesse hätte ums Haar lauthals losgelacht.

»Die schienen auch ein bißchen überrascht.« Todd lächelte. »Ich bin wahrscheinlich der einzige Weiße, der sich hier jemals um Arbeit beworben hat, aber wie die Empfangsdame sagte, ist die LFA ein Arbeitgeber, der auf Chancengleichheit achtet. Also hat sie mir ein Bewerbungsformular gegeben.«

»Was ist mit dem hier?« Jesse deutete mit dem Kinn auf das Fenster direkt neben dem Treppenabsatz.

»Das hab' ich heute nachmittag ausprobiert. Es ist zugenagelt. Ich schätze, der Brandinspektor hat sich in letzter Zeit nicht die Mühe gemacht, bei der LFA vorbeizuschauen.«

»Okay, gehn wir.« Sie kletterte vorsichtig über das Geländer auf die Oberkante des Containers, die parallel zum Gebäude verlief.

»Hey, was machst du da?«

»Zum Fenster gehen«, sagte sie, während sie unsicher auf dem schmalen Rand des riesigen Müllcontainers balancierte.

»Ich geh' als erster, Jess.«

Aber sie war schon ein ganzes Stück weit draußen auf dem Container, rutschte mit den Füßen vorsichtig den zollbreiten Metallrahmen entlang auf das Fenster zu und hielt das Gleichgewicht, indem sie sie sich mit den flachen Händen an der knapp eine Armlänge entfernten Hauswand abstützte. »Bleib einfach mit dem Licht auf dem Rahmen vor mir.« Es war wie damals, als sie als kleines Mädchen immer auf den Eisenbahnschienen in der Nähe ihres Hauses in Glyndon gelaufen war, dachte Jesse, während sie sich langsam voranschob. Mit dem kleinen Unterschied, daß eine Eisenbahnschiene bestenfalls fünfzehn Zentimeter über dem Boden verlief. Hier würde sie drei Meter tief fallen.

Schließlich erreichte sie das Fenster. Sie schob die Handflächen unter den hölzernen Rahmen der unteren Scheiben und drückte. Augenblicklich glitt das Schiebefenster nach oben. In einer einzigen flinken Bewegung erfaßte sie das Unterteil des Fensterrahmens, stieß sich von dem Container ab und zog sich ins Innere des Gebäudes. Sie erhob sich rasch vom Boden und lehnte sich wieder aus dem Fenster. »Komm schon«, rief sie. »Es ist überhaupt nicht schwer.«

»Hmmm.« Todd stieg zaghaft über das Geländer der Feuertreppe. Er hatte Höhen noch nie gemocht. Nicht einmal, wenn sie nur drei Meter betrugen.

»Beeil dich!« Jesse wurde langsam ungeduldig.

»Sachte!« Er hatte gedacht, sie würde diejenige sein, die zögert.

Langsam schob Todd sich hinaus auf den Rand des Containers und erreichte schließlich das Fenster. Er gab Jesse die Taschenlampe, packte dann den unteren Rand des Fensterrahmens und zog. Doch als er sich abstieß, verlor sein Fuß den Halt, und einen Moment lang hing er an den Fingern, unfähig, auf der Kante des Containers sein Gleichgewicht wiederzufinden. Während er sich langsam hochzog, packte Jesse ihn grob beim Hemd. Sekunden später fielen sie zusammen auf den Fliesenboden.

»Das war echt anmutig, Herr Privatdetektiv«, stöhnte Jesse.

»Ich hab halt in der Detektivschule den Kursus im Containerklettern verpaßt, okay?« Er war verärgert. »Ich nehme an, wir müssen in die Verwaltungsbüros«, sagte er, während er sich auf ein Knie erhob.

»Ich denke, das ist der beste Platz, um anzufangen.«

Sie verließen die Toilette und standen in einem schmalen, mit billigem Furnierholz getäfelten Korridor. Der Teppichboden war abgetreten, und in der staubigen Luft hing ein starker Geruch nach Möbelpolitur. Sie kamen zu einer verschlossenen Holztür, aber Todd überwand das Hindernis problemlos mit einem Satz Einbrecherwerkzeug. Die Tür sprang auf, und sie waren drin.

»Kein sonderlich sicheres Gebäude«, bemerkte Jesse.

»Es ist ein gottverdammtes renoviertes Lagerhaus, Jess. Was erwartest du denn, Laserstrahlen und Wärmesensoren? Die haben wahrscheinlich diese ganze Organisation so eben mit Ach und Krach zusammengekriegt. Da werden sie nicht besonders viel für Sicherheitsmaßnahmen ausgeben, weil es nichts zu schützen gibt.«

Sie konnte an seinem scharfen Ton merken, daß ihn sein ungeschicktes Eindringen in das Gebäude immer noch verlegen machte. »Wir sind hier, nicht wahr?«

»Ja«, grollte er und rieb sich ein Knie. »Unglücklicherweise.«

Sie ignorierte seine Beschwerde und ging zu den Aktenschränken an der Wand. Auch sie waren abgeschlossen. »Kommen diese Dietriche auch mit Aktenschränken zurecht?«

»Klar.« Todd trat zu dem ersten, knackte flink das Schloß und ging dann weiter zum nächsten.

Jesse zog eine winzige Stablampe aus ihrer Jeanstasche, öffnete die oberste Schublade des ersten Schranks und begann mit ihrer Suche. Um keine Fingerabdrücke zu hinterlassen, trugen sie und Todd durchsichtige Gummihandschuhe, die er an diesem Nachmittag in einem Haushaltswarengeschäft gekauft hatte. Als Jesse mit behandschuhten Fingern den ersten Aktenordner herauszog, mußte sie an den Lederhandschuh denken, den sie an dem Abend, als sie gejagt worden war, bei Neils Haus am Fluß verloren hatte. Sie hatte sich die Handschuhe an diesem Abend aus Saras Schreibtischschublade geborgt, nachdem alle anderen die Dienststelle verlassen hatten. Sie selbst hatte keine im Büro gehabt – schließlich war es Spätsommer –, und sie hatte auch keine Zeit damit verschwenden wollen, in einen Laden zu gehen. Aber Sarah hatte einen ausgeprägten Sammlertrieb und schien ein Exemplar von allem und jedem im Büro zu haben, ganz egal zu welcher Jahreszeit.

»Und nun?« Todd hatte alle fünf Aktenschränke geöffnet.

»Fang an, nach Personalakten zu suchen. Wenn du sie findest, sag mir Bescheid.«

»In Ordnung.«

Mehrere Minuten lang durchkämmte Jesse die Akten, blätterte durch Rechnungen, Briefkopien und Hausmitteilungen. Und dann fiel ihr etwas in die Augen – ein Ordner, der mit »Finanzierung/Doub Steel« beschriftet war.

»Hey, da haben wir's ja«, murmelte Todd. »Personalakten der Angestellten.«

»Gut.« Jesse hob die Hand. »Wart mal einen Moment. Ich komme gleich.« Ihr Pulsschlag beschleunigte sich, als sie erneut den Namen auf dem Ordner ansah. Doub Steel. Es klang so vertraut. Wo hatte sie diesen Namen schon einmal gehört?

Sie öffnete den dünnen Ordner und hielt die Taschenlampe über die Seiten. Plötzlich schlug sie sich eine Hand vor den Mund. Dieses Blatt war eine Kopie beider Seiten eines Millionen-Dollar-Schecks – eines von David J. Mitchell unterschriebenen Schecks. Sie würde dieses charakteristische »M« überall wiedererkennen. Sie hatte es gesehen, als er im Café Royal die Rechnung abgezeichnet hatte, und dann wieder im Jachthafen, als er für das Segelboot unterschrieben hatte. »Oh, mein Gott.« Doub Steel. Jetzt konnte sie sich wieder entsinnen. David hatte das Unternehmen als eine seiner wichtigsten Investitionen erwähnt, als sie in dieser Nacht mit dem Segelboot draußen auf dem Corsica River gewesen waren. Sie lehnte sich haltsuchend gegen den Aktenschrank.

»Was ist denn, Jess?«

»Erzähl' ich dir später.«

Sie schloß eilig den Ordner und legte ihn auf einen kleinen Tisch neben dem Aktenschrank. »Wo sind die Personalakten?« Ihre Stimme zitterte.

»Direkt hier. Nun komm schon, Jess, was ist ...«

»Nichts!« schnitt sie ihm das Wort ab, während sie sich dem nächsten Satz Akten zuwandte.

»Was soll ich tun?« fragte er.

Jesse zog einen kleinen Zettel aus der Brusttasche. Darauf stand die Sozialversicherungsnummer gekritzelt, die sie sowohl in der Liste der LFA-Angestellten wie auch in der Liste von Elbridge Colemans Wahlhelfern entdeckt hatte. »Paß einfach auf, daß uns niemand überrascht.«

»Okay.«

Sorgfältig las sie Akte für Akte durch und überprüfte jede einzelne Sozialversicherungsnummer. Schließlich kam sie zu einer Akte ohne Nummer, einer, bei der die Nummer mit Tipp-Ex überstrichen worden war. Sie berührte behutsam die getrocknete Flüssigkeit, warf dann einen Blick auf die obere linke Ecke und das Foto des Beschäftigten. Für einen Moment starrte sie es an. Sie kannte dieses Gesicht. Dann fiel ihr ein, woher, und erneut lief ihr ein eisiger Schauer über den Rükken. Es war der Mann, der vergangene Woche im Amt aus ihrem Büro gekommen war und Sara gesucht hatte. Dieser Mann hatte kurzes Haar und keinen Bart oder Schnäuzer, aber wie Todd betont hatte, waren Verkleidungen leicht zu bewerkstelligen. Sie schaute auf den Namen. Gordon Smith.

Das war es, wofür sie gekommen war. Und sie war auf den Scheck von Doub Steel gestoßen. Es war Zeit, zu verschwinden. »Laß uns gehen, Todd.«

»Hört sich für mich gut an.«

Jesse klemmte sich die Akte Smith unter den Arm, schloß und verriegelte die Aktenschränke, nahm die Doub-Akte vom Tisch und ging zurück zum Flur. Binnen Sekunden hing sie aus dem Toilettenfenster und tastete mit ihren Tennisschuhen nach dem Rand des Containers. Ihre Nerven waren zum Zerreißen gespannt. Wie in der Nacht, als sie in Robinsons Haus am Fluß gewesen war, riet ihr irgend etwas, schnellstens zu verschwinden. Schließlich berührten ihre Füße das Metall des Müllcontainers.

Todd reichte ihr die beiden dünnen Aktendeckel durch das Fenster, und sie begann, sich rasch auf die Feuertreppe zuzubewegen. Doch in ihrer Hast, zum Treppenabsatz zu kommen, glitt ihr einer Fuß aus, und ihren Lippen entfuhr ein kurzer Aufschrei. Einen Moment lang hing sie in der Luft, die Arme ausgestreckt, um sich irgendwo festzuhalten. Doch als sie rücklings in den metallenen Müllcontainer zu fallen begann, spürte sie, wie Todds starke Hand sich um ihr Handgelenk schloß wie ein Schraubstock, und sie gewann das Gleichgewicht wieder. Vorsichtig schob sie sich zur Feuertreppe.

Einen Moment später war Todd ebenfalls angelangt. Als er auf den Treppenabsatz kletterte, legte sie ihm eine Hand auf die Schulter. »Danke«, murmelte sie.

»Kein Problem«, flüsterte er. »Vielleicht hätten wir einfach versuchen sollen, im Erdgeschoß eine Tür zu finden.«

»Nein«, flüsterte sie zurück. »Da dürften die Türen Alarmkontakte haben.«

»Na und? Wir wären weggewesen, bevor irgend jemand hätte hier sein können.«

»Ich möchte nicht, daß irgendwer weiß, daß es einen Einbruch gegeben hat.« Jesse drückte Todd die beiden Aktenordner in die Hand und kletterte die Leiter hinunter. »Wirf sie zu mir runter, wenn ich unten bin.«

»Wird gemacht.«

Sie stieg geschmeidig Sprosse für Sprosse hinab und sprang das letzte Stück hinunter auf den Bürgersteig.

»Stehenbleiben!« bellte eine Stimme, als eine grelle Lampe plötzlich den gesamten Bereich unter der Feuerleiter erhellte.

Instinktiv hielt Jesse die Hände vors Gesicht. Sie war erwischt worden. Angst durchflutete sie, während sie sich die Schlagzeilen ausmalte: »STEUERFAHNDERIN BEI LFA-EINBRUCH GESCHNAPPT.« Das durfte nicht passieren.

Sie drehte sich um und wollte weglaufen, doch die privaten Wachmänner sahen ihre Bewegung voraus und waren im nächsten Moment über ihr, rangen sie zu Boden, drehten ihr die Hände auf den Rücken.

»Schau mal, was wir hier haben.« Einer der Männer richtete die grelle Lampe direkt in ihre Augen, während er ihr ein Knie ins Kreuz drückte.

»Nicht gerade der typische Lagerhaus-Dieb«, lachte der andere und zog ein Paar Handschellen aus seinem Gürtel. »Sie sind verdammt hübsch, gnä' Frau, aber hier behandeln wir alle gleich. Verpassen ihnen Manschetten und lochen sie ein.«

Jesse schloß die Augen und drehte ihr Gesicht von der

Lampe weg. Das hier war das Alptraumszenario. Genau davor hatte sie Angst gehabt.

»Genau, wir ...« Doch als der zweite Mann begann, Jesse die Handschellen anzulegen, zerrissen zwei Revolverschüsse die nächtliche Stille und erstickten seine Worte.

Die beiden Männer ließen sie sofort los und gingen hastig hinter dem Container in Deckung. Fast sofort explodierten zwei weitere Schüsse in die Dunkelheit, unmittelbar gefolgt vom Geräusch zerspringenden Glases, als die Kugeln die Windschutzscheibe des Patrouillenfahrzeugs trafen.

Jesse sprang auf die Füße und sprintete los. Sie wußte genau, was geschehen war. Die Wachmänner hatten Todd nicht gesehen, und nun startete er ein Ablenkungsmanöver – und sie würde es ausnutzen.

Zwei weitere Schüsse knallten. Sie hörte, wie die beiden Männer einander etwas zubrüllten, und dann war sie um die Ecke des Gebäudes, und die Schreie verklangen. Doch sie rannte weiter.

Als sie schließlich den Mietwagen erreichte, verfiel Jesse in einen langsamen Trott, blieb dann stehen und beugte sich nach Luft ringend vor. Sie wußte, daß es keine gute Idee war, bei einem Fahrzeug zu bleiben, das in diesem Teil der Stadt zu dieser nächtlichen Zeit so fehl am Platz wirkte. Es lag auf der Hand, daß die Polizisten, von denen es binnen Minuten in der gesamten Nachbarschaft nur so wimmeln würde, den Wagen überprüfen würden – Polizisten, die eine detaillierte Beschreibung von ihr besaßen. Sie begann sich auf unsicheren Beinen zurück in den Schatten zu bewegen, unsicher, was sie tun sollte. Sie konnte Todd hier nicht zurücklassen, aber sie konnte auch nicht bleiben. Dann hörte sie die Sirenen.

»Komm schon!«

Jesse spürte einen plötzlichen Klaps auf die Schulter, schrie auf und fuhr herum. Todd war bereits an ihr vorbeigerannt und beim Wagen angelangt.

»Komm schon!« rief er noch einmal. »Laß uns hier abhauen, verdammt noch mal! Wir haben nicht viel Zeit.« Er hämmerte mit der Faust aufs Wagendach.

Sie flitzte zum Auto, schob den Schlüssel in die Tür, öffnete sie und sprang in den Wagen. »Hast du die Akten?« schrie sie, während er sich neben ihr auf den Beifahrersitz fallen ließ.

»Hier.« Er streckte sie ihr entgegen.

»Wunderbar.« Sie griff nach den beiden Ordnern und schob sie unter den Fahrersitz, steckte dann den Schlüssel ins Zündschloß und drehte ihn. Der Motor heulte laut auf, als sie das Gaspedal bis zum Boden durchtrat. »Halt dich fest.«

Eine halbe Stunde später setzte Jesse den Wagen in eine Parkbucht vor ihrem Apartmentkomplex, schaltete Motor und Scheinwerfer aus, lehnte sich gegen die Kopfstütze und schloß die Augen. Sie war derart sicher gewesen, daß einer der diversen Streifenwagen, denen sie auf dem Weg nach Hause begegnet waren, plötzlich wenden und die Verfolgung aufnehmen würde. Aber keiner von ihnen hatte es getan. Nun war sie froh, daß sie ihren schlichten Mietwagen genommen hatten statt Todds auffälliger Corvette.

»Du bist 'ne klasse Fahrerin«, lachte Todd.

»Haben mir meine Brüder beigebracht.« Todd hatte heute nacht wirklich eine Menge für sie getan, wurde ihr plötzlich klar. »Ich kann dir gar nicht sagen, wie dankbar ich für deine Hilfe bin.«

»Nicht der Rede wert.«

Jesse faßte nach oben und zog die lange Nadel heraus, die ihr Haar zu einem Knoten zusammenhielt. Als sie den Kopf hin und her schüttelte, fiel es ihr bis auf die Schultern.

Todd nickte zustimmend. »Viel besser.«

»Danke«. Plötzlich fielen ihr die Schüsse wieder ein, die die nächtliche Stille durchbrochen hatten, während sie bäuchlings auf dem Asphalt gelegen hatte und sie fast schon in Handschellen gewesen war. »Ich wußte gar nicht, daß du eine Waffe trägst, Todd.«

»Immer.« Er faßte in sein Hemd und zog eine kurzläufige .38er heraus. »Sag hallo zu Mary. Im Moment sind ihr total die Kugeln ausgegangen, aber heute nacht hat sie saubere Arbeit geleistet.«

Jesse beäugte die Waffe. »Ja, das hat sie.«

Todd steckte sie zurück ins Schulterhalfter und zog dann ein Blatt Papier aus der Hosentasche. »Das hätt ich beinahe vergessen.«

»Was ist das?«

»Erinnerst du dich, daß wir über einen Freund von mir gesprochen haben, der Broker ist und den Börsengang von Coleman Technologies für mich überprüft hat? Wie drei der Unternehmen, die in den Deal investiert haben, alle die selbe Muttergesellschaft hatten?«

»Ja.«

»Der Typ hat noch ein bißchen weiterrecherchiert.«

»Und?«

»Jedes Unternehmen, das in den Börsengang von Coleman Technology investiert hat, wird letztendlich von Sagamore Investment Management kontrolliert. Kannst du dir das vorstellen? Sieht aus, als hättest du genau richtig gelegen. Das Coleman-Angebot wurde von einer kleinen Gruppe hochrangiger Broker bei ein paar sehr abgelegenen Investmentbanken manipuliert, auf Anweisung von Sagamore.« Er rieb sich einen Moment den Magen. Er schmerzte noch immer von Harrys Faust. »Aber ich kann dir nicht sagen, warum sie das gemacht haben.«

Jesse konnte. Elbridge Coleman hatte seine Wahlkampagne – und den massiven Werbefeldzug, der sie begleitete – mit Geld aus dem Börsengang finanziert. Mit Geld von Sagamore, schien man nun getrost annehmen zu dürfen.

»Bist du nicht neulich zu Sagamore rausgefahren, Jess?«

Und da war dieser gewaltige Scheck von Doub Steel an die LFA. Unterschrieben von David. Ihr Blick verschwamm. Und dann gab es einen Mann, der sowohl von Coleman als auch von der LFA bezahlt worden war. Gordon Smith, wenn das sein richtiger Name war. Die Sache wurde langsam verrückt.

»Jess?«

Sie schaute ihn an. Einen Moment lang erwog sie, sich ihm anzuvertrauen, ihm zu erzählen, was sie vermutete. Aber dann würde er wahrscheinlich auf der Stelle hinter David her sein. Und das wollte sie nicht. Jedenfalls noch nicht. »Ich muß gehen, Todd. Ich bring dich zu deinem Wagen.« Sie wandte sich ab und zog am Türgriff.

»Aber ...«

»Komm schon«, beharrte sie und schloß die Tür.

»Na schön.« Todd sprang aus dem Wagen.

»Wo ist deine Corvette?«

»Da drüben.«

Sie machte die weiße Corvette aus, die direkt unter einer der großen Straßenlampen geparkt war, und begann darauf zuzugehen.

»Hey, warte.« Aber er holte sie erst ein, als sie die Corvette schon erreicht hatte. »Warum hast du's denn so eilig?«

»Ich muß ein bißchen schlafen. Ich bin total fertig.« In dem Licht bemerkte sie plötzlich die Beschädigungen an Front und Heck der Corvette. »Was ist denn mit dem Wagen passiert?«

»Irgendwelche Rowdys haben sich vor ein paar Abenden drüber hergemacht, während ich Lebensmittel einkaufen war«, log er. »Ich schätze, manche Leute werden einfach eifersüchtig, wenn sie ein schönes Auto sehen.«

»Tut mir leid.«

»Schon in Ordnung. Die wird bald wieder so gut wie neu sein.«

Ein seltsamer Ausdruck huschte über ihr Gesicht. »Seit wann kaufst *du* denn Lebensmittel ein? Ich dachte, du gehst jeden Abend auswärts essen.«

»Hab ich Lebensmittel gesagt? Ich war Bier holen.«

»Ach so. Kannst du sie denn in dem Zustand fahren?«

Er nickte. »Ich hab' die Glühbirnen ersetzt. Irgendwann lass' ich die Karosserie reparieren.«

»Du und ich, wir haben in letzter Zeit nicht viel Glück mit unseren Autos.« Sie lächelte.

»Wahrhaftig.« Plötzlich hatte er diesen Impuls. »Jess, warum verbringst du nicht die Nacht bei mir draußen im Farmhaus?«

»Was?« Sie warf ihm einen raschen Blick zu.

»Komm mit. Es ist hübsch dort draußen.«

Sie schüttelte den Kopf.

»Du wirst dich dort heute nacht sicherer fühlen. Bei mir. Außerdem muß ich dir ein paar Dinge erzählen.«

»Todd, bitte.« Das war etwas, mit dem sie im Augenblick nicht zurechtkam.

Er kam näher und berührte mit den Fingern ihre Wange. »Das ist mein voller Ernst.« Er zögerte, schaute hinunter auf den Bürgersteig und dann wieder hoch zu ihr. »Du bedeutest mir wirklich eine Menge.«

Sie griff nach seiner Hand. »Du mir auch, nur ...«

»Dann komm mit zum Haus. Ich mein' ja nicht, daß wir miteinander schlafen werden, bloß reden, wir wir's früher immer getan haben.« Er nahm ihre Wangen sanft in seine großen Hände. »Nimm dir morgen frei. Lieber Himmel, denk doch mal drüber nach, was wir heute nacht durchgemacht haben. Du hast einen freien Tag verdient.«

»Das würde ich ja liebend gerne tun, wirklich. Nur, ich hab' noch was zu erledigen.«

»Ist es dieser David Mitchell?« Todd war mit einem Mal wütend. »Wirst du dich jetzt mit ihm treffen?«

»Natürlich nicht.« Jesse fühlte, wie Todds Griff fester wurde, als sie versuchte, sich loszumachen. »Todd!«

»Küß mich, Jess.« Er ließ seine Hände ihren Rücken hinabgleiten und zog ihren Körper grob an sich.

»Todd, was tust du da?« Sie versuchte, ihn wegzustoßen, aber es nutzte nichts. Er war viel zu stark.

»Küß mich.« Er legte eine Hand hinter ihren Kopf, beugte sich vor und preßte seine Lippen auf ihren Mund.

»Bitte hör auf! Bitte!« Schließlich riß sie sich aus seinem Griff los, trat einen Schritt zurück und wischte sich mit dem Handrücken die Lippen ab.

Todd starrte sie einen Moment eindringlich an, senkte dann langsam den Blick aufs Pflaster und schüttelte den Kopf. »Tut mir leid, Jess. Ich hab keine Ahnung, was in mich gefahren ist«, sagte er leise. »So was ist nicht meine Art.«

»Ich weiß.« Sie setzte dazu an, seinen Arm zu berühren, zögerte dann aber. Die Kraft, die er aufgewendet hatte, um ihren Kopf festzuhalten, hatte sie geschockt. Sie hatte sich nicht von ihm losgemacht, wurde ihr jetzt klar, er hatte sich entschieden, sie gehenzulassen. »Ich weiß«, sagte sie nochmals. »Hey, danke für das, was du heute nacht für mich getan hast.«

Er nickte deprimiert. »Ja, klar doch.«

»Hey. Nimmm's dir nicht so zu Herzen.«

Er nickte wieder, zog dann seine Schlüssel aus der Tasche, öffnete die Wagentür und setzte sich hinters Steuer. »Ich muß los.«

»Todd, fahr nicht einfach so weg.«

Aber er hörte nicht zu. Er legte den Rückwärtsgang ein, fuhr aus der Parklücke und raste davon.

Während Jesse zusah, wie die schnittige weiße Corvette über den Parkplatz schoß, berührte sie ihre Wangen. Lieber Himmel, das war seltsam gewesen. So hatte er sich noch nie zuvor benommen. Warum also jetzt? Vielleicht würde Becky dafür eine Erklärung haben.

Jesse schaute im Schein der Parkplatzbeleuchtung auf die Uhr. Fast drei Uhr. Sie drehte sich um und eilte zurück zu ihrem Mietwagen. Sie hatte noch etwas zu erledigen, bevor sie schlafen gehen konnte.

Wie immer lagen die Stofftiere ordentlich aufgereiht auf der oberen Koje des Etagenbetts und lächelten ihr aus den Kissen entgegen. Jesse betrachtete sie traurig von der Tür her. Noch immer beließ ihre Mutter das Zimmer so, wie es an dem Tag gewesen war, als Jesse das Haus für immer verlassen hatte. Sie schaute hinab auf die untere Koje, dann zu dem Einzelbett auf der anderen Seite des kleinen Raum. Sie und ihre beiden Schwestern waren hier aufgewachsen. Den einen Tag waren sie Teenager gewesen, die sich über Jungs stritten, am nächsten waren sie alle weggegangen, um ihr eigenes Leben zu leben. Zumindest kam es ihr so vor.

»Jesse?«

»Ja, Mom.«

»Mein Gott, du hast mich zu Tode erschreckt. Ich bin ja so froh, daß du das bist.«

Jesse wandte sich von dem Zimmer ab und zu der Stimme hin. Connie stand im dunklen Flur, bekleidet mit einem langen Morgenmantel aus Baumwolle. »Hi, Mom. Tut mir leid. Ich hatte nicht vor, dir Angst einzujagen.«

»Schon gut, Schatz, aber es ist beinahe vier Uhr morgens.

Ich liebe es ja, wenn du mich besuchst, aber wieso denn jetzt?«

Jesse nahm die Tasche hinter ihren Rücken, ließ sie dann vorsichtig auf den Boden fallen und hoffte dabei, daß ihre Mutter nichts davon bemerken würde. Die Tasche enthielt Neil Robinsons Aktenordner aus dem Haus am Fluß, die Personalakte von Gordon Smith und die Doub-Steel-Akte aus dem LFA-Gebäude, Todds Brokerinformationen, die das Geld von Sagamore mit Elbridge Colemans Wahlkampf in Verbindung brachten, und die Steuerbelege, die zeigten, daß Gordon Smith' Sozialversicherungsnummer sowohl bei der LFA als auch bei Colemans Wahlkampagne auftauchte. Sie enthielt alles, was sie seit dem Erhalt von Neil Robinsons E-Mail aus dem Grabe zusammengetragen hatte. »Ich mußte was holen«, erklärte sie lahm.

»Und was loswerden, wie ich sehe.« Connie deutete mit dem Kinn hinunter zum Fußboden.

»Äh, ja.« Jesse äußerte sich nicht näher. »Mom, geh wieder ins Bett.«

»Können wir nicht ein Weilchen miteinander reden? Du weißt, wie sehr ich es mag, wenn du vorbeischaust.« Connie zögerte. »Du bist die einzige, die das wirklich tut.«

»Ich komm' dieses Wochenende zu dir raus, ich versprech's dir.« Jesse nahm ihre Mutter bei der Hand und führte sie zurück ins Schlafzimmer. Sie half Connie ins Bett und deckte sie zu. »Ich hab' dich lieb, Mom.« Sie setzte sich auf die Bettkante und streichelte einen Moment lang das Haar ihrer Mutter. »Ich hab' was für dich«, flüsterte sie.

»Was?« flüsterte Connie, die schon wieder halb eingeschlafen war, leise.

Jesse faßte in die Tasche und zog fünfzig Dollar heraus. »Bloß etwas, das ich im Nachttisch lasse.« Sie öffnete die Schublade und ließ die zerknüllten Scheine hineinfallen. »Ich ruf' dich an und erinnere dich daran, daß es da drin ist.«

Doch Connie hörte sie nicht. Ihr Atem ging jetzt ganz gleichmäßig, und sie schlief tief und fest.

Jesse lächelte, küßte ihre Mutter auf die Stirn und kehrte dann leise zurück in ihr altes Schlafzimmer, wo sie die Tasche mit den Unterlagen aufhob und im Schrank verstaute, ganz oben zwischen Stapeln von Puzzles und Gesellschaftsspielen. Hier würden die Sachen sicher sein.

Kapitel 27

Jesse drückte ihre Wohnungstür auf und trottete müde ins Wohnzimmer. Ihre Augenlider fühlten sich so schwer an, als würde jemand sie ganz langsam zunähen. Um wach zu bleiben, hatte sie sich den ganzen Weg vom Haus ihrer Mutter hierher so heftig in den Oberschenkel gekniffen, daß er schon ganz blau war, und war dennoch ein paarmal nahezu von der Straße abgekommen. Es war inzwischen sechs Uhr vorbei, und damit sie um acht im Büro sein konnte, mußte sie spätestens gegen halb sieben wieder wach sein. Sie seufzte. Vielleicht hatte Todd ja recht. Vielleicht sollte sie sich den Tag einfach freinehmen.

Sie war schon fast im Schlafzimmer, als sie sich mit der flachen Hand vor die Stirn schlug und sich zurück zur Küche wandte. Die Katze war seit dem vergangenen Vormittag nicht mehr gefüttert worden und mußte inzwischen halb verhungert sein.

Der schattenhafte Umriß, der sich gegen das durch die Wohnzimmervorhänge strömende Licht abzeichnete, wirkte zunächst surreal. Jesses Gehirn registrierte die Form, doch für einen Sekundenbruchteil gestattete sie sich nicht, ihre Existenz anzuerkennen. Erst als die Gestalt sich bewegte, stiegen ihr das Herz in die Kehle und die Hände zum Hals. Sie versuchte zu schreien, aber ihren Lippen entrang sich kein

Ton bis auf ein seltsames würgendes Geräusch, als seien die Finger der Gestalt bereits fest um ihren Hals geschlossen.

Instinktiv wandte sie sich von dem Schatten ab und stürzte in Richtung Schlafzimmer. Als die Gestalt den Lichtschalter anknipste, war das Zimmer mit einem Mal hell erleuchtet.

»Jesse!«

Sie erkannte die Stimme sofort, fing sich mit einer Hand am Türrahmen ab und wirbelte herum. »David! Was machen Sie denn hier? Wie sind Sie reingekommen?«

David hielt ein Schlüsselbund hoch und warf es dann aufs Sofa. »Die hab' ich neulich in einer Ihrer Küchenschubladen gefunden, als Sie gerade im Schlafzimmer waren.«

O Gott, hatte er die Akte am Ende doch gesehen? War er deswegen hier? War er ihretwegen zurückgekommen? Hatte sie ihn bei einem Einbruch überrascht? Die Fragen wirbelten ihr nur so durch den Kopf. Und die ganze Zeit über mußte sie an seine Unterschrift auf dem Scheck von Doub Steel denken. »Was haben Sie sich eigentlich dabei gedacht, meine Küche zu durchsuchen?«

»Sie hatten mir gesagt, ich soll mir ein Bier holen. Der Kronkorken wollte nicht abgehen, also hab' ich nach einem Flaschenöffner gesucht. Hätte ich das lieber nicht tun sollen?«

»Das schon. Aber sie hatten kein Recht, die Schlüssel einzustecken.«

»Warum so feindselig, Jesse?« Er machte einen Schritt auf sie zu.

Sie wich zurück und hielt so die Distanz zwischen ihnen aufrecht. Sie konnte sich jetzt nicht sicher sein, was er beabsichtigte. Sagamore war irgendwie in die Sache mit Colemans Wahlkampagne und der LFA verwickelt. Den Leuten dort war nicht länger zu trauen, und David Mitchell war einer von diesen Leuten. »Ich hab' was dagegen, wenn jemand meine Schlüssel mitnimmt, ohne mich um Erlaubnis zu fragen. Können Sie das verstehen?«

»Sie sollten vorsichtiger sein«, sagte er in unheilverkündendem Ton.

»Was meinen Sie damit?«

»Genau, was ich gesagt habe.«

David war erschöpft. Sie konnte es in seinen Augen sehen. Auch er war die ganze Nacht aufgewesen. »Warum sind Sie hier?«

Er zögerte einen Moment. »Um Ihnen zu helfen«, murmelte er leise. Seine Stimme klang mit einem Mal gedämpft.

»Was soll das heißen?«

Es war albern, an diesem Punkt noch Spielchen zu treiben. »Hören Sie, ich werde ehrlich mit Ihnen sein.«

»Das wäre echt nett.«

Er ignorierte ihren zynischen Tonfall. »Ich hab' an diesem Abend neulich in Ihrer Küche die Akte gesehen.«

»Welche Akte?«

»Lassen Sie doch die Spielchen.«

Zum erstenmal hörte Jesse einen eisigen, beinahe bedrohlichen Unterton in Davids Stimme. »Sie meinen die Akte über Elbridge Colemans Wahlkampagne.«

»Selbstverständlich meine ich die«, gab er knapp zurück.

Jesse analysierte rasch die Möglichkeit zu fliehen. Sie konnte es unmöglich bis zur Eingangstür schaffen. David würde ihr mit Leichtigkeit den Fluchtweg abschneiden. »Sie haben also die Akte gesehen. Na und? Mein Boß hatte eine rege Fantasie.«

»Ich hab's Ihnen doch gesagt, Jesse, ich bin hier, um zu helfen.« Er hatte ihr angesehen, daß sie die Chancen, zu entkommen, auslotete. »Wenn Sie gehen möchten, bitte sehr. Ich werd' Sie nicht aufhalten.« Er trat zur Seite. »Mir liegt sehr viel an Ihnen. Ich bin wirklich nur hier, um Ihnen zu helfen. Das müssen Sie glauben. Sie müssen mir vertrauen.«

Sie wollte seinen Worten Glauben schenken. Sie wollte ihm vertrauen. Aber in seinen Augen stand jetzt etwas Seltsames, eine Verzweiflung, die sie zuvor nicht gesehen hatte, eine Verzweiflung, die bedeuten konnte, daß er tatsächlich die Wahrheit sagte – oder daß er zu fast allem bereit war, , um sich aus einer häßlichen Situation zu befreien.

»Geben Sie mir bloß eine Minute, um die Sache zu erklären. Wenn Sie nicht glauben, was Sie hören, dann sagen Sie's. Ich verspreche, daß ich Sie augenblicklich in Ruhe lasse.«

»In Ordnung.«

»Gut. Die Wahrheit ist, daß die Sagamore Investment Management Group nicht das ist, was sie zu sein scheint, Jesse. Wir sind keine besseren Investoren als irgendwer sonst. Wir spielen ein Insider-Spiel. Deswegen konnten wir über so lange Zeit derart unglaubliche Gewinne erzielen. Wir spielen mit gezinkten Karten.«

Ihre Augen wurden groß.

»Ich hatte schon lange einen Verdacht, aber ich war nicht in der Lage, etwas zu beweisen«, fuhr David fort. »Seit heute nacht kann ich es beweisen, zumindest mir selbst. Was ich in der Hand habe, würde keinem Gerichtshof ausreichen, irgend jemanden zu verurteilen, aber ein Zehnjähriger würde das Muster in den Aktiengeschäften sehen und wissen, was die leitenden Leute bei Sagamore treiben.«

Er unterbreitete seine Informationen, ohne irgendeine Gegenleistung von ihr zu verlangen. Das war ein gutes Zeichen. »Was meinen Sie damit?« fragte sie.

»Sagamore macht Insidergeschäfte mit Rüstungsaktien. Wir kaufen auch Papiere aus anderen Bereichen, aber wir konzentrieren uns auf die Rüstungsindustrie. Es gibt jede Menge Unternehmen, die auf die eine oder andere Art

Geschäfte mit dem Verteidigungsministerium machen, also existiert eine breite Palette von Aktien, die wir kaufen können. Der Verteidigungshaushalt beläuft sich auf nahezu 300 Milliarden Dollar im Jahr. Das ist ein Haufen Geld, der erst mal ausgegeben sein will, also kriegen viele unterschiedliche Firmen ein Stück davon ab. Wir kaufen die Aktien, *bevor* gute Nachrichten, etwa die Erteilung eines gewaltigen Rüstungskontrakts, publik werden, und stoßen sie ab, *bevor* sich schlechte Nachrichten herumsprechen.«

»Sie sollten mir das nicht erzählen. Ich bin Regierungsbeamtin«, sagte Jesse leise. »Ich bin verpflichtet, meine Vorgesetzten zu alarmieren.«

»Sie werden überhaupt niemandem etwas davon sagen, und das wissen Sie auch.«

»Was meinen Sie?«

»Ich habe keine echten Beweise. Wenn Sie Ihren Vorgesetzten erzählen, was ich gerade Ihnen erzähle, leiten die eine Untersuchung ein, von der Sagamore rasch Wind kriegen würde. Bis bei der Untersuchung was herauskommen könnte, hätten die Leute bei Sagamore längst jeglichen Beweis für ihre Insidergeschäfte vernichtet.«

Er hatte recht. »Aber wie konnte Sagamore diese Art von Geschäften auf regelmäßiger Basis machen? So lange? Die Firma hat seit Jahren unglaubliche Resultate erzielt.«

»Weil Sagamore einen Kontaktmann im Senat hat. Einen sehr mächtigen Kontaktmann. Einen Mann, der nicht nur frühzeitig unseren Leitungsausschuß auf bevorstehende Entwicklungen aufmerksam macht, die Rüstungsfirmen betreffen, sondern sogar insgeheim und auf eigene Verantwortung massive Gelder aus dem Verteidigungsetat an bestimmte Unternehmen vergeben kann. Einen Mann, der das schwarze Budget kontrolliert. Ich bin mir sicher, daß Sagamore ihn für das, was er tut, gut bezahlt. Vermutlich über Nummernkonten irgendwo in der Karibik.« David schüttelte den Kopf, als er sich an das schemenhafte Treffen mit Senator Webb vor zweieinhalb Jahren erinnerte. Ein Treffen, bei dem er naiverweise geglaubt hatte, den Senator bestochen zu haben, bei dem sie aber in Wirklichkeit ihn, David, effektiv mit in die Verschwörung hineingezogen hatten. Es machte jetzt alles soviel Sinn. »Stellen Sie sich mal vor, was das bedeutet.«

Dazu brauchte es nicht viel Vorstellungskraft. »Nennen Sie mir ein Beispiel«, sagte Jesse ganz ruhig. »Ein Beispiel, wie Sagamore Insidergeschäfte macht.«

»Ein Flugzeug namens A-100«, antwortete er. »Das ist ein neuer Jagdbomber, der von General Engineering & Aerospace für die Navy entwickelt wird. Die Maschine ist insgeheim seit zweieinhalb Jahren in Entwicklung gewesen. Ihre Existenz wird sehr bald bekanntgegeben werden. Der Auftrag wird sich auf 150 Milliarden Dollar belaufen, verteilt über sieben Jahre. Er wird den Börsenkurs der GEA-Aktien zumindest auf das Fünffache des heutigen Werts steigen lassen. Vor zweieinhalb Jahren, unmittelbar bevor der A-100-Kontrakt an GEA vergeben wurde, hat Sagamore GEA-Aktien im Wert von einer Milliarde Dollar erworben. Sie können das in den Unterlagen für die Börsenaufsicht nachprüfen. Die Investition wurde öffentlich angezeigt. Das Timing zwischen dem Kontrakt und der Investition ist kein Zufall, Jesse. Das verspreche ich Ihnen.«

»Welcher Senator kontrolliert das schwarze Budget und arbeitet mit Sagamore zusammen?« fragte sie gebannt.

»Das spielt keine Rolle.«

»Doch, das tut es.« Mit einem Mal wurde ihr klar, warum Sagamore daran interessiert sein sollte, das Rennen zwischen Elbridge Coleman und Malcolm Walker zu manipulieren. Coleman würde als nächster an der Reihe sein – würde der nächste Mann sein, der das schwarze Budget kontrollierte, damit Sagamore bis ins einundzwanzigste Jahrhundert hinein weiter Insidergeschäfte machen konnte. »Wer ist es?«

»Das werd ich Ihnen nicht erzählen, Jesse. Offen gestanden, denke ich, daß es besser ist, wenn Sie es nicht wissen.«

»Wissen *Sie*, wer es ist?«

Er nickte zögernd.

»Aber wie konnte Sagamore das geheimhalten? Wenn das schon seit Jahren so läuft, wie Sie sagen, warum hat es dann niemand an die Öffentlichkeit gebracht?«

Simpel, dachte er. Der allmächtige Dollar. »Jesse, das durchschnittliche Jahresgehalt von Portfolio-Managern, die seit mehr als fünf Jahren bei der Firma sind, beträgt über zwei Millionen Dollar. Warum sollte da irgendwer was an die Öffentlichkeit bringen? Und Sagamore ist ja auch kein so riesiger Laden. Es gibt nicht allzu viele Leute, die das Geheimnis wahren müssen. Die Leute werden sorgfältig überprüft, ehe man ihnen einen Job anbietet.«

»Geld würde nicht jeden zum Schweigen bringen. Irgend jemand würde das Schuldgefühl nicht mehr ertragen können.«

»Gehen Sie da drauf lieber keine Wetten ein.« David wußte es besser. »Außerdem ist da noch etwas anderes.«

»Was?«

»Als Portfolio-Manager haben Sie bis zu dem Zeitpunkt, an dem Ihnen klar wird, was da vor sich geht, schon gegen ungefähr zwanzig Gesetze zum Wertpapierhandel verstoßen. Von verbotenen Insidergeschäften bis hin zu Unterschlagung, Betrug und Bestechung. Was immer Ihnen einfällt, Sie haben es getan. Und das Heimtückischste daran ist, daß Ihnen noch nicht mal bewußt wird, was Sie getan haben, ehe es zu spät ist.«

Das hörte sich nach den Rationalisierungsversuchen eines Schuldigen an. »Aber irgend jemand würde einen Deal mit den Behörden machen. Immunität gegen Informationen.«

»Warum, Jesse? Warum würde jemand freiwillig zur Börsenaufsicht gehen, um einen Deal auszuhandeln? Fragen Sie sich doch selbst, was einfacher ist – das Spiel bei Sagamore mitzumachen und wenigstens zwei Millionen Dollar im Jahr zu verdienen oder die Bundesregierung mit Informationen zu versorgen, sich dafür ein Weilchen toll zu finden und dann den Rest seines Lebens im Armenhaus zuzubringen, weil die Branche einen auf die schwarze Liste gesetzt hat? Niemand würde Sie mehr einstellen. Und wenn die Regierung erst einmal mit Ihnen durch ist, meinen Sie, daß die für Sie sorgen wird? Jedenfalls nicht mit satten zwei Millionen im Jahr.«

»Also, haben Sie?« fragte sie ruhig.

»Hab' ich was?«

»Haben Sie gegen zwanzig Gesetze zum Wertpapierhandel verstoßen?«

David ignorierte sie. »Wir können später weiterreden, aber wir müssen Sie hier rausbringen, Jesse. *Auf der Stelle.*«

Die Intensität seiner Stimme und die Angst, die sie in seinen Augen sah, ließen sie erschrecken. »Was meinen Sie damit?«

»Ich glaube, daß Sie in Gefahr sind.«

»Warum?«

»Wegen dieser Akte in Ihrer Küche. Ich hab' sie neulich rasch überflogen. Ich glaube, daß alles, was darin steht, wahr ist, Jesse. Wer auch immer sie verfaßt hat, wurde entweder von einem Insider mit Informationen versorgt oder war ein Genie. Ich bin mir sicher, daß die leitenden Leute bei Sagamore die Wahl zu manipulieren versuchen. Es macht nur allzuviel Sinn. Ihr Kontaktmann im Senat, derjenige, der das schwarze Budget kontrolliert, wird alt. Wenn sie nichts unternehmen, um dieses Problem anzugehen, sind sie von ihrer Lebensader abgeschnitten, sobald er weg ist, von ihrer Möglichkeit, Jahr für Jahr dem Rest des Marktes einen Schritt voraus zu sein. Also brauchen sie einen Jüngeren, jemanden, der am Ende ihren Kontaktmann ersetzen kann. Aber sie möchten den jungen Mann zusammen mit ihrem Vertrauten im Senat haben, damit sich ein geordneter Übergang einfädeln läßt.« David schwieg einen Moment. »Und ich bin mir auch sicher, daß sie Malcolm Walker loswerden möchten. Also kriegen sie bei dieser Wahl zwei Schnäppchen zum Preis von einem.«

Es war genau, wie sie vermutet hatte. »Mein Gott«, flüsterte sie.

»Ja. Es ist unglaublich. Das Erschreckendste an alledem ist, daß der Mann im Senat, der das schwarze Budget kontrolliert, mit jemandem im Pentagon zusammenarbeiten muß. Der Senator kann Mittel bewilligen, aber er braucht Hilfe bei den Kontrakten. Er braucht auch jemanden, der im Pentagon eine gehobene Position bekleidet.«

Jesses Mund wurde trocken. Was ihr noch vor ein paar Tagen unvorstellbar erschienen war – nichts als Neils rege Phantasie –, wurde mit einem Mal zur Verschwörung von immensen Dimensionen.

»Aber das wichtigste ist im Augenblick, Sie hier rauszubringen«, drängte David erneut und trat einen Schritt auf sie zu.

Sie sah die Bewegung, wich dieses Mal aber nicht zurück. »Der einzige Mensch bei Sagamore, der von dieser Akte weiß, sind Sie. Warum sollte ich in Gefahr sein?«

»Glauben Sie etwa, es ist reiner Zufall, daß Elizabeth Gilman und Sie derart rasch solch gute Freundinnen wurden?« Er mußte Jesse dazu bringen, ihm vollständig zu vertrauen.

»Sie offensichtlich nicht.«

David schüttelte den Kopf. »Nein, ich nicht.« Er sah die Enttäuschung in ihrem Gesichtsausdruck. »Ich möchte nicht, daß Sie das falsch auffassen. Sie sind eine intelligente Frau und hätten zweifellos das Zeug zur Portfolio-Managerin bei Sagamore. Aber ich kenne Elizabeth seit über vier Jahren. Wenn sie irgendwas ist, dann eine Geschäftsfrau. Sie kann wunderbar mit Menschen umgehen, aber der entscheidende Punkt ist, daß sie es nicht zuläßt, daß ihre Gefühle das Urteil vernebeln, wenn es um Sagamore geht. Sie weiß, daß es eine Unzahl von Bewerbern geben wird, unter denen sie auswählen kann, Bewerber mit weit mehr Geschäftserfahrung, als Sie sie besitzen. Es paßt einfach nicht zu ihr, sich derart auf Sie zu versteifen, wie sie es getan hat. Bloß so ein Gefühl, ich geb's zu. Aber ich bin mir sicher, daß ich recht habe.«

»Wissen Sie definitiv, daß sie in all das verwickelt ist?«

»Lieber Himmel, Jesse, sie ist Sagamores geschäftsführende Gesellschafterin.« David war mit einem Mal gereizt. »Das Muster der Insidergeschäfte, das ich verfolgt habe, reicht Jahre zurück. Sie weiß davon. Machen Sie sich doch nichts vor.«

»Gibt's da irgendwas, das Sie mir vorenthalten?«

»Was meinen Sie damit?«

»Sie haben mir gesagt, sie hätten so ein Gefühl, daß sie bei Sagamore von der Akte wissen, aber Sie haben mir nicht eindeutig gesagt, *ob* sie davon wissen. Wissen sie davon?«

Über sein Gesicht huschte ein ironisches Lächeln. »Fragen Sie mich da gerade, ob ich ihnen davon erzählt habe?«

»Haben Sie?«

»Im tiefsten Innern bin ich ein ehrlicher Mensch, Jesse. Ich hab ein paar Fehler gemacht, aber es ist an der Zeit, daß ich sie eingestehe und wiedergutmache. Ich werde aus diesem Spiel aussteigen. Ich werde nicht zulassen, daß sie damit ungeschoren durchkommen.« Er schwieg einen Moment und schaute ihr in die Augen. »Und mir liegt was an Ihnen. Ich würde Ihnen das nicht antun.«

Es war eine wundervolle Ansprache, aber so schnell würde sie ihm keinen Vertrauensvorschuß gewähren. »Sie haben mir gerade erzählt, daß der durchschnittliche Portfolio-Manager, der fünf Jahre bei Sagamore war, zwei Millionen Dollar im Jahr verdient. Sie haben gesagt, es ist viel einfacher, mitzuspielen und das Geld zu kassieren. Ich stelle mir vor, daß von dieser Akte zu berichten Ihnen die zwei Millionen ziemlich rasch einbringen würde.«

»Wenn ich ihnen was von der Akte gesagt hätte, warum sollte ich dann hiersein und Ihnen das alles erzählen?« Er schüttelte den Kopf. »Außerdem hätten sie dann nicht mich geschickt, sondern einen Profi. Sie wären inzwischen tot. Wenn man die Infrastruktur aufbaut, die sie besitzen, und die Risiken auf sich nimmt, die sie eingehen, dann will man das nicht aufs Spiel setzen. Eine Steuerfahnderin umzubringen, damit die Verschwörung nicht auffliegt, ist da nichts, über das man auch nur zweimal nachdenkt. Man tut es einfach.«

Jesse schlug langsam die Hände vors Gesicht. Sara. Der bei dem Haus am Fluß verlorene Handschuh. Hatten sie versucht, *sie* aufzuspüren und statt dessen Sara gefunden? »Nein«, sagte sie laut. Sie ließ es zu, daß ihre Fantasie mit ihr durchging. Sara hatte einfach vierundzwanzig Stunden blau gemacht und würde heute wieder auftauchen.

»Nein was?« fragte David neugierig.

»Nichts.« Aber irgendwie wußte sie, daß Sara etwas Schreckliches zugestoßen war. »Was ist mit einem Scheck von Doub Steel an die LFA, der Ihre Unterschrift trägt?« Sie mußte es einfach fragen.

»Scheck?« erkundigte sich David, den die Frage eindeutig überrumpelt hatte, mit heiserer Stimme.

»Ja«, sagte sie ruhig. »Ich habe eine Kopie eines Schecks, der auf die als Liberation for Afro-Americans bekannte Organisation ausgestellt ist. Es ist ein Scheck von Doub Steel, und er ist von David J. Mitchell unterzeichnet. Sie haben mir an dem Nachmittag, als wir segeln waren, erzählt, daß Doub Steel eines ihrer Portfolio-Unternehmen ist.«

»Ich weiß, was ich Ihnen erzählt habe«, antwortete er mit plötzlicher Verärgerung. »Wie sind Sie an eine Kopie dieses Schecks gekommen?«

»Sie wollen mir nicht sagen, welchem Senator das schwarze Budget untersteht. Ich werde Ihnen nicht sagen, wo ich den Scheck herhabe. Aber ich habe ihn, die Akte, die Sie gesehen haben, und eine ganze Menge anderes relevantes und höchst beweiskräftiges Material an einem sicheren Ort verstaut.«

»Das ist nicht meine Unterschrift auf dem Doub-Scheck, Jesse. Sie ist gefälscht. Sie müssen mir glauben.«

»Ich hab Ihre Unterschrift an diesem Abend im Restaurant gesehen und dann noch mal im Jachthafen, als Sie für das Segelboot bezahlt haben. Ich bin keine Expertin, aber Sie haben eine unverkennbare Unterschrift. Die auf dem Doub-Scheck sieht ihrer ausgesprochen ähnlich.«

»Das geb' ich zu. Ich war genauso geschockt, wie Sie es zweifellos waren, als Sie sie entdeckt haben.« Sein Puls raste. Wie, zum Teufel, konnte sie bloß auf den Scheck gestoßen sein? Sagamore würde ihn nur dann gegen ihn verwenden, wenn er versuchte, publik zu machen, was da vor sich ging. Soviel war klar. Aber es war nicht abzusehen, was Jesse damit anfangen würde. »Sie haben mich reingelegt, um mir was anhängen zu können.«

»Und das soll ich Ihnen glauben?« Erneut sah sie die Verzweiflung in seinen Augen. Ihre Intensität schrie die Wahrheit heraus. Und falls er hier war, um ihr etwas anzutun, würde er es dann nicht schon getan haben? Warum würde er sich die Mühe machen, so lang mit ihr zu reden?

»Sie müssen mir glauben«, sagte er mit zusammengebissenen Zähnen. »Sehen Sie, ich möchte diese Leute zur Strecke . . .«

»Ich auch«, unterbrach sie ihn wütend. »Ich glaube, daß sie Neil Robinson umgebracht haben. Einen Mann, der mir sehr viel bedeutet hat. Ganz abgesehen davon, daß sie versuchen, eine Wahl zu manipulieren, und gegen mehr Gesetze verstoßen haben, als Sie und ich uns vorstellen könnten.«

»Ich möchte Ihnen helfen, Jesse. Bitte glauben Sie das.«

»Alles, was ich Sie habe sagen hören, basiert auf Vermutungen. Wenn Sie mir helfen wollen, dann erzählen Sie mir, was Sie wissen.« Sie wandte sich von ihm ab.

Er konnte ihr nicht von seinem Treffen mit Webb vor so langer Zeit erzählen. Konnte ihr nicht erklären, wieso er soviel über die A-100 und den GEA-Kontrakt wußte, konnte nicht seine Beziehung zu Jack Finnerty erläutern, konnte ihr nicht erklären, daß sie ihn mit den Konten in der Karibik geleimt hatten. Und konnte ihr nicht sagen, was seiner Überzeugung nach die wahren Motive hinter Elizabeth Gilmans seltsamem Benehmen waren. Er brauchte Jesses Vertrauen, aber ihr das alles zu offenbaren, würde ihn zu verletzlich machen.

»Geben Sie mir bloß noch ein bißchen mehr Zeit. Da sind noch mehr Informationen, die ich beschaffen kann«, sagte er. Er sah ihre Verärgerung. »Sie müssen mir vertrauen«, setzte er inbrünstig hinzu.

Das war der Punkt, wo es kompliziert wurde. »Ihnen vertrauen? Sie könnten versuchen, mich aufs Kreuz zu legen.« Sie spürte plötzlich, wie seine Hände sanft ihre Schultern massierten. »Mein Gott, sie stehlen meine Schlüssel und verschaffen sich Zutritt zu meinem Apartment. Sie geben zu, in meinen privaten Papieren herumgeschnüffelt zu haben. Sie wollen mir nicht sagen, woher Sie von Sagamores Kontaktmann im Senat wissen oder wer er ist. Sie geben zu, gegen Gesetze über den Wertpapierhandel verstoßen zu haben.«

»Ich habe keineswegs zugegeben, gegen Börsenbestimmungen verstoßen zu haben«, korrigierte er sie.

»Das brauchen Sie auch nicht. Den Schluß kann ich alleine ziehen.« Sie fühlte, wie seine Arme sich um ihre Taille legten. »David, lassen Sie das.« Aber mit einem Mal wollte sie gar nicht, daß er es ließ. Mit einem Mal wurde ihr klar, wie tief verängstigt sie war, und seine starken Arme um ihren Körper fühlten sich wundervoll und tröstlich an. »Lassen Sie das«, sagte sie. Aber diesmal lag keine Überzeugung darin.

»Nein, werd' ich nicht.« David drehte sie langsam herum, bis sie ihm zugewandt war. Er schaute ihr tief in die Augen. »Ich werde mich um Sie kümmern. Aber ich brauche auch Ihre Hilfe. Wir werden diese Dreckskerle schlagen. Aber wir müssen uns aufeinander verlassen können.«

Es war so gefährlich, ihm zu vertrauen – irgend jemandem zu vertrauen, was die Sache betraf. Aber er konnte so überzeugend sein. Und hatte er denn nicht recht? Wenn er ihnen von der Akte erzählt haben würde, dann hätten sie nicht *ihn* geschickt.

»In Ordnung«, sagte sie leise.

In ihrem Mietwagen folgte Jesse Davids BMW durch das frühe Morgenlicht. Während sie sich auf seine Rücklichter konzentrierte, spürte sie, wie sie sich immer stärker zu ihm hingezogen fühlte. Es war verrückt, aber sie kam nicht dagegen an.

»Wir werden diese Dreckskerle schlagen.« Er hatte es mit soviel Nachdruck gesagt. Aber auch dieses winzige Körnchen Zweifel war noch da, sosehr sie sich davon zu überzeugen versuchte, daß es das nicht sollte. Zwei Millionen Dollar waren eine ganze Menge Geld, die man nicht so einfach wegwarf. Er hätte es so leicht, sie reinzulegen. David Mitchell hatte eine manipulative Seite. Das konnte sie nicht bestreiten. Aber wie stark war diese Seite? Das war die Frage. Als sie ihm in ihrer Wohnung in die Augen geschaut hatte, hatte sie Aufrichtigkeit gesehen. Oder möglicherweise war er einfach ein Schauspieler, der die Vorstellung seines Lebens gab. Aber warum hatte er ihr geraten, das Apartment zu verlassen?

Sie hielten vor dem Towson-Sheraton-Hotel. David sprang aus dem BMW, rannte nach hinten zu ihrem Wagen, öffnete den Schlag und hielt ihre Hand, als sie ausstieg.

»Sehr galant von Ihnen«, sagte sie.

»Danke.« Er küßte sie auf die Wange. »Ich werde mich wirklich um Sie kümmern.« Sie vertraute ihm jetzt. Gegen alle Wahrscheinlichkeit hatte er sie dazu gebracht. Aber andererseits war er dazu immer fähig gewesen, wenn er es wirklich brauchte. Es war ein gottgegebenes Talent. Irgendwas in seinen Augen, hatte eine Frau aus seiner Vergangenheit gemurmelt. »Lassen Sie uns reingehen, Jesse. Ich werd' Ihnen ein Zimmer besorgen, und dann muß ich weg. Aber wir bleiben in Verbindung.« Er nahm sie beim Arm. »Ich glaube, es wäre eine gute Idee, wenn Sie heute nicht zur Arbeit gehen würden.«

Jesse nickte. Sie würde seine Anweisungen jetzt buchstabengetreu befolgen.

»Und rufen Sie vom Zimmer aus niemanden an. Möglicherweise zeichnen sie die Rufnummern auf. Wenn Sie telefonieren müssen, gehen sie in das Einkaufszentrum gleich nebenan. Aber bleiben Sie nicht zu lang aus Ihrem Zimmer weg. Das könnte gefährlich sein.«

Sie nickte erneut.

David griff sich von der Rückbank ihres Wagens die Tasche, die sie im Apartment hastig gepackt hatte, begann auf den Hoteleingang zuzugehen, blieb dann aber stehen.

»Ich muß wissen, wo diese Elbridge-Coleman-Akte ist, Jesse. Und die anderen Sachen, von denen Sie gesagt haben, daß Sie die auch hätten.«

Sie hatte eingewilligt, ihm zu helfen. Sie vertraute ihm jetzt, oder etwa nicht?

Er ergriff ihre Hand. »Was, wenn die – was Gott verhüten möge – Sie finden? Ich wäre der einzige, der sie noch stoppen könnte. Hört sich an, als könnte diese Akte dafür höchst hilfreich sein.« Er schwieg einen Moment. »Verraten Sie's mir?«

Todd Colton beobachtete, wie Jesse etwas in Davids Ohr flüsterte. Er hatte beobachtet, wie die beiden fünfzehn Minuten zuvor Jesses Wohnung verlassen hatten. Er hatte beobachtet, wie Jesse an diesem Morgen kurz vor Einbruch der Dämmerung im Haus ihrer Mutter verschwunden war, nur um Minuten später wieder aufzutauchen. Er hatte sie nie wirklich aus den Augen gelassen, nachdem er in seiner Corvette vom Parkplatz gebraust war. Statt dessen war er ihr auf Schritt und Tritt gefolgt. Und nun, während er beobachtete, wie die beiden Arm in Arm das Sheraton betraten, nahm sein Zorn Ausmaße an, die er noch nie erlebt hatte. Jesse hatte ihn bezüglich ihrer Gefühle für David Mitchell belogen. Mitchell war ihr überaus wichtig.

Das war der wahre Grund, warum sie sie seine Avancen zurückgewiesen hatte, sich seinem Versuch entzogen hatte, sie auf dem Parkplatz zu küssen. Ihre Gefühle für Mitchell. Wie konnte sie ihm das antun, wo er doch stets für sie dagewesen war?

»Sie wollten mich sehen?« Monique betrat vorsichtig Malcolm Walkers Büro.

Walker saß in seinem Drehsessel, den Kopf zurückgelegt, das Gesicht hinter den Händen verborgen. »Kommen Sie rein.« Seine Stimme klang gedämpft.

Sie hüstelte nervös, ging dann über den dicken Teppich zu dem Stuhl vor seinem Schreibtisch und setzte sich. Er mußte inzwischen wissen, daß Cowens Aktennotiz an Webb verschwunden war. Beim Gedanken an Webb verzog sie unwillkürlich den Mund. Der Saukerl hatte sie bis vier Uhr früh an diesem Morgen im Four Seasons festgehalten, hatte sie wieder und wieder genommen.

»Was ist denn?« fragte Walker.

»Wovon reden Sie?«

»Sie sehen aus, als hätten Sie gerade in eine Zitrone gebissen. Und erschöpft wirken Sie auch.«

Sie fühlte sich, als würden seine Augen sie nach Spuren absuchen. »Wird schon wieder«, antwortete sie. »Ich glaube, ich hab' was zum Frühstück gegessen, das mir nicht so recht bekommen ist.«

»Vielleicht sollten Sie nach Hause gehen.«

»Wird schon wieder, Malcolm.« Sie haßte sich selbst. Sie war zehn Jahre bei Malcolm gewesen, und nun hatte sie Webb die Notiz von Cowen gegeben, um die Bilder mit der blonden Frau von den Titelseiten der Boulevardzeitungen fernzuhalten. Sie hatte Malcolms Chancen ruiniert, die Herren des schwarzen Budgets beim Wickel zu kriegen, und vermutlich auch seine Chancen, wiedergewählt zu werden – bloß, um sich selbst zu retten. »Warum wollten Sie mich sehen?«

»Haben Sie heute früh Ihren Fernseher eingeschaltet?«

Monique schüttelte den Kopf.

»Das Band mit dem gestrigen Schlamassel von Pressekonferenz läuft überall. Es ist der Aufmacher in sämtlichen lokalen Nachrichtensendungen, und bei vielen der großen Sender auch. War das wirklich so wichtig? Müssen sie es wirklich so oft zeigen?«

»Da läßt halt der konservative Klüngel die Muskeln spielen.« Manchmal gab es eben keine Möglichkeit, gegen das

System anzugehen. Das war äußerst frustrierend, aber man mußte halt lernen, es zu akzeptieren.

»Sie glauben, die Lokalsender werden dafür bezahlt, es abzuspielen, richtig?«

»Es würde mich nicht im geringsten überraschen, wenn da was vor sich ginge.« Ihre Stimme war ein monotones Murmeln. Sie wollte ihm berichten, was sie getan hatte. Sie schuldete es ihm. Aber sie konnte es einfach nicht. Und was würde es denn bringen? Sie hatte Cowens Aktennotiz bereits übergeben. Malcolm würde wissen, daß sie zum Gegner übergelaufen war, und ihr Körper würde auf den Seiten jedes einzelnen Schmuddelmagazins breitgetreten werden, eng verschlungen mit einer ebenso schmuddligen Blondine. »Die würden alles tun, um Sie zu erledigen, Malcolm. Beim letzten Mal haben Sie sie überrascht und gewonnen, ehe sie irgendwas unternehmen konnten. Diesmal wollen sie Sie fertigmachen.«

Walker schaute Monique seltsam an. So offen hatte sie noch nie gesprochen. »Morty Andrews von CNN hat mich heute in aller Herrgottsfrühe angerufen. Sie haben gestern abend eine Meinungsumfrage durchgeführt, nachdem das Band begonnen hatte, in sämtlichen Nachrichtensendungen zu laufen.«

»Und?«

»Coleman liegt jetzt zwölf Punkte in Führung. Ich habe meine Position bei den Schwarzen gefestigt, aber die weiße Wählerschaft verläßt mich.« Es war vorbei, da war er sich sicher. Und es würde kein Comeback mehr geben.

»Als ob Sie es nötig hätten, ihre Position bei der Afroamerikanischen Bevölkerung zu festigen. Großartig. Weil Sie gestern Einigkeit mit der LFA gezeigt haben, ist ihr Akzeptanzwert unter den Schwarzen von fünfundneunzig auf sechsundneunzig Prozent gestiegen. Na toll.«

»Das ist es ja, was ich nicht verstehe.« Walker stützte seinen Kopf in die Hände. »Elijah Pitts muß gewußt haben, daß das passieren würde. Warum sollte er wollen, daß ich verliere?«

David zog den Reservesatz Schlüssel, den er hatte anfertigen lassen, aus der Tasche, während er die Treppen zu Jesses Apartment hochstieg. Was sie nicht wußte, würde sie nicht heiß machen. Um sicherzugehen, daß ihn niemand beobachtete, schaute er sich um, schob dann den Schlüssel ins Schloß, drehte den Türknopf und drückte.

Einen Moment lang konnte er das volle Ausmaß der Verwüstung nicht fassen, und dann wurde es ihm schlagartig klar. Es war, als hätte ein Tornado seine Schneise mitten durch das Wohnzimmer gezogen. Stühle und Sofas waren umgeworfen und zerfetzt, die Füllung über den ganzen Teppich verstreut. Bilder waren von den Wänden gerissen worden und lagen zersplittert auf dem Boden. An einigen Stellen war der Teppichboden zerschnitten und von den Dielen abgerissen worden. Und in der Ecke lag Jesses Katze, tot, aufgeschlitzt und ausgeweidet. David trat zurück gegen das Treppengeländer, zitterte mit einem Mal. Es bestand kein Grund, drinnen zu suchen. Sie hatten gewiß alles gefunden, was von Interesse war. Ohne die Tür zu schließen, ging er die Treppe wieder hinunter und rannte zu seinem BMW.

Gordon Roth bückte sich, rollte sein Hosenbein hoch und steckte das Jagdmesser zurück in die lederne Scheide, die um seine Wade geschnallt war. Er zog den Wohnzimmervorhang ein wenig zurück und überprüfte den Parkplatz ein weiteres Mal, sah aber niemanden. Während er sich hinter der Schlafzimmertür versteckt hielt, auf dem Sprung, die Person umzubringen, die die Wohnung betreten hatte, war ihm erst zu spät klargeworden, daß sein potentielles Opfer beim Anblick des Durcheinanders davongelaufen war, ohne die Tür zu schließen.

Kapitel 28

»Wenn ich denn um Ruhe bitten dürfte«, knurrte Webb und musterte die um den Tisch sitzenden Mitglieder. »Ich bin hoch erfreut, Sie begrüßen zu dürfen, Ms. Gilman«, sagte er sarkastisch.

»Tut mir leid, daß ich beim letzten Mal nicht hier war«, entschuldigte sie sich. »Ich hatte geschäftliche Dinge für Sagamore zu erledigen.«

»Nun machen Sie mal keine ...«

»Ich denke, Glückwünsche wären angebracht«, meldete sich Finnerty zu Wort.

Die anderen schauten auf, verblüfft über die Unterbrechung.

»Ich darf wohl annehmen, daß Sie alle die Nachrichten über die gestrige Pressekonferenz unseres Freundes Walker gesehen oder gehört haben«, fuhr Finnerty fort. »Ich glaube, wir sind Senator Webb ziemlich beträchtlichen Dank für die unglaubliche Voraussicht schuldig, die er mit dem Korrumpieren der LFA bewiesen hat. Wir haben gestern erfreulicherweise eine Karriere zerstört, und das haben wir dem Senator zu verdanken.«

Die anderen Anwesenden klopften zustimmend auf den Tisch.

»Danke.« Webb nahm das Lob zur Kenntnis. »Aber wir

müssen uns um wichtige Angelegenheiten kümmern, und wir müssen anfangen.« Er nickte Finnerty zum Zeichen seines Danks kaum merklich zu. »Ich muß Ihnen berichten, daß wir in den letzten vierundzwanzig Stunden diverse schlechte Nachrichten erhalten haben.«

Mit einem Mal schlug die Stimmung in Besorgnis um, und es wurde still im Raum.

»Ich sagte Ihnen beim letzten Treffen, daß wir uns um unser Sicherheitsleck kümmern würden.« Webbs Stimme war von tödlicher Ruhe. »Gordon Roth hat eine junge Frau namens Sara Adams beseitigt. Sie war Steuerfahnderin beim IRS-Büro von Baltimore. Gordon glaubte, gestützt auf beweiskräftige Indizien, daß Ms. Adams die Person wäre, die die Akte aus Neil Robinsons Haus am Severn gestohlen hatte. Wie sich nun herausstellt, war Ms. Adams nicht die Verantwortliche.« Ihn kümmerte nicht, daß eine unschuldige Frau getötet worden war. Die Tragödie lag in der Tatsache, daß das wirkliche Ziel, diejenige, die ihnen schwersten Schaden zufügen konnte, noch immer dort draußen herumlief.

»Mein Gott!« Admiral Cowen schlug die Hände vors Gesicht.

»So was passiert nun mal, Herr Admiral.« Webb war sichtlich verärgert über Cowens emotionalen Ausbruch. »Wir müssen das einfach akzeptieren und weitermachen. Gehört alles zum Krieg, wie Sie ja wissen sollten.«

Cowens Mund verzog sich zu einem grimmigen Strich.

»Es scheint, daß die Person, die wir gesucht haben, in Wirklichkeit eine Frau namens Jesse Hayes ist«, fuhr Webb fort.

Art Mohler drehte sich augenblicklich zu Elizabeth um, doch sie ignorierte seinen feindseligen Blick.

Webb registrierte Mohlers Miene, sagte aber nichts. »Ms. Hayes ist ebenfalls Steuerfahnderin bei der Finanzbehörde von Baltimore. De facto waren sie und Ms. Adams Freundinnen, was Gordon Roth' bedauerlichen Irrtum erklären könnte.«

»Sind Sie sich diesmal sicher?« platzte Cowen heraus. »Sind Sie sich absolut sicher, daß diese Hayes die richtige Person ist? Lieber Gott, werden wir die auch noch umbringen? Wann hört das alles auf?«

»Ich bin mir diesmal gewiß«, knurrte Webb. »Hören Sie, Admiral, ich brauche niemanden, der meine Befehle in Frage stellt. Sie haben ganz eindeutig nichts gegen die Vorteile, die es mit sich bringt, diesem Kreis anzugehören. Das ist wie bei jeder anderen Unternehmung auch – wenn man gewillt ist, sich an den Gewinnen zu erfreuen, muß man auch die Verluste hinnehmen.«

»Vielleicht sollten wir die Sache langsamer angehen, Senator Webb«, sagte Cowen mit Nachdruck. »Vielleicht sollten wir nicht so schnell mit dem Finger am Abzug sein. Das ist eines der Dinge, die man beim Militär lernt. Sich Zeit zu nehmen.«

»Vielleicht würden Sie uns ja gerne erzählen, wofür Sie sich letzte Samstagnacht um drei Uhr morgens in der Nähe von Fort Myer Zeit genommen haben.«

Cowens Miene versteinerte augenblicklich. Er suchte sich eine Stelle auf der gegenüberliegenden Wand aus und konzentrierte sich darauf. Wie konnte Webb bloß von dem jungen Mann wissen, mit dem er sich unweit des Iwo-Jima-Denkmals im Wald getroffen hatte?

»Das hab' ich auch nicht erwartet«, knurrte Webb.

Die anderen rutschten unbehaglich auf ihren Stühlen herum. Einen derartigen Wortwechsel hatten sie in diesem Raum noch nie erlebt. Und sie hatten Webb noch nie so aufgebracht gesehen.

»Wie haben Sie rausgefunden, daß die Täterin Jesse Hayes

war?« fragte Finnerty. »Woher wissen Sie, daß sie es war und nicht Sara Adams?«

»Letzte Nacht gab es bei der LFA einen Einbruch. Es wurden zwei Akten gestohlen.« Webb schlug angeekelt mit der flachen Hand auf den Tisch. »Eine davon enthielt die Kopie eines Schecks an die LFA, der auf ein Konto von Doub Steel ausgestellt war. Es war einer der Schecks, die Art mit Mitchells gefälschter Unterschrift versehen hatte.«

»Was?« Art Mohler lehnte sich über den Tisch. »Sie wollen mich wohl auf den Arm nehmen. Das könnte jemanden direkt zu Sagamore führen. Direkt zu mir.«

»Genau.« Webb war jetzt wütend. »Warum, zum Teufel, Pitts zuläßt, daß seine Leute Kopien von diesem Kram machen und sie an einem derart ungeschützten Ort ablegen, werde ich wohl nie erfahren. Zudem wurde eine Personalakte gestohlen, die einen gewissen Gordon Smith betrifft.«

»Gordon Smith?« Mohler war verwirrt. »Ist das ein anderer Name für Gordon Roth?«

»Sehr gut, Sie Genie.« Webb hob die Hände und schloß die Augen. »Tut mir leid, Art. Ich wollte Sie nicht so anblaffen. Aber Inkompetenz macht mich rasend. Ich dachte, Pitts hätte zumindest *ein bißchen* was auf dem Kasten. Ich dachte nicht, daß er sensible Informationen einfach so rumliegen lassen würde.«

»Ich versteh' das nicht«, warf Cowen ein.

»Wir hatten die LFA benutzt, um einige von Roth' Aktivitäten zu finanzieren«, schaltete sich Finnerty ein. Er hatte Webb geholfen, mit der LFA die Details abzuklären. »Es schien besser, es von dort aus zu tun, als von Sagamore oder GEA aus.«

»Warum nicht von Doub aus?« fragte Admiral Cowen.

»Dieses Unternehmen hatten wir bereits benutzt, um die LFA zu finanzieren und David Mitchell aufs Kreuz zu legen«, erläuterte Finnerty. »Wir wollten nicht zuviel damit anstellen.«

»Was also hat Jesse Hayes mit dem Einbruch bei der LFA zu tun?« wollte Mohler wissen.

»Jesse Hayes war diejenige, die gestern nacht bei der LFA eingedrungen ist und die Akten mitgenommen hat«, antwortete Webb. »Wir haben einen Augenzeugen. Einen Wachmann, der ihr Gesicht auf einem Foto wiedererkannt hat. Jesse Hayes muß auch die Person sein, die in dem Haus am Severn River war. Das kann kein bloßer Zufall sein.«

»Warum sollten sie und diese Adams nicht zusammengearbeitet haben?« fragte Mohler.

Webb warf Finnerty einen raschen Blick zu.

Diesmal nahm sich Finnerty mit dem Erklären Zeit. »Gordon Roth ist Experte darin, Leuten Informationen, nennen wir's mal aus der Nase zu ziehen.«

»Sie meinen, er ist Experte im Foltern von Menschen«, sagte Elizabeth angewidert.

»Das reicht, Elizabeth«, tadelte Webb.

»Sara Adams hatte mit der Sache nichts zu tun«, bestätigte Finnerty. »Sie wußte nicht das Geringste. Andernfalls hätte sie es Roth erzählt. Glauben Sie's mir.«

Elizabeth wandte sich ab.

»Wir müssen Jesse Hayes finden«, sagte Mohler. »Unverzüglich.«

»Genau.« Webb schaute Finnerty an. »Gordon Roth ist bereits in dieser Richtung tätig. Unglücklicherweise war es nicht einfach, die Frau aufzuspüren. Sie ist seit heute früh nicht mehr in ihrem Apartment gewesen und nicht zur Arbeit erschienen. Anscheinend hat sie sich einen Tag Urlaub genommen.«

»Wir erwischen sie heute abend«, beruhigte Finnerty den

Rest der Versammlung. »Wenn sie zu ihrem Apartment zurückkehrt.«

»*Falls* sie zurückkehrt«, sagte Mohler und wandte sich Elizabeth zu. »Können Sie uns nicht helfen, Elizabeth? Sie sind doch seit einiger Zeit so dicke mit dieser Frau.«

Webb warf Elizabeth einen überraschten Blick zu.

Elizabeth sah, wie Webbs Neugier sich augenblicklich in Mißtrauen verwandelte. Sie schluckte schwer und nickte dem Senator respektvoll zu. »Ich habe Jesse Hayes aus schierem Zufall für eine Stelle bei Sagamore angeworben, Carter.«

Webb hob eine Augenbraue.

»Ich kann eine Nachricht in ihrem Büro hinterlassen. Sie soll für Einstellungsgespräche raus zu Sagamore kommen, also würde sie es nicht verdächtig finden, Anrufe von mir zu erhalten. Sie ist extrem verantwortungsbewußt. Ich bin mir sicher, daß sie vorbeischaut, um zu sehen, ob Nachrichten für sie vorliegen, selbst wenn sie sich einen Tag freigenommen hat. Ich bringe sie dazu, mich anzurufen, und versuche ein Treffen zu arrangieren.«

Webb starrte Elizabeth eine halbe Minute lang stumm an. Schließlich nickte er. »Rufen Sie sie an.«

»Sobald wir hier fertig sind«, versicherte ihm Elizabeth.

Webb musterte sie noch einen Moment länger und ging dann schließlich zum nächsten Punkt über. »Elbridge ist nicht hier, weil er auf irgendeiner Veranstaltung ist. Sein Wahlkampf gegen Malcolm Walker macht bessere Fortschritte, als je zu erwarten war. Es wird ein wahrer Erdrutschsieg werden. Die GEA-Aktien steigen und werden uns unglaublich reich machen, wenn die Produktion der A-100 anläuft. Alles geht voran, wie geplant oder besser.« Er schwieg einen Augenblick. »Wir müssen bloß Jesse Hayes finden.« Einen Augenblick lang knirschte er mit den Zähnen.

»Das war's für heute. Sitzung beendet.« Er schaute den Tisch entlang. »Kann ich Sie kurz sprechen, Art?«

Als Elizabeth gerade den Raum verlassen wollte, sah sie, wie Mohler sich direkt neben Webb niederließ. Die beiden Männer begannen in einem Tonfall miteinander zu flüstern, der zu leise war, als daß sie etwas hätte hören können. Sie zögerte an der Tür, drehte sich dann um und ging auf die beiden zu. Webb berührte Mohler am Arm, als er bemerkte, daß Elizabeth sich ihnen näherte, und die beiden beendeten ihr Gespräch.

»Ja?« Webb schaute von seinem Stuhl zu Elizabeth hoch.

»Mir ist gerade noch eine andere Methode eingefallen, wie Sie Jesse Hayes finden könnten.«

Kapitel 29

»Hallo.«

»Helga?«

»Ja.«

»Helga, ich bin's, Jesse.«

»Hallo, Schätzchen.« Helgas ausgeprägter Akzent knisterte durch das Hintergrundrauschen des Münztelefons im Einkaufszentrum. »Was kann ich für Sie tun?«

»Ich rufe an, um meine Nachrichten abzuholen, ehe Sie Feierabend machen.« Jesse preßte ihr Ohr an den Hörer. Das Einkaufszentrum war voll von lärmenden Teenagern, die sich auf dem Heimweg von der Schule Jeans oder eine CD kauften.

»Da war nur eine Nachricht, seit Sie zum letztenmal angerufen haben. Sie kommt von einer Frau namens Elizabeth Gilman. Irgendwas wegen Einstellungsgesprächen und einem Stellenangebot. Sie wollte, daß Sie sie anrufen, wann immer Sie diese Nachricht bekommen. Sie sagte, es sei dringend, und es würde keine Rolle spielen, um welche Zeit sie anrufen. Ehrlich gesagt, schien sie ziemlich aufgeregt. Sie hat mir drei Nummern gegeben. Büro, Wohnung und Auto.«

Warum sollte Elizabeth aufgeregt sein? Was konnte denn bloß so dringend sein? David hatte sie gewarnt, daß Elizabeths Loyalität letzendlich immer Sagamore gelten würde.

Aber was konnte Elizabeths Anruf mit der Akte zu tun haben? Wie konnte sie auch nur wissen, daß Jesse sie hatte? Falls David es ihr nicht gesagt hatte. Ein Schauder durchfuhr sie. Sie hatte sich entschieden, ihm zu vertrauen. Und nun war sie sich wieder einmal nicht so sicher, ob das eine sonderlich gute Entscheidung war.

Dann schoß Jesse ein anderer Gedanke durch den Kopf. Es bestand, auf dem Umweg über Doub Steel, eindeutig eine Verbindung zwischen der LFA und Sagamore. Die Topmanager bei Sagamore würden inzwischen wohl wissen, daß jemand bei der LFA eingebrochen hatte, und vielleicht hatten sie sich zusammengereimt, daß es Jesse gewesen war. Die Wachmänner vor der LFA konnten sie mit Leichtigkeit identifizieren. Sie hatten ihr mit der Stablampe direkt ins Gesicht geleuchtet. Vielleicht wollte Elizabeth sie ins Haus locken, um die Beweisstücke zurückzuverlangen, die Jesse aus den Akten der LFA gestohlen hatte. David würde mit diesem Szenario überhaupt nichts zu tun haben – solange die Geschichte über die gefälschte Unterschrift auf dem Scheck von Doub Steel, die er ihr erzählt hatte, der Wahrheit entsprach.

»Jesse.« Helga wurde langsam ungeduldig. »Möchten Sie nun diese Telefonnummern von Elizabeth Gilman?«

»Sorry, Helga.« Jesse wurde plötzlich klar, daß sie beim ersten Mal nicht geantwortet hatte. »Die hab' ich schon.«

»Okay. War noch was?«

»Hat sich Sara mal gemeldet?«

»Nein. Sie muß sich heute erneut frei genommen haben. Die Leute hier machen sich allerdings Sorgen. Sie sollte gestern abend eigentlich ihre Eltern besuchen, ist aber nicht gekommen. Die hat sie auch nicht angerufen.«

Irgend etwas mußte passiert sein. Sara würde niemals eine

Verabredung zum Abendessen mit ihren Eltern platzen lassen, ohne vorher anzurufen. »Haben Sie mit ihren Eltern gesprochen?«

»Ja, heute früh gleich als erstes.«

»Und seither haben Sie nichts mehr gehört?«

»Nein.«

Jesse umklammerte den Hörer. »Okay. Danke für Ihre Hilfe, Helga.«

»Kommen Sie morgen ins Büro, Jesse?«

»Da bin ich mir noch nicht sicher.«

»Ist irgendwas nicht in Ordnung?«

»Nein.«

»Ich wollte nicht unhöflich sein, aber Sie hören sich ein bißchen seltsam an, Schätzchen. Als ob irgendwas Ihnen Sorgen macht.«

»Mir geht's gut«, sagte Jesse in bestimmtem Ton.

»Na schön. Also, rufen Sie mich am Vormittag an, falls Sie nicht zur Arbeit kommen.«

»Werd' ich. Kann ich Sie noch um einen Gefallen mehr bitten?«

»Natürlich.«

»In meinem Telefonverzeichnis steht die Nummer von Saras Eltern. Können Sie mir die besorgen?«

»Bleiben Sie mal 'ne Minute dran.« Sekunden später war Helga zurück. »Hier ist sie, Schätzchen.«

Jesse notierte sich rasch die Nummer. »Danke. Wir reden dann später miteinander.« Sie drückte die Verbindung weg, wartete auf den neuen Wählton und tippte dann eilig die Zahlen ein, die Helga ihr gerade gegeben hatte.

»Hallo.« Es war Saras Mutter. Ihre Stimme war kaum zu vernehmen.

Jesse wußte auf der Stelle, daß etwas ganz und gar nicht in Ordnung war. »Mrs. Adams, hier ist Jesse.«

»Oh, Jesse, ich...« Doch Saras Mutter konnte nicht weitersprechen und brach statt dessen in Schluchzen aus.

»Jesse?«

»Ja.« Jesses Stimme zitterte.

»Hier ist Bill Adams.«

»Hallo, Mr. Adams.«

Saras Vater konnte ebenfalls kaum sprechen. »Sie haben Sara gefunden.« Er hustete. »Sie hatte einen schrecklichen Autounfall. Anscheinend ist sie sehr schnell gefahren und hat die Kontrolle verloren. Der Wagen ist explodiert. Ihr Körper war... bis zur Unkenntlichkeit verbrannt. Sie mußten die Unterlagen ihres Zahnarztes...« Er konnte nicht mehr weiter.

»Das ist ja furchtbar, Mr. Adams.« Jesse drehte sich so um, daß ihr Gesicht in die Ecke gepreßt war, die von dem Münztelefon und der Wand gebildet wurde. »Es tut mir ja so leid.« Der Autounfall war bloß vorgetäuscht. Jesse erschauderte. Der Mann, der bei Neil Robinsons Haus am Fluß hinter ihr hergewesen war, hatte nie zu suchen aufgehört. Er war die ganze Zeit über dort draußen auf der Jagd gewesen. Er hatte schlicht die Falsche umgebracht.

»Jesse, ich muß weg. Tut mir leid, so kurz angebunden mit Ihnen zu sein, aber ich...«

»Ich versteh' schon.« Jesse hörte Saras Mutter im Hintergrund schluchzen.

»Auf Wiederhören.«

»Wiederhören.« Jesse legte langsam den Hörer auf. David glaubte, daß die Verschwörung bis in höchste Kreise im Senat und im Pentagon reichte. Und Leute mit dieser Art von Macht würden alles nur Erdenkliche tun, um ihre Verbrechen zu verschleiern. Wie er gesagt hatte, würde es zu diesem Erdenklichen ganz gewiß gehören, eine Steuerfahnderin zu ermorden.

Mit einem Mal überwältigten sie Schuldgefühle. Die wollten mich umbringen, dachte Jesse, aber es hat Sara getroffen. Sie wischte sich die Augen und das Gesicht mit dem Handrücken ab, während ein krampfhaftes Schluchzen ihren Körper erschütterte. Der Handschuh. Ihr Verfolger mußte ihn gefunden haben, und irgendwie hatte er ihn auf Saras Spur gebracht.

Jesse kramte in ihrer Handtasche nach einem Papiertaschentuch und erstarrte mitten in der Bewegung. Der Mann, der an diesem Tag aus ihrem Büro gekommen war und nach Sara gefragt hatte. Das Bild des Mannes in der LFA-Personalakte. Die Augen stimmten perfekt überein. Sie war dem Tod nahe gewesen.

Und jetzt versuchte Elizabeth verzweifelt, sie zu erreichen, angeblich wegen eines Stellenangebots. Warum sollte Elizabeth so präzise den Zweck des Anrufs begründen? Speziell, wenn sie die Nachricht bei Jesses gegenwärtiger Arbeitsstelle hinterließ. Niemand tat das. Jesse lehnte sich gegen das Münztelefon. Vielleicht hatten sie ihren Fehler inzwischen erkannt. Sie waren hinter der Falschen hergewesen. Sie gab es ungern zu, aber David hatte recht. Elizabeth' Interesse daran, sie für Sagamore zu gewinnen, war ein zu großer Zufall.

Jesse zog einen weiteren Vierteldollar aus der Tasche, schob ihn in den Schlitz, begann eine Nummer zu wählen und brach dann abrupt ab. War sie denn von Sinnen? David Mitchell hatte es selbst gesagt. Es war einfacher, mitzuspielen und zwei Millionen im Jahr zu verdienen. Aber er hatte sie in das Hotel gebracht, nicht wahr? Und dann ging es ihr schlagartig auf. Vielleicht benutzte er sie als Geisel, ohne daß sie es auch nur wußte. Dieser Scheck an die LFA konnte für seine eigenen Betrügereien stehen. Geld, das er auf eigene Rechnung bewegte. Vielleicht hielt er sich aus einer tödlichen Situation heraus, in dem er sie, Jesse, von ihnen fernhielt.

Als Jesse die Hörergabel niederdrückte, bevor sie die Nummer zu Ende gewählt hatte, fiel der Vierteldollar durch das Münztelefon. Sie hob die Münze auf, steckte sie wieder in den Schlitz an der Oberseite und tippte eine andere Nummer ein. Durch die Leitung kam das Rufsignal. »Antworte! Nun mach schon!« Mit einem Mal war sie wie versteinert.

»Hallo.«

»Todd!«

»Jess?«

»Ja.« Er hatte auf dem Parkplatz versucht, sie gegen ihren Willen zu küssen, und das hatte sie entnervt. Aber es mußte bloß ein momentaner Aussetzer in seinem Urteilsvermögen gewesen sein. Vielleicht war ihm in diesem Augenblick ja ihr Entkommen aus dem LFA-Gebäude zu Kopf gestiegen. Todd war an diesem Punkt nach wie vor der einzige, dem sie wirklich vertrauen konnte, und sie brauchte ganz verzweifelt jemanden.

»Wo bist du?«

»Im Towson-Einkaufszentrum. Todd, ich hab' Angst.«

»Wo brennt's denn?«

»Ich glaube, ich bin in üblen Schwierigkeiten. Ich muß dich sehen.«

»Wann?«

»Sobald du hierherkommen kannst.«

»Ich möchte mich nochmals für das entschuldigen, was auf dem Parkplatz passiert ist, Jess«, sagte er verlegen. »Das war unverzeihlich.«

»Schon okay.«

»Danke. Paß auf, ich werd' auf der Stelle ...« Durchs Fenster des Farmhauses sah Todd den schnittigen schwarzen Cadillac durch das Spalier von Ahornbäumen rasch die lange kiesbestreute Zufahrtsstraße herunterkommen. »Ich treff' dich an der Bar von Friday's Restaurant am westlichen Ende des Einkaufszentrums. Aber gib mir ein paar Stunden Zeit.«

»Ein paar Stunden? Kannst du es nicht schneller schaffen?«

»Ich werd's versuchen. Sei einfach an der Bar.«

»Okay.«

»Also, bis dann.« Todd knallte den Hörer auf die Gabel, rannte zur Kommode, griff sich den .38er, schob ihn in sein Schulterhalfter und ging zurück ans Fenster. Es war Pferde-Harry. Dieser Wagen war unverkennbar. Wie zum Teufel hatte er sich jemals mit diesen Leuten einlassen können? Es hatte anfänglich alles so harmlos ausgesehen. Bloß eine kleine Spielschuld, mit deren Rückzahlung er sich Zeit lassen konnte, hatte Harry gesagt. Jetzt schuldete er ihnen dreißigtausend Dollar, und wenn er das Geld nicht bald aufbrachte, würden sie seiner Schwester und ihrem Baby einen unfreundlichen Besuch abstatten.

Harry parkte seinen Cadillac hinter Todds Corvette und schnitt ihm damit effektiv den Fluchtweg ab – genau, wie er es beim letztenmal getan hatte. Er schaltete die Zündung aus, stieg aus dem Wagen und reckte sich, als wäre das nicht mehr als ein beiläufiger Besuch. Auf der Beifahrerseite stieg ein vierschrötiger Komplize aus, und als Todd aus der Vordertür des Farmhauses kam, amüsierten sich die beiden gerade gemeinsam über die beschädigten Stoßstangen der Corvette.

»Hallo, Todd«, brüllte Harry quer durch den Vorgarten. »Wundervoller Tag, was?«

»Hm, ja.« Todd ging vorsichtig die drei Stufen hinunter, die von dem kleinen Absatz vor der Tür zum Erdboden führten.

»Ich bin wegen meinem Geld hier, Todd.« Harry redete nicht lang herum.

»Ich dachte, ich hätte mehr Zeit.«

Harry rieb sich den Nacken. »Der Zeitrahmen des Zahlungsplans hat sich geändert.«

Harrys gorillagroßer Partner lachte vor sich hin.

»Warum tun Sie mir das an, Harry?« Todd blieb zwanzig Fuß von den beiden entfernt stehen. Er konnte den Revolver spüren, der in dem Halfter neben seiner Brust steckte. Es hätte ihm nichts ausgemacht, sich damit gegen jeden beliebigen Menschen zu verteidigen – außer gegen Mafia-Leute. Er konnte Glück genug haben, um diese Schlägertypen alle beide umzubringen, aber dann wäre er für den Rest seines Lebens auf der Flucht sein. Die Mafia stellte die Suche nach Außenstehenden, die ihre Kameraden getötet hatten, niemals ein.

Harry begann, langsam auf Todd zuzugehen. »Sie wissen, daß ich Sie mag, Todd, wirklich«, sagte er unaufrichtig. »Das Problem sind meine Bosse. Sie haben Sie nie kennengelernt. Sie wissen nicht, was für ein klasse Typ Sie sind. Ich hab versucht, es ihnen zu sagen, aber sie wollen einfach nicht zuhören.« Harry blieb zwei Schritte vor Todd stehen. »Hab ich's ihnen nicht gesagt, Anthony?« rief er über die Schulter dem Gorilla zu.

»Ja, Boß.« Anthony lächelte, als er hinter dem schwarzen Wagen hervorkam und begann, auf sie zuzuschlendern. »Du hast es versucht, aber die wollen einfach nicht zuhören.«

»Da, sehn, Sie's?« Harry schaute wieder Todd an. »Ich hab versucht, mich für Sie einzusetzen, aber es hat nichts genützt. Also, haben Sie nun das Geld, Todd?«

»Ich . . . Ich bekomme es.« Er hätte zur Hintertür hinaus und in den Wald laufen sollen, sobald er die beiden die Zufahrt entlangkommen sah.

»Ach ja? Woher denn?«

Todd musterte Anthony, der jetzt Schulter an Schulter mit

Harry stand. »Meine Eltern haben auf einem Treuhandkonto ein bißchen Geld für mich hinterlassen. Es geht bloß darum, den ganzen Papierkram erledigt zu kriegen, damit ich drankomme.«

»O Gott.« Harry verzog erneut das Gesicht, als hätte er gerade einen scharfen Schmerz verspürt.

»Was ist denn?« Todd behielt Anthonys rechte Hand im Auge, während sie sich nach unten auf seinen Gürtel zubewegte. Wenn es sein mußte, würde er den .38er ziehen. Es war die einzige Möglichkeit. Er warf einen prüfenden Blick auf die Zufahrtsstraße, um nach Anzeichen dafür zu suchen, daß Harry unterwegs jemanden als Wachtposten abgesetzt haben könnte, entdeckte aber nichts.

»›Erledigen‹ ist ein derartig häßliches Wort. Ich hoffe, es wird in Ihrem Fall nicht zutreffen.«

»Kommen Sie mir nicht mit diesem Einschüchterungsscheiß, Harry.«

»Scheiß?« Es war, als hätte Todd unversehens einen Schalter tief in Harrys Innerem umgelegt. »Scheiß?« Diesmal brüllte er.

»Jetzt mal sachte, Harry.« Todd hob die Hände.

Harry hörte nicht mehr zu. An seinem Hals schwollen die Adern, als er mit ausgestreckten Händen auf Todd zustürzte. Doch Pferde-Harry hatte seine letzte Schuld eingetrieben.

Die Kugel drang direkt in der Mitte seiner wuchtigen Stirn in den Schädel ein und stanzte ein sauberes Loch in die bleiche Haut, ehe sie am Hinterkopf wieder herauskam und am Dach des Cadillacs abprallte. Harry verdrehte sofort die Augen, als versuche er die Einschußwunde tatsächlich zu sehen, während er wie ein Betrunkener vor Todd herumtorkelte. Dann strömte ihm das Blut übers Gesicht, und er sank zu Boden.

Anthony griff nach seiner Waffe, aber seine Finger berührten das Metall gar nicht erst. Eine zweite Kugel pfiff durch die Luft und schlug mit einem ekelhaft dumpfen Geräusch in seiner breiten Brust ein. Er faßte mit beiden Händen an sein Hemd, zerriß den Stoff und rang nach Atem. Ein dritter Schuß hallte durch den Spätnachmittag und durchschlug Anthonys Hand, bevor sie einen Lungenflügel zerfetzte. Anthony brach unmittelbar neben Harry zusammen.

Todd warf sich zu Boden, rollte hinter die Corvette und zog den .38er aus dem Halfter, während er in Deckung ging. Hinter dem Wagen lag er so flach und bewegungslos da wie möglich und zielte mit dem Revolver in die ungefähre Richtung, aus der seiner Ansicht nach die Schüsse gekommen waren. Der Mann trat gelassen hinter einer Ecke des Farmhauses hervor und begann, auf den Cadillac zuzugehen, Gewehr an der Seite. Todd zielte auf die Gestalt.

»Nehmen Sie die Waffe runter«, sagte der Mann, als er an Todd vorbei auf die Stelle zuging, wo die beiden Mafiosi lagen. Der Mann kniete neben Harry nieder und fühlte seinen Puls, aber da war keiner zu entdecken. Er bewegte sich weiter zu Anthony und gelangte zum gleichen Resultat.

Todd hielt den Revolver weiter auf den Mann gerichtet. »Verdammt noch mal, wer sind Sie?« schrie er. »Was machen Sie hier?«

»Das erkläre ich später«, knurrte der Mann, während er Anthony unter den Achseln packte. »Wollen Sie nun weiter mit offenem Mund daliegen, oder kriegen Sie bald ihren Arsch hoch und helfen mir, diese Typen in den Kofferraum zu packen?«

Todd erhob sich langsam vom Boden; er zitterte. Der Mann hätte mit Leichtigkeit auch ihn umbringen können. Aber das hatte er nicht. »Wer ...«

»Ich sagte Ihnen doch, daß ich's erklären werde«, blaffte der Unbekannte. »Erst mal müssen wir hier aufräumen.«

»Tut mir leid, daß es so lange gedauert hat, Jess.« Todd kam auf Jesses Platz an der Bar zu. Es war schon nach elf. Seit sie ihn angerufen hatte, waren beinahe sechs Stunden vergangen.

»Bist du okay?« Sie stand auf und schloß ihn fest in die Arme. Es fühlte sich so gut an, in seinen starken Armen zu liegen. Er war jemand, auf den sie absolut zählen konnte, hatte sie in den vergangenen Stunden entschieden, während sie an der Bar gewartet hatte. Davids Situation war weitaus komplizierter. Er hatte andere Loyalitäten. Wem die Todds gehörten, war keine Frage. »Der Barmann hat mir deine Nachricht, daß du später kommst, ausgerichtet.«

»Kann ich dir irgendwas bestellen?« Für den Barmann war Todds Ankunft offensichtlich eine Enttäuschung.

Todd sah die Frustration des Barkeepers. Männer fühlten sich so rasch zu Jesse hingezogen. So war es schon immer gewesen, und mit einem Mal fühlte Todd wieder die Eifersucht aufsteigen, dasselbe Gefühl, das er empfunden hatte, als er Jesse an diesem Morgen dabei beobachtet hatte, wie sie vor dem Hotel David küßte. Er sah sich vorsichtig im Restaurant um und fragte sich einmal mehr, warum sie ihn angerufen hatte und nicht David. Die Eifersucht glühte weiter auf, als das Bild des Kusses der beiden lebhafter wurde. »Ein Coors light bitte.«

Der Barmann stellte ein Glas unter den Hahn und begann, das Bier zu zapfen.

Jesse setzte sich wieder, nahm Todd bei der Hand und zog ihn auf den Hocker neben sich. »Ganz vielen Dank, daß du gekommen bist.«

»Überhaupt kein Problem.« Er schaute sich abermals prüfend im Restaurant um, schüttelte dann den Kopf. »Hör mal, ich möchte mich wirklich dafür entschuldigen, wie ich mich auf dem Parkplatz benommen habe. Ich weiß nicht, was ich mir dabei gedacht habe. Es war unverzeihlich.«

»Mach dir deswegen keine Sorgen«, sagte sie in beruhigendem Ton. »Ist schon vergessen.«

Der Barmann stellte Todds Bier auf den Tresen und entfernte sich dann.

»Ich war einfach ein bißchen überwältigt. Wir hatten seit einer ganzen Weile nicht mehr soviel Zeit miteinander verbracht, und ich glaube, ich hatte vergessen, wie toll es ist, mit dir zusammenzusein.«

»Ich hab' doch gesagt, es ist okay.«

Todd lächelte und trank einen Schluck Bier. »Danke.« Er starrte auf ihre Lippen. Darauf hatte Mitchell sie an diesem Morgen geküßt. »Also, wo brennt's? Am Telefon hast du dich sehr aufgeregt angehört.«

Erst Neil, jetzt Sara, dachte Jesse. Und eigentlich sollte ich es sein. »Sara ist tot.« Beim Gedanken an Sara stieg ihr ein Kloß in die Kehle.

»Deine Freundin Sara aus dem Büro?«

»Ja. Ihr Wagen ist von der Straße abgekommen und ausgebrannt.«

»Das ist ja schrecklich. Tut mir leid.«

»Ich glaube nicht daran, daß es ein Unfall war, Todd.«

»Was soll das heißen?«

»Ich glaube, daß sie von den Leuten ermordet wurde, die Neil Robinson im Verdacht hatte, Elbridge Colemans Wahlkampagne zu manipulieren. Von den Leuten, die Neil ermordet haben. Sie müssen geglaubt haben, daß Sara diejenige war, die den Aktenordner aus Neils Haus am Severn geholt hat.« Jesse drückte seine Hand. »Ich habe wirklich Angst.«

Nur fünfundvierzig Minuten zuvor hatten Todd und der

Fremde den schwarzen Cadillac mit den Leichen Harrys und seines Gehilfen im verschlossenen Kofferraum über eine steile Uferböschung ins tiefe Wasser einer einsam gelegenen Bucht des Loch-Raven-Stausees geschoben. Ein paar quälende Minuten lang war die Limousine auf dem Wasser gedümpelt, vom Gewicht des Motors schräg nach vorne gekippt. Dann hatte sie schließlich die Oberfläche durchbrochen und war mitsamt ihrer menschlichen Fracht versunken. Er betete nur zu Gott, daß der Fremde ihm nicht hierher gefolgt war.

»Wir werden hier schnellstens wieder verschwinden«, rief Jesse Todd über die Schulter zu, während sie die unbeleuchteten Stufen zu ihrer Wohnung hinaufstiegen. »Ich muß die Katze holen. Ich kann sie hier nicht einfach ohne Futter oder Wasser zurücklassen.«

Todd gab keine Antwort. Er machte sich Sorgen, daß der Mann, der die Gangster getötet hatte, hier sein könnte.

Jesse schob den Wohnungsschlüssel ins Schloß, drückte die Tür auf und knipste das Licht an. »Oh, mein Gott.« Als erstes sah sie die Verwüstung und dann die Katze, die tot in der Ecke lag. Sie drehte sich um und begrub ihr Gesicht in Todds Hemd. »Bring mich hier raus, Todd! Bring mich hier raus!«

Kapitel 30

Während die Stretchlimousine über die Interstate 95 auf Washington, D. C., zurollte, starrte David durch die getönten Fensterscheiben in die Dunkelheit. Er hatte seit anderthalb Tagen nicht mehr geschlafen und hätte eigentlich erschöpft sein müssen. Aber vier Tassen Kaffee und angespannte Nerven hielten ihn wach. Das Ziel war nicht näher erläutert worden, und mit einem Mal wurde ihm klar, daß er nicht so bereitwillig Mohlers Ersuchen hätte nachkommen sollen, in die vor den Sagamore-Büros in Towson wartende Limousine einzusteigen. Aber daran konnte er nun auch nicht mehr viel ändern.

Jesse war den ganzen Tag über nicht in ihrem Zimmer im Sheraton gewesen. Er hatte stündlich angerufen, sie aber nie erreicht. Vielleicht war sie trotz all seiner Anstrengungen, sie zu verstecken, aufgespürt worden und hatte das gleiche Schicksal erlitten wie Neil Robinson. Vielleicht fuhr er eben in diesem Moment dem gleichen Ende entgegen.

Mohler saß auf der anderen Seite der Limousine. »Wohin sind wir unterwegs, Art?« fragte ihn David.

»Das sagte ich Ihnen doch«, entgegnete Mohler ruhig. »Ich treffe mich mit dem Chef einer kleinen Software-Firma. Sie haben etwas, was offenbar ein revolutionäres Produkt darstellt, aber nicht genügend Geld, um es zur Marktreife zu entwickeln. Das könnte sich als hübsche Investitionsgelegenheit für Sagamore herausstellen. Sie haben Erfahrung auf diesem Gebiet. Ich will Sie dabeihaben. Ich bin Mitglied des Führungsausschusses. Ende der Diskussion.«

»Sie haben ein Treffen mit einem Firmenchef auf halb zwölf Uhr nachts gelegt?« fragte David mißtrauisch.

»Die brauchen rasch Geld. Da klopfen noch andere Investmentgesellschaften an die Firmentür. Was soll ich dazu sagen? Wir arbeiten, wann wir müssen. Das wissen Sie doch.«

»Können Sie mir ein paar finanzielle Informationen über das Unternehmen zeigen, damit ich mich auf das Treffen vorbereiten kann?« David deutete auf Mohlers Aktenkoffer, der auf der Sitzbank lag.

»Ich hab' bislang nicht das Geringste. Das ist eine Privatfirma, und der Chef knausert damit, irgendwelche Informationen preiszugeben, ohne daß man sich zuvor persönlich getroffen hat. Sie wissen ja, wie diese Unternehmer sind. Die denken, jedermann ist darauf aus, ihre Geschäftsidee zu stehlen.«

Mohler schaffte es hervorragend, den Fragen aus dem Weg zu gehen. David hatte plötzlich ein sehr übles Gefühl bezüglich dieses kleinen Ausflugs, wie Mohler es in Baltimore genannt hatte.

Fünfzehn Minuten später bog die Limousine einige Meilen nordöstlich vom Capital Beltway bei der Ausfahrt Laurel, Maryland, von der Interstate 95 ab.

»Ich dachte, Sie hätten gesagt, das Treffen findet mitten in Washington statt.«

»Nun beruhigen Sie sich mal, David.« Doch Mohlers Stimme klang ganz und gar nicht beruhigend.

Wie dumm konnte er gewesen sein? Im Archiv konnte es vergangene Nacht ohne weiteres eine versteckte Kamera gegeben haben, die seine Aktionen aufgezeichnet hatte. Falls dem so war, würden sie sehr genau wissen, daß er Kopien von den Geschäftsunterlagen gemacht hatte.

Als die Limousine am Ende der Abfahrtsrampe ausrollte und anhielt, zog David vorsichtig am Türgriff, doch er war blockiert. Er drückte verstohlen auf den Entriegelungsknopf im Tastenfeld der Tür, aber es kam kein Geräusch. Die entscheidenden Schalter waren vorne beim Fahrer, und die im Fond waren abgeklemmt worden. Er würde den Wagen erst verlassen können, wenn Mohler es ihm gestattete.

Der Fahrer bog in eine verlassene Landstraße ein. David schaute angestrengt aus dem Fenster, sah aber nichts als die vagen Umrisse von Bäumen und Feldern, die sich in der Nacht abzeichneten, während die Limousine durch das Ackerland außerhalb Washingtons rollte. Es war zu verdammt dunkel hier draußen. Zu abgelegen.

Davids Augen zuckten zu der Bar, die in die Seitenwand der Limousine eingelassen war. In einem Gestell oben auf der kleinen hölzernen Theke standen mehrere große Flaschen, die sich zerschlagen und als Waffe benutzen ließen. Gegen Pistolen würden sie nicht sonderlich wirkungsvoll sein, aber sie waren besser als nichts. Man mußte stets einen Plan haben. Selbst wenn es kein sehr guter war.

Doch dann schaute David wieder aus dem Fenster, und als die Landschaft allmählich wieder von Häusern gesprenkelt war, in denen Licht brannte, legten sich nach und nach seine Ängste. Dann kam eine Einkaufsstraße und danach ein Marriot-Hotel. Bis die Limousine zu dem Hotel abgebogen war und vor dem Haupteingang hielt, war sein Puls wieder normal.

»Da wären wir.« Die Türschlösser der Limousine sprangen auf, und Mohler schnappte sich seinen Aktenkoffer. »Auf geht's, David.«

Sie stiegen aus der Limousine und gingen durch die Hotelhalle des Marriot zum Fahrstuhl. Er brachte sie rasch in den vierzehnten Stock, wo sie ausstiegen, sich nach rechts wandten und einen langen Korridor hinuntergingen. Schließlich blieb Mohler vor einer Tür stehen und klopfte dreimal kräftig an, drückte dann dagegen. Die Tür schwang auf, und er betrat die Suite.

David stand im Korridor. Würden sie es riskieren, hier irgend etwas zu versuchen? Würden sie ihn nicht an einen weniger öffentlichen Ort gebracht haben, falls sie vorhatten, ihm etwas anzutun?

Mohler streckte den Kopf aus der Tür. »Nun kommen Sie schon.«

Als David zögernd den Vorraum betrat, stach ihm der schwere Duft von Zigarrenrauch in die Nase. Er wartete, bis Mohler die Tür geschlossen hatte, und folgte ihm dann um die Ecke in den geräumigen Wohnbereich. Dort saßen Senator Webb und Jack Finnerty.

»Guten Abend, David«, sagte Finnerty gelassen. »Nehmen Sie Platz.« Er lächelte höflich und deutete auf einen Ohrensessel auf der anderen Seite des Couchtischs, an dem er und Webb throhnten.

David stand neben Mohler an der Schwelle des Vorraums und sah zu, wie Webb einen tiefen Zug aus seiner Zigarre nahm. Zweieinhalb Jahre zuvor war er zu diesem Mann gekommen, um ihn zu bestechen. Er hatte geglaubt, die Millionen, die er bei Doub Steel abzweigen würde, könnten Webb dazu bewegen, den gewaltigen A-100-Kontrakt aus dem schwarzen Budget an GEA zu vergeben. Und daß Sagamore Milliarden verdienen würde, wenn der Kurs der GEA-Aktien in die Höhe schnellte. Dann würde er seinen hochbezahlten Job behalten können und persönlich von den GEA-Optionen profitieren, die er so geschickt für sich selbst herausgeschlagen hatte. Er hatte geglaubt, daß er mit List und Tücke in brillanter Weise eine Transaktion eingefädelt hatte, die all seinen Problemen ein Ende bereiten und ihn reicher machen würde, als er es sich in seinen wildesten Träumen vorstellen konnte. Aber das waren die Überzeugungen und Vermutungen eines jämmerlichen Anfängers gewesen. Soviel war David inzwischen klar. Sie steckten alle unter einer Decke, und sie hatten ihn geschickt an der Nase herumgeführt. Sie waren die Meister. Er war bloß ein einfältiger Amateur.

Mohler klopfte David auf den Rücken und lächelte herzlich. »Nehmen Sie Platz, junger Mann.« Er stellte seinen Aktenkoffer auf einen Tisch und setzte sich ans eine Ende einer langen Couch.

David stand noch immer in der Tür zum Vorraum und starrte auf die drei Männer, die in den vergangenen zweieinhalb Jahren sein Leben so mühelos manipuliert hatten. »Ihr drei müßt in den letzten Jahren auf meine Kosten ganz schön was zu lachen gehabt haben«, sagte er schließlich.

Webb nahm zum erstenmal seine Zigarre aus dem Mund. Er legte sie in einen Aschenbecher auf dem Couchtisch. »Wir finden das alles ganz und gar nicht komisch«, erwiderte er barsch. »Genaugenommen gibt es nichts, was wir ernster nehmen würden. Nun setzen Sie sich schon.«

David gehorchte schließlich. »Also, worum geht es bei dieser kleinen Versammlung eigentlich?«

»Informationen und Erklärungen«, antwortete Webb. Es ist an der Zeit, Sie in ein paar Dinge einzuweihen.«

»Wie zum Beispiel?«

»Die GEA-Transaktion war ein abgekartetes Spiel. Wir haben Sie die Schmutzarbeit machen lassen, für den Fall, daß irgendwas schiefgeht. Damit es keine Möglichkeit gibt, uns mit irgendeinem Aspekt der Transaktion in Verbindung zu bringen.«

Finnerty kreuzte die Arme, und Mohler nahm seine Halbbrille ab. Die Besprechung würde eindeutig ein Dialog zwischen Webb und David werden.

»Und damit ich in der Falle sitze«, sagte David fast zu sich selbst. »Das Geld, von dem ich geglaubt habe, es wäre als Belohnung für Ihre Einflußnahme auf die Vergabe des A-100-Kontrakts an GEA für Sie bestimmt, ist in Wirklichkeit auf ein Konto geflossen, das unter meinem Namen lief. Ich weiß das inzwischen.«

Webb lächelte. »Ja, das ist richtig.«

»Damit Sie mich mit Betrugsvorwürfen aufs Kreuz legen konnten, falls ich jemals zum Problem werden sollte. Falls ich jemals erwägen sollte, einen Deal mit den Behörden zu machen. Es würde keine Beweise für Ihre Verfehlungen geben, aber eindeutige Indizien, daß ich drei Millionen Dollar, die Doub Steel gehörten, an mich selbst überwiesen und die Transaktion verschleiert habe, indem ich falsche Dokumente für die Wirtschaftsprüfer fabriziert habe. Die Behörden hätten mich beim Wickel, könnten aber keinerlei Verbindung zwischen Sagamore und Ihnen, Senator Webb, sehen, weil es de facto keine gab.« David schüttelte den Kopf. »Und Sie schenkten mir die Möglichkeit, das Geld zurückzuzahlen, indem Sie mir die GEA-Optionen gaben.« Jetzt, wo David darüber nachdachte, war genaugenommen Finnerty derjenige gewesen, der als erster die Möglichkeit mit den Optionen ins Gespräch gebracht hatte.

»Sehr gut, David. Alles Dinge, über die wir Sie heute nacht zu informieren vorhatten, aber ich sehe, daß wir uns damit nicht groß abgeben nüssen.«

»Sie würden niemals zulassen, daß man Sie so leicht mit Bestechung in Verbindung bringt.«

»Selbstverständlich nicht.«

»Und dieses Geld, das ich mir selbst geschickt habe, ist

vollständig von diesen Konten abgeräumt worden, damit ich die Transaktion nicht rückgängig machen konnte, falls ich sie entdeckt hätte. Es liegt wahrscheinlich in voller Höhe auf irgendeiner Schweizer Bank und wartet auf mich. Aber ich werde es nie finden können.«

»Die Behörden könnten rasch davon unterrichtet werden.«

»Da bin ich mir sicher.« David war nie wütender auf sich selbst gewesen. »Mein Gott, ich hätte an diesem Abend, als ich Sie besuchen kam, wissen sollen, was da wirklich ablief.«

»Seien Sie nicht zu streng mit sich selbst.« Webb amüsierte sich prächtig. »Sie waren darauf erpicht, einen Deal abzuschließen. Erpicht darauf, ihren Job zu retten.«

»Ich hätte wissen müssen, daß Sie mir niemals einfach so gestatten würden, Ihnen auf diesem Weg Geld zu schicken. Und ich hätte mir sagen sollen, daß Sie auf eine weitaus größere Bescherung aus waren als diese drei Millionen Dollar, auf die wir uns schließlich geeinigt haben.« David hob den Blick zu dem Senator. »Ihr Bestechungsgeld ist ein Stück von dem, was bei Sagamore über den Tisch geht, stimmt's? Ein großes Stück. Wahrscheinlich das größte.«

»Selbstverständlich.« Webb nahm die Zigarre wieder auf. »Warum sollte ich nicht den größten Anteil bekommen? Ich bin an Elizabeth Gilman vor fünfzehn Jahren herangetreten, als ihr kleiner Investment-Fonds noch nicht so erfolgreich war wie heute. Treffender gesagt, ging es mit ihm den Bach runter. De facto hab' ich sie gerettet. Ich habe diese ganze Infrastruktur aufgebaut und riskiert, alles zu verlieren. Ich sollte das größte Stück bekommen.«

David sah Finnerty und Mohler nicken wie Marionetten.

»Also, sagen wir mal, die GEA-Transaktion bringt Sagamore einen Profit von drei Milliarden Dollar. Wenn Sagamore zwei Prozent für sich behält, was, glaube ich, die Vereinbarung ist, die der Führungsausschuß mit den Investoren trifft...« – David hielt einen Moment inne und schaute zu Mohler, der zustimmend nickte – »dann sind das sechzig Millionen Dollar. Sagen wir mal, Sie nehmen sich davon zwanzig Millionen, Senator Webb.« David lachte zynisch. »Gegenüber zwanzig Millionen sieht ein Senatorengehalt eindeutig verdammt alt aus.«

»Ganz gewiß«, sagte Webb ruhig.

»Und wahrscheinlich gibt es keine Möglichkeit, die Spur des Geldes zurückzuverfolgen. Die Steuern teilen Sie sich vermutlich, und dann wird das Geld über irgendein kompliziertes Netzwerk verteilt, das sich durch Europa, Südostasien und Südamerika erstreckt. Ein Netzwerk, das niemand je entwirren könnte.«

»Sie scheinen es sich komplett zusammengereimt zu haben.«

»Warum also bin ich heute nacht hier?« fragte David. »Warum der Trick mit der Limousinenfahrt, bloß um mir zu erzählen, daß ich das Geld von Doub Steel an mich selbst geschickt habe? Etwas, das ich sowieso schon wußte.«

»Aus mehreren Gründe, David.«

Sie waren heute nacht furchtbar freundlich. Er hatte noch kein einziges Mal seinen Nachnamen gehört. »Welche Gründe?«

»Art.« Webb gab Mohler ein Zeichen.

»Ja.« Mohler räusperte sich. »Die Sagamore Investment Management Group hat seit Jahren gewaltige Investmentresultate verzeichnet, David. Das konnten wir, wie Sie wahrscheinlich schon vermutet haben, dank unserer Beziehung zu Carter Webb. Wir haben seinen Zugang zu Informationen zu unserem Vorteil genutzt, und er ist, wie Sie so zutreffend festgestellt haben, an unserem Erfolg beteiligt. Genau wie Ihnen heute nacht haben wir das alles jedem der wenigen Manager erklärt, die es bis zu ihrem fünfjährigen Firmenjubiläum bei Sagamore geschafft haben. Wir waren bei all diesen Erklärungen genauso offen, wie wir es mit Ihnen gewesen sind, weil wir sie – exakt wie in Ihrem Fall – total in die Enge getrieben hatten.«

Mohler schwieg einen Moment, damit sie Davids Reaktion abschätzen konnten, und fuhr dann fort. »Ihr Test war GEA, zugegebenermaßen das größte Projekt, das wir bei Sagamore je angepackt haben. Aber die Portfolio-Manager, die vor Ihnen in etwas eingeladen wurden, das einen sehr exklusiven Zirkel darstellt, hatten ihr eigenes Päckchen zu tragen – die gleiche Spur von Betrügereien oder Unterschlagungen, die sie ins Gefängnis bringen konnte, genau wie Sie«, sagte Mohler warnend und schwieg eine Sekunde, damit die ganze Wahrheit sich setzen konnte. »Wissen Sie, was uns interessiert, ist nicht Ihre Leistung in den ersten fünf Jahren bei Sagamore. Uns kümmert nicht, daß Sie in der unteren Hälfte der monatlichen Einstufungen waren. Ich weiß, daß all ihr Uneingeweihten das glaubt. Was uns wirklich interessiert, ist, ob Sie gewillt sind, die Verantwortung für diese Insidergeschäfte auf sich zu nehmen, in Ihrem Fall GEA, und damit zu leben. Ob Sie bereit sind, einem Wink von Jack Finnerty zu folgen und an Senator Webb heranzutreten, dann in die Investition einzusteigen und sich an uns zu ketten, indem sie ihm aus den Mitteln einer Tochtergesellschaft von Sagamore das Geld zukommen lassen. Ob Sie bereit sind, Sagamores Leitungsausschuß, Senator Webb, Jack Finnerty, die anderen Portfolio-Manager und den Rest der Gruppe zu schützen.«

»Weil ich mich, wenn ich einwillige, einem Leben voller Verbrechen verschrieben haben werde«, murmelte David.

»Uns verschrieben«, korrigierte Webb. Er wandte sich zu Finnerty. »David hat genug schlechte Nachrichten gehört, Jack. Erzählen Sie ihm die guten.«

Finnerty lächelte. »Wir haben bei Sagamore noch nie ein Problem gehabt, nachdem wir einem Portfolio-Manager all das klargemacht hatten, David. In fünfzehn Jahren hat sich niemand je gegen uns gewandt. Dafür gibt es zwei Gründe. Erstens sitzen wir, wie Art sagte, am längeren Hebel. Wir haben Sie bei einem Betrugsmanöver erwischt. Aber wir sehen auch die Notwendigkeit, einen Anreiz zu offerieren.« Finnertys Lächeln wurde breiter. »Wenn Sie sich einverstanden erklären, Schweigen zu bewahren, was Sie meiner festen Überzeugung nach tun werden, weil es eigentlich keine andere logische Möglichkeit gibt, erhalten Sie eine einmalige Zahlung von zwei Millionen Dollar.«

David schaute Finnerty ungläubig an. »Zwei Millionen?« Seine Stimme war nahezu unhörbar.

»Genau. Und Sie können jedes Jahr mit zumindest genausoviel an Gehalt und Leistungsprämien rechnen. Wahrscheinlich weit mehr. Würden Sie sagen, daß das soweit zutrifft, Art?« Finnerty beugte sich vor und schaute an Webb vorbei zu Mohler.

»Ja.«

Zwei Millionen Dollar. Ein nervöses Lächeln, das er nicht kontrollieren konnte, huschte über Davids Gesicht. Er würde tatsächlich reich werden.

»Sie sollten sich geehrt fühlen, David«, sagte Webb. »GEA ist die größte Transaktion, die wir je durchgeführt haben. Und wir haben Sie dazu ausgewählt. Sie haben bei den Psychotests, denen sich zu unterziehen wir Sie baten, bevor wir Ihnen das Stellenangebot gemacht haben, sehr gut abgeschnitten. Besser, als es bei Sagamore jemals irgendwer getan hat. Sie werden bei der Firma eine lange und lukrative Karriere haben, das garantiere ich Ihnen. Wir haben eine Menge mit Ihnen vor. Ich kann mir sogar vorstellen, daß Sie eines Tages dem Führungsausschuß angehören werden.«

»Ihr pokert ganz schön gerissen.« David wandte sich zu Mohler. »An diesem Tag, als Sie in meinem Büro waren und rumgebrüllt haben, von wegen der schlechtesten Investition, die Sagamore jemals getätigt hätte, war ich überzeugt, Sie wollten wirklich, daß ich GEA abstoße.«

»Wenn Sie versucht hätten, die Anteile zu verkaufen, wäre ich eingeschritten.« Die Männer brachen unisono in lautes Gelächter aus.

»Ich war mir außerdem sicher, daß Sie mich nicht mögen.«

»Tat ich auch nicht«, gab Mohler zu, während sein Lachen verebbte. »Aber diese Herren haben mich davon überzeugt, daß ich meine Ansicht ändern sollte. Jetzt bin ich froh, daß sie es getan haben.«

»Warum ist Elizabeth nicht hier? Schließlich hat sie die Firma ja gegründet.«

»Gewöhnlich ist sie das«, erwiderte Finnerty hastig. »Aber ... äh ...«

»Aber sie mußte sich um andere Dinge kümmern«, beendete Webb Finnertys Satz, offerierte aber keine weitere Erklärung.

»Ich hab' noch ein Jahr bis zu meinem fünften Firmenjubiläum«, gab David zu bedenken. »Warum machen Sie das jetzt?«

»Manchmals ist es nicht notwendig, bis zum Ende des fünften Jahres zu warten. Manchmal finden wir, daß es nutzbringender ist, dem Betreffenden schon vor diesem Zeitpunkt Einblick in unsere Gruppe zu gewähren. Dies ist eine dieser Gelegenheiten.« Webb zog noch einmal an seiner Zigarre und drückte sie dann im Aschenbecher aus. Vor ihm stieg eine dicke Rauchsäule auf. »An Ihrem fünften Jahrestag wird Art Sie vor den Leitungsausschuß bestellen und Sie der Form halber offiziell zum Ritter schlagen, aber Sie werden schon wissen, was vor sich geht.«

»Ach so.« David wischte einen Fussel von seiner Hose. Eine einmalige Zahlung von zwei Millionen Dollar. Gewaltige Jahresgehälter und Prämien. Die Art von Reichtum, die ein Leben voller großer Häuser in exklusiven Vierteln bedeuten würde, inklusive Privatschulen für die Kinder und den besten Ferien, die sich mit Geld nur kaufen ließen. Die Alternative war, ins Gefängnis zu wandern. »Wie nehme ich Ihr großzügiges Angebot offiziell an?«

»Schauen Sie uns in die Augen und sagen uns, daß sie annehmen«, erwiderte Webb unverzüglich.

Ein paar Sekunden lang war es vollkommen still im Zimmer. Schließlich lächelte David freundlich. »Selbstverständlich nehme ich es an.«

»Denken Sie dran, es wird Sie stets jemand im Auge behalten«, warnte Webb. »Wir haben uns dazu noch nie gezwungen gesehen, aber wir würden nicht zögern, jemanden zu beseitigen, der Ärger machen könnte, der versuchen könnte, zu zerstören, was wir bei Sagamore aufgebaut haben.«

»Ist das den beiden Männern zugestoßen, die angeblich Selbstmord begangen haben?« fragte David. »Dem, der von der Bay Bridge gesprungen ist, und dem anderen, der in seiner Garage Kohlenmonoxid inhaliert hat? Wurden die... beseitigt?«

»Nein. Das waren wirklich Selbstmorde. Ich sagte Ihnen doch, daß wir uns dazu noch nie gezwungen sahen. Vielleicht wurden diese Männer von dem in den Tod getrieben, was sie zu verbergen hatten. Möglicherweise waren sie geistig einfach nicht stabil genug. Ich weiß es wirklich nicht, und es ist mir auch vollkommen egal. Das einzige, was mich daran interessiert, ist, daß diese beiden Vorfälle unerwünschte Aufmerksamkeit auf Sagamore gelenkt haben. Deshalb auch die Psychotests. Wir wollten dieses potentielle Problem ein für allemal ausräumen.« Webb klopfte auf die Sessellehne. »Es freut mich überaus, Ihnen mitteilen zu können, daß Sie nicht im geringsten selbstmordgefährdet sind, David.«

»Na großartig«, flüsterte er vor sich hin.

»Kurzum, das Fazit lautet, daß Sie sich auf ein Leben in extremem Wohlstand freuen können, David.« Webb schlug gemächlich ein Bein über das andere. »Da wäre noch ein weiterer Punkt.«

»Nämlich?«

»Wir haben festgestellt, daß Sie eine Frau namens Jesse Hayes kennen.«

David versuchte, sich nicht anmerken zu lassen, daß er Jesses Namen wiedererkannte.

»Diese Information stammt von Elizabeth Gilman.«

David schwieg noch immer.

»Trifft es zu, was sie gesagt hat? Kennen Sie Jesse Hayes?«

»Ja«, sagte David leise. Es wäre dumm gewesen, das zu leugnen. Webb wußte offensichtlich davon.

»Wir müssen sie finden, David. Rasch.«

»Warum?«

»Sie hat etwas gestohlen, das uns gehört, und wir möchten es zurückhaben.«

»Sprechen Sie über die Kopie des indossierten Schecks bei der LFA?« David wußte, daß er gerade eine Bombe gezündet hatte.

Die drei schauten auf wie ein Mann. »Woher, zum Teufel, wissen Sie davon?« fragte Webb.

»Sie hat mir davon erzählt. Ich hab' sie glauben gemacht, daß sie mir vertrauen kann.« Die drei waren sichtlich beeindruckt. »Elizabeth Gilman war Gastdozentin an der Maryland Business School und hat Jesse Hayes dort kennengelernt. Danach hat Elizabeth mich gebeten, mich mit Jesse anzufreunden. Elizabeth fand, Jesse könnte eine gute Kandidatin für Sagamore sein, als Portfolio-Managerin. Also hab' ich mich mit ihr angefreundet. Und herausgefunden, daß Jesse aus irgendeinem Grund Ermittlungen über Elbridge Colemans Wahlkampagne anstellte. Ich glaube, es hatte mit steuerlichen Vergehen oder so was zu tun. Auf jeden Fall hat es sie zur LFA geführt, und sie hat den Scheck von Doub Steel gefunden.« Davids Miene wurde grimmig. »Ich glaube, sie sagte, ich sei der Unterzeichner des Schecks, aber ich habe ihn nicht ausgestellt.« Er beobachtete die drei Männer aufmerksam. »Ich konnte nicht schlau daraus werden, warum jemand bei Doub Schecks an die LFA schicken oder dabei meinen Namen benutzen sollte. Ich hatte vor, davon etwas zu sagen, aber ich wußte nicht, wem ich es erzählen sollte. Also hab ich einfach den Mund gehalten.«

»Sie haben das Richtige getan.« Webb nickte zustimmend. »Können Sie sich für uns mit ihr in Verbindung setzen?«

»Ihre Nummer steht wahrscheinlich im Telefonbuch.«

»Sie ist seit den frühen Morgenstunden des heutigen Tags nicht in ihre Wohnung zurückgekehrt. Wie ich schon sagte, wir müssen sie so schnell wie möglich erreichen.«

»Damit Sie den Scheck zurückbekommen können?« fragte David.

»Ja.«

»Und sie beseitigen?«

Webb fragte sich mit einem Mal, ob David Mitchell nicht ein genauso guter Pokerspieler sein könnte, wie sie es waren. »Das könnte notwendig sein.«

»Das würde ich nicht tun«, warnte David.

»Warum nicht?« fragte Webb mißtrauisch.

»Ich kann nicht verstehen, warum Elizabeth so darauf bestanden hat, daß ich mich derart gut mit Jesse Hayes bekannt mache, aber wie gesagt habe ich getan, was sie verlangte. Schließlich war Elizabeth nach allem, was ich damals wußte, meine oberste Vorgesetzte.« David bemerkte, daß Webb und Finnerty einander einen flüchtigen Blick zuwarfen. »Also habe ich Jesse glauben gemacht, mir läge etwas an ihr, und ich denke, ich hab' ziemlich gute Arbeit geleistet, denn sie hat mir anvertraut, daß sie in eine Sache verwickelt ist, die ihr angst macht. Selbst als sie die Kopie des auf die LFA ausgestellten Schecks mit meiner Unterschrift gefunden hat, konnte ich sie davon überzeugen, daß ich ihn nicht ausgestellt hatte, daß es da irgendeine Art von Verschwörung geben muß, und daß ich genauso verwirrt bin wie sie. Was ich, ehrlich gesagt, auch war. Aber ich wollte sie zu diesem Zeitpunkt auch aus egoistischen Gründen nicht aus den Augen verlieren, nämlich wegen der Scheckkopie. Ich mußte herausfinden, was da vor sich ging, also überzeugte ich sie, daß wir zusammenarbeiten sollten, um herauszufinden, was da eigentlich lief. Glücklicherweise hat sie mir alles abgekauft, was ich ihr erzählt habe, und zugestimmt.«

Sie hingen jetzt geradezu an seinen Lippen. »Jedenfalls hat Jesse mir berichtet, daß sie glaubt, daß jemand Elbridge Colemans Wahlkampagne manipuliert«, fuhr David fort und schaute dabei Webb an. »Sie hat mir nicht genau gesagt, was sie in der Hand hat, aber sie sagte, sie habe eine ganze Menge Informationen zusammengetragen, die in ihrer Gesamtheit jemand überführen würden. Sie hat mir außerdem verraten, daß sie diese Informationen versteckt hat, und daß es eine zweite Person gibt, die das Material den Bundesbehörden übergeben soll, falls ihr irgend etwas zustößt. Also können Sie sie nicht einfach aufspüren und beseitigen. Das funktioniert nicht. Sie wären immer noch in Gefahr.«

»Warum hat sie sich bisher noch an niemanden gewandt?« fragte Webb.

»Ich hab' ihr gesagt, daß sie nicht sicher sein kann, wer vertrauenswürdig ist, und daß sie die Zeche bezahlen muß, falls ihr angebliches Beweismaterial nicht zwingend genug ist, das Gericht von einer Ermittlung zu überzeugen. Ich hab' ihr angst gemacht, aber das mußte ich. Selbst wenn ich den Scheck nicht ausgestellt habe, konnte ich nicht zulassen, daß sie die Kopie des Schecks von Doub Steel mit meinem Namen darauf ihren Vorgesetzten übergibt. Das wäre sehr schlecht für mich gewesen. Es hätte sie veranlaßt, die Bücher von Doub mit dem Staubkamm durchzugehen, und irgendwer hätte entdeckt, daß ich auch das andere Geld losgeschickt habe. Ich wäre ins Gefängnis gewandert. Tut mir leid, aber in David Mitchells Zukunft ist das nicht vorgesehen.«

»Falls das, was Sie sagen, wahr ist, haben Sie mit großem Weitblick gehandelt, David«, sagte Webb. »Und ich danke Ihnen für den Rat, ihr Geschick mit Samthandschuhen anzugehen. Aber die Frage ist immer noch offen. Können Sie sich mit ihr in Verbindung setzen? Wissen Sie, wo sie ist?«

»Ich möchte Ihnen zuerst auch eine Frage stellen.«

»Nur zu«, knurrte Webb, der allmählich ungeduldig wurde.

»Lag Jesse Hayes mit ihren Ermittlungen gegen die Coleman-Kampagne richtig? Versucht jemand, seine Wahl zu manipulieren?«

Der junge Mann war clever, vielleicht zu clever. Er wußte haargenau, was vor sich ging, aber er wollte eine Bestätigung. Er wollte es ausgesprochen hören. »Ja, sie lag richtig.« Webb beugte sich in seinem Sessel vor. »David, was wir hier aufgebaut haben, Sagamores Koordination mit dem schwarzen Budget, ist viel zu wertvoll, um es verdorren zu lassen, wenn ich erst einmal weg bin. Ich bin pragmatisch genug, mir im klaren zu sein, daß ich nicht ewig leben werde, und wir müssen sicherstellen, daß es weiterläuft. Sie werden von unserer harten Arbeit an der Coleman-Kampagne profitieren.« Er sagte es durch zusammengebissene Zähne. »Also, *können* Sie Jesse Hayes nun für uns aufspüren?«

David durchwühlte Rebecca Saunders' Unterlagen. Hager, Halston, Hayes. Er zerrte die dicke Mappe aus dem Aktenschrank, legte sie auf den Tisch und öffnete sie. Während er rasch die Seiten durchblätterte, verzog er keine Miene, trotz dessen, was er da las. Mit siebzehn Jahren von ihrem Stiefvater mißbraucht. Wut, Schuldgefühle, Angst. Eine Abtreibung. Aber wo? Klinik oder Hospital? In einer Klinik würde Jesse nichts als eine Nummer gewesen sein. Aber in einem Hospital könnte ihr Name auf einer Patientenakte stehen.

Und dann sah er es, handschriftlich auf den Rand einer maschinengeschriebenen Seite gekritzelt. Die Antwort. Edgewood General.

David steckte die Papiere zurück in den Umschlag, schloß die Mappe, klemmte sie sich fest unter den Arm und ging zur Tür.

Es half, wenn man die richtigen Leute kannte – und dazu ein Gesicht hatte, das Frauen attraktiv fanden. »Danke, Schatz«, sagte der junge Mann liebenswürdig, als die Krankenschwester ihm die Tüte übergab. Darin war die Bestätigung, daß Jesse Hayes im Alter von siebzehn das Edgewood-General-Hospital aufgesucht hatte und eine Abtreibung vorgenommen worden war. Etwas, das ihr immer noch Schuldgefühle bereitete. Informationen, die sie gegen sie verwenden konnten.

»Ich hätte das nicht tun sollen.« Die Schwester schüttelte den Kopf.

»Machen Sie sich keine Sorgen. Niemand im Edgewood General wird je erfahren, daß Sie es waren«, versicherte er ihr. »Das verspreche ich Ihnen. Hier.« Der junge Mann hielt der Krankenschwester den briefgroßen Umschlag hin. Darin steckten 1 000 Dollar.

Die Schwester riß ihn dem jungen Mann aus der Hand, überprüfte den Inhalt und ging davon in die Nacht.

Kapitel 31

David schlürfte schwarzen Kaffee aus dem Styroporbecher in seiner linken Hand, während er mit der rechten den Hörer hielt und die Nummer eintippte. Es war sechs Uhr früh, aber die Tageszeit scherte ihn inzwischen wenig. Falls sie noch nicht wach war, würde sie es eben bald sein.

»Sheraton North«, antwortete die Telefonistin mit lauter Stimme.

»Ich versuche, Jesse Hayes zu erreichen. Sie ist in Zimmer 10–11.«

»Einen Moment bitte«, sagte die Frau überschwenglich.

David stöhnte. Jeder, der um sechs Uhr morgens derart munter war, hatte entweder kein Privatleben oder war während des Firmentrainings einer kompletten Gehirnwäsche unterzogen worden. Schließlich war der Rufton in der Leitung.

»Hallo«, antwortete eine benommene Männerstimme.

David nahm einen Moment den Hörer vom Ohr. Was zum Teufel ging da vor? »Ist Jesse Hayes da?« fragte er zögernd.

»Hier gibt's niemanden, der so heißt.«

»Sorry.« David legte eilig auf und drückte den Knopf für die automatische Wahlwiederholung.

»Sheraton North.« Die selbe penetrant muntere Stimme begrüßte ihn.

»Ja, ich hatte gerade angerufen. Ich versuche, Jesse Hayes zu erreichen. Ich glaube, sie ist in Zimmer 10–11. Könnten Sie das nachprüfen?«

»Einen Moment.«

Er hörte das Klacken von Fingerspitzen auf einer Computertastatur, dann war die Stimme der Frau zurück in der Leitung.

»Sie ist hier zu Gast, aber nicht in Zimmer 10–11. Ich verbinde Sie jetzt.«

»Moment!«

»Ja?«

»Könnten Sie mir sagen, in welchem Zimmer sie ist?«

»Tut mir leid, das dürfen wir nicht.«

»Sie ist meine Verlobte«, log er. »Und das Zimmer wird mit meiner Kreditkarte bezahlt. Der Name ist David Mitchell. Sie können das nachprüfen. Ich kann ihnen die Visa-Nummer geben. Ich denke, ich hab' ein Recht auf diese Information.«

»Tut mir leid, Sir. Es gehört zur Firmenpolitik, Zimmernummern nicht am Telefon oder an der Rezeption herauszugeben, ganz egal, worum es geht«, antwortete die Frau energisch. »Möchten Sie, daß ich in ihrem Zimmer anrufe?«

»Ja«, sagte er leise, als er einsah, daß diese Frau nicht gegen das Protokoll verstoßen würde.

Nach dem ersten Klingeln wurde der Hörer abgenommen.

»Hallo.«

»Jesse?«

»Ja.«

»Ich bin's, David.«

»Was wollen Sie?« fragte sie kühl.

»Was, zum Teufel, ist denn mit Ihnen los?« David hatte die Kälte in ihrer Stimme sofort gespürt.

»Meine Freundin Sara Adams, die, von der ich Ihnen neulich in der Bar erzählt habe, ist tot.«

Er hörte den anklagenden Tonfall. »Tut mir leid.«

»Sie wissen, daß ihr Mörder, wer immer es war, eigentlich mich umbringen wollte.«

»Haben Sie deswegen das Zimmer gewechselt? Für den Fall, daß denen klar wird, daß sie einen Fehler gemacht haben?«

»Ja.«

»Weil Sie wußten, daß die Telefonistin keine Zimmernummern preisgeben würde?«

»Ja.«

»Aber außer mir wußte niemand, in welchem Zimmer Sie waren?«

»Ja«, sagte sie ruhig.

Für den Moment ignorierte er die Implikation. »Wenn Sie die Leute fernhalten wollten, warum haben Sie dann keinen falschen Namen benutzt, als Sie das Zimmer gewechselt haben?«

»Ich war besorgt, daß die Rezeption Schwierigkeiten machen würde, wenn ich den Namen ändere, solange das Zimmer über Ihre Kreditkarte bezahlt wird. Und meine eigene möchte ich natürlich nicht verwenden.«

»Sie müssen Vertrauen zu mir haben, Jesse«, unterbrach er und akzeptierte damit stillschweigend das Mißtrauen, das aus ihrem Ton so eindeutig herauszuhören war. »Ich versuche, Ihnen zu helfen. Das müssen Sie mir glauben.«

»Die haben Sara umgebracht. Sie arbeiten für sie. Die können Sie reich machen. Das haben Sie selbst gesagt. Alles, was Sie jemals wollten, war, reich zu werden. Warum sollte ich Ihnen trauen?«

»Geld ist mir inzwischen egal. Ich möchte tun, was recht ist. Ich möchte Sie beschützen.«

»Gehört es mit zu diesem Schutz, mich aus meinem Apartment wegzulotsen, damit Sie sie auf der Suche nach Informationen total verwüsten konnten? Ich habe Ihnen doch gesagt, daß sich dort nichts von dem Beweismaterial befindet.«

»Wovon reden Sie da?«

»Meine Wohnung wurde auf den Kopf gestellt. Ich war letzte Nacht dort.« Sie hörte genau hin, ob sein Atmen irgendein Anzeichen der Wahrheit verriet.

Er wußte, was sie dachte. »Ich habe absolut nichts damit zu tun. Das muß Ihnen doch einleuchten.« Er mußte nachdenken, rasch. Er mußte ihr Vertrauen zurückgewinnen. »Als ich Sie am Sheraton abgesetzt habe, haben Sie mir gesagt, Neil Robinsons Akte sei nicht dort. Warum sollte ich Ihr Apartment durchwühlen?«

»Ganz einfach. Sie haben mir nicht geglaubt.«

»Ich möchte auf Sie aufpassen, Jesse.« Erneut versuchte er ihre Emotionen auszunutzen, statt auf ihre Worte zu reagieren.

»Ich kann selbst auf mich aufpassen«, antwortete sie eisig.

Todd stöhnte, als er aus seinem Schlaf erwachte. Jesse schaute hinüber zur Couch und hielt die Sprechmuschel des Telefonhörers zu.

»Wer zum Teufel ist das?« fragte David hastig.

Todd rieb sich die Augen, schaute dann hoch zu Jesse.

Sie hielt einen Finger an die Lippen. »Todd Colton. Ich hab' letzte Nacht Schutz gebraucht, also hab ich ihn gebeten, hier bei mir zu bleiben.«

David schlug knallend mit der flachen Hand auf seinen Schreibtisch. »Trauen Sie diesem Kerl nicht, Jesse. Bleiben Sie weg von ihm. Das ist kein Witz.«

Sie hörte das Klatschen, mit dem seine Hand den Schreibtisch traf. »Ich hab Ihnen doch gesagt, ich treffe von jetzt an meine eigenen Entscheidungen.«

David preßte den Hörer fest ans Ohr. »Jesse, die haben etwas gegen Sie in der Hand.« Er mußte es ihr jetzt sagen. Es war seine letzte Chance.

»Etwas gegen mich in der Hand?« Ihre Stimme wurde mit einem Mal unsicher. »Was meinen Sie damit?«

»Darüber möchte ich am Telefon nicht reden. Ich muß es Ihnen persönlich zeigen. Es ist definitiv etwas, von dem Sie nicht wollen würden, daß es gegen Sie verwendet wird.«

Ihre Hand begann zu zittern. »Was ist es?« Aber sie hatte schon eine Idee. Es konnte nur eines sein.

»Treffen Sie mich.«

»Damit mich jemand erschießen kann?«

»Das wird nicht passieren«, sagte er beruhigend. »Das haben sie mir zugesichert. *Sie* bestimmen den Ort. Er kann so öffentlich sein, wie Sie möchten. Sie können Todd mitbringen, wenn Sie sich dann besser fühlen. Ich hab' ihnen gesagt, daß Sie belastendes Material besitzen, und zwar in sicherem Gewahrsam, und daß ein Freund von Ihnen Anweisung hat, zu den Behörden zu gehen, falls Ihnen etwas zustößt. Ich hab ihnen gesagt, daß die Unterlagen, die Sie haben, sie für den Rest ihres Lebens hinter Gitter bringen würden. Sie haben mir geglaubt. Sie sind bereit, einen Deal auszuhandeln. Möglicherweise mit einer umfangreichen Barzahlung. Das kann sich alles noch zum Besten wenden, Jesse. Wir können alle in Sicherheit sein. Ich beschwöre Sie, so eindringlich ich nur kann, diese Möglichkeit in Betracht zu ziehen. Sie haben mir geglaubt, jetzt müssen *Sie* mir glauben.«

Der Dreckskerl. Er hatte die ganze Zeit über mit ihnen zusammengearbeitet.

Todd setzte sich auf der Couch auf, als er die Betrübnis in Jesses Augen sah.

»Nennen Sie den Ort, Jesse.« David ließ nicht locker.

Sie fühlte die Emotionen aufsteigen, würgte sie aber wieder hinunter. Für Gefühle war jetzt keine Zeit. »Die Filiale der Mercantile Bank auf der York Road, direkt nördlich vom Messegelände«, sagte sie niedergeschlagen.

»Wann?«

»Zehn Uhr.«

»Gut. Sie tun das Richtige, Jesse.«

Ohne zu antworten, legte sie langsam den Hörer auf.

»Was stimmt denn nicht, Jess?« Todd setzte sich neben sie aufs Bett und ergriff sanft ihre Hand.

»Nichts. Alles. Nimm mich einfach in die Arme, Todd, bitte.«

Um zehn Uhr fünfzehn sprinteten Jesse und Todd durch den dichten Verkehr quer über die York Road auf die Filiale der Mercantile Bank zu. Sie hatten das Gebäude dreißig Minuten lang beobachtet, aber nichts gesehen, das sie mißtrauisch gemacht hätte. Jeder Wagen, der auf den kleinen Parkplatz gerollt war, hatte ihn auch wieder verlassen, und nun war der Platz leer. Argwohn schien unbegründet.

Sie betraten das Gebäude durch die Glastüren in der Vorderfront und gingen rasch zu einem Tresen auf einer Seite der Eingangshalle. In einer Ecke stand ein freundlich lächelnder Wachmann, die Hände hinter dem Rücken. Jesse warf einen kurzen Blick auf den Wachmann, dann auf die beiden unbeschäftigten Bankkassierer.

»Alles okay mit dir?« fragte Todd.

»Ja«, antwortete sie, ohne die Tür aus den Augen zu lassen. »Du hast deinen Revolver dabei, richtig?«

Es war das dritte Mal, daß sie danach gefragt hatte. »Genau hier.« Er berührte seine Brust.

»Jesse.«

Sie erkannte die Stimme und wirbelte herum. David stand in einer Tür direkt neben dem Wachmann.

»Würden Sie bitte mitkommen?« Er winkte sie zu sich.

Jesse hörte die Glastür aufschwingen und drehte sich rasch wieder zur Vorderseite des Gebäudes um. Ein Mann mit langem, rotblondem Haar, einem Bart und einem Schnäuzer betrat den Raum. Sie erkannte ihn sofort wieder und griff nach Todds Hand. »Das ist der Kerl, der an diesem Tag in meinem Büro war«, flüsterte sie.

»Kommen Sie schon, Jesse«, rief David.

»Willst du hier weg, Jess?« Todd behielt Gordon Roth sorgsam im Auge.

»Ich weiß nicht.« Ihre Nerven glühten.

»Alles in Ordnung hier, Leute?« Der Wachmann kam aus seiner Ecke hervor.

»Alles bestens, Sir.« David ging mit selbstsicherem Schritt auf Jesse und Todd zu. »Hallo, Todd.« Sein Tonfall war ausdruckslos, weder freundlich noch unfreundlich.

Todd starrte Mitchell an. Jesse hatte für kurze Zeit etwas für ihn empfunden. Aber sie hatte ihren Fehler eingesehen. Dafür hatte Todd schon gesorgt.

David wandte sich Jesse zu. Sie war wie eine Katze auf einem heißen Blechdach, die einen Weg nach unten sucht. Aber es gab keinen. »Jesse, ich hab' gesehen, wie Sie den Mann angeschaut haben, der gerade hereinkam. Er arbeitet tatsächlich für sie. Das werde ich gar nicht erst bestreiten. Aber er ist hier, um mich im Auge zu behalten, nicht Sie. Er ist hier, um sicherzustellen, daß ich mich mit dem, was ich ihnen zeigen werde, nicht davonmache.« Obschon es ihr bewundernswürdig gut gelang, ihre Emotionen zu verbergen, mußte sie im tiefsten Inneren völlig verzweifelt sein. Und wer konnte ihr das zum Vorwurf machen? »Jesse, Sie und ich gehen nach hinten in ein Zimmer, wo wir ungestört sind.

Dafür hab ich gesorgt. Der Bursche kommt nicht mit nach hinten. Todd kann auf ihn aufpassen, solange wir dort sind.«

»Sie spinnen ja wohl.« Wer konnte wissen, was David versuchen würde? Er mußte inzwischen zum Äußersten entschlossen sein.

»Wenn Du wegwillst, brauchst du's bloß zu sagen, Jess.« Todds Blick huschte von Roth zu Mitchell.

»Schon in Ordnung.« Sie war so weit gekommen. Und sie mußte wissen, was David in der Hand hatte. »Ich werde mitkommen, David, aber Todd behält diesen Kerl im Auge. Wenn auch nur irgendwas Ungewöhnliches geschieht, wird er den Wachmann sofort die Polizei rufen lassen.« Sie schwieg einen Moment. »Todd, falls David da alleine wieder rauskommt, fängst du an zu schreien.« Sie sagte es laut, damit auch David den Satz mitbekam.

»Werd' ich.«

David nickte. »Prima. Und jetzt kommen Sie.« Er ging zurück zu der Tür und bewegte sich in den dahinterliegenden Korridor.

Jesse folgte ihm mit ein paar Schritten Abstand, zögerte an jeder Ecke des Flurs und erwartete bei jeder Biegung eine Attacke. Aber schließlich waren sie zusammen in einem kleinen Zimmer, einem Raum, der normalerweise für Leute bestimmt war, die mit der Box aus ihrem Schließfach allein sein wollten.

David schloß die Tür. »Nehmen Sie Platz.« Er deutete auf einen Stuhl, der vor einem kleinen Tisch stand. »Keine Sorge, Jesse. Es wird Ihnen nichts passieren.« Er ließ die Unterlagen aus dem Edgewood-Hospital auf den Tisch fallen. »Los. Lesen Sie.«

Mit langsamen Bewegungen setzte sie sich an den Tisch und griff nach dem Umschlag. Sie überflog den Inhalt nur ein paar Sekunden lang und schob ihn dann von sich. »Ich kann's kaum glauben.« Ihre Stimme war nahezu unhörbar. »Sie haben Beckys Visitenkarte gesehen. Sie haben sie an diesem Abend aus meinem Apartment mitgehen lassen. Sie sind in ihre Praxis eingedrungen und haben meine Akte gestohlen, nicht wahr?«

David sagte keinen Ton.

»Der Name des Hospitals. Die Tatsache, daß mein Stiefvater derjenige war, der mich mißbraucht hat. Becky wußte das alles. Das muß alles in der Akte gestanden haben.« Mit einem Mal war Jesse wieder den Tränen nahe. »Und nachdem Sie Beckys Unterlagen gesehen hatten, sind Sie zu dem Hospital gefahren und haben sich das hier geholt.« Sie deutete auf den Umschlag.

»Nein. Ich hab' diese Unterlagen nicht besorgt.«

»Lügen Sie mich nicht an!«

»Das tu ich nicht. Sehen sie, die wissen, daß es Ihr Stiefvater war, der sie mißbraucht hat. Sie wissen, daß es sein Kind war. Und sie werden all das Ihrer Mutter erzählen, in allen Einzelheiten, falls Sie sich dafür entscheiden, zu den Behörden zu gehen.« Er schüttelte den Kopf. »Sie werden nicht einmal davor zurückschrecken, Ihrer Mutter zu erzählen, es sei keine Vergewaltigung gewesen. Daß es im gegenseitigen Einverständnis geschehen sei. Sie wissen, wie ergeben Ihre Mutter der katholischen Kirche ist. Sie wissen, was es ihr antun würde, das zu hören.«

»Sie verdammtes Schwein!«

»Hören Sie mir zu, Jesse. Es spielt keine Rolle, wie Sie jetzt von mir denken. Was zählt, ist die Tatsache, daß sie diese Informationen haben und beabsichtigen, sie zu verwenden.«

Mit einem Mal vollkommen überwältigt, stützte sie ihren Kopf in die Hände.

»Da ist noch etwas anderes, das ich Ihnen ausrichten soll, Jesse.«

»Was?« Sie konnte kaum sprechen.

»Sie wollen, daß Sie den richtigen Anreiz haben.«

»Was soll das bedeuten?«

»Das bedeutet, daß sie Ihr Stillschweigen auch erkaufen möchten, statt sie nur einzuschüchtern. Sie halten das für eine extrem erfolgreiche Strategie. Es bedeutet zwei Millionen Dollar in bar und eine Stelle bei Sagamore auf Lebenszeit.«

»Sind Sie wirklich so naiv? Ich hätte das nie für möglich gehalten.«

»Was meinen Sie?«

»Sie werden niemals mit dem Versuch aufhören, das was ich habe, in die Hände zu bekommen. Die Kopie des Schecks von Doub Steel. Neil Robinsons Unterlagen. Den ganzen Rest. Und wenn sie das alles gefunden haben, und irgendwann werden sie es finden, dann bin ich tot. So einfach ist das.«

»Aber falls Sie versuchen, sie auffliegen zu lassen, dann zeigen sie all diese Unterlagen Ihrer Mutter. Und sie werden sie veröffentlichen, damit jedermann in der kleinen Gemeinde, die ihr so wichtig ist, sie auch sehen kann. Es wird sie zerstören. Sie wissen das. Und dann wird man Sie trotzdem umbringen. So sieht die Wirklichkeit aus. Die Alternative besteht darin, mit ihnen zusammenzuarbeiten und sich in einer finanziell sehr erfreulichen Position wiederzufinden. Und darin, daß Ihre Mutter nichts davon erfährt, was Ihr Stiefvater getan hat. Sie sind bereit, sich auf einen Deal einzulassen. Und sie glauben wirklich, daß Stillschweigen sich mit Geld erkaufen läßt.«

»Ich nehme an, Sie wissen das aus eigener Erfahrung.«

»Jesse, ich ...«

»Wie konnten Sie mir das antun?« schrie sie. Als sie aufstand, kippte der Stuhl nach hinten und krachte auf den Boden.

Sie konnten Menschen äußerst gut einschätzen. David war das jetzt klar. Sie waren Meister der Manipulation. Er hatte nicht gedacht, daß die Drohung, ihre Mutter werde von der Abtreibung erfahren, Jesse so tief berühren würde, doch nun, als ihr die Tränen über das Gesicht strömten, konnte er sehen, daß er sich geirrt hatte. Sie ging vor seinen Augen in Stücke.

»Ich dachte, wir würden zusammen zu den Behörden gehen.« Sie versuchte einen Moment lang, die Fassung wiederzugewinnen, wischte sich die Tränen aus dem Gesicht, aber dann begannen ihre Schultern zu zucken, und ein neuer Weinkrampf erschütterte ihren Körper. »Ich dachte, wir würden sie mit dem, was wir beide wissen, hinter Schloß und Riegel bringen. Ich hab' Sie so vollkommen falsch eingeschätzt, David. Ich kann es einfach nicht glauben, daß Sie ihnen die Unterlagen über meine Abtreibung gegeben haben. Über die Tatsache, daß mein Stiefvater...« Aber sie konnte nicht zu Ende sprechen. Eine Vision des Gesichts ihrer Mutter schoß ihr durch den Kopf. Der entsetzte Ausdruck. Die Beschämung.

»Ich hab ihnen nicht das Geringste davon gesagt, was Ihnen zugestoßen ist«, murmelte er leise.

»Hören Sie auf, mich anzulügen!« schrie sie.

»Ich lüge nicht.« Sein Gesicht war grimmig. »Ihr Freund Todd hat es ihnen erzählt. Er ist derjenige, der ihnen die Unterlagen aus dem Hospital besorgt hat. Sie haben sich um ein ziemlich ernstes Problem gekümmert, das er hatte.«

»Wovon reden Sie da?«

»Er hatte eine Menge Schulden bei der Mafia.«

Jesse schüttelte langsam den Kopf. Das war absurd. »Mein

Gott, Sie sind ja ein pathologischer Fall.« Sie konnte kein Wort mehr glauben, das David Mitchell sagte.

»Ich hätte Ihnen das alles schon früher erzählen sollen.« David strich sich mit einer Hand durchs Haar und atmete tief aus. »An dem Abend, als ich in Ihrer Wohnung war und dann Todd kam, hat Elizabeth im Auto auf mich gewartet. Sie wollte, daß ich in dieser Nacht ihre Wohnung durchsuche, aber wegen Todd hatte ich dazu nicht die geringste Möglichkeit. Sie sagte, es sei reine Routine, jemanden zu überprüfen, dem sie ein Angebot zu machen gedachte. Daß sie einfach vorsichtig seien. Ich wußte, das war totaler Blödsinn, aber ich wollte meinen Job retten. Als ich in die Limousine einstieg, fragte sie mich, warum ich so schnell wieder rausgekommen bin. Das war der Moment, an dem ich ihr von Todd erzählt habe. Auf die Art haben sie ihn gefunden. Todd muß derjenige sein, der Sie ans Messer geliefert hat, weil ich es nicht war. Sie haben gesagt, Sie kennen ihn seit der High-School. Sie müssen ihm davon erzählt haben, was Ihnen zugestoßen war. Von der Vergewaltigung, meine ich. Todd ist für das alles verantwortlich.«

Todd war zu etwas derart Schrecklichem nicht fähig, dachte Jesse. David schon. »Ich weiß, daß Sie lügen, David.«

»Nein, das tu' ich nicht.« Er sah ihr direkt in die Augen. »Hören Sie, wenn ich ihnen diese Unterlagen stehlen und mir sicher sein könnte, daß sie mich nicht ebenfalls umbringen, dann würde ich zusammen mit Ihnen zu den Behörden gehen. Ich schwör's Ihnen. Aber wir fahren besser damit, dem zuzustimmen, was sie vorgeschlagen haben.«

»Sie mieses Schwein! Sie haben mich verraten, um Ihre eigene Haut zu retten.« Sie stürzte sich auf ihn.

Aber er war zu stark für sie. Er hielt ihre Arme fest und preßte sie an ihren Körper, als sie sich wehrte. Schließlich gab sie auf, und er ließ sie los. Sie eilte in eine Ecke des Zimmers, wo sie stehenblieb, mit dem Rücken zu ihm, und sich fragte, wie sie das überstehen sollte. Und dann hörte sie seine Stimme. Sie war vollkommen emotionslos.

»Kommen Sie denen nicht in die Quere, Jesse. Die sind mächtiger, als Sie sich vorstellen können. Sie haben bis elf Uhr morgen früh Zeit, auf ihr großzügiges Angebot zu reagieren. Ich empfehle Ihnen, es anzunehmen.«

Kapitel 32

Er schlich leise den Flur entlang auf das kleine Elternschlafzimmer zu und und zögerte einen Moment lang im Dunkel vor der Tür, während er den äthergetränkten Lappen aus der Tasche zog. Dann bewegte er sich entschlossen in das Schlafzimmer, drückte Connie Hayes den Lappen auf das schlafende Gesicht und starrte durch die eng über seinen Kopf gezogene Strumpfmaske hinunter in ihre schreckensstarren Augen, während sie vergebens gegen seinen starken Griff ankämpfte.

Es war rasch vorbei. Als er sicher war, daß sie das Bewußtsein verloren hatte, nahm er den Lappen weg, steckte ihn wieder in die Tasche und begann, systematisch das Haus zu durchsuchen.

Eine Stunde später wurde er für seine Entschlossenheit belohnt, als der Schein der Stablampe auf die IRS-Tasche zwischen den Stapeln von Puzzles und Gesellschaftsspielen fiel. Er zog sie herunter, öffnete den Reißverschluß und leuchtete hinein. Volltreffer.

Eilig nahm er den Stapel von Papieren heraus und steckte ihn in eine andere Tasche, legte die IRS-Mappe dann wieder an ihren alten Platz zurück. Diese Entdeckung würde ihn zum reichen Mann machen. Über den Horizont sickerte gerade das erste Morgenlicht.

»Wir haben es.« Mohler knallte triumphierend den Hörer des Telefons im Konferenzraum auf die Gabel. »Anscheinend gab es einen ganzen Stapel Zeugs. Eine beachtliche Menge Informationen. Der Scheck von Doub an die LFA. Informationen darüber, wie wir über Sagamore den Börsengang von Coleman Technology eingefädelt und wie wir versucht haben, Colemans Wahl zu manipulieren. Dinge, von denen wir absolut nicht gewollt hätten, daß sie an die Öffentlichkeit kommen. Aber jetzt ist das alles in unserer Hand. Jesse Hayes hat nichts mehr, um das sie feilschen könnte.«

Finnerty seufzte erleichert. »Dem Himmel sei Dank.« Er wandte sich nach rechts. »Es ist vorbei, was, Carter?«

Webb rieb sich die Stirn, schaute dann auf seine Uhr. Sieben Uhr dreißig morgens. »Wann bekommen wir das Material?« Der Krieg war noch nicht vorbei. Er wußte das so gut, wie er die Flure des Senats kannte. Zeit zum Feiern war noch lange nicht. Er würde sich erst entspannen, nachdem er in eigenen Händen hielt, was aus dem Haus von Connie Hayes gestohlen worden war, und Gordon Roth ihm versichert hatte, daß Jesse Hayes tot war.

»Nachdem er mit der Hayes gesprochen hatte, sagte er, er würde ein Treffen vereinbaren.« Mohler hatte sich die ganze Nacht hindurch immer wieder gesagt, daß es vorbei sei. Daß alles, was sie aufgebaut hatten, in die Brüche gehen würde. Nun schien Sagamore wieder in Sicherheit zu sein.

»Er war ziemlich hilfsbereit«, bemerkte Finnerty. Er wandte sich nach links. »Sie hatten haargenau recht mit ihm, Elizabeth. Gute Arbeit.«

»Danke.« Sie hielt sich eine Hand vor den Mund und hustete zweimal.

»Alles in Ordnung mit Ihnen?« Finnerty war mit einem Mal besorgt. »Sie sehen ein wenig blaß aus.«

»Mir geht's gut«, sagte sie leise. »Ich bin bloß ein bißchen müde. Das war eine lange Nacht.«

Webb beobachtete sie einen Moment lang und faßte dann auf der Suche nach einer Zigarre in sein Jackett. Er hatte zu lang in Gesichtern gelesen, und ihres sprach Bände. Er knipste mit seinem Schneider aus Sterlingsilber die Spitze der Zigarre ab und wandte sich Finnerty zu. »Sie können Roth jederzeit erreichen, richtig?«

Finnerty nickte. »Ja. Über sein Handy.«

»Ich möchte, daß er auf Jesse Hayes angesetzt wird, sobald er antwortet. Ich möchte, daß man sich sobald wie möglich um sie kümmert.«

»Geht in Ordnung, Carter.«

Sie waren sicherheitshalber vom Sheraton ins Towson Motor Inn umgezogen. Und glücklicherweise hatten sie mit Hilfe einer kleinen Bestechungssumme den Mann an der Rezeption dazu überreden können, Bargeld anzunehmen statt einer Kreditkarte, damit sich ihre Spur nicht verfolgen ließ. Jesse griff nach dem Telefon. Es war neun Uhr fünfzig, und die Bedenkfrist würde in etwas mehr als einer Stunde ablaufen. Als es am anderen Ende zu klingeln begann, schaute sie zur Tür. Wo zum Teufel steckte Todd? Als sie vergangene Nacht eingeschlafen war, hatte er auf der Couch gelegen, aber als sie an diesem Morgen um sechs aufgewacht war, war er verschwunden gewesen. Sie wollte mit ihm reden, bevor sie den Anruf tätigte, aber sie konnte nicht bis zur letzten Sekunde warten. Sie hatte die ganze häßliche Angelegenheit zu lange für sich behalten. Sie konnte nicht zulassen, daß sie nach soviel Schmerz ihre Mutter und sie selbst zerstörten.

»Hallo«, antwortete David beim zweiten Klingeln.

»Ich bin's, Jesse.«

»Jesse, ich muß Sie sofort sehen.« Er sprach so leise, daß sie ihn kaum verstehen konnte.

»Wovon reden Sie da? Ich rufe an, weil in einer Stunde die Frist abläuft. Ich werde akzeptieren, was die vorgeschlagen haben. Was Sie vorgeschlagen haben. Ich weiß nicht, was mir sonst für eine Wahl bleibt. Es würde meine Mutter am Boden zerstören, das alles zu erfahren und zu wissen, daß ihre Freunde es auch wissen. Herrgott noch mal, es würde auch mich am Boden zerstören. Ich könnte nicht damit zurechtkommen. Ich werde ihren Vorschlag annehmen und lernen, damit zu leben. Aber Sie können ihnen sagen, daß sie sich zum Teufel scheren sollen mit ihren zwei Millionen Dollar Bestechungsgeld.«

»Nun halten Sie mal die Klappe, ja? Und vergessen Sie die Frist.«

«*Was?*«

»Ich kann jetzt nicht allzulange reden, aber machen Sie sich keine Sorgen wegen der Frist. Ich hab' Ihnen ein bißchen zusätzliche Zeit erkauft.« Er atmete schwer in die Sprechmuschel.

»Möchten Sie, daß die ganze Welt erfährt, was mir zugestoßen ist? Läuft es darauf hinaus?«

»Verdammt noch mal, hören Sie auf, meine Loyalität zu bezweifeln«, sagte er wütend. »Sie werden folgendes tun. Kennen Sie sich im Worthington Valley aus?«

»Selbstverständlich.«

»Wie sieht's mit dem Stenersen Farm Store aus?«

»Sie meinen den kleinen ländlichen Laden draußen an der Falls Road?«

»Ja. Er steht an der Kreuzung Shawan und Falls Road.«

»Ich weiß.«

»Treffen Sie mich dort in zwei Stunden.«

»Sagen Sie mir, was das zu bedeuten hat, David«, flehte sie.

»Kann ich nicht. Seien Sie einfach dort. Und wo immer Sie sind, gehen Sie um Himmels willen nicht vor die Tür, bevor sie mich treffen kommen. Verlassen Sie bis dahin nicht das Zimmer. Und wenn Sie es dann verlassen, seien Sie sehr vorsichtig. Die sind wahrscheinlich überall.« Er schwieg eine Sekunde. »Und kommen Sie allein. Sie können Todd nicht trauen. Das ist mein voller Ernst.«

»David!« Aber er hatte schon aufgelegt. Als Jesse die Hörergabel niederdrückte, um wieder den Amtston zu bekommen, zitterte ihre Hand wie wild. Sie tippte erneut Davids Büronummer ein, aber dieses Mal klingelte das Telefon viermal, bis die Ansage seiner Voicemail-Box antwortete.

»Ich hab die Nummer!« Finnerty notierte hektisch die Zahlen auf der LCD-Anzeige des Rufnummernanzeigers. Das Gerät stand in einer Ecke des riesigen Tischs im Konferenzraum und war mit dem Telefon in Davids Büro verbunden. »In spätestens zehn Minuten werden wir exakt wissen, woher der Anruf kam.«

»Machen Sie fünf draus.« Webb zog an seiner Zigarre. »Und es besteht keine Möglichkeit, daß David weiß, daß wir dieses Ding an sein Telefon angeschlossen haben, oder, Jack?«

Finnerty schüttelte den Kopf.

Das Klopfen an der Tür des Konferenzraums war so laut, daß Webb, Finnerty und Mohler erschraken.

»Sehen Sie nach, wer das ist«, beorderte Webb Mohler zur Tür.

Als Mohler die Tür erreichte, öffnete er sie nur einen Spalt weit. »Oh, hallo. Kommen Sie rein.«

»Danke.« David trat in die Tür. »Sie hat angerufen.« Er richtete seine Worte an Webb – ein Anzeichen dafür, daß er jetzt Webb als seinen obersten Vorgesetzten betrachtete.

»Entschuldigung.« Elizabeth schob sich an David vorbei und verließ das Zimmer.

»Natürlich, Elizabeth.« Er trat einen Schritt tiefer in den Raum, um sie herauszulassen.

Sobald sie im Korridor war, bewegte sich Elizabeth eilig weg vom Konferenzraum und hin zu ihrem Büro und murmelte dabei die Zahlen, die sie auf Finnertys Notizblock gesehen hatte, wieder und wieder vor sich hin. Es war alles so rasch außer Kontrolle geraten, rascher, als sie jemals hätte voraussehen können. Sie hatte Webb und Mohler am Ende des letzten Treffens im Allerheiligsten aus Überlebensinstinkt Informationen gegeben. Sie hatte sie miteinander reden sehen und Angst gehabt, daß sie über sie sprachen. Angst, daß sie ihren Verrat entdeckt hatten und ihr vorzeitiges Ableben planten. Also hatte sie ihnen erzählt, wie sie aufgrund ihres Verdachts, daß Jesse irgendwie in die Sache verwickelt war, David dazu gedrängt hatte, sich mit Jesse anzufreunden. Und von einem Mann namens Todd Colton. Sie hatten versprochen, daß Jesse nichts geschehen würde, aber nun nahmen sie dieses Versprechen zurück.

Elizabeth ging in ihr Büro, schloß die Tür, griff zum Telefonhörer und wählte eilig die Nummer, die sich eingeprägt hatte. Sie mußte das tun. Andernfalls würde Jesse nicht mehr lange im Land der Lebenden weilen. Und dann würde Elizabeth mit sich selbst nicht mehr leben können.

»Hallo.«

»Jesse, hier ist Elizabeth Gilman.« Sie wartete die Antwort nicht ab. »Wo immer Sie stecken, verschwinden Sie. Die wissen, wo Sie sind.«

Jesse rannte zur Tür. Er hatte sie erneut hereingelegt. Verlassen Sie nicht das Zimmer, hatte er gesagt. Natürlich. Damit man sie abschießen konnte wie eine sitzende Ente. Sie riß die

Tür auf. »O Gott!« Jemand stand im Eingang. Instinktiv verbarg sie ihr Gesicht.

»Was ist denn los?« Er sah ihre animalische Angst sofort. Die Angst eines Menschen, der gejagt wird.

»Todd!« Jesse griff sich an die Brust, warf sich dann in seine Arme. »Ich bin ja so froh, daß du es bist.« Sie holte tief Luft. »Sie kommen. Wir müssen hier raus.« Sie packte ihn beim Handgelenk, zog ihn weg von der Tür und hinaus auf den Parkplatz zu ihrem Mietwagen.

»Wo fahren wir hin?«

»Ich muß was aus dem Haus meiner Mutter holen. Es wird Zeit, das ein für allemal zu beenden.«

»Zum Teufel, was ist los?« Er stoppte sie, als sie die Reihe der parkenden Wagen erreichten.

»Elizabeth Gilman hat mich gerade angerufen. Sie ist die Frau, die mich für Sagamore rekrutiert hat.«

»Ich erinnere mich.«

»Sie sagte, sie kommen. Daß sie mich irgendwie hier im Motel aufgespürt haben. Wir müssen hier weg. Nun mach schon!«

»In Ordnung, ich folg dir in meinem Wagen.«

»Nein.« Sie schüttelte den Kopf. »Diese Corvette wäre so auffällig wie ein bunter Hund. Wir nehmen beide mein Auto.«

»Okay. Aber laß mich erst was aus der Corvette holen. Komm mit dem Mietwagen dorthin.«

Jesse drehte sich um und sprintete zu dem Mietwagen, ließ ihn an, fuhr rückwärts aus der Parklücke und setzte ihn eilig hinter die Corvette. Todd sprang hinein und warf die Reisetasche, die er aus der Corvette geholt hatte, auf den Rücksitz. Als die Beifahrertür zuknallte, ließ Jesse den Motor aufheulen, und sie fuhren mit quietschenden Reifen hinaus auf die York Road und in hohem Tempo nach Norden.

Minuten später lenkte Gordon Roth seinen Wagen in die Parklücke, die Jesses Mietwagen freigemacht hatte, sprang aus dem Auto und rannte zu der Türnummer, die sie ihm angegeben hatten. Er stürzte ins Zimmer, kam aber Sekunden später schon wieder heraus.

Von der Kuppe eines kleinen Hügels, von dem aus man das Motel sehen konnte, beobachtete Jesse den Killer durch Todds Fernglas. Elizabeth hatte ihr das Leben gerettet. Langsam ließ Jesse das Fernglas vor ihren Augen sinken.

»Kannst du irgendwas sehen?« Todd stand neben ihr und schaute mit zusammengekniffenen Augen hinunter auf das Motel.

»Ja«, sagte sie leise. »Wir haben es gerade noch geschafft. Dieser Kerl, der in die Bankfiliale gekommen ist, als ich mich mit David getroffen habe, ist in ebendiesem Moment da unten.«

»David hat dich reingelegt, stimmt's?«

Jesse nickte.

»Ich wußte an dem Tag, als ich ihn vor deinem Büro kennengelernt habe, daß er nichts taugt«, murmelte Todd. »Mr. Limousine«, zischte er höhnisch.

»Komm schon. Gehen wir.« Jesse gab Todd das Fernglas und begann zurück zum Wagen zu gehen.

Gordon Roth stand vor der offenen Tür des Motelzimmers und musterte den Parkplatz. Jesse Hayes war verschwunden, hatte offensichtlich gerade noch rechtzeitig einen Tip bekommen. Plötzlich entdeckten seine Augen einen vertrauten Anblick – Todd Coltons verbeulte weiße Corvette, denselben Wagen, den er am Tag zuvor bei dem Farmhaus gesehen hatte, als er die beiden Gangster erschossen und vorübergehend Todds Leben gerettet hatte.

Kapitel 33

»Mom! Mom, wach auf!«

Connies Augen öffneten sich zwinkernd. Sie schaute einen Moment lang hoch zu Jesse, stöhnte dann laut auf.

»Was ist?« Jesse kniete sich auf das Bett und legte eine Hand auf die Stirn ihrer Mutter. »Bist du krank?«

»O Gott. Ich hab' das Gefühl, ich muß mich gleich übergeben.« Connie setzte sich auf und hielt sich eine Hand vor den Mund. »Das letzte, woran ich mich erinnern kann, ist, daß mir jemand was aufs Gesicht gepreßt hat. Die Dämpfe waren schrecklich. Ich bin bewußtlos geworden.«

»Was?«

»Ja.« Connie schaute zur Tür. »Todd, könnte ich ein Glas Wasser haben?«

»Klar.« Er verschwand um die Ecke.

»Alles in Ordnung mit dir, Mom?«

»Abgesehen von meinem Magen geht's mir prima.« Sie lächelte schwach. »Ich bin halt ein zähes altes Huhn.«

Todd kam eilig mit dem Wasser zurück und drückte Connie das Glas in die Hand.

»Danke, mein Lieber.«

»Klar doch, Mrs. Schumann.«

Auch das noch, dachte Jesse. »Es muß ein Einbruch gewesen sein. Als wir reinkamen, ist mir nicht aufgefallen, daß irgendwas fehlt, aber andererseits hab' ich darauf auch nicht geachtet. Wir werden ...« Sie stand abrupt auf und rannte aus dem Zimmer.

»Was ist denn los, Jess?« rief ihr Todd hinterher.

»Bin sofort zurück!« Jesse sprintete den Korridor entlang in ihr altes Zimmer und riß die Schranktür auf. Als sie die IRS-Mappe genau dort liegen sah, wo sie sie zurückgelassen hatte, durchströmte eine Welle der Erleichterung ihren Körper. Sie faßte mit beiden Händen nach oben und zog die Tasche zu sich herunter. Die Mappe war viel zu leicht. Sie öffnete den Reißverschluß und schaute hinein. Der gesamte Inhalt war verschwunden. Wer auch immer ihre Mutter überfallen hatte, war einzig und allein wegen der Unterlagen in der Mappe hiergewesen.

Langsam ging sie zurück ins Zimmer ihrer Mutter.

»Was ist denn, Jesse? Du siehst aus, als hättest du gerade deine beste Freundin verloren.«

»So fühlt es sich auch an, Mom.« Sie merkte plötzlich, daß ihre Mutter allein war. »Wo ist Todd?«

»Er hat gesagt, er wollte nach unten.«

Es war nur noch eine Option übrig, wurde Jesse klar. Und es war keine sehr gute. »Mom, ich muß gehen. Ich bleib' noch, bis der Krankenwagen kommt, um dich ins Hospital zu bringen.«

»Ich gehe in kein Krankenhaus.«

»Doch, das wirst du. Und keine Widerrede, bitte.« Jesse drehte sich um und ging aus dem Zimmer, dann leise durch die Diele im Erdgeschoß zur Küche. Sie stand einen Moment in der Küchentür und beobachtete Todd, während er mit über die Sprechmuschel gelegter Hand telefonierte.

Todd sah sie, verabschiedete sich rasch von der Person am anderen Ende der Leitung und legte auf. »Geht's deiner Mutter wieder besser?«

»Ich glaub' schon.« Sie schaute ihn an, überlegte, ob sie fragen sollte, wen er angerufen hatte. »Sobald der Krankenwagen hier ist, müssen wir zum Stenersen Farm Store drüben im Worthington Valley.« Sie hatte Todd von Davids Anweisung berichtet, ihn dort zu treffen, während sie zu ihrer Mutter gefahren waren. Sie hatte gesagt, sie würde da keinesfalls hingehen. Aber nun waren die Unterlagen in der IRS-Mappe verschwunden, und alles hatte sich geändert.

»Zum Teufel, was ist denn los?« bellte Webb ins Telefon.

»Ich hab' mich zum Towson Motor Inn begeben, dem Zimmer, aus dem Finnerty zufolge der Anruf gekommen ist, aber sie waren weg«, brüllte Roth, während er den Wagen nördlich von Baltimore über die Interstate 85 lenkte, eine Hand um sein Mobiltelefon gekrampft, die andere um das Lenkrad. »Es sah aus, als wären sie da ganz schön hastig verschwunden. Ich schwör's Ihnen, Carter, ich war keine vier Minuten nach Finnertys Anruf in dem Motel.«

»Ich bin mir sicher, daß Sie das waren.« Webb schlug mit der Faust auf den Tisch. Diese verdammte Hayes war immer einen Schritt voraus. Seine Augen wurden schmal. Und dafür gab es wahrscheinlich einen guten Grund, wurde ihm plötzlich klar. »Wohin sind Sie jetzt unterwegs?«

»Ins Worthington Valley.« Roth lächelte, während er an zwei Wagen vorbeizischte, als stünden sie still. »Ich hab gute Nachrichten. Unser Junge hat mich angerufen. Jesse Hayes wird draußen bei einem kleinen Laden im Tal sein.« Roth schaute auf die Uhr. »Und in ungefähr zwanzig Minuten ist sie tot.«

Das Worthington Valley lag nördlich von Baltimore. Sein welliges Grasland beherbergte Vollblutgestüte und ausgedehnte Apfel- und Pfirsichplantagen. Der Stenersen Farm

Store stand, eingebettet in einen Hain gewaltiger Eichen, in der Mitte des wunderschönen Tals an der Kreuzung von Shawan und Falls Road. Die Shawan Road führte in westöstlicher Richtung durch das gesamte Tal, während sich die Falls Road aus dem Wald schlängelte, der die Südseite des Tals bedeckte. Sie war die wichtigste Durchgangsstraße für Stadtbewohner, die am Wochenende diese malerische Gegend besuchten.

Der Stenersen-Familie gehörten schon seit Generationen Tausende von Morgen in dem Tal, Landbesitz, der sich von den vier Ecken der Kreuzung aus in alle Himmelsrichtungen erstreckte. Das Herrenhaus, eine riesige Steinvilla, stand hoch über der Kreuzung auf der Kuppe eines Hügels im Nordosten. Von diesem Aussichtspunkt konnte die Familie ihre ausgedehnten Obstplantagen und den Laden am Fuß des Hügels überblicken. An Wochenenden würde sich der kleine hölzerne Laden vor Ansturm kaum retten können, aber an Wochentagen wie diesem kam üblicherweise nur eine Handvoll Kunden.

»Weißt du, was für ein Auto David fährt?« fragte Todd, als Jesse den Mietwagen auf den kiesbetreuten Parkplatz des Ladens lenkte.

»Ja, einen schwarzen BMW. Da drüben steht er.« Sie deutete auf den schnittigen, in der strahlenden Mittagssonne glitzernden Wagen, der direkt vor dem Laden geparkt war.

»Die Tatsache, daß er hier ist, versucht er eindeutig nicht zu verbergen. Aber ich seh ihn nicht.« Während Jesse das Fahrzeug rückwärts zwischen zwei andere Wagen setzte, die vor einem hohen Weidezaun geparkt waren, hinter dem mehrere Pferde grasten, suchten Todds Augen den Parkplatz ab. »Wir müssen vorsichtig sein. Das könnte eine Falle sein, Jess.«

»Aber wie du gerade sagtest, hat er den Wagen so abgestellt, daß er nicht zu übersehen ist. Er versucht seine Anwesenheit nicht zu verbergen.«

»Laß dir nichts vormachen. Denk dran, er hat ihnen vor gerade mal einer Stunde gesagt, daß du im Towson Motor Inn warst. Er hat diesen Kerl geschickt, um dich zu töten.«

Als sie den Wagen verließ, wehte eine sanfte Brise Jesse die Haare ins Gesicht. Hohe Eichen streckten ihre Äste über den Laden wie ein Baldachin. Ihre Blätter zeigten bereits eine Spur herbstlicher Pracht. Hinter einer steinernen Einfriedung zur Rechten des Ladens lag ein Obstgarten voller Apfelbäume, die schwer von nahezu erntereifen Früchten waren. Und zur Linken des Ladens erstreckte sich jenseits des Zauns die üppige Weide über einen Hügel bis zu dem Herrenhaus ganz oben auf der Anhöhe.

Jesse nahm ihre Sonnenbrille ab und spähte erneut ins Halbdunkel des Obstgartens. Irgend etwas dort drinnen hatte ihre Aufmerksamkeit erweckt, doch als sie noch einmal hinsah, konnte sie nichts entdecken. Bloß ihre Phantasie, die Überstunden machte, sagte sie sich.

»Jess.«

Sie wandte sich zu Todd um. »Was ist?«

»Da ist er.« Todd deutete auf den Vordereingang des Ladens. David kam mit einer braunen Papiertüte in den Armen gelassen zur Tür heraus.

Als David sie sah, winkte er. Er stellte die Einkaufstüte auf der Kühlerhaube des BMW ab und trabte auf sie zu. Als Todd einen Schritt vortrat, blieb er in einiger Entfernung stehen, weil er spürte, daß ein Näherkommen unerwünscht war, »Hi, Jesse«, sagte er.

»Hallo«, antwortete sie betont kühl.

David warf Todd einen mißtrauischen Blick zu, schaute dann wieder sie an. »Jesse, ich muß allein mit Ihnen reden, ohne ihn. Kommen Sie mit zu meinem Wagen. Ich muß Ihnen was zeigen.«

»Tu's nicht, Jess«, sagte Todd rasch. »Du weißt, daß er für sie arbeitet. Er steht auf ihrer Seite. Das ist eine Falle.«

»Sie haben ja keinen verfluchten Schimmer, wovon Sie reden«, fuhr David ihn an. »Ich weiß über Sie Bescheid, Freundchen.«

»Sie wissen nicht das Geringste.«

Todd machte einen Schritt auf David zu, aber Jesse hielt ihn beim Arm fest. »Warum können Sie es nicht hierherbringen, David, was immer es ist?«

»Ich muß alleine mit Ihnen reden. Nun kommen Sie schon, Jesse«, beharrte David. »Es ist wichtig.«

Sie setzte zu einer Antwort an, bemerkte dann aus dem Augenwinkel eine Gestalt, die vom Laden her langsam auf sie zuging, inzwischen weniger als vierzig Schritte entfernt. Gesicht und Oberkörper der Gestalt wurden von einer großen Einkaufstüte verdeckt.

Jesses Blick folgend, drehte David den Kopf. Von dort, wo er stand, konnte er einen Teil des Gesichts hinter der Tüte sehen. Sofort trat er einen Schritt zurück.

Die Gestalt kam langsam näher, und dann erkannte Jesse plötzlich das Hinken wieder. Sie hatte dieses Hinken beobachtet, nachdem der Mann damals fast mit ihr zusammengestoßen war, als er aus ihrem Büro in der Dienststelle kam, angeblich auf dem Weg zu Saras Zimmer. Jesse wußte genau, wer das war. Sie brauchte das Gesicht nicht zu sehen.

Sie versuchte auf ihn zu deuten und zu schreien, aber die Szene wurde mit einem Mal surreal, und sie schien in einem Alptraum gefangen, in dem eine unsichtbare Macht ihre Aktionen verlangsamte und ihre Stimme verstummen ließ. Sie nahm jeden einzelnen Moment überscharf wahr, weil

Todd, David und die näher kommende Gestalt sich plötzlich alle im Zeitlupentempo zu bewegen schienen.

Als sich ihrem Mund schließlich ein unartikulierter Schrei entrang, fiel die Tüte vor dem Gesicht des Mannes zu Boden und verstreute das Obst, das sie enthalten hatte. David hob die Hände, drehte sich um und fiel zu Boden. Als der Mann eine Pistole hob und feuerte, warf Todd sich gegen das Auto neben dem Mietwagen. Die Kugel schlug in den Weidezaun hinter ihnen ein, während Jesse sich auf die Erde warf, und mit einem Mal beschleunigte sich alles wieder auf Normaltempo.

Jesse krabbelte auf Händen und Knien auf den Zaun zu, sprang dann auf die Füße und begann mit weit vornübergebeugtem Oberkörper durch die enge Gasse zwischen den Wagen und dem Weidezaun zu rennen. Beim Knall eines weiteren Schusses gingen die hinter dem Zaun weidenden Pferde in alle Richtungen durch, und einen Sekundenbruchteil später stolperte einer der Vollblüter zu Boden, getroffen von einer verirrten Kugel. Das Tier trat einen Moment lang wild aus und lag dann still.

Jesse sprintete hektisch weiter, rannte an dem letzten geparkten Wagen und dann zwischen der Vorderfront des Ladens und Davids BMW vorbei zu der niedrigen Steinmauer des Obstgartens. Sie hechtete darüber, nahm dabei vage das Knallen weiterer Pistolenschüsse wahr und landete auf Händen, Armen und Brust.

Und dann war Todd neben ihr, bäuchlings auf dem Boden ausgestreckt. Er war ihr die Autoreihe entlang zu der Mauer gefolgt und nur eine Sekunde nach ihr darübergestürzt.

Jesse war sofort wieder auf den Beinen und kauerte sich hinter den Steinen zusammen. Hier konnten sie nicht bleiben. Der Mann würde sie in kürzester Zeit erwischen. Sie packte Todds Arm, als er nach dem .38er in seinem Schulterhalfter griff. »Komm schon, Todd!«

»Ein Schuß«, knurrte er und erhob sich hinter den Steinbrocken, während er den Revolver zog. »Nur ein Schuß.«

»Nein!« Sie versuchte, ihn wieder nach unten zu ziehen, aber es war zu spät.

Die Kugel durchschlug Todds rechte Brustseite, bevor er auch nur zielen konnte, und besprühte Jesses Bluse und Jeans mit Blut. Die Wucht des Einschlags warf Todd nach hinten, und der .38er flog ihm aus der Hand und in ein dichtes Gebüsch. Einen Moment lang erwog Jesse, ihn zurückzuholen. Aber was war, wenn sie ihn nicht finden konnte? Der Killer würde über die Mauer kommen, und sie würde schutzlos sein – und tot.

Todd kämpfte sich auf die Knie und hielt sich mit der linken Hand die rechte Seite, während ihm Blut das Hemd hinunterströmte. »Los, Jess! Sieh zu, daß du hier wegkommst!« schrie er.

»Nein.« Sie rannte zu ihm, packte sein linkes Handgelenk und begann, ihn nach hinten in das dichte Wäldchen zu zerren. »Ich lass' dich nicht im Stich.«

»Ich kann nicht rennen.« Er hustete, spuckte Blut.

»Komm schon!« schrie sie, zog und zerrte an seinem breiten Handgelenk, bis er auf die Füße kam und begann, hinter ihr her in das dichte Unterholz zu stolpern.

Sie rannte hektisch zwischen den tiefhängenden Ästen durch, führte Todd tiefer in den Obstgarten, hoffte dabei, den Killer abzuschütteln, von dem sie wußte, daß er ihnen in aller Eile folgte. Todd stolperte über einen toten Ast, während er sich abmühte, ihr zu folgen. Er fiel schwer auf die Seite, schrie auf und verriet damit ihre Position.

Jesse blieb stehen, drehte sich um und zog ihn wieder auf die Füße.

»Ich kann nicht mehr, Jess«, keuchte er und sank zurück auf ein Knie. »Rette wenigstens dich.«

»Du schaffst es schon.« Sein Gesicht war bereits aschfahl vom Blutverlust, und sie glaubte kaum, daß er überleben würde, aber sie mußte ihm weiterhelfen. Sie konnte ihn nicht hier zurücklassen. Sie würden ihn umbringen.

»Ich kann nicht mehr weiter.«

Jesse sah das Blut auf seinem Hemd und seinen Fingern. Viel weiter würde er es nicht schaffen. Sie sah sich hastig um. Ein Stück tiefer im Wald konnte sie einen besonders üppigen Baum ausmachen. Seine Äste waren so dicht, daß sie den Stamm vollständig verdeckten. »Komm schon. Wir haben's nicht mehr weit. Bloß noch ein paar Schritte.«

Er stöhnte, als sie ihm einmal mehr auf die Füße half und ihn durch das hohe Unkraut zu dem Baum führte. Sie musterte nach allen Seiten, das Wäldchen, sah niemanden und zog einige der tiefhängenden Äste zur Seite. »Geh da rein«, befahl sie.

Todd stolperte durch das Astwerk und fiel auf die nackte Erde unter dem Baum. Jesse folgte ihm eilig und zog aus dem Inneren des Blätterdachs die dicken Äste wieder zusammen, um jedes Zeichen ihrer Anwesenheit zu verbergen. Dann half sie ihm, zum Stamm zu kriechen, wo sie mit dem Rücken gegen den Baum gelehnt dasaßen, auf jegliches Geräusch lauschten und versuchten, nicht schwer zu atmen und sich damit zu verraten.

Einige Minuten lang war es still bis auf das sanfte Rauschen von Blättern, als eine frühherbstliche Brise durch die riesige Obstplantage strich. Dann sprintete jemand mit Schritten, die auf dem weichen Erdboden laut stampften, an dem Baum vorbei. Jesse folgte den Geräuschen, versuchte verzweifelt, zu sehen, wer es war, aber außer dem flüchtigen Aufblitzen eines Hemdes konnte sie durch die Blätter nichts erkennen. Das Geräusch der Schritte verebbte, dann waren sie und Todd wieder allein, um sie herum nichts als Blätterrauschen.

Sie drehte sich zu Todd um. Er saß mit rückwärts gegen den Baumstamm gelehntem Kopf da, und der Schweiß strömte ihm über das Gesicht. Alle paar Sekunden verzerrte sich seine Miene, weil ihm der Schmerz der Wunde durch den Körper schoß.

»Wir müssen dich in ein Krankenhaus bringen«, flüsterte sie.

Er ließ das Kinn auf die Brust fallen. »Ich weiß nicht, ob ich auch nur aufstehen kann, geschweige denn, ob ich's zurück zum Auto schaffe.«

»Du kannst hier nicht bleiben.«

»Die Leute im Laden müssen gesehen haben, was passiert ist. Sie werden die Polizei gerufen haben. Dieser Typ kann nicht...«

Sie drückte ihm unvermittelt die Hand auf den Mund und legte einen Finger an die Lippen. Er nickte langsam, und sie nahm ihre Hand weg.

Einen Moment lang sah Jesse überhaupt nichts, und dann erhaschte sie durch die Blätter flüchtige Blicke auf jemanden, der sich langsam um die Peripherie der Äste herumbewegte. Durch eine winzige Lücke ein Stück weißes Hemd, durch eine andere Öffnung nahe am Boden einen Stiefel. Jesse hielt den Atem an, während die Gestalt sich bewegte. Und dann verlor sie den Mann aus den Augen. Keinerlei Bewegungen oder Geräusche mehr. Doch sie hielt noch immer den Atem an, unfähig zu glauben, daß sie einen zweiten Zusammenstoß mit dem Killer überlebt hatten.

Es vergingen dreißig Sekunden, bevor sie endlich tief ausatmete. Im nächsten Moment teilte sich das Geäst und Gordon Roth' Gesicht, Arme und schließlich Brust tauchten zwischen den Blättern auf. Instinktiv wich Jesse zurück gegen den Baumstamm. Sie versuchte wegzuschauen, konnte es aber nicht. Ihr Blick war wie gefesselt von seinem gräßlichen Lächeln, und sie starrten einander, wie es schien, eine Ewigkeit lang an. Dann hob er langsam die Pistole, zielte und drückte ab. Als er feuerte, drehte sie sich weg, schloß die Augen und schlug in der Erwartung, einen entsetzlichen Schmerz zu spüren, die Hände vors Gesicht.

Jesse hörte die Pistole losgehen, fühlte aber nichts. Die Kugel hatte sie verfehlt, schlug statt dessen direkt über ihrem Kopf in den Baumstamm ein, zerfetzte das Holz und überschüttete sie mit Splittern. Jesse öffnete die Augen. Erstaunlicherweise stand Roth nicht mehr vor ihr, schaute sie nicht mehr durch das Geäst an. Er war verschwunden. Dann hörte sie die Geräusche eines hektischen Gerangels unmittelbar jenseits der Äste und danach mehrere Pistolenschüsse in rascher Folge. Die Kugeln pfiffen wütend durch die Blätter rundum, und sie warf sich flach auf den nackten Erdboden.

Aber das war Schwachsinn. Sie konnten hier nicht bleiben. Jesse packte Todd, half ihm auf die Beine und zog ihn durch das dichte Geäst auf der Seite des Baumes, die der Richtung gegenüberlag, aus der Roth aufgetaucht war. Sie und Todd krachten zusammen kopfüber durch das Laubwerk und stürzten schwer zu Boden, doch sie rappelten sich augenblicklich wieder auf und rannten nach dem Knallen zweier weiterer Pistolenschüsse wild los. Sie hetzten an einem Baum nach dem anderen vorbei, unsicher, aus welcher Richtung sie gekommen waren oder wo sie hinliefen, versuchten nur, Abstand zwischen sich und den Killer zu bringen.

Plötzlich waren sie wieder an der Steinmauer, schwangen sich darüber und sprinteten dann über den Kies auf den Mietwagen zu. Jesse ließ sich auf den Fahrersitz fallen, rammte den Zündschlüssel ins Schloß und ließ den Motor aufheulen, als Todd sich in den Beifahrersitz warf. Doch seine rechte Seite war so schwach, daß er die Tür nicht schließen konnte, und sie mußte quer über den Sitz fassen und sie für ihn zuwerfen.

In diesem Moment sprang David Roth über das Mäuerchen und rannte auf den Mietwagen zu.

»Mein Gott, da ist er!« Todd deutete mit der Linken auf ihn, kaum fähig, die Warnung hervorzukeuchen. »Ich seh allerdings keine Pistole.«

Jesse trat das Gaspedal durch, und der Mietwagen schleuderte über den Kies auf die Hauptstraße zu. Als die Reifen auf Asphalt trafen, holte Roth den Wagen ein und machte einen Satz auf Jesses offenes Fenster zu. Er packte mit der einen Hand die Tür und mit der anderen eine dicke Strähne ihres Haars. Sein an ihrem Haar zerrendes Gewicht ließ ihre Wange gegen den Türrahmen knallen, und Schmerz schoß ihr durchs Gesicht, aber sie schaffte es, den Fuß auf dem Gaspedal zu behalten. Der Mietwagen schlidderte unkontrolliert zurück in Richtung Parkplatz und schrammte dabei an einer Reihe großer Steine entlang, die als Begrenzung am Straßenrand standen. Als die Felsbrocken klaffende Löcher in seine Kleidung und sein Fleisch rissen, ließ Roth schließlich los und fiel zu Boden.

»Verdammt noch mal!« brüllte Todd.

»Was ist?« schrie Jesse und riß das Steuer nach rechts, um einem entgegenkommenden Wagen auszuweichen. Todd hatte sich umgedreht und schaute auf den Rücksitz. »Was ist denn los?«

Todd wandte sich wieder nach vorn. Er schüttelte den Kopf, faßte sich dann plötzlich an die Brust und krümmte sich zusammen. »Nichts, Jess. Bring mich einfach in ein Krankenhaus«, stöhnte er. »Ich glaube, ich ...«

Aber er brachte den Satz nicht zu Ende. Der Blutverlust und die fürchterlichen Schmerzen wurden schließlich zuviel für ihn. Er verlor das Bewußtsein und sackte gegen die Tür.

Kapitel 34

Jesse saß mit vorgebeugtem Kopf neben dem Bett, drückte Todds schlaffe Hand gegen ihre Wange und streichelte seine Finger. Die Kugel hatte seinen rechten Lungenflügel gestreift und heftige innere Blutungen verursacht. Die Ärzte in der Notaufnahme hatten entschieden, ihn sofort zu operieren.

»Jesse!«

Sie fuhr auf ihrem Stuhl herum. In der offenen Tür stand David Mitchell. Augenblicklich war sie auf den Beinen. »Ich schwör's bei Gott, David, ich werde schreien. In zwei Sekunden sind hier drin fünfzig Ärzte und Schwestern.«

»Ich werde Ihnen nichts antun.« Er hob in einer defensiven Geste die Arme über den Kopf und blieb in der Tür. »Das versprech' ich Ihnen.«

»Wie haben Sie mich gefunden?«

»Das war einfach. Das Greater Baltimore Medical Center ist das dem Worthington Valley nächstgelegene Krankenhaus. Ich wußte, daß Sie Todd hierherbringen würden. Ich stamme aus Baltimore, erinnern Sie sich? Ich hab' das Register der Notaufnahme durchgesehen, als ich hier ankam, und wahrhaftig, es stand Todd Coltons Name drin.« David schaute zu Todd. »Ich hab' gesehen, wie er angeschossen wurde. Wie geht's ihm?«

»Er wird in ein paar Minuten operiert.« Ihre Augen wurden schmal. »Sie haben mich derart zum Narren gehalten, David. Und ich bin selbst schuld, weil ich es zugelassen habe. Ich habe irgendwie geglaubt, sie würden mir das alles nicht antun. Daß Ihnen im tiefsten Innern etwas an mir liegt. Daß Sie nicht verantwortlich sind. Ich habe zugelassen, daß mir meine Gefühle in die Quere kommen, und deswegen bin ich mitten in diese Falle draußen im Worthington Valley getappt.« Sie schüttelte den Kopf. »Ist das eine weitere Falle, David? Steht da draußen Ihr schießwütiger Freund? Wird er gleich hinter Ihnen in der Tür auftauchen, zielen und Todd und mich ein für allemal erledigen?«

»Nein«, sagte David leise. »Ich hab' Ihnen eine Menge zu erzählen, Jesse, und nicht viel Zeit, das zu tun.«

»Was meinen Sie damit?« Sie berührte ihre Wange und zuckte vor Schmerz zusammen. Sie war wund und geschwollen, seit Roth sie bei den Haaren gepackt und ihr Gesicht nach unten gegen die Wagentür gezerrt hatte.

»Es wird nicht mehr lange dauern, bis dieser Kerl, der Todd angeschossen hat, hierherkommt.«

»Ach, richtig, Sie werden ihn anrufen, nehme ich an. Ihr beiden habt euch wahrscheinlich getrennt, damit ihr effizienter sämtliche Krankenhäuser in der Umgebung überprüfen könnt. Lassen Sie mich Ihnen behilflich sein. Ein kleines Stück den Flur hinunter hängen Münztelefone.« Sie setzte sich wieder auf den Stuhl.

»Jesse, hören Sie mir zu!« David machte einen Schritt auf sie zu, blieb dann stehen, als er sie zurückschrecken sah. Er knirschte frustriert mit den Zähnen. »Alle Patienten mit Schußverletzungen, die in Notfallstationen eingeliefert werden, müssen umgehend der Polizei gemeldet werden.« Seine Stimme war leise und ruhig. »Sie werden bald hier sein.« Das war es. Sie mußte ihm jetzt zuhören, oder alles würde vorbei sein. »Jesse, ich hatte meine Initiation.«

»Wovon reden Sie da?«

»Ich bin jetzt offizielles Clubmitglied. Gestern nacht haben Webb, Mohler und ein weiterer Mann namens Jack Finnerty mir alles bestätigt. Daß Webb Sagamore mit Informationen versorgt. Daß Coleman als Webbs Thronerbe im Senat vorgesehen ist und wie sie diese Wahl beeinflußt haben. Sie haben mir alles erzählt.« David schwieg einen Moment. »Und sie haben mir zwei Millionen Dollar gegeben.« Er schüttelte den Kopf. Der Betrag abzüglich Steuern war bereits auf seinem Konto.

»Ich wußte doch, daß Sie käuflich sind.« Sie fuhr fort, Todds Finger zu streicheln. »Das ist der Grund, warum Sie ihnen geholfen haben, mich aufzuspüren, und warum Sie noch nicht zu den Behörden gegangen sind. Weil die Sie reich gemacht haben. Und das ist für Sie die wichtigste Sache auf der Welt.«

»Sie irren sich, Jesse. Sehen Sie, ich könnte dafür ins Gefängnis wandern, Doub Steel eine beträchtliche Summe Geldes gestohlen zu haben. Ich hab's nicht getan. Es war ein Komplott gegen mich. Aber es würde mir schwerfallen, das zu beweisen.«

»Na klar haben Sie's nicht getan.«

»Das ist mein Ernst!« schrie er.

»Warum erzählen Sie mir das alles?«

»Weil es für mich wichtig ist, daß Sie verstehen, in welch einer schwierigen Lage ich stecke. Weil ich Ihre Hilfe brauche.«

Jesse legte Todds schlaffe Hand hinunter auf das Bett und drehte sich auf ihrem Stuhl zu David um. »Sie sind einfach unglaublich, David Mitchell.« Sie konnte kaum sprechen. »Um sich selbst zu retten, haben Sie ihnen Informationen über mich gegeben, die schrecklich privat sind. Etwas, das ich in meinem Innern verschlossen hatte, seit ich siebzehn war. Etwas, das mich und meine Mutter völlig zerstören wird, wenn sie davon erfährt. Und jetzt wollen Sie meine Hilfe.« Jesse preßte ihre Hände zusammen, um sie am Zittern zu hindern.

»Ich hab' das gesamte Material über die Abtreibung, Jesse.«

Sie sah ihn überrascht an.

»Alles. Ich habe die Akte aus der Praxis von Rebecca Saunders und die Unterlagen aus dem Edgewood-Hospital. Es ist alles in meinem Wagen. Deswegen hab' ich Sie heute früh angerufen. Um Ihnen zu sagen, daß ich das alles habe. Mohler hatte es in seinem Schreibtisch gelassen. Deswegen wollte ich, daß Sie mich draußen bei dem Laden treffen. Um Ihnen das Material zu geben. Niemand wird jemals etwas von der Vergewaltigung oder der Abtreibung erfahren.«

Jesse klappte langsam der Mund auf. »Aber der Killer.«

David schüttelte den Kopf. »Ich weiß nicht, wie die Sie gefunden haben. Ich ...«

»Sie haben mich gefunden, weil Sie ihnen gesagt haben, wo ich bin«, unterbrach sie ihn abrupt.

»Sie irren sich, Jesse. Ich hab nicht mit ihnen zusammengearbeitet. Das hab' ich nie getan. Ich hab' sie das glauben gemacht, um Ihnen zu helfen. Ich hab' Sie nicht in Gefahr gebracht. Ich hab' mich selbst in Gefahr gebracht, um Sie zu retten. Was glauben Sie denn, warum der Kerl vorbeigeschossen hat, als Sie und Todd unter diesem Baum waren? Herrgott noch mal, als ich versucht habe, ihm die Pistole wegzunehmen, wäre ich um ein Haar umgebracht worden.«

»Das waren *Sie*?« Sie stand wieder auf.

»Ja, zum Teufel, was dachten Sie denn, wer das war?«

»Aber was ist geschehen?«

»Ich hab' gesehen, wie er sich an diesen Baum gelehnt hat, und wußte, daß er hinter Ihnen her war. Also hab' ich ihn angerempelt, und wir haben miteinander gerungen. Wir hatten beide die Hände an der Pistole, aber ich hatte den Finger am Abzug. Ich hab' immer wieder abgedrückt, um das Magazin zu entladen. Als es leer war, ließ ich ihn los und fing an zu rennen.«

»Deswegen hatte er also seine Pistole nicht, als ich im Auto war und Todd von dort weggebracht habe.«

David nickte.

»Aber Sie haben sie zu Becky Saunders und zum Edgewood-Hospital geführt.« Ihre Stimme war plötzlich wieder barsch.

»Nein. Ich hab' mir die Unterlagen aus Beckys Praxis besorgt. Aber das geschah, um Sie zu schützen. Ich geb' zu, daß ich wissen wollte, warum Sie psychologische Hilfe suchen. Aber ich hab' mir die Akte nicht besorgt, um sie gegen Sie zu verwenden.«

»Warum haben Sie sich dann die Informationen aus dem Hospital besorgt?«

»Das war ich nicht, Jesse.«

»Ich war das«, keuchte Todd.

Jesse wandte sich wieder Todd zu, vollkommen entsetzt.

»Tut mir so leid, Jess.« Das Sprechen bereitete Todd Schwierigkeiten.

»Todd? Nein!«

»Ich hab' ein paar üblen Burschen einen Haufen Geld geschuldet«, flüsterte er. »Geld, das ich nicht aufbringen konnte. Sie haben sich für mich um die Angelegenheit gekümmert. Sie waren bereit, mich vor den Leuten zu beschützen, denen ich das Geld schuldig war. Aber wenn ich nicht kooperierte, wollten sie mich ihnen ausliefern.« Todd versuchte, sich aufzusetzen, schaffte es aber nicht. »Sie haben mir gesagt, als Gegenleistung für ihren Schutz wollten sie nichts als Informationen. Informationen, die sie gegen dich verwenden konnten. Und das ganze Zeug, das du zusammengetragen hast. Also hab' ich ihnen gegeben, was sie wollten. Ich war vollkommen verzweifelt. Und angeblich würde niemand ein Leid geschehen.« Er schloß fest die Augen. »Dann hat dieser Kerl draußen bei dem Laden zu schießen angefangen. Auf mich zu schießen. Sie haben mich belogen.« Er schüttelte den Kopf.

»Ich kann's nicht fassen. Wie bist du an all das herangekommen?«

»Ich hab' im Hospital eine Schwester bestochen.« Seine Stimme wurde nahezu unhörbar. »Ich hab' auch das ganze Zeug aus der Tasche gestohlen, die bei deiner Mutter im Schrank lag. Ich wußte, daß es dort war, weil ich dir nach unserem Einbruch bei der LFA zum Haus deiner Mutter gefolgt bin. Nachdem ich dich auf dem Parkplatz vor deinem Apartment zurückgelassen hatte.«

»Also hast *du* all die Unterlagen, die in dem Schrank waren«, sagte Jesse ungläubig.

»Ich hatte sie«, gab Todd zu. »Als wir zu dem Country Store kamen, waren sie in der Tasche auf dem Rücksitz deines Mietwagens. Aber jemand hat sie gestohlen, wärend wir dort abgehauen sind. Ich nehm an, der Typ, der bei dem Laden auf uns geschossen hat, ist irgendwie drangekommen.«

»Du hast meine Mutter überfallen?« Jesses Stimme begann zu zittern.

»Ich hab' sie nicht überfallen, ich...«

»Du hättest sie zu Tode erschrecken können, im wörtlichen Sinn. Und du hast mir das alles angetan? Nach allem, was wir durchgemacht haben? Nach all den Jahren, die wir uns schon kennen?« Sie war so wütend, daß sie die Worte kaum herausbekam. »Und ich hab' mein Leben für dich riskiert.« Sie streckte die Hände nach Todd aus.

Doch David war war sofort bei ihr und zerrte sie von dem Bett weg.

»Lassen Sie mich los!« schrie sie.

»Nein. Vergessen Sie ihn. Sie müssen hier weg. Glauben Sie mir. Sie müssen die Polizei anrufen. Sie brauchen ihren Schutz.«

»Warum? Das spielt doch nun auch keine Rolle mehr. Ich hab' absolut nichts mehr, das beweisen würde, was sie getan haben. Die Cops werden mich auslachen.«

David zog Jesse zur Tür. »Schauen Sie mal nach unten.«

Sie blickte ihn verwirrt an, folgte dann seinem Finger, der auf den Boden deutete. Vor ihren Füßen lag die Reisetasche, die sie Todd im Towson Motor Inn in den Fond des Mietwagens hatte werfen sehen – die Tasche, von der ihr nun klar war, daß sie die Unterlagen enthielt, die sie im Haus ihrer Mutter versteckt hatte. »Aber wie ...?«

»Ich hab' sie mir aus Ihrem Wagen geschnappt, als Sie und Todd in den Wald gelaufen sind. Elizabeth sagte mir, Todd habe Sie vergangene Nacht informiert, daß er sich das Material besorgen würde. Ich konnte mir zwar nicht vorstellen, daß er es aus den Augen lassen würde, aber ich hab' trotzdem mal einen raschen Blick in den Wagen geworfen, während Sie alle in den Wald rannten. Und wahrhaftig, da war es.«

Jesse warf die Arme um David Schultern und drückte ihn eng an sich. »Ich hab' mich ja so in Ihnen geirrt, David. Können Sie mir verzeihen?«

»Bei der richtigen Art von Überredung«, sagte er verschmitzt und nahm sie fest in die Arme.

»Entschuldigung.« Draußen im Flur stand ein Arzt. »Wir müssen Mr. Colton sofort in den OP bringen.«

»Tut mir leid, Herr Doktor.« Jesse zog David von der Tür weg, damit das medizinische Team durchkonnte. »Was machen wir nun?«

»Zu den Behörden gehen.«

»Jesse schüttelte den Kopf. »Was sollen wir denn sagen?

Daß Carter Webb, einer der geachtetsten und einflußreichsten Männer dieses Landes, im Zentrum eines Skandals steht, in dem es um Insidergeschäfte und Betrügereien in Multimillionen-Dollar-Höhe geht? Die Polizei und das FBI würden uns nur auslachen.«

David deutete auf die Reisetasche am Boden. »Aber wir haben die Informationen, die Sie zusammengetragen haben.«

»Die Behörden werden Zeit brauchen, um das alles zu bestätigen. Tage, vielleicht sogar Wochen. In der Zwischenzeit könnten wir umgebracht werden.«

»Sie werden uns Schutz gewähren.«

Jesse verdrehte die Augen. »Glauben Sie etwa, Webb könnte nicht trotzdem an uns herankommen? Würden Sie sich wirklich sicher fühlen?«

Davids Miene wurde grimmig. »Vermutlich nicht. Wir können wirklich niemandem vertrauen, oder?«

Plötzlich schnippte Jesse mit den Fingern. »Ich weiß, an wen wir uns wenden können!«

»Nämlich?«

»Kommen Sie schon!« rief sie und begann den langen Korridor hinunterzulaufen.

David hob die Tasche mit dem Belastungsmaterial auf und rannte hinter ihr her. Er holte Jesse an der Tür nach draußen ein. »Wo wollen wir hin?«

»Washington.«

»Lassen Sie uns meinen Wagen nehmen«, rief er, als sie auf den Parkplatz trabten.

»In Ordnung.«

»Da ist er.« Er deutete auf den schwarzen BMW.

Als sie den Wagen erreichten, wurde David langsamer. »Verdammt.«

»Was ist denn?«

»Der Kofferraum ist aufgebrochen worden.« Er ging zum

Heck des BMW und klappte die Haube hoch. »Die Unterlagen aus Beckys Praxis und dem Edgewood-Hospital sind weg«, sagte er niedergeschlagen, nachdem er hineingeschaut hatte.

»Was?« Jesse war sofort wieder mißtrauisch. »Tun Sie mir das nicht an, David«, bat sie, und schaute sich auf dem Parkplatz nach Anzeichen drohenden Ärgers um.

»Hören Sie auf, Jesse.« Er wußte, was sie gerade dachte. »Haben Sie nicht gehört, was Todd da drinnen gesagt hat?« David wies über seine Schulter mit dem Daumen auf das Krankenhaus. »Er hat die Unterlagen aus dem Edgewood-Hospital besorgt und das Informationsmaterial über Webb und den Rest von ihnen aus dem Haus Ihrer Mutter gestohlen. Sie müssen mir ein für allemal vertrauen.« David fuhr mit dem Finger über einen Fleck auf dem Auto. »Blut«, murmelte er vor sich hin.

»Was?« Sie war höllisch nervös.

»Sie sagten was davon, daß der Killer seine Waffe nicht hatte, als sie bei dem Farmladen entkommen sind. Was haben Sie damit gemeint?«

»Als ich wegfuhr, rannte der Kerl aus der Obstplantage und versuchte, mich aufzuhalten. Er hat sogar in den Wagen gefaßt und mich bei den Haaren gepackt. Ich hab Gas gegeben, und er fiel runter.«

David nickte. »Er muß sich verletzt haben. Daher das Blut.« Er deutete auf den Kofferraum. »Ich nehme an, er hat meinen Wagen durchsucht, nachdem Sie entkommen waren.«

»Warum hat er dann nicht die anderen Unterlagen gefunden?« fragte sie argwöhnisch. »Was ist in der Tasche, die Sie über der Schulter haben?«

»Weil ich keine Zeit hatte, zu meinem Auto zu kommen *und* Sie im Auge zu behalten, als ich sie aus dem Fond ihres

Mietwagens genommen habe. Es ging alles ziemlich schnell, falls Sie sich erinnern können.« Er war gereizt. Sie zweifelte immer noch an ihm. »Also hab' ich die Tasche über den Zaun geworfen und bin später noch mal zurückgekommen, als ich mir sicher sein konnte, daß Roth weg war.«

Jesse schaute sich um. »Vielleicht hat er die Edgewood-Unterlagen erst gerade eben gestohlen.« Sie deutete mit dem Kinn auf den Kofferraum.

»Unmöglich. Ich hab' mich vergewissert, daß mir niemand hierher gefolgt ist.«

Sie schwiegen ein paar Sekunden.

Schließlich schüttelte Jesse den Kopf. »Also haben nach all dem Webb und Mohler noch immer die Unterlagen über meine Abtreibung, und meine Mutter wird trotzdem davon erfahren.«

»Vielleicht nicht.«

»Was meinen Sie damit?«

»Steigen Sie ein. Ich hab' eine Idee.«

Kapitel 35

Johnny Antolini reichte Jesse das Glas Wasser. »Wohl bekomm's.«

»Danke.« Sie war durstig und trank das gesamte Glas in einem Zug aus.

»Möchten Sie noch mehr?«

»Nein, danke.«

»Johnny, kannst du bitte deine Leute anrufen und rausfinden, ob das Geld schon gekommen ist?« fragte David ungeduldig. »Die andere Seite wollte es eigentlich sofort losschicken.«

»Jetzt beruhige dich mal.« Johnny wurde langsam ärgerlich. Er hatte alles getan, worum David ihn gebeten hatte – bei der First Maryland Trust ein Konto für Jesse Hayes eingerichtet, ohne daß sie in die Bank kommen mußte, um sich auszuweisen; seine Leute in der Überweisungsabteilung instruiert, das Konto alle fünf Minuten daraufhin zu überprüfen, ob telegrafische Anweisungen eingegangen waren; dann seinen Arbeitsplatz verlassen, die beiden vor seinem Apartment getroffen und ihnen gestattet, darin unterzukriechen – ohne auch nur eine einzige Frage zu stellen. Er hatte all das getan, und David kommandierte ihn immer noch herum. »Sie rufen schon an, wenn es eintrifft.«

»Wenn es kommt, müssen wir das auf der Stelle erfahren.«

»Sachte.« Jesse streckte einen Arm aus und legte ihm die Hand aufs Knie. »Johnny hat schon soviel getan.« Sie holte tief Luft. »Ich versteh' immer noch nicht, warum wir sie dazu bringen mußten, das Geld zu schicken.«

»Weil...« Doch David sprach den Satz nicht zu Ende.

»Ich will nichts mehr hören«, unterbrach ihn Johnny. Er stand auf und ging in die Küche des kleinen Apartments.

Als Johnny um die Ecke verschwunden war, nahm David Jesses Hand. »Weil Geld das ist, was sie verstehen. Sie haben sich einverstanden erklärt, für zwei Millionen Dollar und die Edgewood-Unterlagen auf Lebenszeit für Sagamore zu arbeiten. Die haben sich einverstanden erklärt, ihnen diese Dinge im Austausch gegen das Belastungsmaterial zu geben, das Sie gegen sie in der Hand haben. Halten Sie sich strikt an die ausgehandelten Bedingungen. Wenn Sie auftauchen, bevor die Summe beglichen ist, werden sie mißtrauisch.«

Während David noch zu Ende sprach, klingelte das Telefon. Sie hörten Johnny den Anruf beantworten, konnten aber kein Wort verstehen.

Sekunden später kam er aus der Küche zurück. »Das Geld ist da«, sagte er leise.

Als die Wirkung der Narkose schließlich nachzulassen begann, schlug Todd die Augen auf. Sie hatten den Lungenflügel chirurgisch zusammengeflickt, und obschon er Monate brauchen würde, um sich zu erholen, würde er mit der Zeit vollständig genesen. Er stöhnte, als er die Übelkeit und den Schmerz zu spüren begann.

»Nun hören Sie schon auf mit dem Theater, Sie Riesenbaby.« Die Krankenschwester lächelte zu ihm hinunter.

Er brachte ein dünnes Lächeln zuwege. »Hey, Sie haben gut reden. Schließlich ist das Loch ja nicht in Ihrer Lunge.«

»Ja, das stimmt wohl.« Die Schwester schaute hinüber zu

dem alten Mann im Bett neben Todd. Er hatte gerade eine Krebsoperation am Kehlkopf hinter sich und würde noch stundenlang bewußtlos sein.

Sie bückte sich flink, nahm die kleine Pistole Kaliber .22 aus der schwarzen Tasche, die sie heimlich ins Zimmer gebracht hatte, schraubte den Schalldämpfer auf den Lauf, wickelte ein dickes Handtuch darum, richtete sich auf, zielte sorgsam auf Todds Kopf und feuerte aus kürzester Entfernung drei Schüsse auf ihn ab.

Er war sofort tot.

»Das ist für Pferde-Harry«, murmelte sie, ließ die Pistole zurück in die Tasche fallen, machte den Reißverschluß zu und ging in aller Ruhe aus dem Zimmer.

Kapitel 36

»Ich hab' Angst.« Während der BMW die lange Zufahrtsstraße von Jack Finnertys Farm in Middleburg entlangrollte, umklammerte Jesse fest Davids rechte Hand.

»Kein Wunder.« David verlangsamte den Wagen, als er ihn durch die kreisförmige Auffahrt vor dem Haus lenkte. »Die haben wir beide.«

»Sagen Sie nicht so was«, flehte Jesse. Sie schaute auf das riesige Haus und die Stallungen. »Mein Gott, das ist ja unglaublich.«

»So sieht das eben aus, wenn man Geld hat.« David seufzte. »Diese Villa ist bloß ein Gästehaus für das Anwesen da drüben, falls Sie sich das vorstellen können.« Er deutete auf eine Gruppe von Gebäuden, die eine halbe Meile entfernt über den Kamm eines Hügels verstreut standen. »Finnerty hat mir erzählt, daß sein Besitz über zweihundert Jahre alt ist. Und das Haupthaus da oben auf dem Hügel beinahe dreihundert.« Während der Fahrt von Washington hierher hatte David Finnertys Rolle bei der Verschwörung erklärt. »Da wären wir.« Er brachte den BMW vor dem zum Vordereingang des Hauses führenden Ziegelpfad zum Stehen.

Ein paar Sekunden lang saßen sie im Wagen, schauten schweigend auf das riesige Haus. Schließlich faßte Jesse nach dem Türgriff. »Zeit zu gehen«, sagte sie entschlossen. »Ich möchte meine Edgewood-Unterlagen zurück.«

»Genau.« David öffnete seine Tür und rutschte unter dem Lenkrad hervor. »Denken Sie dran, Jesse«, flüsterte er ihr über das Dach des Wagens zu, als sie auf der Beifahrerseite ausstieg. »Sobald Sie diesen Edgewood-Kram haben, lassen Sie sich fallen.«

»Keine Sorge. Ich werd so flach auf dem Boden liegen, daß sie mich mit einem Spachtel loskratzen müssen, wenn es vorüber ist.«

»Gut.« Als David um das Heck des BMW herumging, deutete er nahezu unmerklich auf den Kofferraum, der jetzt mit einem Stück Schnur zugebunden war. Gordon Roth hatte den Riegel am Tag zuvor zerbrochen, als er bei dem Farmladen den Kofferraum aufgestemmt hatte, um die Edgewood-Akte zu finden, darum die Schnur.

Jesse hatte nicht bemerkt, wie David auf den Kofferraum zeigte. Sie hatte auch David Roth nicht gesehen, der hinter einer Ecke der Stallungen stand.

»Bereit?« fragte David, als er zu ihr trat.

»Nein«, antwortete sie ehrlich. »Aber ich schätze, das spielt keine Rolle.«

Vorsichtig gingen sie den Ziegelpfad entlang auf die weiße Doppeltür zu.

Als sie das Haus betreten hatten, verließ Roth sein Versteck und sprintete auf den BMW zu. Mitchell hatte angedeutet, er werde das von Jesse Hayes zusammengetragene Material im Kofferraum lassen, nachdem er sie überzeugt hatte, daß sie es nicht mit ins Haus nehmen sollten, bevor sie die Edgewood-Akte hatte. Roth lächelte, während er über den säuberlich gestutzten Rasen rannte. Sobald er die Unterlagen hatte, sollte er Webbs Anweisungen zufolge direkt ins Haus kommen. Dort würde er Jesse Hayes umbringen und ihre Leiche dann tief in den Shenandoah Mountains beseitigen. Und das Leben bei Sagamore würde wieder seinen normalen Gang nehmen.

»Hallo, Miss Hayes«, sagte Senator Webb gelassen, als sie und David in das geräumige Wohnzimmer kamen. Webb stand direkt vor dem gewaltigen steinernen Kamin, der die Nordwand des Raums beherrschte. »Ich bin hocherfreut, die Frau, die mir in den letzten Wochen soviel Ärger bereitet hat, endlich kennenzulernen«, sagte er sarkastisch.

Jesse antwortete nicht.

Art Mohler stand an Webbs linker Seite, und die rechte Seite des Senators nahm ein adrett aussehender rothaariger Mann ein, von dem Jesse annahm, daß er Finnerty war.

Webb wandte sich Mohler zu. »Wo ist Elizabeth?«

»Ich weiß nicht. Gerade war sie noch hier.«

»Finden Sie sie. Jetzt.«

»Okay.« Mohler verließ gehorsam das Wohnzimmer.

Webb schaute David an. »Haben Sie das Material?«

»Es ist draußen im Kofferraum meines Wagens.« Er zögerte einen Moment. »Wie wir besprochen haben.«

Webb nickte.

Jesses Blick zuckte zu Davids Augen. »Was?«

Roth zog rasch das Messer aus seinem Gürtel und durchschnitt den Bindfaden, der den Kofferraum geschlossen hielt. Nur noch ein paar Sekunden, und sie würden es geschafft haben. Mit einem Ruck klappte er den Deckel hoch.

Als die Haube aufschwang, erhob sich der FBI-Agent auf die Knie. Flink richtete er seine Glock 17 direkt nach oben auf Roths Gesicht. »Rühren Sie keinen verdammten Muskel, mein Freund.«

Für eine Sekunde erstarrte Roth, unfähig, es zu glauben. Das Gesicht des Agenten verschwamm, als Roth' Blutdruck in die Höhe schoß und sein Hirn aussetzte. Doch fast augenblicklich wurde sein Kopf wieder klar, und er erinnerte sich an den Pakt, den er ganz zu Beginn von all dem mit sich selbst geschlossen hatte. Keinesfalls lebendig gefaßt werden. Er stürzte sich auf den Agenten.

Doch der Agent hatte seinen eigenen Pakt. Niemals zögern. Und er feuerte die Patrone im Pistolenlauf in Roths Brust.

Roth taumelte zur Seite des BMW, kippte um und fiel tot in die Zufahrt.

»Kann ich meine Akte aus dem Krankenhaus haben?« fragte Jesse zum zweitenmal.

»Sie liegt direkt dort auf dem Kaminsims.« Webb deutete über seine Schulter. »Sie können sie haben ...«

»Ich kann Elizabeth nicht finden«, unterbrach ihn Mohler, während er ins Wohnzimmer zurückgetrottet kam. »Ich hab' überall nachgesehen.«

Webbs Augen wurden schmal. Irgend etwas stimmte nicht. Er schaute aus dem Fenster auf der anderen Seite des Raums und erhaschte einen flüchtigen Blick auf jemanden in einer marineblauen Windjacke, der hinter einen Baum huschte. »Jack! Rot!« Es war ein Codewort, von dem Webb und Finnerty gehofft hatten, daß sie nie gezwungen sein würden, es zu benutzen.

Augenblicklich zog Finnerty einen .38er unter seinem Jackett hervor, legte ihn auf Mohler an und feuerte. Mohler fiel zu Boden wie ein Stein, während Blut aus dem Einschußloch in seiner Schläfe strömte.

Als nächstes richtete Finnerty die Waffe auf David und feuerte erneut. Die Kugel fetzte durch seine linke Schulter und warf ihn rücklings über eine Couch. Er kämpfte sich eilig auf die Füße und taumelte in das große formelle Speisezimmer.

Webb hörte von draußen Schreie, als FBI-Agenten, die augenblicklich auf das Geräusch der Schüsse reagierten, aus ihren Verstecken hervorstürzten und auf das Haus zurannten. »Vergessen Sie Mitchell« rief er Finnerty zu, der ins Speisezimmer wollte, um David den Fangschuß zu geben. »Schnappen Sie sich die Hayes, und lassen Sie uns hier verschwinden!«

Finnerty drehte sich um und packte Jesse grob beim Genick. »Kommen Sie schon!« knurrte er und schob sie vor ihnen her auf die Küche zu, dann in die große begehbare Speisekammer. Als sie alle drei in der Speisekammer waren, knallte Finnerty die Tür ins Schloß, wandte sich zu einem Regal an einer der Wände um und drückte dagegen.

Zu Jesses Verblüffung schwang das Regal auf und gab eine Öffnung frei, hinter der eine Treppe lag.

Finnerty bedeutete ihr mit dem .38er, die Stufen hinunterzugehen. »Keine Sorge, es ist sehr sicher. Es gehört zu der alten ›Untergrundbahn‹, die während des Bürgerkriegs benutzt wurde, um Sklaven aus dem Süden herauszuschmuggeln.« Finnerty lächelte. »Und ich hab' es sehr gut in Schuß gehalten.« Während er den .38er weiterhin auf Jesse gerichtet hielt, nahm er eine Taschenlampe aus einem der Speiseregale und gab sie Webb.

Webb knipste die Lampe an und beleuchtete damit die Treppe und den Tunnel an ihrem Fuß, der bei weitem geräumig genug war, daß sie darin aufrecht stehen konnten. »Los!« brüllte er Jesse an.

Sie stolperte die Treppe hinunter und in den Tunnel, gefolgt von Webb und Finnerty, der die falsche Wand hinter ihnen schloß. »Die werden uns nie finden, Carter.«

»Das hoffe ich bei Gott.«

Geleitet vom Schein der Taschenlampe, bewegten sich die drei rasch voran.

»Wo kommen wir raus, Jack?« fragte Webb.

»In der Nähe einer alten Holzfällerschneise mitten im Wald, ungefähr eine halbe Meile von hier«, antwortete Finnerty. »Ich hab' dort einen Jeep stehen.«

Webb lachte in sich hinein. Einen Moment lang hatte er tatsächlich Panik verspürt. Aber wie hatte er an Finnerty zweifeln können? Der Mann war zuverlässiger als der getreue Eckehart. Webb schaute Jesse an, während sie weiterhasteten. »Sie *mußten* einfach zu den Behörden gehen, was?« höhnte er. »Konnten es einfach nicht gut sein lassen, nicht wahr?«

Sie antwortete nicht. Sie konzentrierte sich ganz darauf, wann sie ihren Fluchtversuch machen sollte. Sie würden sie nicht einfach laufenlassen. Sie würden sie umbringen. Jesse schluckte. Sie würden sie möglicherweise hier unten erschießen oder sie als Geisel nehmen, bis sie meilenweit weg waren. Und sie dann erschießen. Aber sie würde nicht kampflos untergehen.

»Dachten Sie wirklich, Sie kämen gegen uns an?« lachte Webb.

»Stehenbleiben! Nehmen Sie die Waffe runter, Jack!« Elizabeth Gilman stand vor ihnen im Tunnel, einen kleinen Revolver in der Hand. Der Lauf zitterte heftig, selbst als sie den Griff fest mit beiden Händen umklammerte. »Nehmen Sie die Waffe runter!« schrie sie erneut. »Ich erschieße Sie auf der Stelle, ich schwör's bei Gott.« Ihre Wangen waren tränenüberströmt.

»Jetzt mal sachte, Elizabeth«, sagte Webb leise. »Legen Sie die Knarre weg, Jack.«

Finnerty ließ die .38er auf den Lehmboden fallen.

»Wie sind Sie hier reingekommen?« fragte Webb eisig.

»Ich habe Jack und Sie eines Abends darüber reden hören, als wir alle hier waren. Ich sah Sie in die Speisekammer gehen und bin Ihnen gefolgt. Als Sie dort nicht drin waren, vermutete ich, daß eine der Wände falsch war. Ich hab's später ausprobiert, nachdem Sie beide zurückgekommen waren.« Sie schaute sich im Tunnel um. »Ich hatte recht.«

»Sie waren es, die zu Neil Robinson gegangen ist.« Webbs Blick wurde hart. »Sie waren diejenige, die Robinson dazu gebracht hat, Elbridge Colemans Wahlkampagne unter die Lupe zu nehmen. Nicht wahr, Elizabeth?«

Sie nickte. »Ich konnte es nicht mehr ertragen, Carter«, flüsterte sie heiser. »Ich konnte nicht mehr ertragen, was wir taten. Die Lügen. Die Falschheit. Was dieser Gordon Roth für uns tat. Es war zutiefst widerlich.« Sie schwieg einen Moment. »Und ich konnte es auch nicht mehr länger ertragen, Ihnen zu Dank verpflichtet zu sein.«

Jesses Augen wurden groß.

»Warum jetzt?« fragte Finnerty durch zusammengebissene Zähne.

»Weil sie stirbt«, antwortete Webb, und ein dünnes Lächeln trat auf sein Gesicht. »Sie hat bloß noch ein paar Monate zu leben. Lungenkrebs, nicht wahr, Elizabeth?«

»Ja. Woher wußten Sie das?«

»Ich hab Roth neulich in die Praxis Ihres Arztes einbrechen und Ihre Krankenakte überprüfen lassen. Da wurde mir endlich klar, warum Sie diesen Husten einfach nicht loswerden. Seltsam, wie der nahe bevorstehende Tod die Seele läutern kann«, knurrte Webb. »Und es hört sich alles so heroisch an. Sie liefern uns ans Messer. Aber Sie haben den Ausweg für Feiglinge gewählt. Sie haben Robinson nur genug an die Hand gegeben, um ihn auf die Spur zu setzen. Sie wußten, daß er Zeit brauchen würde, um *alles* herauszubekommen. Auf die Art würden Sie nicht mehr dabeisein, wenn die ganze Sache aufflog.«

»Werfen Sie mir das vor?« In ihrem Ton lag keine Reue.

»Aber wir sind Robinson auf die Spur gekommen«, fuhr Webb fort. »Und dann kam die da ins Spiel.« Er deutete auf Jesse. »Und alles ist außer Kontrolle geraten, nicht wahr?«

»Ja«, antwortete Elizabeth leise.

»Sie mußten sich um sie kümmern.«

»Ja.«

»Sie waren es, die sie gestern angerufen hat, bevor wir sie dann in dem Motel schnappen konnten.«

»Ja.«

Webb schüttelte den Kopf. »Sie haben den Erfolg genossen, den ich Sagamore beschert habe. Das Geld, die Ehrungen. Sie sind eine Heuchlerin, Elizabeth. Eine gottverdammte Heuchlerin!«

»Kommen Sie rüber zu mir, Jesse«, befahl Elizabeth, ohne auf Webbs Beschimpfung einzugehen.

Jesse huschte weg von Webb und Finnerty und hin zu Elizabeth.

»Wir werden hier...«

Doch bevor Elizabeth den Satz beenden konnte, knipste Webb die Taschenlampe aus, und es wurde stockdunkel im Tunnel.

Von allen Seiten gleichzeitig strömten FBI-Agenten durch jede Außentür von Finnertys Haus und verteilten sich systematisch in dem weitläufigen Gebäude. Als der Einsatzleiter signalisierte, daß die Villa sicher war, kam Senator Walker eilig den ziegelgepflasterten Pfad entlang, eskortiert von fünf Agenten. Im Wohnzimmer entdeckte er Art Mohler tot auf dem Boden und David Mitchell auf einer Couch ausgestreckt, Blut auf dem Hemd und dem Aktenordner in seinem Schoß. »Was, zum Teufel, ist passiert?« verlangte Walker von dem Einsatzleiter zu wissen.

»Ich...«

»Webb hat draußen jemanden gesehen«, unterbrach Mitchell mit kaum hörbarer Stimme. Er schaute den Einsatzleiter an. »Wo ist Jesse? Und wo sind Webb und Finnerty?«

Der Agent schüttelte den Kopf. »Ich weiß nicht. Sie sind nicht im Haus.«

»Was?« fragte David wütend. »Wie konnten sie denn einfach mit ihr hier rausgehen? Hattet ihr das Haus denn nicht umstellt?«

»Niemand ist aus dem Haus gekommen«, versicherte ihm der Agent. »Und drinnen sind sie auch nicht. Wir haben überall gesucht. Wir sind dabei, die Hunde reinbringen zu lassen, aber das wird noch ein paar Minuten dauern.«

»Verdammt noch mal!« brüllte Walker. »Ich wußte doch, daß wir es nicht so hätten angehen sollen.« Er nahm ein Bild von einem Tisch neben der Couch und zerschmetterte es im Kamin. Er deutete mit dem Finger auf David. »Als Sie und Jesse gestern zu mir gekommen sind und das vorgeschlagen haben, wußte ich doch gleich, daß es falsch war. Ich wußte, daß wir diese Leute einfach vom FBI verhaften lassen sollten.«

»Nein«, sagte David leise. »Jesse wollte das hier zurück.« Er deutete mit dem Kinn auf die Krankenhausakte in seinem Schoß. »Sie hatte Angst, es würde in dem Chaos verlorengehen.«

»Keine Akte kann wichtig genug sein, um zu all dem zu führen«, sagte Walker mit grimmiger Miene.

»Das fand ich auch«, erwiderte David. »Aber ich hatte mich geirrt. Für sie bedeutete diese Akte die Welt.«

»Ich schlage vor, daß wir Sie in ein Krankenhaus bringen, Mr. Mitchell.« Der Agent deutete auf Davids blutige Schulter.

David schüttelte den Kopf. »Ich gehe nirgendwo hin, ehe ich weiß, wo Jesse ist.«

Als Elizabeth in Webbs und Finnerty Richtung feuerte, warf sich Jesse instinktiv auf den Lehmboden des Tunnels. Sie hörte einen der Männer aufschreien und sah dann mehrmals mit donnerndem Knall Webbs .38er aufblitzen. Elizabeth sackte mit einem Loch im Herzen zusammen.

Jesse sprang auf die Füße und machte sich davon in die Dunkelheit, tastete sich an den Wänden entlang, so gut sie konnte, und lief so schnell sie sich traute. Dann ein weiterer Schuß, und noch einer. Die Kugel pfiff an ihr vorbei, prallte als Querschläger von den Wänden ab und hallte in der Dunkelheit bösartig nach. Wie viele Schüsse waren aus dem .38er inzwischen insgesamt abgefeuert worden? Fünf oder sechs?

Und dann war ein winziger Strahl schwachen Lichts vor ihr. Sie bewegte sich schneller. Das andere Ende des Tunnels. Unversehens kollidierte ihr Schienbein mit einer hölzernen Treppenstufe, und sie schrie auf vor Schmerz. Aber jetzt war keine Zeit, sich darüber Sorgen zu machen. Sie konnte jemanden auf sich zurennen hören.

Sie huschte die Treppe hoch, kam zu einer kleinen zweiflügligen Tür, stieß sie auf und stolperte auf den dicken Blätterteppich, der den Waldboden bedeckte. Die Schritte kamen rasch die Treppe hoch. Sie rappelte sich auf und rannte auf den nur zwei Dutzend Schritte entfernten Jeep zu.

»Stehenbleiben, oder ich schieße!« brüllte Webb, der auf der obersten Treppenstufe stand und mit beiden Händen Finnertys .38er umklammerte.

Jesse blieb stehen, noch immer fünf Schritte von dem Jeep entfernt. »Verdammt noch mal«, flüsterte sie.

»Nehmen Sie die Hände hoch!« schrie Webb. Vielleicht

hatte Jesse ja Elizabeth' Revolver gefunden, wurde Webb mit einem Mal klar, als er auf sie zuging.

Sie drehte sich mit erhobenen Händen langsam um.

Webb blieb ein paar Schritte entfernt stehen und rang nach Atem. Er schaute auf den Jeep. »Ich hatte daran gedacht, Sie fahren zu lassen.« Seine Augen wurden schmal. »Aber das wäre dumm. Überlaß nie jemandem die Kontrolle.« Er hob die .38er und richtete ihn auf ihre Brust.

Jesse wurde klar, daß Webb feuern würde. Daß das das Ende war. Sie stürzte sich auf ihn und sah zutiefst erschrokken, wie sein Finger den Abzug betätigte und den Hahn auslöste. Doch es gab bloß ein klickendes Geräusch. Kein Knall, kein Feuerstrahl aus dem Lauf. Der Revolver war leer.

Und dann ging sie auf ihn los, während das Adrenalin sie durchflutete wie Hochwasser, das einen Damm durchbricht. Sie warf Webb zu Boden, schlug ihm die Waffe aus der Hand, ließ sich auf ihn fallen und preßte sein Gesicht in die Blätter. Doch er war ein großer Mann, trotz seines Alters noch gut in Form, und er schüttelte Jesse ab wie eine Stoffpuppe. Er stand mühsam auf und torkelte auf den Jeep zu.

Jesse stellte ihm ein Bein und brachte ihn zum Stolpern. Und dann war sie wieder auf ihm, versuchte bloß, ihn auf dem Erdboden festzunageln. Unversehens hörte sie die Hunde die Spur aufnehmen, bellen und kläffen, während sie durch den Tunnel stürmten und die FBI-Agenten zu Webb führten.

Webb hörte das Rudel auch. Er stöhnte, als er Jesse abermals abwarf und aufzustehen versuchte, aber sie packte seine Beine und zog ihn erneut zu Boden. Er atmete jetzt schwer, kämpfte gegen die Erschöpfung an. Er trat ihr ins Gesicht und kroch über die Blätter auf den Jeep zu, zog sich hoch, kämpfte mit dem Türgriff.

Die Schäferhunde brachen aus dem Tunneleingang hervor

wie Lava aus einem Vulkan. Die FBI-Agenten brüllten Kommandos, als auch sie aus der Dunkelheit auftauchten, und in kürzester Zeit faßten die Hunde Webb, zerrten ihn hinter dem Lenkrad des Jeeps hervor und zerfetzten ihm Arme und Beine. Er flehte lauthals um Gnade. Und dann war es vorbei.

Epilog

David legte beide Hände auf das Geländer und schaute zu, wie das türkisfarbene Wasser unter der spätnachmittäglichen Sonne wieder und wieder sanft an den weißen Sand heranrollte. Die Aussicht aus seinem Zimmer im neunten Stock mit Blick auf die Karibik war atemberaubend. »Carter Webb wird so rasch keine Aufträge aus dem schwarzen Budget mehr vergeben.«

»Vermutlich nicht«, sagte Jesse, während sie hinaus auf die ruhige See schaute.

Webb, Coleman, Rhodes und Pierce hatten für ihre Rollen bei der Verschwörung allesamt lange Gefängnisstrafen erhalten. Ted Cowen hatte sich in seiner Zelle erhängt, bevor die Regierung eine Chance hatte, ihn vor Gericht zu stellen. Und Finnerty war in dem Tunnel gestorben – so wie Elizabeth.

Jesse schüttelte den Kopf. »Du hast mich in Finnertys Haus ganz schön durcheinandergebracht.«

»Was meinst du damit?« fragte David.

»Als du Webb gegenüber gesagt hast, die Akte läge wie besprochen im Kofferraum des BMW.«

»Oh.«

»Ich schwör's dir, David, einen Moment lang dachte ich …«

»Ich wollte bloß sicherstellen, daß Webb dachte, ich arbeite für ihn.«

»Es hat mich zu Tode erschreckt.«

Sie schauten ein paar Sekunden lang schweigend aufs Meer.

»Wie geht's deiner Mutter?« David legte eine Hand auf die Jesses und streichelte sanft ihre Finger.

Jesses Miene hellte sich auf. »Großartig. Senator Walker hat ein sehr hübsches Seniorenheim in Baltimore County für sie gefunden. Sie ist letzte Woche eingezogen.«

»Das ging schnell. Die Zulassungsprozeduren für solche Einrichtungen sind normalerweise ziemlich langwierig.«

Jesse versuchte, ein Lächeln zu verbergen. »Ich glaube, er hat ein bißchen seinen Einfluß spielen lassen.«

»Aha«, sagte David und zwang sich, ernst dreinzuschauen. »Die Wahrheit kommt doch stets ans Licht.« Er begann zu lächeln. »Wahrscheinlich hat der Senator seinen Einfluß ja auch dazu benutzt, ein Regierungsprogramm zu finden, das für all das aufkommt.«

»Kein Kommentar.«

David schüttelte den Kopf und lachte lauthals los. »Na ja, schließlich verdankt Walker dir seine politische Karriere, also macht es Sinn, daß er dir helfen würde, wo er nur kann. Ohne dich wäre er ganz gewiß nicht wiedergewählt worden.«

»Das ist wohl wahr.« Sie ergriff Davids Hand. »Und ohne dich auch nicht.«

»Ich hab' mitgeholfen. Du hast den schwierigen Part erledigt.«

Jesse drückte Davids Hand und lachte.

»He?« Über Davids Gesicht huschte ein verwirrter Ausdruck. »Was ist denn?«

»Ich hab mit Senator Walker telefoniert, bevor ich in dein Zimmer gekommen bin.«

»Und?«

»Er möchte, daß ich mal drüber nachdenke, bei den nächsten Wahlen für den Staat Maryland als Senatorin zu kandidieren. Er sagte, er würde mich hundertprozentig unterstützen. Mir bei der Wahlkampagne helfen und alles. Er glaubt, ich habe in der Politik Zukunft. Jemand aus einer politischen Beratungsfirma hat ihm gesagt, ich sei während der Hearings und der Prozesse im Fernsehen gut angekommen.« Sie lachte. »Kannst du dir das vorstellen? Ich in der Politik?«

»Ja, das kann ich. Du wärst großartig. Du würdest frischen Wind reinbringen.«

Sie drehte sich zu ihm um. »Ich weiß nicht.« Sie sah, daß er es ernst meinte, und war mit einem Mal verlegen. »Senator Walker hat mir erzählt, daß GEA diese Woche die ersten fünfzig A-100 an die Navy liefern wird«, wechselte sie das Thema. »Er war enttäuscht.«

»Da bin ich mir sicher.«

Beide in die eigenen Gedanken vertieft, verfielen sie erneut in Schweigen.

»Was ist denn nun mit dir, David?« fragte Jesse schließlich. »Was wirst du machen, jetzt, wo alles vorbei ist?«

»Ich weiß nicht.« David schaute zum Horizont. »Im Gegenzug für meine Aussage haben sie mich freigelassen, aber ich bezweifle, daß allzu viele Firmen mich jetzt einstellen würden. Natürlich hab' ich es geschafft, meine zwei Millionen zu behalten.« Er schaute sie verschmitzt an.

»Was?« Sie ließ seine Hand los.

David nickte. »Ich hab' dir doch gesagt, daß Sagamore mir unmittelbar nach meiner kleinen Initiation zwei Millionen Dollar gezahlt hat. Es war Teil des Deals, daß ich die behalten kann. Natürlich kommt das nach Steuerabzug bloß auf eine runde Million raus.«

Jesse schlug beide Hände vor den Mund, boxte ihm dann spielerisch in die Rippen. »Du Blödmann. Und ich hab' mir Sorgen um dich gemacht. Und du hast mich für mein eigenes Zimmer da unten bezahlen lassen.« Sie holte erneut aus.

Doch er fing ihr Handgelenk ab und zog ihre Arme um sich. Dann legte er ihr einen Finger unters Kinn. »Na ja, du würdest auch eine Million haben, wenn du nicht so ehrlich gewesen wärst und dein Geld von Sagamore dem FBI übergeben hättest.«

»Ich konnte es nicht behalten. Das wäre nicht recht gewesen.«

David schaute sie an. Er hatte sie gebeten, bei ihm zu wohnen, aber sie hatte es abgelehnt und sich statt dessen für ein eigenes Zimmer entschieden. Die beiden Tage, die sie in dem Inselparadies bislang verbracht hatten, waren höchst romantisch gewesen, aber er sagte ihr noch immer vor ihrer Zimmertür gute Nacht. »Ich hatte sowieso von Anfang an vor, für dein Zimmer zu bezahlen.«

»Ich verstehe.« Sie erwiderte seinen Blick ein paar Sekunden lang, legte dann die Hände auf seine Wangen und küßte ihn innig. Schließlich machte sie sich los. »Weißt du was? Geh heute abend nett mit mir essen. Dann bleiben wir hinterher vielleicht an der Rezeption stehen. Und ich ziehe aus.« Sie lächelte provozierend. »Das heißt, solange du eine andere Möglichkeit weißt, wo ich unterkommen kann.«